GOLDMANN

Buch

»Moloch« ist der wiederentdeckte Erstlingsroman von Henry Miller. Wie seine späteren Welterfolge imponiert auch dieser Roman durch die ungezügelte Direktheit seines Helden, der unverkennbar Millers eigene Züge trägt.

Dion Moloch lebt voller Wut und Verzweiflung im hektischen New York der frühen zwanziger Jahre. Seiner entwürdigenden Arbeit und der stürmischen Ehe entflieht er in die Straßen Brooklyns, in eine Welt, der er eigentlich mit Verachtung gegenübersteht: einem ethnischen Schmelztiegel voller fremder Gerüche und sich ständig verändernder Eindrücke. Moloch holt zum Schlag aus gegen alles, was er haßt, und er kämpft gegen eine Welt, die ihn erst zu überwältigen und schließlich sogar zu zerstören droht.

Kraftvoll und schockierend, abstoßend und faszinierend zugleich zeigt »Moloch« die frühe Meisterschaft Henry Millers.

Autor

Henry Valentine Miller gilt als einer der umstrittensten und zugleich einflußreichsten amerikanischen Schriftsteller des zwanzigsten Jahrhunderts. Er wurde 1891 als Sohn eines Schneiders in Yorkville, New York, geboren und schlug sich mit Gelegenheitsjobs durch, bis er in den zwanziger Jahren zu schreiben begann. Weltberühmtheit erlangte er durch seinen Roman »Wendekreis des Krebses«, der wegen seiner pornographischen Elemente in den USA lange verboten war. Andere Titel wie »Stille Tage in Clichy«, »Nexus», »Plexus» und »Sexus« wurden ebenfalls zu Welterfolgen und machten ihn zu einem der meistgelesenen Autoren der Moderne. Henry Miller starb am 7. Juni 1980 in Pacific Palisades, Kalifornien.

Außerdem bei Goldmann

Verrückte Lust. Roman (42818)

Brenda, Liebste… Briefe (9417)

Henry Miller

Moloch

oder Die Gojische Welt

ROMAN

Mit einem Nachwort von
Mary V. Dearborn
Deutsch von Silvia Morawetz

GOLDMANN VERLAG

Die amerikanische Originalausgabe erschien 1992
unter dem Titel »Moloch, or This Gentile World«
bei Grove Press, New York

Umwelthinweis:
Alle bedruckten Materialien
dieses Taschenbuches sind chlorfrei
und umweltschonend.

Der Goldmann Verlag
ist ein Unternehmen der Verlagsgruppe Bertelsmann

Deutsche Erstveröffentlichung Juli 1995

Published by arrangement with Grove Weidenfeld,
a division of Grove Press, Inc.
Umschlaggestaltung: Design Team München
Umschlagmotiv: SV Bilderdienst, München
Satz: deutsch-türkischer fotosatz, Berlin
Druck: Elsnerdruck, Berlin
Verlagsnummer: 42954
T.T. · Herstellung: Stefan Hansen
Made in Germany
ISBN 3-442-42954-4

1 3 5 7 9 10 8 6 4 2

Vorbemerkung des Herausgebers

Die Veröffentlichung eines postumen literarischen Werks stellt den Herausgeber naturgemäß vor besondere Probleme, und der Leser hat das Recht zu erfahren, ob, und wenn ja, welche Eingriffe in den Text vorgenommen worden sind. Wir haben uns gewissenhaft bemüht, den vorliegenden Roman so wenig wie möglich zu ändern. Korrekturen erfolgten lediglich bei Schreibfehlern, offensichtlichen Widersprüchen und sprachlichen Unstimmigkeiten, die ohne Hinzufügen bereinigt werden konnten. Von diesen geringfügigen Ausnahmen abgesehen, folgt die Erstveröffentlichung dieses Romans von Henry Miller genau seinem Manuskript.

1

Dion Moloch schlenderte mit dem träumerischen Gang eines Schlafwandlers zwischen den Erscheinungen der Bowery umher. Ich sage »Erscheinungen«, denn die Bowery ist, wie jeder gebildete New Yorker weiß, eine Durchgangsstraße, wo zerstörte Seelen zum Preis eines Gratisessens repariert werden.

Dion Moloch war ein bescheidener, empfindsamer Mensch und trug einen Anzug aus Bedforder Whipcord und ein blaßblaues Hemd mit beschämend durchgewetztem Kragen und ebensolchen Manschetten.

Obwohl er in den Diensten der Großen Amerikanischen Telegraphengesellschaft stand, litt er weder an Megalomanie, Dementia praecox noch irgendeiner jener im zwanzigsten Jahrhundert in Mode gekommenen nervösen Störungen oder Geisteskrankheiten. Es wurde oft von ihm behauptet, daß er antisemitisch sei, doch dies ist eher ein Vorurteil und keine Krankheit.

Jedenfalls war er nicht wie eine gewisse Romanfigur bei Gogol, der man sagen mußte, wann sie sich die Nase putzen sollte. Er war, kurz gesagt, ein Amerikaner der dritten Generation. Er war eindeutig kein Russe.

Seine Großeltern hatten im Bürgerkrieg gekämpft – auf beiden Seiten. Er hatte in keinem Krieg gekämpft. Strenggenommen war er ein Drückeberger oder war zumindest einer gewesen. Nicht daß er ein Feigling oder ein Mann mit hehren Prinzipien gewesen wäre, so wie, in diesem Zusammenhang – sollen wir Woodrow Wilson sagen? Nein, es war vielmehr so, daß er (sich selbst) ein Rätsel war ... daß alles ein Rätsel war.

Zwei Jahre nach Kriegsende war er zu dem Schluß gekommen, daß die Deutschen recht gehabt hatten, doch da war es natürlich zu spät, sich für eine Schlacht zu melden, die bereits verloren war.

Als Amerika in den Krieg eintrat, hatte Dion Moloch es sich in den Kopf gesetzt zu heiraten. Tatsächlich wurden Tausende von Amerikanern durch den Ruf zu den Waffen dazu bewegt, das gleiche zu tun. Dies jedoch ist ein Phänomen, das vorwiegend die Soziologen betrifft.

Ungeachtet der Tatsache, daß der Krieg seit mehreren Jahren an einem Dutzend Fronten tobte und daß Millionen seiner Mitmenschen, um ein paar hohler Phrasen willen, freudig in Kanonenfutter verwandelt wurden, blieb Dion Moloch das Opfer einer Gewohnheit, die er sich schon in frühen Jahren zugelegt hatte. Es mag bizarr erscheinen, eine solche Kleinigkeit aus dem Leben dieses Individuums zu erwähnen, während die ganze Welt durch einen Holocaust erschüttert wurde. Dennoch war dieses eine Detail, so trivial es sich neben den Annalen eines großen Krieges auch ausnehmen mag, von höchster Tragweite für Dion Molochs zukünftigen Werdegang.

Um es kurz und bündig auszudrücken: Unser Held brachte es nie fertig aufzustehen, wenn morgens der Wecker klingelte.

Während der Stellungskämpfe im Argonner Wald hatte er sich in eine junge Pianistin verliebt, die Konzerte gab, um dazu beizutragen, daß die Welt reif wurde für die Demokratie. Die junge Dame hatte den sehr unpatriotischen Wunsch, die Rhapsodien von Liszt zu spielen, denn mit dieser musikalischen Kost war sie in einem Mädchenpensionat in Montreal erzogen worden, doch da sie wenig von der Welt und noch weniger von Ungarn wußte, war sie sich über die gesellschaftliche Anerkennung ihres Geschmacks nicht im klaren. Daher gab sie sich damit zufrieden, zu Hause am Klavier Liszt-Etüden zu üben.

Der Mörder, der die Bombe auf den Erzherzog von Österreich schleuderte, führte auch diese beiden Menschen zusammen. Es oblag der Vorsehung, sie zu vereinigen.

Eines Morgens, als Moloch noch friedlich schlummernd im Bett lag und ihn das Donnern an der Westfront oder an allen Fronten zusammengenommen nicht kümmerte, geriet seine Mutter (aus unerfindlichem Grund) angesichts seiner Trägheit über Gebühr in Rage. Vielleicht war sie am Abend zuvor durch eine ungewöhnlich grausame Geschichte erregt worden. Jedenfalls hatte sie folgendermaßen gedacht – »Wenn er sich schon nicht freiwillig meldet, kann er sich wenigstens Arbeit besorgen.« Je länger sie nachdachte, desto zorniger wurde sie. Getrieben von einer plötzlichen unbewußten Regung eilte sie zum Ausgußbecken und füllte einen Eimer Wasser. Im nächsten Moment hatte sie den kühlen Inhalt schon über Moloch ausgeleert.

»Steh endlich auf!« schrie sie. »Du fauler Nichtsnutz, du Taugenichts ... *du Penner!*«

Letztere Bezeichnung erforderte die vollkommene Unterdrückung ihrer mütterlichen Gefühle.

Es wäre müßig und umständlich, die einzelnen Etappen nachzuerzählen, durch die sich unser Held, ausgehend von dieser schlichten dramatischen Szene, schließlich im Fangnetz des Ehestands verhedderte, das sich um ihn legte wie eine Schlange. Diese Rabelaisesche Eskapade füllt einen eigenen Band. Es genügt zu erwähnen, daß Dion Moloch unmittelbar nach dem Aufstehen seine Siebensachen packte und seine Füße zum letzten Mal auf dem elterlichen Bettvorleger abwischte.

Auch scheint es nicht gerecht zu sein, sich mit der Tatsache aufzuhalten, obwohl sie dem Ganzen eine irgendwie farbige Note gibt – zum Leitmotiv seiner zukünftigen Karriere als Ehemann wird –, daß er am Vormittag seiner überstürzten Heirat genötigt war, sich das Geld für einen Haarschnitt und eine Rasur zu borgen. Die Braut, wie Sie vielleicht schon vermuten, beglich die Heiratsgebühr, ein Umstand, den sie während ihrer turbulenten Ehe niemals völlig vergaß.

Von höchster Bedeutung scheint jedoch zu sein, wenn man auf seine sklerotische Vergangenheit zurückblickt, daß diese Eheschließung, so voreilig sie auch war, Dion Moloch nötigte, einen Job zu finden.

Als wir ihm eingangs zwischen den »Erscheinungen« der Bowery begegnen, hat er bereits drei Jahre seines Lebens an ein großes Unternehmen hingegeben.

Welche Besorgung hat ihn auf diese Durchgangsstraße – die Bowery – geführt? Will er inmitten des tosenden Verkehrslärms seine Seele reparieren lassen? Oder ist es das Gratisessen, das ihn gelockt hat?

Er ist gerade aus dem Haus eines Wahnsinnigen gekommen – eine dieser selbstauferlegten Missionen, die seine Stellung gelegentlich mit sich brachte und die er als nicht gänzlich lästig empfand. Darauf bedacht, in sein Büro zurückzukehren, wird seine Aufmerksamkeit plötzlich von einem Schild in Anspruch genommen, das über einer in einen düsteren Keller führenden Treppenflucht hängt. Die in großen gelben Lettern geschriebene Notiz lautet:

TOD DEN WANZEN

Unter diesen schwefelgelben Wörtern befand sich eine Leinwand, deren Farben die Retina so erfreute wie der Anblick von Spiegeleiern. Der Maler hatte sich offensichtlich bemüht, eine Situation wiederzugeben, die für die Bewohner dieses Orts zweifellos von schmerzlicher Dringlichkeit war. Eine liegende Nackte mit flachsfarbenen Locken und schwellenden Hüften wurde gezeigt, die eifrig damit beschäftigt war, sich an den zarteren Teilen ihrer Anatomie zu kratzen. Das Bett schien eher mitten in der Luft zu schweben, anstatt fest auf dem Dielenboden zu ruhen. Ihr auf dem Bild dargestellter Gefährte strich mit einer Spritzpistole durch die Räumlichkeiten. Das schwachsinnige Glotzen, dessen er sich befleißigte, rührte offensichtlich vom Anblick einer schmutzstarrenden Matratze her, aus der eine nicht enden wollende Kolonne von Wanzen hervormarschierte. (Wissenschaftlern ist die Wanze als *Cimex lectularius* ein Begriff: eine kosmopolitische, blutsaugende, flügellose, platte Wanze von rötlich-brauner Farbe und üblem Geruch, die Häuser und insbesondere Betten befällt. Die Küchenschabe ist der natürliche Feind der Bettwanze.) Diese kosmopolitischen, blutsaugenden, flügellosen, platten Wanzen von rötlich-brauner Farbe und üblem Geruch zierten wie ein Gänseaugenmuster sogar die Tagesdecke, auf der sich die safrangelbe Buhlin des Mörders in der inzwischen klassischen Pose der *Olympia* räkelte.

An diesem Punkt hätte mancherlei geschehen können. Nichts wäre von der Wahrheit weiter entfernt als die Vermutung, daß unser Held bei einem gegebenen Impetus (wie zum Beispiel dem Porträt dieses keimtötenden Mittels in der Bowery) unverzüglich auf diese oder jene Weise reagierte. Die große Stoffwechseldynamik des Laborangestellten, der so beeindruckend mit Ratten und Geistesstörungen in Verbindung steht, bricht zusammen, wenn ein wahrhaft menschlicher Geist und Organismus ins Spiel kommt. ... Fünfundzwanzig mögliche Handlungsverläufe fielen unserem Helden ein. Der eine Impuls, gegen den er absolut immun war, war der Erwerb einer Probe dieses seltenen Insektizids. Für ihn hatten die Reklame in der U-Bahn und die grellen Plakate, die wie Ausschlag aus der Landschaft ragen, keine Bedeutung. Sein Geschmack war einfach, seine Wünsche leicht zu befriedigen. Werbetexter konnten sich noch ein Jahrhundert länger das Hirn zermartern und würden doch nicht jene elementare Neugier in ihm wecken, auf die unser heutiger Reklamekult seine ephemere Erfolgsphilosophie stützt.

Gedankenfetzen zappelten wie die gerissenen Saiten eines Gitarrenbanjos durch die grauen Windungen seines Oberstübchens. Gewiß, er bewegte sich nicht völlig in einem intellektuellen Strudel. Beinahe instinktiv griff er in seine Brusttasche und zog ein ledergebundenes Notizbuch hervor, in das er mit fein leserlicher Handschrift diese Worte eintrug:

»Die *Aufzeichnungen aus einem Totenhaus* noch einmal lesen.«

Als er sich umwandte, um sich den Weg aus der Masse schwitzenden Fleisches zu bahnen, das ihn umklammerte wie ein Polyp, stieg ihm unangenehm der Geruch von Heiligkeit in die Nase. Wie das riecht, hat jemand einmal bemerkt, kann man sich vorstellen, wenn man über das Leben von Heiligen liest ... Moloch hielt für einen Augenblick inne und musterte das stinkende Proletariat von Karl Marx. Visionen drängten sich ihm auf ... Visionen von einem jungen Immigranten im zweiten Stock eines Gedichts des einen oder anderen Iwanowitsch. Der junge Immigrant warf sich auf der Bettstatt hin und her und träumte von Bettwanzen und Küchenschaben, verfolgt von den Leiden seines nutzlosen, kümmerlichen Lebens, verzweifelnd an all der wilden Schönheit, die für ihn unerreichbar war. Dion Moloch hatte das unbezwingliche Bedürfnis, sich auf die Hinterbeine zu stellen und zu rufen: »Laßt uns alle singen, verdammt noch mal!«

Inzwischen versetzte eine seltsame Kakophonie von Tönen seine Sinne in Aufruhr. Boß Tweeds Meute von Schlägern und Werwölfen verstopfte die rußige Kehle der Bowery wie Schleimklumpen. Dick Crokers Spielhalle voller Läuse, Lungenkranker, Lebenslänglicher und Halluzinationen war zur Mittagsstunde dieses Tages im dritten Jahrzehnt des zwanzigsten Jahrhunderts ein Mahlstrom frenetischer Rhythmen. Kräne schwangen, Glocken klangen, Hupen dröhnten, Gongs schepperten, Zahnräder griffen quietschend ineinander. Verrückte, kreischende Rhythmen – wie die Hochzeit der braunen Melone und der Zugposaune. Die Welt der Maschine im Tempo der verherrlichten Selbstvergessenheit des ganzen Planeten. Ein Orgasmus inorganischer Lust, der sich zu einem Crescendo des atomaren Zerfalls steigerte. Der sonderbare, unirdische Gesang einer Bowery, die sich von ihrer Affinität mit Dick Crokers billigem Museum für Fusel und Syphilis gelöst hatte. Eine veritable Trauermusik, auf der Asche von Rosie O'Grady von der Arbeit dem Kapital gewidmet. Ein vereinigtes Amalgam aus Stöhnen, dargebracht von den internationalen Arbeitern der Welt ... das Rasseln des Todes als Gratiszugabe von der Heilsarmee. Visionen von Chuck Connors, der sich mit einem Hackebeil durch das Delirium tremens hindurcharbeitet. Kometenschweife, die durch den rhomboidischen Raum hindurch auf Buxtehude niederfahren ...

Was der Pöbel auf dem Gehsteig im Verlaufe dieses

Getümmels, das von Molochs Seele Besitz ergriff, wahrnahm, war ein unauffälliges, empfindsames Individuum von mittlerer Größe, dessen Gesichtszüge den Gelehrten und den Faun in sich vereinten und der ein blaßblaues Arbeitshemd unter einem Anzug aus Bedforder Whipcord trug. Ein Sterblicher mit zwei Beinen in der Hose, wie jeder andere Sterbliche in der westlichen Hemisphäre. Kein pädagogischer Sadist wie dieser Trapezkünstler von der Grünen Insel, keine große sokratische Bremse, die sich in das dicke Fell des britischen Banausentums bohrte, und auch kein Slawe, der in einem Bad voller Kakerlaken mit der Ewigkeit anbändelte. Nein, einfach ein Mann in Anzug und Hosenträgern ... und mit BVDs für den perfekten Sitz im Schritt. Ein Mann, dessen Name unbyzantinisch klingt. Ein Amerikaner der dritten Generation, Gatte und Vater, ein bescheidener, empfindsamer Mensch mit eindeutig antisemitischen Neigungen ... Und doch Personalchef der Großen Amerikanischen Telegraphengesellschaft.

2

Hari Das schlängelte sich wie ein nasser Drache durch die schwärenden Straßen von Chinatown. Es war die Mittagsstunde. Das schmierige, blauschwarze Haar fiel ihm in düsteren Ringellocken über den Militärkragen seiner tristen Uniform. Er schaute sich mit dem Blick eines Marsmenschen um. Die Reklameplakate, die wie Tapeten da und dort an eine Hauswand geklebt waren, erinnerten ihn an die Einwickelpapiere der Feuerwerkskörper, die er in den überladenen Schaufenstern von Bombay gesehen hatte.

Billardkneipen voller grimassierender, gestikulierender Männer in Hemdsärmeln, die er durch winzige Rechtecke der mit Ruß und Fett beschmierten Schaufenster hindurch erspähte. Ein süßlicher, Übelkeit erregender Geruch von Fäulnis drang durch die offenen Türen der Fleischer- und Gemüseläden, die mit sonderbaren, verbotenen, fremdländischen Gaumen einen raffinierten Genuß suggerierenden Lebensmitteln vollgestopft waren. Steife, schellacküberzogene Geflügel- und Schweinekadaver, manche noch ganz, manche verstümmelt und zerstückelt, hingen in den Fenstern wie Kuriositäten in einem Antiquitätengeschäft. Er starrte unverhohlen und ungerührt auf die phlegmatischen Gestalten hinter den Fenstern, die mit ernster Unverschämtheit in die neugierige Welt draußen blinzelten: ernste, unerschütterliche Gestalten, deren gelbe Münder an langhalsigen Bambuspfeifen klebten, aus deren metallenen Pfeifenköpfen dünne, sich kringelnde Rauchfahnen aufstiegen, die die Luft mit dem Gestank von Kameldung erfüllten.

Es war Haris Das' zweiter Tag als Telegrammbote. Er nahm seine Schirmmütze ab und untersuchte den Stapel von Telegrammen, den er darunter verstaut hatte. Zufrieden darüber, daß sie richtig geordnet waren, setzte er sich auf eine Eingangsstufe und begann eine Banane zu mampfen.

Rasch lief eine Horde von Straßenbengeln zusammen. Er aß die Banane auf und warf die Schalen mit solcher Vorsicht über die Köpfe der versammelten Gassenkinder, wie sie Mr. Rockefeller walten läßt, wenn er an seinem Geburtstag brandneue Zehncentstücke verteilt.

»Laß dir mal die Haare schneiden!« schrie einer der Jungen.

»Zieh diese Uniform aus!«

Hari lachte gutmütig – ein seltenes burgundisches Lachen, das dem Hunger und der Pest in Indien Hohn sprach. Wie der selbsternannte »Erlöser der Menschheit« in diesem zwanzigsten Jahrhundert hielt er Frohsinn für seine wirksamste Waffe. Er zögerte nie, sie einzusetzen.

Die Straßenjungen umschwärmten ihn wie Fleischfliegen. »Verschwindet endlich!« rief er und stützte sich bequem auf seinen Ellbogen, während er sich lässig über die Stufe ausstreckte. Die Teufel lungerten hartnäckig um ihn herum. Ihre Sticheleien waren bedrohlich.

»Na los, schert euch weg!« schrie er mit schriller Stimme. »Oder ihr kriegt einen Tritt in den Hintern!«

Erfreut von seiner mühelosen Beherrschung eines fremden Argots griff er in seine Innentasche und begann mit der Lektüre eines Pamphlets, das den Titel »Ein offener Brief an Lloyd George« trug. Die außerordentliche Hochstimmung, in die er beim Lesen dieses aufrüttelnden

Manifests geriet und die zu unterdrücken er keine Anstalten machte, kann ihm nachgesehen werden, wenn man bedenkt, daß der Leser dieses Dokuments der Verfasser höchstpersönlich war. Hin und wieder lachte er glucksend, wenn er eine geglückte Passage las, und hatte die ihn umringenden Zuschauer völlig vergessen. Wenn ein gewöhnlicher Sterblicher imstande wäre, sich die Freude unseres anthropomorphischen Gottes an jenem Tage vorzustellen, als seine wunderbare Schöpfungsaufgabe vollendet war und er sich auf seinem Himmelsthron zurücklehnte, entrückt sein Werk betrachtete und es für gut erklärte, dann könnte man die unheilige Freude dieses arischen Botenjungen nachvollziehen, der sich an seiner an Lloyd George, die Höchste Satanische Majestät, gerichteten Philippika weidete.

Gelegentlich hielt er in seiner Lektüre inne, um mit dem Blick eines Hypnotiseurs auf die Gestalt eines kastanienbraunen Drachens zu starren, die einen Balkon auf der gegenüberliegenden Straßenseite zierte. Für Hari Das konnte es genausogut der saphirblaue Gipfel des Mount Everest oder die stolze, stoische Freiheitsstatue sein, die grünspanig auf Bedloe's Island schimmerte. Was ihm zu denken gab, war die ihm plötzlich bewußt werdende Ironie der Situation, in der er sich in diesem Augenblick befand. Der stolze Erbe einer großen Kultur, ein Nachkomme und Vertreter der arischen Rasse, saß, gekleidet wie ein Dienstbote, auf einer Türschwelle in Amerika und gar noch in Chinatown, galt als Unfreier, war ein Gegenstand der Neugier in einem fremden Land.

Er ließ die Früchte seiner ersten beiden Monate in Amerika im Geiste Revue passieren: eine neue Einstellung zum Sex, starkes Mitgefühl für den Neger, Verachtung der nordischen Vormachtstellung, wachsende Angst davor, sich eine Geschlechtskrankheit zuzuziehen (ganz zu schweigen von Pyorrhöe und Hämorrhoiden), Stolz auf seine zunehmende Vertrautheit mit dem einheimischen Idiom, mit dem Slang und den Flüchen. Er dachte an sein geplantes Studium an der Columbia University. Es schien ihm in weite Ferne gerückt und ungefähr so nützlich wie ein Totempfahl zu sein. Was konnte er denn in Amerika mit einem Abschluß als »Doktor der Philosophie« anfangen? Etwa heiraten und Straßenbahnschaffner werden? Vage, nicht zu Ende gedachte Gedanken an das Leben, das er aufgegeben hatte, überfielen ihn. Er fragte sich lustlos, ob er jemals wieder nach Indien zurückkehren und sich der Aufgabe widmen würde, die britischen Flöhe zu vertreiben.

»He, ihr«, zirpte er freundlich, »wie spät ist es?«

Seine Frage ging in einem Ozean von Hohngelächter unter.

Hari grinste, nicht wissend, wie sonst er diese gojische Welt ansprechen sollte, und reckte sich lässig vor aller Augen.

Schrie eine Stimme: »Sag mal, du Tölpel, was für einer bist du? Wo kommst du her?«

Das Wort »Tölpel«, das in seinem eingeschränkten Sinne »Telegrammbote« bedeutete, war ihm unbekannt. Doch er nahm mit hitzköpfiger Ausschließlichkeit die Herausforderung seiner Herkunft an. Stolz und stramm wie eine Bronzestatue von Demosthenes richtete er sich auf. Seine schwarzen Augen funkelten vor leidenschaftlichem Amüsement, während er sich anschickte, seine Jungfernrede an die amerikanische Öffentlichkeit zu »wiederholen«. Ihm war zumute wie jenem großen französischen Trunkenbold, der in seiner Eloquenz ausgerufen hatte: »Nimm die Eleganz und dreh ihr den Hals um!«

»Junge Grobiane«, hub er an, »ihr seht zu dieser Mittagsstunde in diesem herrlichen Land der Gleichheit und der Brüderlichkeit einen Vertreter der größten Kultur vor euch, die die Welt je hervorgebracht hat. Es ist mir eine Ehre, eine *seltene* Ehre« – sein »seltene« ist unmöglich wiederzugeben –, »die Frage beantworten zu dürfen, die der junge Rüpel vor mir gerade ausgesprochen hat. Ich bin ein Sohn Indiens, ihr munteren Vagabunden ... ein Sohn jenes riesigen Reiches, das sich vom Himalaya bis zur Korallenspitze von Ceylon erstreckt. Einer Nation von dreihundert Millionen Menschen, die einhundert verschiedene Sprachen sprechen und eintausend unbekannte Gottheiten anbeten ... Des kostbarsten Juwels in der Börse dieses räuberischen Ungeheuers, der britischen Regierung.«

Ein paar junge Chinesen in amerikanischen Kleidern ließen die Reihen seiner Zuhörer anschwellen. Ihnen schleuderte Hari seine Perlenschnüre entgegen.

»Männer des Orients, ich grüße euch! Anhänger des Konfuzius, Schüler des Großen Gautama, ich habe eine Botschaft für euch ... für die ganze Menschheit, schwarz oder weiß, rot oder gelb.« Seine Zähne blitzten weiß und kräftig im hellen Sonnenlicht. »Ihr Männer von Kathai, sehet in mir den Versprochenen Erlöser ... den neuen Retter der Welt! O Männer, nichts überrascht mich mehr als das Sammelsurium der unklaren, häufig widersprüchlichen populären Vorstellungen vom Kommen Christi. Meint ihr denn, der Mann vom Mond werde auf die Erde herabsteigen und euer Herrscher sein? Männer des zwanzigsten Jahrhunderts, ich glaube, ihr habt Verstand genug, um dieser Tatsache Respekt zu zollen: Weit und breit verstreut sind die echten Zeugnisse in der Bibel, die mich zu der Rolle, die ich zu spielen beabsichtige, berechtigen – ›die Schriftrollen und das Buch, die geschrieben sind innerhalb und außerhalb, die eine fremde Sprache sprechen, lispeln und stammeln, den Frieden verkünden, und so weiter und so weiter ...‹ Schon eine flüchtige Prüfung der Bibel, mit der Absicht, meine Identität mit Dem Versprochenen zu bestätigen, wird die Skeptiker von der Stärke meiner Ansprüche überzeugen ... Das wirklich Erstaunliche meiner Aufgabe, *die ja darin besteht*, eine Ordnung aus dem gegenwärtigen Chaos herauszubilden, ist ihre Einfachheit. Auch wenn ich paradox zu sein scheine, so bin ich doch aufrichtig. Ich weiß nicht, inwieweit ich die Sehnsüchte der Welt werde stillen können.« (Sic!) »*Die Welt hat mich tief enttäuscht* ... Trotzdem behauptet der moderne Christus nicht, unfehlbar zu sein. Ihr lächelt.« (Eine rein rhetorische Geste ... niemand verstand, wovon er sprach.) »Ich bin menschlich, allzu menschlich. Diese kleinen menschlichen Schwächen werden jedoch überschattet und verdunkelt von der menschlichen Größe, der menschlichen Leichtigkeit, die diesem zerbrechlichen Körper innewohnt ... *Entweder bin ich verrückt, oder die Welt ist verrückt.*«

Dieses wohlklingende Exordium wurde unterbrochen durch das Nahen von Officer Mulligan. Der Ableger des Gesetzes ergriff Haris ausgestreckten Arm und drückte ihn brutal.

»Was soll der Unsinn?« fragte er scharf.

»Das ist ein Irrer«, schrie jemand.

Ein Schwarm von Chinesen in blauen und schwarzen Seidengewändern tauchte plötzlich auf und scharte sich dicht um Officer Mulligan. Die Aussicht auf eine Verhaftung schien sie diebisch zu freuen.

Officer Mulligan schwang seinen Schlagstock. »Zurück, ihr Schlitzgesichter!«

Das Meer aus gelben Gesichtern blieb ruhig und unbewegt. Niemand wich auch nur einen Schritt zurück.

»Was hast du hier zu palavern?« Ein noch brutaleres

Quetschen setzte Hari davon in Kenntnis, daß Officer Mulligan nicht scherzte.

»Was sollte das hei-ßen? Weißt du denn nicht, daß du für eine Rede eine Genehmigung brauchst? Was zum Teufel gab es denn zu gackern, he? Setz dich in Bewegung und trag deine Telegramme aus.«

Officer Mulligans Grobheit konnte einen wirklich auf die Palme bringen. Sie schmeckte nach britischem Kolonialgehabe.

»Ich bitte um Entschuldigung, Officer, wenn ich irgendeine Regel verletzt haben sollte. Wie Sie sicher sehen, bin ich fremd hier.«

Officer Mulligan ließ erkennen, daß er etwas milder gestimmt war. Der feurige junge Redner wurde bei dem Gedanken, noch einmal drei Tage im Gefängnis zu verbringen, ebenfalls sanftmütiger. Er war, was amerikanische Institutionen anbetraf, nicht so ahnungslos, wie er zu sein vorgab.

Da er Officer Mulligans Nachsicht spürte, war Hari Das versucht, einen letzten Vorstoß in Sachen »freier Rede« zu wagen. Er wurde sofort zurückgepfiffen.

»Spar dir den Unsinn!« bellte Officer Mulligan.

»Wie bitte?«

»Aufhören, hab ich gesagt. Verstehst du kein Englisch?«

»Das sollte ich schon«, erwiderte Hari mit gespielter Höflichkeit. »Ich wurde in Oxford erzogen.» Er wartete, bis das volle Gewicht dieser Mitteilung in Officer Mulligans irischen Dickschädel eingesunken war. Dann fuhr er fort, in der Manier eines Rajah, der eine alte Rechnung mit angelsächsischen Banditen begleicht. »Möglich, Officer, daß ich einige Amerikanismen tatsächlich nicht verstehe. Das ist *mein* Fehler, versichere ich Ihnen. Noch ein paar Wochen, wage ich zu behaupten, und ich verstehe Ihren Dialekt.«

»D-I-A-L-E-K-T?« Officer Mulligan behandelte das Wort, als sei es eine Ladung Dynamit. In der noch nicht geschrumpften Zone seines Hirns entstand Bewegung, und einander ergänzende finstere Vermutungen fügten sich wie die Teile eines Fords unter den geschickten Händen einer Meute von Mechanikern zusammen. Auf der Polizeiwache war ein aus Westindien stammender schwarzer Hausmeister beschäftigt. Er hatte den gleichen weltmännischen Akzent, die glatte Diktion und üppigen Jargon des Missetäters, der ihm hier gegenüberstand. Ergo war dies ein westindischer Nigger! Dennoch war Officer Mulligan verblüfft von dem langen, glatten schwarzen Haar, den scharf geschnittenen Zügen, dem zarten, empfindsamen Schädel seines Opfers. Ihm dämmerte, während er sich den Kopf kratzte, daß seine Kenntnisse ethnologischer Unterschiede vielleicht begrenzt waren. Trotz alledem mußte er sich Gewißheit verschaffen.

»Woher kommst du?« fragte er rundheraus.

»Ich bin Hindu«, antwortete Hari würdevoll.

»Dann bist du also kein Nigger?«

»Nicht ganz ... der Unterschied ist nur vordergründig.«

»He, versuch ja nicht, mich von oben herab zu behandeln. Komm runter von der Stufe, junger Freund, oder ich lege dir das hier auf den Rücken.«

Hari sah mit einigem Mißbehagen das Symbol der Unantastbarkeit des Gesetzes. Er hatte das Gewicht dieses Symbols zwei Wochen zuvor bei seiner Ankunft in Amerika schon einmal gespürt. Er hatte nicht den Wunsch, diese Erfahrung noch einmal zu machen. Mit wenigen hastigen Worten machte er seinem Inquisitor klar, daß er sich selbst zweifelsfrei für ein unbedeutendes, demütiges Atom der Gesellschaft hielt – »noch nicht ganz vertraut mit der Freiheit und Ungezwungenheit Amerikas.«

»Das reicht. Das wollen wir hier mal weglassen«, sagte Officer Mulligan. »Du befindest dich jetzt in den Vereinigten Staaten, *merk dir das!* Reiß nur nicht zu oft die Klappe auf ...«

Hari wollte ihm gerade für diesen überflüssigen Rat danken.

Mit großer Ungeduld erhob Officer Mulligan eine große, behaarte Pranke und hielt sie Hari direkt vors Gesicht.

»Du bist gar nicht auf den Mund gefallen, du schwarzer Bastard. Jetzt hör mal zu! Ich will gerecht zu dir sein. Ich werde dir mal was sagen ... LASS DICH NICHT DABEI ERWISCHEN, WAHLREDEN ZU HALTEN, WENN ICH MEINE RUNDE MACHE, VERSTANDEN? Das wird dir nicht bekommen. Wenn du was auf dem Herzen hast, dann schau mich an und spuck es aus, klar? Quassel nicht auf diese Chinks ein. Die haben sowieso keine Ahnung, worum es geht, kapiert?«

Ein amüsierter Ausdruck kroch über Haris Züge ... Sollte er Officer Mulligan, seinem neugefundenen Freund, von seiner Mission erzählen? Zweifel überkamen ihn. Würde denn Officer Mulligan an der Ankunft eines schwarzen Messias Geschmack finden? Er blickte verstohlen auf den glatten, harten Schlagstock, den Officer Mulligan so unschuldig drehte. Die mit dem Schlagstock verbundenen Assoziationen obsiegten über uneigennützige Erlösungsvorstellungen. Im großen und ganzen hielt er Officer Mulligan für einen anständigen Kerl. Und außerdem hatte Officer Mulligan das Recht zu glauben, was er wollte. Mithin war Hari sich sicher, daß Officer Mulligan wußte, was seine Rechte waren.

Nun, da die mit dem gegenseitigen Kennenlernen verbundenen Schwierigkeiten ausgeräumt waren, hätte Hari das Gespräch mit diesem Emissär des Gesetzes gern fortgesetzt. Doch einmal mehr war er sich nicht darüber im klaren, welchen Kurs er einschlagen sollte – das Unrecht der britischen Herrschaft oder Irlands wirtschaftliches Dilemma?

Officer Mulligan erlöste ihn von weiteren Grübeleien.

»Wo hast du deine Telegramme?« rief er aus.

Hari griff in seinen Hut.

»Laß mal sehen!«

Es waren acht Telegramme, zwei davon Todesmitteilungen. Hari hatte die Anweisung erhalten, die armenische und die griechische Familie der Hinterbliebenen zuerst aufzusuchen. Er erwähnte dies Officer Mulligan gegenüber.

»Dann mach dich auf die Beine!« sagte dieses Individuum mit plötzlicher Lebhaftigkeit. »Dein Schwätzchen kannst du ein andermal halten. Du wirst entlassen, wenn du nicht aufpaßt.«

Hari begann sich mit den Ellbogen einen Weg durch die Menge zu bahnen. Er ging beinahe im Laufschritt.

»Moment noch«, rief Officer Mulligan. Hari fragte sich, was jetzt wohl noch käme.

»Sag mal, du bist doch gar kein so ein dummer Kerl. Laß diesen Job sausen! Komm morgen mal bei mir vorbei; ich kann dir einen Fahrstuhljob besorgen. Kannst du einen Schaltkasten bedienen?«

Hari dankte ihm überschwenglich und schüttelte die Hand des Officers. Mulligan mußte dafür den Schlagstock in die linke Hand nehmen. Hari schaute mit Ehrerbietung und Mißbehagen auf das Symbol der Würde des Gesetzes hinab.

»Geh jetzt, kümmer dich um deine Angelegenheiten, oder ich sehe mich gezwungen, dir einen Klaps auf den Po zu geben.«

Wie der Schlagstock von einer Hand in die andere und

wieder zurück wanderte, war erstaunlich. Hari Das zitterte erwartungsvoll.

»Los jetzt, ihr Kerle, geht weiter, verschwindet, schert euch davon ... Husch!«

Officer Mulligan setzte wie im Koma schlurfend seine Runde fort. Er dachte daran, was für ein feiner, aufrichtiger, gebildeter schwarzer Bastard von einem Heiden dieser Hindu mit dem weichen Mund doch war, was für ein »feines Land« Irland doch war, ehe die verfluchten Engländer es sich angeeignet hatten. Von diesen Überlegungen ganz in Anspruch genommen, schlüpfte er durch die Hintertür einer Kneipe und bestellte sich einen Fingerhut Rum.

3

Die Große Amerikanische Telegraphengesellschaft beherbergte ihre Telegrammbotenabteilung in einem niedrigen, baufälligen Gebäude im Zentrum der Stadt. Im obersten Stockwerk befand sich eine Kleiderkammer, im Stockwerk darunter eine Schneiderei, in der die ausgemusterten Uniformen der Telegrammboten geflickt, gesäubert und gebügelt wurden. Der Schneidermeister war das Faktotum des Vizepräsidenten. Er reiste durch die gesamten Vereinigten Staaten, unterwies seine Untergebenen in der Kunst der Ökonomie und belieferte die Büros mit Schuhbürsten, aufnähbaren Rangabzeichen und so weiter. Er verfaßte auch ausführliche Berichte in Pidgin-Englisch, in denen er den Vizepräsidenten beispielsweise darüber informierte, daß das Büro in Omaha an einem bestimmten Morgen dieses Jahres erst um 8 Uhr 15 geöffnet worden war, daß er in Denver Schreibtische ohne Kettenbleistifte vorgefunden hatte, daß der für den Telegrammempfang zuständige Angestellte in New Orleans schmutzige Fingernägel hatte und Tabak kaute. Für Informationen dieser Art erhielt er ein ansehnliches Gehalt.

Natürlich wurde er überall empfangen wie ein Leprakranker.

Das Erdgeschoß des Gebäudes beherbergte die eigentliche Personalabteilung, deren Räume zur Straße hin lagen, und ein Ankleidezimmer, das sich an der Rückseite des Gebäudes befand. An der Seitenwand dieses Hinterzimmers waren winzige Kabinen abgeteilt, in denen sich die neu eingestellten Telegrammboten an- und ausziehen konnten. Neben dem Hinterausgang stand ein mit Walzblech bedeckter Tisch, auf dem eine große Rolle Packpapier und eine Rolle Bindfaden befestigt waren. Wurde ein Telegrammbote eingestellt und hatte er die Uniform angezogen, mußte er seine zivilen Kleider zu einem ordentlichen Bündel zusammenschnüren und das Gebäude durch den Hinterausgang verlassen. War das Büro, dem er zugeteilt worden war, nicht zu Fuß erreichbar, wurde ihm Fahrgeld ausgehändigt. Die Aushändigung dieses Fahrgelds war jedoch Theorie. Gewöhnlich behielt Moloch es ein, um damit sein Mittagessen zu bezahlen, und teilte es nur an das »Stammpersonal« aus, das von seiner Existenz wußte und die Stirn besaß, es einzufordern.

Das eigentliche Personalbüro war den Blicken der Öffentlichkeit ausgesetzt. Zwei riesige Tafelglasfenster ermöglichten neugierigen Passanten einen tiefen Einblick in das Drama, das in seinem Innern ständig aufgeführt wurde. Oftmals mußte der Portier nach draußen geschickt werden, um die versammelten Müßiggänger und Vagabunden zu überreden, sich nicht länger die Nasen an den Fensterscheiben plattzudrücken. Eine lebensgroße Pappfigur eines schmucken, adrett aussehenden jungen Mannes, dekoriert mit allen Insignien seines Aufgabenfeldes, wurde deutlich sichtbar in jedes der Schaufenster gestellt. Dieser Köder diente zweierlei Zwecken: Er sollte den Müßiggängern und Schwachköpfen vorgaukeln, daß ihnen in den Diensten der Telegraphengesellschaft jederzeit eine ruhmreiche Karriere offenstand; er half auch, weitverbreitete falsche Vorstellungen zu korrigieren. Nicht alle Telegrammboten, schien er mitzuteilen, sind Schwachköpfe oder Siebzigjährige.

Nebenbei muß erwähnt werden, daß der junge Mann mit den rosigen Wangen, der für dieses Bildnis aus Pappe (das in jedem Büro der Großen Amerikanischen Telegraphengesellschaft ausgestellt wurde) posiert hatte, nicht mehr in der Blüte und dem Saft stand, die so demonstrativ zur Schau gestellt wurden. Durch seinen übertriebenen Eifer hatte er sich eine Tuberkulose des Fußes zugezogen, war derzeit an sein Heim gefesselt und bettelte vergeblich um eine Krankenunterstützung. Solche unglücklichen Umstände waren nicht ungewöhnlich, und sie waren in Anbetracht der Tausende von Menschen, die durch die Mangel gedreht wurden, auch nicht besonders erwähnenswert.

Um die Rechtsabteilung zu entlasten, war eine Kampagne »Sicherheit hat Vorrang« in Gang gebracht worden. Große Plakate wurden in den Büros an Anschlagtafeln und in die Kabinen der Umkleideräume geklebt, auf denen die neuesten landesweiten Statistiken in bezug auf getötete, verkrüppelte oder sonstwie dienstuntauglich gewordene Telegrammboten bekanntgemacht wurden. Um diesen Mitteilungen einen Hauch von Realismus zu verleihen, wurden Schnappschüsse der häufigsten Unfallarten zwischen die Zahlenreihen gequetscht. Die Frage, ob dieser schauerliche Gruselkatalog von Gefahrenquellen in den Umkleidekabinen ausgehängt werden sollte, hatten der Vizepräsident und der oberste Boß lang und breit diskutiert. Der Vizepräsident vertrat die Auffassung, daß diese Mitteilungen wie ein Bumerang wirkten. Vielleicht hatte der Vizepräsident diesen Eindruck durch die Lektüre der monatlichen Berichte Molochs über »Kündigungen und Entlassungen« gewonnen. Die Berichte zeigten, daß nicht weniger als zehn Prozent der Arbeitskräfte schon nach weniger als einem Arbeitstag wieder kündigten. Für den Vizepräsidenten war dies ein unerklärlicher Vorgang. Vielleicht hatte er sich selbst eingeredet, daß die Telegraphengesellschaft in ihren Diensten stehenden Botenjungen eine Karriere ermöglichte.

Moloch kehrte nach dem Trubel der Bowery vor Erregung fiebernd an seinen Schreibtisch zurück. Er hatte das Büro gegen Mittag verlassen, um eine Untersuchung anzustellen. Einer der Telegrammboten hatte durchgedreht.

Es ging inzwischen auf drei Uhr nachmittags. Der Tag war heiß und schwül, und er schwitzte hemmungslos. Sein Unbehagen wurde noch verstärkt durch die stechenden, beißenden Gerüche nach Kampfer und Lysol, die aus dem Umkleideraum und der Kleiderkammer drangen. Außerdem verdroß es ihn, so viele Stellenbewerber auf den Bänken aufgereiht vorzufinden, die mit der stumpfsinnigen Geduld, der man so oft im Vorzimmer eines Wohltätigkeitsvereins begegnet, auf ihn warteten. Er schaute ungeduldig auf die Uhr.

Ihm gegenüber an dem großen Doppelschreibtisch saß sein Freund und Assistent, Matt Reardon. Reardon war unfähig, aufsässig und aufbrausend. Moloch hatte ihm den Job aus Freundschaft verschafft.

Es war nicht zu übersehen, daß Reardon aus irgendeinem Grund aufgeregt war.

»Vor ein paar Minuten war hier die Hölle los«, sagte er atemlos.

Matt konnte eine endlose Kette von Anekdoten abspulen, keine von ihnen sonderlich fesselnd.

»Jetzt nicht, Matt ... später. Ich muß erst eine Menge Zeug durchackern.«

Matt zog ein mißmutiges Gesicht und grollte. Ständig schikanierte Moloch ihn, als sei er der Bürojunge und nicht der stellvertretende Personalchef.

»Und hör mal«, feuerte Moloch weiter, ohne sich im geringsten um die verletzten Gefühle seines Freundes zu kümmern, »sag Lawson, er soll uns dieses Gesindel da draußen vom Hals schaffen. Dieses Gebäude sieht ja aus wie eine Wachsfigurenausstellung!«

»*Du* machst ein Eden Musée aus diesem Büro, nicht ich«, dachte Matt, als er übellaunig und entmutigt aufstand, um die Anweisungen auszuführen. Er war ein erbitterter Kritiker der großspurigen Art und Weise, in der Moloch die Dinge regelte. Er hatte ein Dutzend Argumente in petto, doch keins von ihnen war einen Pfifferling wert. Er war es leid, sich zu streiten; sie taten den ganzen Tag lang nichts anderes, als miteinander zu rangeln. Und zuletzt behielt Moloch immer die Oberhand. Moloch konnte ein gottverdammter Mistkerl sein, wenn er wollte ...

Matt Reardon ging auf das Geländer zu, das die Stellenbewerber von den Angestellten trennte, und begann die jungen Männer nacheinander grob abzufertigen. Er paffte eine Zigarette, während er einen nach dem anderen fortscheuchte. »Verschwinde, aber ein bißchen flott!« knurrte er und wurde angesichts der öden Gleichförmigkeit jeder einzelnen Bewerbung immer gereizter. Ungefähr eineinhalb Minuten wurden jedem Gesuch zugebilligt, gefolgt von einem brüskem »Morgen früh Punkt acht!«

»Sag mal, Matt, was ist denn in dich gefahren? Hab ich dir nicht gesagt, du sollst das Lawson machen lassen? Wozu ist der denn da?« schrie Moloch, der plötzlich Matts Taktik beobachtete.

Matt murrte und nuschelte irgend etwas darüber, daß Lawson den ganzen Tag brauche, um eine Kleinigkeit zu erledigen. »Außerdem«, sprach er weiter, »sollten wir diesen jungen Leuten gegenüber ein bißchen höflich sein. Sie bitten nicht um Unterstützung. Sie wollen Arbeit.«

»Wer schmeißt denn diesen Laden?«

»Ach, verdammt, sei doch kein solcher Sauertopf«, sagte Matt schmeichlerisch. »Weißt du, daß du richtig sauertöpfisch wirst? Ich sage dir«, gurrte er, »du hast was Komisches versäumt. Du bist zehn Minuten zu spät gekommen.«

Molochs Verunsicherung nahm zu. »Red es dir schon von der Seele ... was war los?«

»Ach, vergiß es!« sagte Matt. »Hör mir mal eine Minute lang zu, wie ein richtiger Freund. Ich hab einen Besucher gehabt, nachdem du weggegangen warst – verstehst du? Ich habe den Kerl gleich gesehen. Zuerst habe ich nicht viel zu ihm gesagt ... hab ihn wie gewöhnlich das Bewerbungsformular ausfüllen lassen. Ab und zu hab ich eine harmlose Frage eingeworfen. Er war von Anfang an mißtrauisch gegen mich, das hab ich gesehen, aber als er nach einer Weile merkte, wie verdammt nett ich zu ihm war, wußte er nicht mehr, was er von mir halten sollte. Jedenfalls haben wir eine Weile um den heißen Brei herumgeredet, haben über dies und jenes geplaudert – Herrgott, ich hab alles mögliche aufs Tapet gebracht, nur nicht das, was mir durch den Kopf ging ... Und dann sag ich ganz plötzlich zu ihm: ›Lassen Sie mich doch mal in Ihren Hals schauen.‹ Er sprang vom Stuhl hoch, als ich das sagte, doch ich ging darüber hinweg und murmelte etwas in dem Sinne, daß er sich die Mandeln herausnehmen lassen müßte. Ich wollte natürlich einen Blick auf seine Zunge werfen.«

Moloch lächelte ein sarkastisches Lächeln. Matt hielt sich immer für so verdammt schlau. Er war wie ein junger Assistenzarzt.

»Wie ich es mir gedacht hatte«, sprach Matt weiter, »war seine Zunge über und über vernarbt.«

»Ach ... zum Teufel damit«, platzte Moloch heraus. »Das übrige kannst du dir sparen.«

»Nein, wart mal einen Augenblick – laß mich ausreden

... Was wollte ich gerade sagen? Ach, ja. Hör zu, hörst du mir zu? Wie ich schon sagte, ich hab ihm Honig ums Maul geschmiert, hab ihm auf die Schulter geklopft und ihm gesagt, was für ein famoser Bursche er sei ... Jesus! Es war eine Schande! Also, jedenfalls, ich rede mit ruhiger, gleichmäßiger Stimme auf ihn ein – genauso, wie ich jetzt mit dir rede –, und plötzlich schleudere ich ihm das entgegen: ›Wann haben Sie Ihren letzten Anfall gehabt?‹ Junge, du hättest dabeisein sollen! Er geht in die Luft und reißt mir die Bewerbung aus der Hand ... reißt sie in Stücke. Ich behalte ihn im Auge, während er auf die Tür zusteuert. Sage allerdings kein einziges Wort ... Und ich sehe, daß er, anstatt hinauszugehen, zu mir zurückkommt, mit den Händen herumfuchtelt und mit gellender Stimme schreit: ›Das ist eine Lüge ... das ist eine Lüge!‹ Dabei begannen seine Lippen zu zucken, und er wurde von Krämpfen geschüttelt ... einem Krampf nach dem anderen. Dann wurden seine Finger steif, und es sah aus, als würde er sich an der Luft festklammern. Und, bei Gott, im gleichen Augenblick, bäumt er sich auf und klappt zusammen. Himmel, es war verrückt. Eine halbe Stunde lang lag er ausgestreckt auf dem Fußboden und hatte Schaum vorm Mund ... Weißt du, Dion, ich muß genau den wunden Punkt getroffen haben. Es war perfekt.«

»Aber er liegt doch nicht noch irgendwo hinten herum, oder?« sagte Moloch.

»Nein, zum Teufel! Ich habe ihn gleich fortgejagt. Aber es hat verflucht lange gedauert, bis wir ihn wieder auf die Beine gebracht hatten. Hier drin waren vielleicht zwanzig junge Burschen, die alle, weiß der Himmel, übereinandergepurzelt sind. Mrs. McFadden ist in Ohnmacht gefallen. Sie ist zu nichts zu gebrauchen, weiß du das, Dion? Wir sollten sie entlassen ... ich dachte schon, wir würden die Polizei auf den Hals kriegen. Jesus, das Büro war das reinste Tollhaus. Und das alles, weil ich ihm eine einfache Frage gestellt hatte. Hör zu – ich hab nur gesagt: ›Wann haben Sie Ihren letzten Anfall gehabt?‹ Mehr nicht. Das war alles«

Moloch schaute seinen Untergebenen mit unverhohlenem Sarkasmus an.

»Du hast natürlich nicht damit gerechnet, daß so etwas einmal passieren könnte, oder? *Nein!* Weißt du, was ich von dir halte, Matt? Ich finde, du bist selber ein verrückter Mistkerl. Du hast dich köstlich amüsiert, das seh' ich doch.«

Matt heuchelte Bedauern. Innerlich war er mit sich sehr zufrieden. Er hatte das Gefühl, seine Berufung verfehlt zu haben.

»Na ja«, sagte Moloch nach einer Pause, »ich sollte vermutlich dankbar dafür sein, daß du ihn nicht eingestellt hast.« Er setzte ein schlaues, boshaftes Grinsen auf. »Twilliger sagt ja, wir können es uns nicht leisten, daß Epileptiker auf die U-Bahn-Schienen stürzen und in Stücke gerissen werden. Nebenbei bemerkt«, fügte er hinzu, »kennst du den Unterschied zwischen einem Simulanten und einem echten Epileptiker?«

Matt Reardon schüttelte den Kopf.

»Der eine, Matt, schafft es immer, dort zu stürzen, wo es ungefährlich ist; der andere ist nicht so wählerisch.«

»Trotzdem behindern beide den Verkehr«, erwiderte Matt.

Moloch lachte. Matt lachte ebenfalls. Es war ein verdammt guter Witz. Moloch wußte, daß das nicht stimmte. Matt wußte es nicht.

»Ach, das hab ich vergessen, dir zu sagen – ich habe hier einen Brief für dich«, sagte Matt plötzlich. »Von dem Ägypter ... von *diesem Verrückten, Sarwat.*«

»Sarwat? Von welchem Sarwat?«

»Du wirst dich doch noch an den Vogel erinnern. Hier, lies. Ich hätte mich kaputtlachen können.«

Er entschuldigte sich nicht dafür, Molochs private Post geöffnet zu haben.

Moloch nahm den Brief und las:

Washington, D.C.

Hochverehrter und ehrenwerter Herr:
Ich muß Ihnen schreiben und Ihnen mitteilen, was die Hand eines unglückseligen Geschicks in meinem Herzen angerichtet hat, und es betrübt mich zutiefst, Sie mit meinen innerlichen Schmerzen zu belasten, doch es erfüllt mich mit tiefer Dankbarkeit zu wissen, daß Sie ein selten großmütiger Mensch sind.

Hier bin ich, ein gestrandetes Schiff, geborsten und in Stücke gebrochen an den gewaltigen Klippen im großen, dunklen, wogenden Ozean Amerika. Mein lieber Herr – ich habe so oft Menschen dieses Land rühmen hören, daß seine phantastische Schönheit mir den Verstand vernebelt und mich aus dem ruhigen Osten hierher gelockt hat, und zwar sehr heftig.

Schon sehr bald nach meiner Landung hier mußte ich feststellen, daß das, was ich für bare Münze genommen hatte, ein rein poetisches Gefühl ist und daß die großartigen und gigantischen Paläste der Hoffnung nichts als Träume sind und keine Grundlage haben. Ich bin sehr enttäuscht, Mr. Moloch. Es gibt ein Zitat eines persischen Dichters, das besagt: »Und es muß eine mitfühlende Seele geben, der du deine Schmerzen und Leiden anvertrauen kannst und bei der du den Balsam finden wirst, der dein entzündetes Herz heilt.« Und dies ist der Grund, Mr. Moloch, weshalb ich es wage, Ihnen heute zu schreiben und zunächst einmal meiner herzlichen Zuneigung und meinem

Wunsch, Sie zu sehen, Ausdruck verleihe und danach meine Gefühle und Eindrücke schildere.

Wie Sie wissen, bin ich aus New York City fortgegangen, weil es mir nicht gelang, hier die nötigen Mittel für meinen Lebensunterhalt zu verdienen. Ich fühlte mich verloren inmitten der Menschenmassen, die in den geschäftigen Straßen der westlichen Metropolis dem Mammon nachjagen. Da habe ich meinen Ranzen in der psychologischen Haltung des Jean Val Jean, des Helden aus »Die Elenden« des Franzosen Hugo, geschultert und bin hierher weitergezogen in der endgültigen Hoffnung, die Mittel zu meinem Lebensunterhalt leicht zu verdienen, doch zu meinem großen Mißgeschick und Unglück stellte ich fest, daß ganz Washington dem gleicht, wovon ich schon vorher einen Vorgeschmack bekam.

Wie schade! Ein Mann wie ich, nicht imstande, im angeblichen Garten der Welt sein Brot zu essen. Das ist eine große Katastrophe.

Jedesmal, wenn ich an die in diesem großen Land herrschenden Verhältnisse denke, fallen mir die Zeilen von Longfellow ein:

(Wer seine Arbeit hat getan
dem steht auch Nachtruhe zu.)

Und wenn ich an Amerika denke, fallen mir auch Shakespeares Worte aus Hamlet ein:

»Etwas ist faul im Staate Dänemarks.«

Was soll ich noch sagen, mein lieber Mr. Moloch? Die blühende Rose meiner Hoffnungen ist bereits verwelkt. Die Zustände hier sind furchtbar schlecht. Der Kapitalismus versklavt die Arbeit im hellen Tageslicht des zwanzigsten Jahrhunderts, und Demokratie ist nur ein leeres Wort.

Wer Geld besitzt, quält den schrecklich, der keines besitzt, einfach deshalb, weil er ihn ernähren muß, und wer Geld besitzt, ist von seinen spirituellen Empfindungen abgeschnitten. Das ist die entscheidende Schwäche. Das ist der Fehler der Gesellschaft.

Von ferne sehe ich die Laterna magica, die, gehalten von einer kraftvollen Hand in Rußland, ihre Linsen auf dieses Land richtet, um den Weg unter den Füßen der armen Arbeiter zu beleuchten.

Bald oder später schwinden alle Dinge
Und sind nicht mehr:
Der Bettler und der König,
Sie gehen gleichen Schritts dem Ende zu.

Mein lieber Mr. Moloch, ich hoffe, Sie werden mir meine Freimütigkeit verzeihen. Es ist der tief in meinem Herzen verborgene Kummer, der mich dazu veranlaßte, Ihnen heute diese wenigen Zeilen zu schreiben, und ich bin Ihnen sehr dankbar für Ihre »Menschlichkeit« und »Güte« und »Zärtlichkeit«.

Gehemmter Schmerz, wie ein verstopfter Ofen,
Verbrennt zu Asche die verschloßne Brust.

Seien Sie so freundlich, mir zu schreiben, wann immer Sie Gelegenheit dazu haben. Geben Sie mir einen Rat, was ich tun soll. Soll ich geduldig sein und meine Geduld an ihre Grenzen stoßen? Werden die Verhältnisse in den Vereinigten Staaten weiter so schlecht bleiben, wie sie es jetzt sind? Kann man darauf hoffen, daß die Sonne wieder scheint und die dunklen Wolken vertreibt und Licht in das Dunkel bringt? Ich vermag schwerlich daran zu glauben. Über eines denke ich immer wieder nach: Ich würde es als schwarzen Klecks auf dem weißen Blatt meines Lebens betrachten, wenn ich nach Amerika gekommen wäre und als Versager nach Ägypten zurückkehren müßte, und ich möchte lieber sterben, als das zu tun.

Meine Seele ist sehr anspruchsvoll, und sie ist im Käfig aus Lehm, im Körper, gefangen! Soll ich sie freilassen, damit sie grenzenlose Freiheit genießen kann?

Ich würde gern nach New York zurückkehren, werde dies aber nicht tun, bevor ich nicht genau weiß, was meine Bestimmung dort sein wird. Ich möchte nicht arbeitslos sein. Ich möchte, daß Sie mich als Aufseher in der Kleiderkammer einstellen, ganz gleich, wie lang meine Arbeitsstunden sein mögen, solange ich nur unter Ihrer Leitung sein und ein seßhaftes Leben führen kann.

Ich bin sicher, daß Ihr Herz Verständnis für meine Lage aufbringt und daß Sie Ihre Bemühungen wieder aufnehmen werden, mir eine Anstellung zu verschaffen und mich versorgt zu sehen. Ich möchte von Ihnen als Telegrammbote eingestellt werden und jede andere Arbeit im Haus machen. Bitte helfen Sie mir.

Ich werde nach New York zurückkehren, wenn es Ihnen möglich sein wird, mir eine solche Arbeit zu verschaffen, und wenn Sie mich wissen lassen, daß ich mich Ihrer Güte unterstellen darf.

Sie können auch mit Ihren Freunden sprechen, wenn die Ihnen fest zusagen können, daß sie mich in einer anständigen freien Stelle beschäftigen werden. Machen Sie sich nicht zuviel aus den Menschen, denn ich habe kein Vertrauen in sie. Ich habe nur in Sie unerschütterliches Vertrauen. Sie sind der einzige Mensch, den ich bewundere und verehre. Sie selbst werden mein Problem lösen können. Es tut mir leid, Sie mit diesem langen Brief zu belästigen, doch Sie erinnern sich gewiß daran, wie »Diogenes«, der griechische Philosoph aus den alten und vergangenen Tagen, mit bloßen Füßen und mit einer Laterne in der Hand durch die Straßen von Athen wanderte, um den einen Menschen zu finden.

Ich bin, und für keine unbeträchtliche Zeit, gewandert, um den einen Menschen in Amerika zu finden, und ich habe den wahren Menschen auch gefunden, in Ihnen.

Zögern Sie nicht, mir nach besten Kräften zu helfen. Ich möchte, daß Sie mich als Aufseher oder in einer anderen anständigen Stellung beschäftigen. Die Lebenshaltungskosten sind sehr hoch, und ich kann es mir nicht leisten, lange Zeit ohne Arbeit zu sein. Ich kann nicht existieren. Lesen Sie diesen Brief ein zweites Mal.

Lesen Sie ihn in Ihrer Freizeit und schreiben Sie bitte eine Antwort. Ich möchte hier nicht bleiben. Ich möchte wieder nach New York zurückkehren und Sie häufig sehen. Helfen Sie mir, dort Unterschlupf zu finden.

Arbeitet Shukrullah noch als Telegrammbote? Es ist eine Schande. Ich habe Ihre Zeit sehr lange beansprucht. Ich muß schließen. Mit den besten Wünschen und herzlichsten Grüßen lege ich Ihnen meinen ehrerbietigen Respekt zu Füßen.

Ihr stets gehorsamer Diener, Sarwat.

Während Moloch die letzten Abschnitte las, kam ein rundliches Männchen, dem der Schweiß in Strömen über das Gesicht lief, hereinstolziert wie ein Bantamhuhn aus Rhode Island und watschelte zu einem zweiten vierschrötigen Männchen hinüber, das am Schaltkasten saß.

»Hallo, Dave!« gluckste er. »Ist hier heute irgend etwas Aufregendes los? Wie geht's Mr. Moloch? Ist er pleite? Ich möchte mir ein paar Scheine von ihm borgen.«

Dave, die vierschrötige kleine Gestalt mit dem Bauch eines Brahmanen, grinste und nickte heftig in Molochs Richtung. »Er hat wieder einen komischen Brief gekriegt ...«

»Komm rüber«, schrie Matt Reardon, als er Prigozi plötzlich erspähte. »Das hohe Tier hat einen Brief von einem seiner Bewunderer ... Lies ihm den ersten Abschnitt vor, Dion ... du weißt schon, die Stelle über die ›inneren Schmerzen – was die Hand eines unglückseligen Geschicks in meinem Herzen angerichtet hat‹ und das übrige.«

»Du schon wieder?« rief Moloch aus und schaute zu Prigozi hinauf. »Warum suchst du dir nicht zur Abwechslung mal einen anderen Platz zum Herumlungern?«

»Der Laden hier gefällt mir. Hat Atmosphäre.«

»Mottenkugeln, meinst du wohl«, bemerkte Reardon.

»*Psychopathen!* Das meine ich«, schrie Prigozi, der langsam in Fahrt kam. »Ihr seid eine Bande von Geistesgestörten ... alle miteinander! Ihr denkt, die Telegrammboten sind dämlich, was? Amüsiert euch damit, sie zu analysieren, was? Laßt mich euch Vögeln eines sagen ... eure Telegrammboten sind die einzigen normalen Menschen in diesem verlausten Laden. Ich berichtige mich – ausgenommen Mister Molochs Lieblingsidioten. Verdammt, Matt, du schießt ein paar gräßliche Böcke, und dein Boß sitzt selbstgefällig dort auf seinem Hintern« – er warf Moloch einen verächtlichen Blick zu, um zu sehen, ob er das schluckte – »er ist der schlimmste Amateurpsychologe, der mir je unter die Augen gekommen ist. Redet eine halbe Stunde lang mit einem Bewerber und bildet sich ein, er könne in ihm lesen wie in einem Buch. Ich wette, er hat mehr Verrückte eingestellt als ... Der kleine Dave da drüben könnte nicht mehr Schaden anrichten, wenn man ihn ließe. Ihr Kerle macht mich krank.« (Er meinte vor allem Moloch.) »Ihr denkt, ihr leitet ein Laboratorium. Scheiße! Ihr macht ja die reinste Säuglingsstation aus diesem Laden!«

Moloch schaute von seinen Papieren hoch – er hatte darauf gewartet, daß Prigozi aufhörte – und sagte gelassen:

»Klar. Gestern war es ein Krankenhaus. Heute ist es eine Säuglingsstation.«

»Genau, und morgen ist es eine Irrenanstalt«, dröhnte Prigozi.

Prigozi schwafelte weiter, ungeachtet des Eindrucks, den er machte. Er hüpfte beim Reden wie eine Taube umher. Er war sehr klein, behaart, ungekämmt und bewegte sich mit dem diskreten, wichtigtuerischen Gehabe eines Arztes, der mit Abtreibungen einen guten Schnitt gemacht hatte. Als Medizinstudent im dritten Jahr betrieb er heimlich eine kleine Praxis nebenbei und glaubte, irgendwann einmal ein richtiger Psychiater zu werden. Im Augenblick hatten ihn die Theorien von Freud, Jung, Adler und ihresgleichen ganz in ihren Bann geschlagen. Im Jahr zuvor hatte er sich für Vivisektion begeistert – hatte ungefähr dreiundzwanzig Meerschweinchen aufgeschlitzt, die er zusammen mit einem Skelett, einer Frau und ein paar Möbelstücken in seiner Wohnung aufbewahrte.

Niemand konnte so recht begreifen, warum Moloch ihn ertrug. In Wirklichkeit war es sogar mehr als bloßes Ertragen, was Moloch in seiner Beziehung zu Prigozi an den Tag legte. Man konnte es beinahe Faszination nennen. Was ihn so faszinierte, konnte Moloch selber nicht erklären. Mit Ausnahme von Dave vielleicht, der sich dazu zwang, Prigozi zu bewundern, weil sie beide der auserwählten Rasse angehörten, hielt ihn jeder für widerwärtig und abstoßend. Matt Reardons Theorie war die, daß Prigozi vorbeikam, um vor den weiblichen Angestellten anzugeben. Der Atmosphäre von Genialität, die Moloch um sich verbreitete, schenkte er keine Beachtung. Matts Meinung nach war Moloch auf irgend etwas scharf; und wenn er es einmal hatte, ganz gleich, was es war, würde er Prigozi wie eine heiße Kartoffel fallenlassen. Für diese Eigenschaft Molochs hatte er wenig übrig, auch wenn Prigozi eine Ratte war. Matt selbst hatte eine andere Vorstellung von Freundschaft. Moloch war so verdammt, naja – »herzlos« – ja, das war das richtige Wort.

Im Büro kehrte Prigozi stets den frotzelnden Grobian heraus. Diese Attitüte war fester Bestandteil seiner herzlichen Zuneigung für den »Boß«, wie er seinen Freund Moloch hartnäckig nannte ... Die Unansehnlichkeit des Kerls war nicht zu leugnen. Zu sagen, er sei häßlich, hieße ihm schmeicheln. Seine Haut war grobporig und pockennarbig und so ölig, als habe er sie mit Schmalz eingerieben. Seine Nase, die Matt Reardon einmal mit einer Gummispritze verglichen hatte, war ein riesiges, von Mitessern übersätes priapisches Organ. Wenn er gesprächig und erregt wurde, sammelten sich dicke Fetttröpfchen, die aus den vergrößerten Poren sickerten, auf der Nasenspitze. Er kratzte sich ständig am Kopf, der entzündet war, wodurch ihm die spärlichen Haare ausfielen und große rote Kreise zurückblieben, wie man sie manchmal bei Kindern beobachten kann, die einen Bandwurm haben. Seine Kleider waren nie gebügelt und nur selten sauber; sein Mantelkragen war ständig mit einer dicken Schicht Schuppen überzogen, die wie eine Decke aus Schneeflocken um seinen kräftigen Hals lag.

Mitten in seinen Hanswurstereien hörte Prigozi plötzlich auf zu schwatzen und schaute mit starrem Blick zu einem merkwürdigen Wesen hinüber, das auf einer Bank in einer Ecke des Vorzimmers saß. Niemand schien zu wissen, wie lange der Mann dort schon gesessen hatte. Wenn man ihn genau ansah, hatte man das Gefühl, daß er ewig dort sitzenbleiben ... daß man ihn am Mantelkragen aufhängen und wie einen Schinken zum Räuchern hängenlassen könnte.

»Ruft diesen Trottel mal rüber«, befahl Prigozi mit dicker, belegter Stimme. »Jetzt werden wir gleich was zu lachen haben.«

»Brr, halt!« Moloch holte so weit aus, daß er Prigozi fast mit der Hand ins Gesicht geschlagen hätte. »Bißchen spät für eine Nebenvorstellung, nicht?« Er wandte sich zu Lawson um, der wie ein die heiligen Tore bewachender Zerberus dasaß. »Worauf wartet dieser Kerl denn, Lawson? Ich dachte, Matt hätte alle Bewerber rausgeschmissen?«

»Er besteht darauf, mit dir persönlich zu sprechen, Mr. Moloch.«

»Na dann, *das ist etwas anderes.*« Moloch stieß dies mit beißendem Spott hervor, als habe der Sultan von Marokko um das Vorrecht einer Audienz gebeten.

Obwohl es draußen drückend heiß war, war der geheimnisvolle Mann auf der Bank gekleidet wie Tweedledum, der sich auf einen Zweikampf mit Tweedledee vorbereitete. Über einer schmutzigen Flanellhose trug er ein Wolljackett und dazu einen dicken Pullover mit einem hohen Kragen, der ihm bis zu den Ohren hinaufreichte, und darüber einen zerschlissenen Ulster, der von großen Sicherheitsnadeln zusammengehalten wurde. Seine Taschen waren mit alten Zeitungen vollgestopft, die er zweifellos im Laufe des Tages aufgelesen hatte, während er ziellos durch die Straßen der Stadt gewandert war. Im Knopfloch seines Ulsters steckte eine kleine amerikanische Flagge.

Matt Reardon stupste Prigozi an und zeigte auf die Flagge. Prigozi kicherte und bereitete sich darauf vor, das Scharmützel mit all seinem kritischen Scharfsinn zu beobachten. Seine Brillengläser waren dick wie Flaschenglas und verliehen seinen Augen das Aussehen zweier großer Fischmäuler, die sich an zwei Mazda-Glühbirnen preßten.

»Guten Morgen, mein Freund. Haben Sie einen Job für mich?«

Diese Worte waren der erste Beweis dafür, daß das geheimnisvolle Wesen lebte und ein Mensch war. Er war zögernd auf Moloch zugegangen, als dieser ihn herübergewunken hatte, und begann mit gedämpfter, beunruhigter Stimme zu sprechen, so als habe man ihn am Abend eines Amateurwettbewerbs plötzlich auf die Bühne geschoben und als sei er sich nicht ganz sicher, ob der Monolog, den er vorbereitet hatte, das Richtige war oder nicht. Es war ein chaotischer, hirnverbrannter Redeschwall, der irgendwo einsetzte, dahinplätscherte und weiterfloß wie eine Uhr mit Achttagewerk. Obwohl es schon Nachmittag, ja beinahe Abend war, stand er unter dem Eindruck, es sei noch vormittags.

»Einen Augenblick«, sagte Moloch beflissen, stand auf und streckte ihm zum Gruß die Hand hin. »Würde es Ihnen etwas ausmachen, diesen Gentlemen hier Ihren Namen zu nennen?«

»Luther, Sir. Luther Becklein. Ich bin Presbyterianer. Meine Frau war katholisch; wir sind beide Mitglieder der Zweiten Presbyterianischen Kirche von Hoboken ...«

»Aber ich dachte, Sie kämen aus Paterson«, keuchte Prigozi, der so tat, als habe er das mißverstanden.

»Nein, mein Freund ...« Luther war ruhig wie ein See. »In Paterson hab ich *vor Jahren einmal* gelebt. Wir hatten dort in der Second Avenue drei Zimmer, drei *hübsche* Zimmer. Tillie war damals gerade fünf – und gerissen wie eine Jüdin ...«

Moloch kicherte. »Wie eine Jüdin, sagen Sie?«

»Das stimmt, mein Freund. Ich habe keine religiösen Vorurteile. Ich habe sie später aus dem Kindergarten genommen und in eine Konfessionsschule geschickt. Das war, als ich meinen Job bei der Rolläden-Firma verlor und wir nach Hoboken ziehen mußten. Die Frau mußte eine Hausmeisterstelle annehmen, aber beim Geschirrspülen und bei den Kleinigkeiten hab ich ihr immer geholfen ...«

»Beim Bierholen vermutlich«, bemerkte Matt gelassen und wollte damit andeuten, daß eine solche Gewohnheit ausgesprochen achtbar – ja, genau das Rechte war.

Doch Prigozi ließ es nicht zu, daß die Konversation in dieses Fahrwasser geriet. Er wollte sofort in die Tiefe gehen, wollte sehen, was auf dem Grund im fetten Schlick verborgen lag. Er trat näher an den Mann heran und legte ihm mitfühlend eine schwitzende Hand auf die Schulter.

»Sie haben gerade eben gesagt, Luther, daß Sie einmal Mitglied bei der *Christian Endeavor Society* waren. Stimmt das?«

Er sprach mit dunklem drohendem Tonfall, als wolle er den Eindruck vermitteln, daß ein solches Eingeständnis einen Gesetzesverstoß darstellte.

Doch Luther war unempfänglich – für gute Worte und für Drohungen.

Inzwischen hatte Matt Reardon, unbemerkt von den anderen, Molochs Sekretärin aufgefordert, zu der Gruppe hinzuzukommen und die Konversation Wort für Wort festzuhalten.

»Kümmere dich nicht um die *Christian Endeavor Society*«, sagte Moloch, der sich plötzlich an den Galanterien beteiligte und eine herzliche, beschützende Zuversicht ausstrahlte, die Prigozi nur noch mehr reizte.

»Ist *er* Ihr Bürojunge?« fragte Luther und zeigte auf Prigozi.

»Nein«, erwiderte Moloch trocken, »er ist Bestattungsunternehmer – ein Freund von mir. Er ist nur vorbeigekommen, um mich zu besuchen.«

Während dieses Wortwechsels hatte Luther eifrig in seinen Taschen gekramt, offensichtlich suchte er einen Gegenstand von höchster Wichtigkeit. Als er eine Tasche nach der anderen leerte, ergoß sich eine Ansammlung der verschiedensten Kleinigkeiten auf den Fußboden, darunter zwei muffige Schinkenbrote, eine Kombizange, ein Westentaschenwörterbuch, ein paar Reißnägel, drei gewissenhaft polierte Yachtklub-Knöpfe, eine Mundharmonika, Haarklemmen, Murmeln ... Gott weiß, was für unvorstellbaren Krimskrams er noch zutage gefördert hätte, wenn er nicht glücklicherweise den gesuchten Gegenstand gefunden hätte.

Mit zarter Geste drückte er Moloch ein zerfleddertes Buch mit Goldschnitt in die Hände. Das Neue Testament!

»Das haben sie mir im Krankenhaus gegeben«, begann Luther in seiner unerschütterlichen, gewohnheitsmäßig kühlen Art. »Ich habe es immer bei mir, damit ich ein paar Zeilen lesen kann, bevor ich ins Bett gehe ... *um gut zu bleiben.* Ich brauche es nicht wirklich, mein Freund, weil ich in meinem ganzen Leben noch nichts Unrechtes getan habe, doch ich glaube daran, ein guter Christ zu sein ... Meine Religion kann mir keiner wegnehmen, ist es nicht so, mein Freund?«

Moloch nickte.

»Verstehen Sie, mein Freund, als ich aus dem Krankenhaus kam, war alles in Ordnung, nur Tillie ist durch das Beispiel ihrer Mutter auf die schiefe Bahn geraten. Der Richter hat selber gesagt, es wär schlecht für die Frau gewesen, daß sie den ganzen Tag auf dem Kohlenkasten gesessen hat, anstatt die Böden zu schrubben ...«

»Sie meinen, sie hat getrunken?«

»Genau, mein Freund.« Das gleiche friedfertige Benehmen – unmöglich, ihn aus der Ruhe zu bringen. Man hätte anstelle von »getrunken« auch sagen können: »sich umgebracht«.

»Meine Frau war strenggenommen keine gute Frau«, sprach Luther weiter. »Ungefähr zu zwei Dritteln gut und zu einem Drittel schlecht. Ihre Mutter hatte Indianerblut in sich. Niemand hätte mit ihr leben können, mein Freund ... *niemand.*«

»Was war denn ihr Vater?« wollte Prigozi wissen, der wieder bohrte und drohte. Er war anscheinend unzufrieden mit Luthers Leisetreterei. Es juckte ihn, wie er es später ausdrückte, eine »Reaktion« aus dem Mann herauszuholen.

»Ich weiß nicht, *was* ihr Vater war«, antwortete Luther nüchtern. »Ich habe sie einmal sagen gehört, er sei Lokführer auf der Santa-Fe-Linie. Aber man konnte ihr nicht viel glauben. Sie hat so viel gelogen ...«

»Es ist mir egal, ob er Lokführer oder Wanderprediger war«, schrie Prigozi mit sich überschlagender Stimme. »*Welche Nationalität* – das habe ich damit gemeint.«

»Er war auch Pawnee-Indianer ... jedenfalls *zum Teil.* Ich schätze, damit ist sie dann zu zwei Dritteln Indianerin, oder?«

»Nein, ungefähr zu sieben Achteln«, krächzte Matt.

Luther bewahrte eine ernste Miene, während die anderen sich Witzeleien über den Anteil von Pawnee-Chromosomen in der Familie Becklein zuriefen. Die Sekretärin flehte sie an, nicht so schnell zu sprechen ... sie kam nicht mit beim Aufschreiben dessen, was Luther zu sagen hatte.

Luther schwadronierte weiter von den verschiedenen Jobs, die er gehabt hatte, bevor »sie« ihn ins Krankenhaus steckten. Das Wort »sie« benutzte er jetzt häufig. Es hatte das gleiche Gewicht, das Euripides in der Dramaturgie seiner Stücke den »Parzen« zumaß.

»Ich habe versucht, einen Job zu finden«, sagte Luther, »doch *sie* wollten das nicht zulassen. Jedesmal, wenn ich auf Arbeitssuche ging, passierte irgend etwas. Beim letztenmal steckten *sie* mich mit einem gebrochenen Bein für sechs Monate ins Krankenhaus. Außerdem hatte ich Heuschnupfen. Aber, schauen Sie, mein Freund, ich brauche einen Job. Ich bin kein Trinker. Ich möchte arbeiten, wirklich. Ich hab einer Dame ein Stück meine Straße runter einen Tag lang die Wäsche gemacht.« (Er hatte vergessen, daß er sich nicht mehr in Paterson befand.) »Das reicht doch, oder, mein Freund? Und einmal hab ich Besorgungen gemacht. Ich kann keine Rollos mehr anbringen, verstehen Sie – mein Rücken ist nicht mehr, was er mal war.«

»Wie steht's mit Ihren Beinen?« fragte Moloch.

»Das linke ist in Ordnung, aber dieses hier« – er tätschelte sich zärtlich das Bein – »ist ein bißchen steif … weil ich so lange im Bett gelegen hab, verstehen Sie.«

»Das ist ja alles gut und schön, Luther, aber verstehen *Sie* denn, was Sie tun müßten, wenn ich Ihnen eine Arbeit gäbe?«

»Ja, Sir. Könnten Sie mich nicht in einem Büro einstellen, wo nicht so viele Telegramme auszutragen sind?«

Matt Reardon mischte sich ein. »Sie hätten nicht zufällig gern einen Wagen, in dem Sie herumfahren können, oder, Luther?«

»Ehrlich, ich will ja arbeiten, nur …«

»Hier«, sagte Moloch und drückte dem Mann einen halben Dollar in die Hand. »Nehmen Sie das und lassen Sie sich heute abend die Haare schneiden. Und kommen Sie morgen früh wieder zu mir. Nehmen Sie auch ein Bad, wenn Sie Zeit haben, und lassen Sie Ihren Mantel zu Hause.« Er war im Begriff, sich abzuwenden. »Sagen Sie mal, Freund«, fügte er nachträglich hinzu, »haben Sie überhaupt ein Zuhause?« Er ließ sich zum erstenmal anmerken, daß er mit einem menschlichen Wesen sprach.

Luther antwortete kläglich: »Ich hatte mal eins, aber der Richter, er …«

Moloch fiel ihm ins Wort. »Mr. Lawson«, rief er, »geben Sie doch diesem Herrn von mir ein paar Dollar. Ich gebe sie dir am Samstag zurück.« Den letzten Satz sprach er flüsternd.

Luther schien das Interesse an dem Job zu verlieren und ging hinüber, um sich das Geld zu holen. Als er gegangen war, sauste Moloch zu Lawson hinüber. »Laß den bloß nicht nochmal rein, kapiert?«

»Klar«, sagte Lawson. Sein Kopf bewegte sich vielsagend. Er schaffte es, tiefgründig und wehmütig zugleich zu wirken. »Gleich als mein Blick auf ihn fiel, wußte ich, daß du ein paar Wörtlein mit ihm wechseln wollen würdest. Ich lasse ja nicht *alle* rein, weißt du. Nur ausgewählte Exemplare.«

Moloch grinste. »Genau so, Lawson – *nur ausgewählte Exemplare.*«

Als er an seinen Schreibtisch zurückkehrte, tollte Prigozi dort herum wie Silenos und stieß ein Gebrabbel aus sonderbaren Wörtern hervor – Synapsen, Epithelkörperchen, Involutionsmelancholie, Euphorien ... wasnichtnoch. Der Mann führte sich auf wie ein Automat, den jemand aufgezogen hatte und der unverständliches Gerede abspulen würde, bis die Feder riß. Er beugte sich hysterisch über Matt, seine Wangen waren heiß und gerötet, Tränen traten ihm in die Augen, seine Lippen bebten.

»Was ich sage« – er hämmerte mit der feuchten Faust auf den Tisch – »was ich sage«, wiederholte er lautstark, »ist: du solltest diesen armen Teufel zum Trocknen aufhängen ... häng ihn in der Toilette auf, er merkt das gar nicht. Oder, ich sag dir was, schick ihn morgen früh zu Dr. Nussbaum. Ich geb dem alten Kauz einen Tip. Verdammt, wir haben in den letzten beiden Wochen keinen anständigen Fall gehabt. Nur Paranoiker ... und Kretins.«

Aufgebracht, weil Moloch ihm keine Beachtung schenkte, schleuderte er die Überreste einer Stimme gegen die Decke.

»Willst den Kerl wohl morgen mit einer Uniform ausstaffieren, was? Du solltest einen Garderobier aus ihm machen.«

Moloch gab sich den Anschein, in seine Papiere vertieft zu sein.

»Ich spreche mit dir, *Mister* Moloch! Bist wohl jetzt guter Dinge, was ... zufrieden mit der Welt, he? Herrgott, du spielst gern den guten Samariter!«

Prigozi war nun bei seinem Lieblingsthema angekommen: den guten Samariter spielen. Das war sein liebstes Folterwerkzeug, denn die meisten anderen Sticheleien hielt Moloch aus, nur eine nicht: daß man ihn einen kleinen Jesus nannte. Er neigte eher dazu, seine wohltätigen Regungen als Schwäche zu betrachten. Prigozi wußte das ganz genau. Er wollte Moloch auf eine weiche, breiige christliche Masse aus Fleisch und Prinzipien reduziert sehen. Bei gewöhnlichen Gojim hatte er keine Hoffnung auf eine Wiederbelebung der christlichen Denkart. In seinen Augen war Moloch ein »Gelegenheitschrist«, ein Fall von christlichem Atavismus, könnte man sagen. Die rauhe Schale, mit der Moloch seine zarte Seele umgab, konnte Prigozi nicht täuschen. O nein. Er erkannte einen echten Christen, wenn er einem begegnete. Und das Fleisch eines echten Christen war so viel saftiger als das eines Priesters oder Popen.

Moloch hörte sich Prigozis Tiraden eine Weile leicht amüsiert an. Dies verunsicherte Prigozi, nahm ihm regelrecht den Wind aus den Segeln. Schließlich drehte sich Moloch zu Matt um:

»Hör mal, Matt, tu mir doch einen Gefallen, ja. Schmeiß

diesen Grand-Street-Gelehrten hier raus. Schick ihn nach Hause zu seiner Frau und seinen Meerschweinchen.«

»Na endlich!« rief Prigozi aus und rieb sich die Hände wie Lady Macbeth. »Das nenne ich endlich einmal eine normale Reaktion. Du bist nicht psychotisch – *noch nicht,* Mister Moloch.« Er gluckste, als habe er im Handumdrehen jemandem etwas verkauft.

»Nein«, erwiderte dieser, »ich vermute, mein Benehmen läßt nur auf eine leichte Neurose schließen. Schau dich doch mal an ... Du bist doch ein gesundes Beispiel für ›Normalität‹. Was meinst du, Matt?«

»Nur leicht krankhaft«, erwiderte Matt.

»Weiter so, weiter so«, ereiferte sich Prigozi und ruderte aufgeregt mit den Armen, als verscheuche er einen Schwarm Pferdebremsen. »Eines Tages werde ich Twilliger *meinen* Plan vorlegen, und dann solltet ihr Kerle hübsch auf der Hut sein, oder ihr verliert eure Jobs.«.

Die ewige Frage von Normalität versus Abnormalität war mit dem Botenjungenproblem eng verbunden. Prigozi verfocht bestimmte einmalige Theorien über den Status eines Telegrammboten, mit denen Moloch absolut nicht einverstanden war. Um Prigozi Material zur Formulierung seiner Theorien zur Verfügung zu stellen, hatte Moloch ihm erlaubt, die Uniform ein paar Monate lang als Halbtagsbote anzuziehen. Prigozi hatte die Erfahrung aufregend gefunden. Seine Lösung des Problems ließ sich in einem Wort zusammenfassen: *Revolution.*

Matt Reardon fand Prigozis Ideen anregend und unterhaltsam. Er hatte kein bißchen Vertrauen in ihre Durchführbarkeit, machte es sich jedoch zum Prinzip, Prigozi zu ermutigen, um Moloch ein wenig von seinem hohen Roß zu holen. Gleichzeitig benutzte er diese unaufhörlichen Zwistigkeiten dazu, seine nachmittäglichen Pausen zu verlängern. Matt begann gewöhnlich damit, daß er Prigozi wegen seiner verschiedenen Pläne aufzog.

»Der Plan, den du da hast«, sagte er, »was für ein Plan soll das sein? Doch nicht etwa die Idee, die Telegrammboten durch Brieftauben zu ersetzen, oder?«

»Raus hier!« schnarrte Prigozi. »Woher nimmst du nur solchen Unsinn? Ich kenne den Burschen, der sich diesen Unsinn mit den Brieftauben ausgedacht hat ... diesen verrückten Abteilungsleiter von euch im dritten Bezirk, den Kerl mit dem dicken Bauch, der wie ein Eunuch aussieht. Wie heißt er nochmal, Dion?« Er schnipste mit den Fingern, um seinem Gedächtnis auf die Sprünge zu helfen.

»Du meinst Boylan?«

»Genau, das ist der Mann. Er wollte doch diese religiösen Bilder kaufen, die dein Freund Dun aus Europa mitgebracht hat.«

Während Prigozi immer mehr in Fahrt geriet, wurden seine Gedanken immer bruchstückhafter, und das geringe Maß seiner Beherrschung der englischen Sprache drohte zusammenzubrechen und sich gänzlich zu verflüchtigen. Seine Neigung zu bildhafter Ausdrucksweise büßte er jedoch nicht ein. Moloch und die anderen empfanden das allergrößte Vergnügen bei diesen Ausbrüchen. Als tagtägliches Ritual war es jedoch dazu angetan, eintönig zu werden. In einer Stunde oder so würde Prigozi sich beruhigen, auf fast würdevolle Weise (wenn man sich dies je bei ihm vorstellen konnte – Würde!) ernsthaft werden und vernünftig und entzückend über die Vegetation in den arktischen Regionen oder über die wissenschaftlichen Methoden zur Bestimmung des Erdgewichts parlieren. Doch zuerst mußte er anscheinend seinen abstoßenderen Manien freien Lauf lassen, diesen verrückten, lyrischen Extravaganzen, die er von irgendwoher mitgebracht hatte –

aus dem Ghetto vermutlich. Bezüglich seiner Vergangenheit war Prigozi von unbeholfener Zurückhaltung, und in einer Mischung aus Mitgefühl und Takt spielte Moloch trotz der zwischen ihnen bestehenden Vertrautheit niemals auf das Thema an. Mehrere Male war Prigozi schon nahe dran gewesen, sein Herz auszuschütten, doch Molochs zur Schau gestellte Gleichgültigkeit wurmte ihn und veranlaßte ihn zum Rückzug.

Seinen eigenen Chimären nachjagend, hatte Prigozi Boylan und dessen Tauben bald wieder vergessen. »Wenn ihr Kerle es ernst meint«, sprach er weiter, »weihe ich euch in meinen Plan ein ... und wenn ich sage, daß ich ihn Twilliger eines Tages unterbreiten werde, dann meine ich das auch.« Er räusperte sich und schaute sich nach einem Spucknapf um. »Das Arschloch im dreizehnten Stock«, womit er den Vizepräsidenten Twilliger meinte, »will doch das Niveau des Botenpersonals heben, *oder?*«

Moloch nickte.

»Tja, dann muß er diese Tatsache zur Kenntnis nehmen«, und Prigozi tauchte in eine Flut von Ideen ein, die ihn, wenn seine Erregung sich gelegt hatte, in einem telegraphischen Utopia an Land spülen würde.

Moloch ließ keine Gelegenheit aus, diesen Panazeen zu lauschen. Ganz gleich, wie hirnrissig die Vorstellung war, sie enthielt immer gewisse Anregungen, die er für wertvoll und durchführbar hielt. Es war allgemein anerkannt, daß das von allen Telegraphengesellschaften bisher ungelöste Grundproblem darin bestand, einen zuverlässigen und intelligenten festen Stamm von Telegrammboten zu rekrutieren. Viel Kraft und Erfindungsreichtum, ganz zu schweigen von enormen Geldsummen, war für die Vervollkommnung mechanischer und elektrischer Einrichtungen verwendet worden, doch das Problem der Boten blieb ungelöst, ja beinahe unberührt. Es stellte sich inzwischen dringlicher als je zuvor.

In den drei Jahren, die Moloch an seinem Schreibtisch saß, hatte er Gelegenheit gehabt, mit den meisten der dafür verantwortlichen Störfaktoren vertraut zu werden, und obgleich er das Problem für die Gesellschaft nicht gelöst hatte, so hatte er doch zumindest eine durchgreifende Besserung bewirkt. Das größte Hindernis auf seinem Weg, denn er hatte ja selbst Pläne zur weiteren Verbesserung der Situation in der Hinterhand, war das Arschloch, wie Prigozi ihn bezeichnete, im dreizehnten Stock. Twilliger, der in seiner Jugend Telegrammbote gewesen war, war überzeugt davon, daß die einzigen erfolgversprechenden Lösungen jene waren, die er selbst vorschlug oder die ihm sogenannte Effektivitätsexperten zur Begutachtung vorlegten. Er sah keinen Mangel an Logik darin, ein Vermögen für die Verkürzung der Übertragungszeit nach San Francisco auszugeben, wenn das Telegramm dann einige Stunden im Büro des Zielorts herumlag, weil es an Telegrammboten fehlte. Erhielt man zum Beispiel eine Nachricht aus Kalifornien, so teilte einem ein Aufkleber großkotzig mit, daß es nicht einmal fünfundvierzig Minuten gedauert hatte, diesen Gruß über den Kontinent zu jagen. Und dieses Telegramm wurde einem vielleicht von einem Schwachkopf gebracht, der unterwegs eine dreiviertelstündige Pause eingelegt und bei einem Ballspiel zugeschaut hatte – und damit ist noch nichts gesagt über die Telegramme, die tagtäglich von betrübten jungen Männern, denen klargeworden war, daß sie im Stücklohn unmöglich die in der Zeitungsanzeige versprochenen zwanzig oder fünfundzwanzig Dollar verdienen konnten, in die Gosse geworfen wurden.

Als Moloch das Heft in die Hand nahm, mußte er feststellen, daß es durchaus üblich war, pro Jahr zehntausend Boten einzustellen, nur um einen festen Stamm von eintausend zu erhalten. Zwei Monate zuvor war es ihm gelungen, diesen enormen Personalwechsel um beinahe fünfzig Prozent einzudämmen. Und es gab Anzeichen dafür, daß er noch weiter eingedämmt werden konnte.

Dann kam Twilliger mit der Anweisung, die Löhne zu kürzen. »Es gibt auch eine gesunde Fluktuation!« Das war Twilligers Diktum. Sie wurden verpflichtet, schon im folgenden Monat mehr als zweitausend blutige Anfänger anzuheuern. Doch sogar dieser atemberaubende Zustrom reichte nicht aus, um alle Löcher zu stopfen. Es war wie ein Dammbruch. Es waren kaum noch erfahrene Telegrammboten da. Und das war das Teuflische daran! Twilligers Taktik hatte zur Folge, daß es nicht einmal einen stabilen Kern gab, um den herum man eine mobile, provisorische Mannschaft aufbauen konnte. Die ganze Basis war ausgefallen. Anzeigen schossen wie Pilze aus dem Boden – nicht nur in den Zeitungen der Großstadt, sondern auch in denen der Vororte, in Wochenblättern, Kirchenzeitungen, Schulzeitungen, Collegezeitungen. Twilliger hätte im Purgatorium annonciert, wäre er nicht Unitarier gewesen.

Zusätzlich zu dieser fieberhaften Zeitungsoffensive wurden Rekrutierungstrupps zusammengestellt, die die Schulhöfe, Plätze, Spielplätze, Billardlokale und Kinos durchkämmen sollten – ausnahmslos jeden Ort, an dem die Chance bestand, daß man einem Jungen begegnen, ihn beschwatzen und anlocken konnte.

Keiner dieser Notbehelfe beendete jedoch das heillose Durcheinander. Diese intensive Arbeit von drei Jahren, die effektiven Fürsorge- und Bildungsmaßnahmen, die Moloch eingeführt hatte, das Vertrauen in die Integrität der Organisation, das er allmählich hergestellt hatte – all dies löste sich über Nacht in nichts auf. Die Große Amerikanische Telegraphengesellschaft verkam zu einem schlechten Witz. Man konnte keinen durchschnittlichen Jungen bezahlen, für sie zu arbeiten.

Naturgemäß war er an jedem Verbesserungsprogramm interessiert. Doch er war auch skeptisch. »Kann irgend jemand diesem Schwachkopf in seinem Drehstuhl da oben ein neues Gehirn einpflanzen?« Das war der Gedanke, der ihm durch den Kopf schoß, während er Prigozi zuhörte. Das schien augenblicklich die einzige zukunftsträchtige Lösung zu sein. Und was Prigozi anging, der sich derart in einem Netz psychoanalytischer Theorien verfangen hatte, was konnte er von ihm erwarten? Irgendeine freudianisch-marxsche Lösung, ganz klar, die nach bedingungsloser Zustimmung, einer kräftigen Libido und einer Schachtel Magenpulver verlangte.

Die »Revolution«, mit der sich Prigozi volltönend brüstete, erwies sich bei genauerer Betrachtung als ebenso radikal wie die Verfassung, die Zar Alexander seinen unterwürfigen Muschiks vor die Füße warf. Sein Plan bestand aus einer Reihe unausgegorener Ideen, deren Durchführung, wenn man sie überhaupt für möglich hielt, wenigstens fünfzehn Jahre brauchen würde. Prigozis Reformkampagne strebte die Erziehung der Öffentlichkeit an. Sein Ziel war die visionäre Hoffnung, das der Uniform anhaftende Stigma auszulöschen. Sogar Matt mußte lächeln, als er sich Prigozis umständliche Erklärung des Ursprungs »dieser zivilisatorischen Tabus 7 anhörte.

»Diesen Mist haben wir doch schon mal gehört«, hob Matt gerade an.

»Laß ihn«, redete Moloch dazwischen. »Wir geben Osawatomie noch zehn Minuten, um zum Ende zu kommen.« Sogar Dave mußte bei diesen Worten kichern.

Prigozi wirkte niedergeschlagen. »Es ist sinnlos weiterzureden, wenn ihr so darüber denkt. Ich zeichne es auf Papier auf und geb es euch rein ...«

»Gib es nicht mir«, sagte Moloch mit bissigem Ton. »Bring's gleich rauf zu Twilliger. Vielleicht kannst du dich ja in seiner Abteilung nützlich machen.«

»Reib aber vorher bißchen Insektenpulver auf das Blatt«, sagte Matt höhnisch. »Übrigens«, fügte er boshaft hinzu, »was ist denn das Weiße auf deinem Mantelkragen?«

Ohne Prigozi Zeit zum Explodieren zu lassen, erklärte Moloch: »Ich meine diesen Vorschlag durchaus ernst. Dein Plan ist zwar bescheuert, aber das spielt keine Rolle. Mach nur, zeig ihn Twilliger! Sag ihm, ich hätte dich geschickt ...«

»Papperlapapp! Ihr wollt doch nur, daß er mir einen Tritt in den Hintern gibt.«

Moloch versicherte Prigozi höflich, daß dies eine völlig aus der Luft gegriffene Anschuldigung sei. Man hatte noch nie gehört, daß Twilliger jemanden die Treppe hinuntergeworfen hätte. »Ganz im Gegenteil«, sagte er. »Es kann sogar sein, daß Twilliger den Plan glänzend findet. Geh nur hin und leg ihn ihm vor. Außerdem glaube ich daran, daß man jedermann zugestehen soll, sein eigener Jesus zu sein.«

»Macht nur weiter so, ihr Mistkerle! Macht nur weiter!« Prigozi fand zu seinem Elan zurück.

In diesem Augenblick läutete das Telefon. Matt meldete sich barsch, schlug jedoch sofort einen anderen Ton an. Mit der Hand die Sprechmuschel abdeckend, reichte er Moloch den Apparat und flüsterte: »Es ist der Alte – *Houghton höchstpersönlich.* Da braut sich ein Streik zusammen.«

Moloch hörte ehrerbietig, aber mit zunehmender Verunsicherung zu. Er unterbrach sein Schweigen durch gedämpfte, ärgerliche »Jawohl, Sir, jawohl, Sir!« Als ihm gegen Ende des Gesprächs klar wurde, daß sein Protest wirkungslos blieb, wurde er rot und stammelte ein wenig. Er bemühte sich mit ganzer Kraft, seinen Zorn im Zaum zu halten. »Na schön«, sagte er schließlich, »wenn Sie darauf bestehen. Aber ich halte das für einen großen Fehler.« Knurrend knallte er den Hörer auf die Gabel.

»Was ist denn los?« fragte Prigozi sofort.

Moloch sah verblüfft und mitgenommen aus.

»Jetzt stecken wir in einem schönen Schlamassel«, sagte er düster. Woraufhin Prigozi sichtlich mürrisch wurde.

»Was ist denn?« piepste Matt. Jedesmal, wenn Houghton anrief, dachte er, er würde gefeuert. Moloch war zu verdammt halsstarrig, um mit einer Bande von höflichen Gaunern zurechtzukommen. Er beherrschte einfach die Spielregeln nicht, das war Matts Theorie. Binnen kurzem würden sie beide auf der Straße stehen.

»Wir müssen die Nigger feuern – das ist los!« sagte Moloch.

»Die Nigger?« plapperte Matt.

»Ja, die Hindus ... die Ägypter, die ganze Horde der orientalischen Studenten, die wir in letzter Zeit eingestellt haben.«

Matt stieß einen leisen Pfiff aus und verzog das Gesicht wie ein Wasserspeier.

»Ich möchte mir Twilliger schnappen und ihm die Eingeweide aus dem Leib hacken!«

»Sachte, Mister Moloch, sachte!« rief Prigozi, den die Situation nun nicht mehr beunruhigte, wo sich nun herausgestellt hatte, daß es nur um die Entlassung von ein paar Hindus ging, von »schwarzen Scheißern«, wie er sie nannte.

»Wer hat denn diesen Tumult angezettelt?« sagte Matt.

»Dieser langhaarige Bursche in Chinatown. Anscheinend hat er einige Sterbetelegramme nicht ausgetragen.

Twilliger muß dem Alten richtig eingeheizt haben. Er hat gekreischt wie ein Verrückter. ›Ich will, daß jeder einzelne von denen rausfliegt‹, sagt er. ›Jeder verdammte Bimbo, der bei dem Haufen dabei ist.‹ Er hat mich gar nicht ausreden lassen. Twilliger trägt schon das Indianerzeichen auf der Stirn. Trotzdem, wenn ich an Houghtons Stelle wäre, würde ich nicht klein beigeben. Es ist unanständig, kampflos zu kapitulieren ... Und was das Schlimmste ist – der Alte ist so wütend, daß er nicht zulassen will, daß ich den armen Teufeln helfe. Ich bringe es nicht übers Herz, sie wie eine Viehherde rauszutreiben.«

»Wenn ich du wäre, würde ich keine Träne drüber vergießen«, ließ sich Prigozi vernehmen. »Die verhungern schon nicht. Soll sich doch die Vorsehung um sie kümmern. Diese schwarzen Mistkerle sind eine Bande von Heulsusen – *das ist jedenfalls meine Meinung!*«

Prigozis Anschuldigung enthielt mehr als nur ein Körnchen Wahrheit. Die chinesischen Studenten waren die einzigen, die wenigstens ein bißchen Mumm hatten. Die anderen waren die reinsten Kinder, und Moloch spielte für sie die Amme.

Matt meldete sich plötzlich zu Wort. »Hat der Alte, Houghton, nicht was von einem Streik gesagt?«

»Himmel, ja! Den Streik hätte ich ja fast vergessen. Schnapp dir deinen Hut, Matt, und fahr in den Norden ins Büro von Carducci – dort ist das Problem.«

Matt rannte wie aufgescheucht zur Tür.

»Warte mal einen Augenblick«, rief Moloch. »Der Alte sagt ...«

»Sagt was?« schrie Matt.

»Du sollst nicht zuviel ausplaudern – verstanden?«

»Sag dem Alten, er soll sich selber ans Kreuz nageln!« Matt stürmte hinaus.

»Das nenne ich einen treuen Diener«, sagte Prigozi höhnisch. »Handelt erst und denkt später nach.«

In diesem Augenblick erhob sich der vierschrötige kleine Mann am Schaltkasten und kam mit halb abweisender, halb unterwürfiger Miene auf Moloch zu.

»Ich mach jetzt Schluß«, sagte er. In den vergangenen zehn Jahren hatte er diesen Satz täglich Punkt fünf Uhr gesprochen. Sein Tonfall war immer gleich. Er war wie bei einem Diener, der ankündigte: »Das Essen ist fertig, Sir.«

»Hast du deine Abführpille genommen?« fragte Moloch. Daves Gesicht leuchtete auf wie ein Halloween-Kürbis. Ihm machte dieser Fünf-Uhr-Schlagabtausch Spaß. Den größten Teil des Tages hing er in der Telefonzentrale fest, rief die einhundert oder mehr Büros in allen Teilen der Stadt an, schickte Ersatzboten los, die er nach einem alten Brauch »Wanderbriefe« nannte, und machte ausnahmslos allen Angestellten und Abteilungsleitern die Hölle heiß, weil sie die Zahlen über fehlende Arbeitskräfte und unbesetzte Stellen nur mit Verzögerung meldeten. Dave hatte ständig ein Blatt Papier vor sich liegen, auf dem er sich in der Kunst der Kalligraphie übte. Diese Blätter bildeten ein chronologisches Register über die täglichen Vorkommnisse in der Telegrammbotenabteilung. In der oberen rechten Ecke des Blattes teilte er ein kleines Kästchen ab, in dem er wahrheitsgetreu den Wetterbericht notierte. Die Zugabe dieses meteorologischen Vermerks war keine reine Idiosynkrasie Daves. Sie war das große Alibi der Telegrammbotenabteilung ... Dave führte diese Blätter mit der gleichen Leidenschaft, mit der ein Lama seine Gebetsmühle in Ehren hält.

Eine andere seltsame Eigenart von ihm war seine Gewohnheit, nach seiner Ankunft am Morgen stets seine Bleistifte zu spitzen. Ganz gleich wie viele Anrufe die Drähte glühen ließen, Dave mußte zuerst seine Stifte spitzen.

Schöbe er diese wichtige Aufgabe auf, dann würden die Bleistifte nie gespitzt werden, behauptete er. Und nach Daves Auffassung war es eine Angelegenheit von allerhöchster Wichtigkeit, daß er seine Zahlen mit feiner, leserlicher, kunstvoller Handschrift in die Bücher eintrug. Dies war sein stolzer Beitrag zum Telegrammdienst, das Verzeichnis, das bleiben würde, wenn er bereits gegangen war und das mit goldenen Lettern Zeugnis ablegte von seinem Fleiß und seiner Gründlichkeit.

Doch in jeder anderen Hinsicht war Dave ein Schlitzohr und ein Schlingel. Obwohl ebensowenig anziehend wie Prigozi, wenngleich unendlich humorvoller als dieser, war es sein einziger Ehrgeiz, den Don Juan zu markieren. Man konnte nie wissen, auf wen er ein Auge werfen würde. Als er noch Telegrammbote war, stand er in dem Ruf, Putzfrauen, Varietéstars und Hebammen den Hof gemacht zu haben, im Grunde allen Frauen, die abgeschmackt und abstoßend genug waren, um sein Interesse zu wecken. Bei einer Gelegenheit hatten ihn seine Gelüste direkt ins Heiligtum des Vizepräsidenten geführt. Er stieg einer korpulenten Senegambierin nach, deren Busen ihn um den Verstand brachte. Wie kühn dies war, läßt sich ungefähr daran ermessen, mit welcher Beklommenheit Dave normalerweise der Stimme des Vizepräsidenten lauschte.

Doch davon später. Nun war er im Begriff, den Laden dichtzumachen, wie er es ausdrückte, und hatte einer althergebrachten Tradition zufolge Moloch die »Kandidatenliste« gebracht, damit dieser einen Blick darauf werfen sollte.

»Weißt du, daß sich da ein Streik zusammenbraut, Dave?«

»Darüber würde ich mir keine Sorgen machen«, erwiderte er übers ganze Gesicht grinsend.

»Aber das bedeutet, daß du deine Frau morgen abend nicht ins Krankenhaus bringen kannst, alter Junge.«

»Wenn Sie das sagen, Mister Moloch. Sie kann das auch nächste Woche machen lassen.« Er sprach, als handele es sich um einen Abfluß, der gereinigt werden mußte, und nicht um eine Operation an der Gebärmutter.

Prigozis berufliche Neugier war geweckt.

»Was hat deine Frau denn, Dave?«

Dave errötete, druckste herum, schaute die beiden verlegen an und stammelte schließlich:

»Sagen *Sie* es ihm, Mister Moloch. Ich kann so große Wörter nicht aussprechen. Wie haben Sie diese Röhren noch mal genannt?«

»Du meinst die Fallopischen Röhren?« schnauzte Prigozi.

»Ja, genau. Wie schreibt man das?«

»Wozu willst du das wissen? Deine alte Dame geht doch ins Krankenhaus und nicht zu einem Rechtschreibwettbewerb.«

»Ach, ich weiß«, sagte Dave grinsend und errötete noch etwas mehr, »aber ich möchte das Wort bei Navarro ausprobieren.« Er wandte sich Moloch zu. »Wissen Sie, wie Navarro einen ansieht, wenn man ihm einen Zungenbrecher ins Ohr säuselt?«

Die drei lachten herzlich. Die Operation war schon im voraus ein voller Erfolg ...

»Du solltest dich auf den Weg machen«, ermahnte ihn Moloch. Er schaute mit durchtriebenem Humor hinauf zur Uhr.

»Oh, ja«, sagte Dave. »Ich mache schon Überstunden.« Er lachte lauthals über diesen kläglichen Witz.

»Hör mal, Dave,« sagte Prigozi, packte ihn fest am Kragen und schüttelte ihn, als sei er eine tote Ratte. »Du gehst heute abend schnurstracks nach Hause, verstanden? Jagst keinem Weiberrock in der U-Bahn nach, oder ich breche dir sämtliche Knochen. Deine Frau braucht dich. Sich die Eileiter entfernen zu lassen ist kein Spaß.«

Dave zog eine tragische Miene. »Sie sagen es!« bemerkte er.

Dave war im Begriff zu gehen.

»Oh, Dave, bevor du gehst!« Moloch machte ein paar geheimnisvolle Handbewegungen. Dave kam mit einem verlegenen Gesichtsausdruck zu ihm geschlichen.

»Wieviel?« fragte er.

»Ach, fünf reichen.«

»Hier, nehmen Sie zehn«, sagte Dave und zog ein Knäuel zerknüllter Geldscheine hervor.

»Verwöhn den Boß nicht!« rief Prigozi. »Du kriegst die Scheine nämlich nie wieder.«

Um die Zeremonie abzuschließen, hielt Dave kurz inne und senkte den Kopf. Das war Daves Art, einen wichtigen Gedanken mitzuteilen. »Ich möchte etwas sagen, bevor ich es wieder vergesse«, verkündete er salbungsvoll. »Unter uns gesagt, ich glaube, der Bote 785 ist ein heller Kopf.«

»Warum glaubst du, er sei ein Hohlkopf?« sagte Moloch. Er begriff sehr wohl, daß Dave zeigen wollte, daß er das Privileg, seinem Boß ein paar Dollar leihen zu dürfen, zu schätzen wußte.

Dave bemerkte die kleine Korrektur nicht, sondern schwatzte munter weiter; in seinem Tonfall lag mehr als nur ein Anflug von Prahlerei.

»Tja, mir ist aufgefallen, daß er immer ein Buch unter dem Arm hat. Es ist auf Italienisch geschrieben. Er sagt, es sei ein Klassiker.«

»Aber daran ist doch nichts auszusetzen, Dave.«

»Vielleicht nicht, doch als ich ihn fragte, ob er Italienisch kann, sagte er: ›Nein, aber ich lese trotzdem gern darin – ich fühle mich dabei besser.‹«

»Wie war denn der Titel des Buchs?«

»Ich glaube, er sagte *Inferno* ... kann das sein? Gibt es ein solches Buch?« Er lachte bedauernd, wobei man alle gelben Zahnstummel in seinem Mund sah.

Prigozi packte ihn am Ärmel und zeigte auf eine rote Aufschrift auf einem schmalen Stück Pappe, das Moloch am Geländer befestigt hatte, damit die Stellenbewerber es lesen konnten, während sie auf das Einstellungsgespräch warteten:

Lasset nicht alle Hoffnung fahren, Ihr,
die Ihr hier eintretet.

»Weißt du, was das bedeutet?« fragte er.

»Nein,« sagte Dave, »wissen Sie's?«

»Lies mal das *Inferno* und finde es heraus. Verdammt, Dave, wach auf. Du kannst doch nicht dein ganzes Leben lang ein Ignorant bleiben.«

»Ach, zum Teufel damit!« grunzte Dave abwehrend und zockelte davon wie Florizel der Fettwanst.

Nach Daves Abgang blieben die beiden allein zurück. Die übrigen Angestellten waren verschwunden. Moloch hatte es sich angewöhnt, nach Dienstschluß noch ein oder zwei Stunden im Büro zu bleiben und zu warten, ob irgend etwas passierte. Seine Abenteuer begannen gewöhnlich erst nach fünf Uhr. In der Regel kam einer seiner Kumpane auf einen Schwatz vorbei. Manchmal tauchte eine ganze Meute auf und trieb ihn wie ein Zyklon aus dem Büro. Häufig suchten ihn um diese Stunde die Exzentriker auf, die er eingestellt hatte und die er mit grausamer Neugier im Auge behielt. Mit ihnen führte er lange Unterredungen, bei denen er sie hemmungslos und makaber über ihr Privatleben ausfragte, ihnen Hygieneratschläge gab, in ihr

Eheleben eingriff, ihre Träume deutete, ihre Unzufriedenheit zerstreute und ihre Phobien und Obsessionen studierte. Gelegentlich lieh er sich Geld von ihnen, das er mit Zinsen zurückzahlte. Oder er nahm eine Einladung zum Abendessen an oder besuchte mit ihnen eine Varietévorstellung. Wenn er meinte, daß ein Techtelmechtel im Bereich des Möglichen lag, ließ er es sich nicht nehmen, ihren Frauen einen Besuch abzustatten ... Ein Teil der Telegrammboten waren Frauen. Diese nahm er besonders gründlich unter die Lupe, wenn sie sich um eine Stelle bewarben. Die Adressen der gutaussehenden bewahrte er in einem Notizbuch auf. Wenn er sich zu langweilen begann, blätterte er die Adressen durch und begann sie anzurufen – zuerst die mit einem Sternchen hinter dem Namen. In der Regel wurde er für seine Gründlichkeit belohnt.

Die Ergebnisse dieser Beobachtungen und Erfahrungen hielt er ausführlich und mit peinlicher Genauigkeit in einer Lose-Blatt-Sammlung fest, die er im Büro aufbewahrte. Dieses Tagebuch enthielt auch maschinengeschriebene Auszüge aus Werken der Autoren, die er mit beinahe abgöttischer Liebe bewunderte. Er betraute seine Sekretärin mit der Aufgabe, dieses Material abzutippen. Es kann nicht behauptet werden, daß ihm entging, welche Wirkungen diese Enthüllungen im Denken der klugen, lüsternen Jungfrau zeitigten, die als seine Sekretärin arbeitete. Sie nahm sich der Aufgabe mit der Gelassenheit eines Zensors an. Moloch setzte bei ihr das Interesse voraus, das ein Züchter für seine preisverdächtige Färse aufbringt. Er malte sich aus, daß er das Notizbuch als Sprungbrett benutzen konnte, von dem aus er sich in einen See befriedigenderer Zerstreuungen stürzen konnte.

In der Zwischenzeit drückte ihn das lockere, schwere Joch der Ehe. Die fieberhafte Aktivität, die seine Kräfte in Anspruch nahm und die ihn von einer Eskapade zur nächsten trieb, ihm Wissen, Erregung und sexuelle Befriedigung eintrug – was war sie anderes als eine halb eingestandene Rebellion gegen die lähmenden Wirkungen des Ehestands? Er war unglücklich mit der Frau, die er gewählt hatte. Sie war ebenfalls unglücklich. Es fehlte ihnen etwas (war es Elan oder Verständnis?), mit dem sie den prosaischen Folgen der Zerrüttung Einhalt gebieten konnten.

Moloch holte das abgewetzte Tagebuch hervor und begann etwas hineinzukritzeln. Prigozi vertrieb sich die Zeit damit, herumzuschnüffeln – schaute sich Stellenbewerbungen an, blätterte Bürokorrespondenz durch – und feuerte, während er dies tat, laufend weiter sardonische Kommentare über die Schludrigkeit ab, die er allenthalben entdeckte.

Molochs verbissene Konzentration ärgerte ihn. Sie war ein Affront gegen sein Ego.

»Hm!« brummte er. »Was liegt denn heute abend an – *Luther?*«

»Nein!« erwiderte Moloch in der Hoffnung, allen weiteren Fragen durch den Tonfall seiner Stimme einen Riegel vorzuschieben.

»Wann schreibst du denn endlich dieses Buch? Du hast doch schon so viele Notizen, daß du den *Niedergang und Fall des Römischen Reichs* schreiben könntest. Hallo!« zirpte er und schaute hoch. »Hier kommt die Ursache des Niedergangs.«

Hari Das trat ein. Er trug Straßenkleider, aber keinen Hut. Sein glänzendes pechschwarzes Haar ruhte in üppiger Leichtigkeit auf seinen schmalen Schultern. Er stellte etwas Gelassenes, Strahlendes zur Schau. Seine Art grenzte an Unverfrorenheit, obwohl sie nicht eine Spur jener Aufdringlichkeit und Aggressivität ausstrahlte, wie sie Prigozi eigen waren. Sie war auch nicht Ausdruck einer heimlichen Arroganz. Eine heitere Gleichgültigkeit gegenüber der Welt – das kam der Wahrheit schon näher.

Dies also war der »Nigger«, an dem Twilliger Anstoß nahm ... derjenige, den der Alte, Houghton, als »Bimbo« bezeichnete ... der selbsternannte Retter der Menschheit im zwanzigsten Jahrhundert!

Hari Das war von hellerer Hautfarbe als die meisten seiner indischen Mitbrüder und der bei weitem attraktivste. Frauen, die in diesen Angelegenheiten bessere Kenner sind als Männer, erklärten ihn für erstaunlich gutaussehend. Beinahe einhellig priesen sie, wenn sie ihn zum ersten Mal sahen, schwärmerisch den Reiz seiner vollkommenen, strahlendweißen Zähne. Vielleicht lachte er deswegen so häufig und so leicht. Es war schade, daß er sich überhaupt dazu herabgelassen hatte, die scheußliche Uniform unserer westlichen Kleidung anzulegen. In seinen eigenen Kleidern, als Angehöriger der Kaste der Krieger, war er eine ganz andere Erscheinung. Man konnte sich ihn mühelos in der Rolle eines Parlamentsmitglieds vorstellen, der sich weltmännisch Scharmützel mit den unter Konstipation leidenden Geistern des Oberhauses lieferte – mit ihnen spielte wie mit Billardkugeln ... Mit einem billigen Anzug von der Stange schleicht sich ein Zug von Verlorenheit in dieses Bild ein, für den er nicht verantwortlich ist und der so wenig mit seiner Persönlichkeit zu tun hat wie der Rahmen, in den ein Meisterwerk manchmal gefaßt ist.

»Ich bin gekommen, weil ich euch erzählen wollte«, begann er und verfiel sofort in eine amüsante und völlig spontane Schilderung der Prüfungen, die er in Chinatown erlebt hatte. Die hin und wieder falschen Betonungen, mit denen er Wörter aussprach, und seine einfachen Gesten verliehen seinen Äußerungen einen eigentümlichen und durchaus reizvollen Beiklang.

Obwohl er Prigozi zwei Tage zuvor vorgestellt worden war, als er zum ersten Mal das Einstellungsbüro betreten hatte (Prigozi hatte sich selber vorgestellt), war es nicht zu übersehen, daß er jetzt die Anwesenheit des anderen kaum zur Kenntnis zu nehmen schien. Mit einer pompösen Handbewegung tat er ab, wo er sich befand. Woraufhin er Prigozi weiterhin vollkommen ignorierte. Ob dies ein Ausdruck von Verachtung war oder zu seiner königlichen Gleichgültigkeit gehörte, war schwer zu sagen. Prigozi war natürlich durch diese seltene Mißachtung verunsichert. Seine unverhohlen zur Schau gestellte Selbstsicherheit, seine protzige Unverschämtheit, die ganze schmutzige Arroganz des Kerls waren gleichsam wie weggeblasen. Zu seiner großen Überraschung stellte Prigozi schließlich fest, daß er Hari Das respektvoll zuhörte und, mit dem Fortgang der Geschichte, immer tiefer beeindruckt war.

Hari Das war, wie er Moloch erklärte, nur vorbeigekommen, um ihm seinen Dank abzustatten, ehe er kündigte. Er hatte keine Entschuldigung für sein Benehmen vorzubringen. Er sah nichts Verwerfliches in seiner Verspätung.

Moloch verlor kein Wort über die Anweisung betreffs der Farbigen. Auf freundlichste Art und Weise ließ er anklingen, wie wichtig Telegramme mit Sterbenachrichten waren.

Seine Bemerkungen machten nur wenig oder gar keinen Eindruck auf seinen Zuhörer. »In Indien läßt man sich Zeit, und wenn jemand schon tot ist, welchen Sinn hat es da, sich zu beeilen?« sagte Hari. Nachdem er »diese angelsächsische Absurdität« mit einer schnellen Handbewegung abgetan hatte, ließ er seinen Eindrücken von der vergeblichen Hast des Westens freien Lauf. Was, so fragte er, war denn der eigentliche Sinn dieser außerordentlichen Opfer im Namen der Geschwindigkeit?

Prigozi, der seine Vorstellungen von den schwächlichen Hindus im Verlauf dieses Redestroms einer groben Revision unterzogen hatte, hielt den Augenblick für gekommen, um eine kleine Ladung Dynamit zu zünden. Es drängte ihn zu sehen, welche Reaktion das Wort »Nigger« auslösen würde. Er spannte den Bogen und schoß den Pfeil ab.

Die beiden Männer schauten Hari Das mit dem absurden Ausdruck von Leere an, den Menschen haben, wenn sie die Bruchstücke einer kostbaren Vase betrachten, die ihnen gerade durch die Finger geglitten ist. Moloch war wütend, sagte aber nichts. Im Grunde war es zu spät, um irgend etwas zu sagen. Prigozi hatte alles Nötige gesagt – und auch ein paar überflüssige Dinge.

Ein kurzes, kehliges Lachen, das wie zerbrochenes Glas klirrte, brach Hari Das verächtlich von den Lippen.

»In Indien«, rief er aus, »bin ich ein Problem. In England bin ich ein gebildeter Störenfried. Und wenn die Amerikaner einen *Nigger* aus mir machen wollen, schön – sollen sie doch! Mir ist das scheißegal. Meine Schwierigkeiten sind ökonomischer Natur, nicht ethnologischer.«

»Rüpel!« schrie Prigozi, der seine Beherrschung über Bord warf.

Ein Anflug von Heiterkeit, der auch Verachtung war, flackerte in Hari Das' Augen auf.

»Laßt uns von hier verschwinden«, schlug Moloch vor.

Prigozi und Hari gaben sich nun wie zwei Staatsmänner, die einander nach einer ausgedehnten Sitzung voller Beleidigungen und Schmähungen nun mit Schmeicheleien überhäuften. Es führte zu nichts, wenn man diesen beiden erlaubte, so weiterzumachen. Außerdem waren ihm Prigozis Ansichten nur zu geläufig. Er kannte dessen Meinung zu allem – von Theorien über »Magie und Religion« bis hin zu Geburtenkontrolle und bedingten Reflexen. Was er wollte war eine intellektuelle Ausschweifung mit diesem nietzscheanischen Orientalen.

»Wollen wir nicht ins Olympic gehen?« sagte Prigozi. Die Tatsache, daß »Mister Moloch« das Eintrittsgeld für eine Varietévorstellung in der Tasche hatte, ließ ihn kaum daran zweifeln, daß sein unschuldiger Vorschlag bereitwillig angenommen werden würde.

»Nein, Varieté kommt für mich heute abend nicht in Frage«, sagte Moloch ungeduldig. »Hier – nimm das, wenn du Geld brauchst«, und er streckte Prigozi einen Fünfdollarschein entgegen.

Prigozi nahm das Geld nicht an, nicht aus Zurückhaltung, sondern weil er nicht auf diese Art und Weise abserviert werden wollte.

»Komm endlich, verdammt noch mal!« sagte Moloch und drängte Prigozi hinaus.

Hari Das war bereits vorausgegangen und wartete auf der Straße auf sie.

Als sie aus dem Büro traten, flüsterte Prigozi Moloch etwas ins Ohr, was diesen zu einem lautstarken Protest veranlaßte.

»Na dann«, sagte Prigozi unbeeindruckt und hörte auf, verstohlen herumzufuchteln, »wie wär's mit deiner Sekretärin? Könnten wir es nicht schaffen, *sie* zu verführen? Sie sieht aus, als ob sie scharf drauf wäre.«

Wieder schüttelte Moloch den Kopf. »Du vergißt, daß ich ein verheirateter Mann bin«, sagte er mit gespieltem Ernst.

Prigozi kreischte auf. »Ich hab dir schon immer gesagt, daß du ein gottverdammter Heuchler bist, Mister Moloch!«

Dann, als habe ihn das inspiriert, begann er plötzlich zu tanzen. Moloch drehte sich langsam um, während Prigozi um ihn herumwirbelte, und schaute zu, wie die Finger des anderen ausgesprochen zart herabfielen und zitterten. Er fragte sich, ob Prigozi jemals Toscanini zugesehen oder eine chirurgische Operation durchgeführt hatte.

Ein paar Passanten blieben stehen und schauten zu. Hari Das lehnte in der Zwischenzeit an einem Laternenpfahl und studierte die Schlagzeilen des *Evening Journal.* Die Schlagzeilen machten ihm einen Riesenspaß ... Die Artikel darunter las er nie.

4

In der U-Bahn wurde Hari Das bestaunt, als sei er der plötzlich wiederauferstandene Dschingis-Khan. Moloch war von den täglichen Sorgen eines Personalchefs so weit entfernt wie ein Iglu vom Äquator.

Sie waren nicht betrunken. Erstens einmal hatten weder Hari noch Prigozi einen Tropfen angerührt, bis sie nach Büroschluß das Café betraten. Moloch hatte nur ein paar Gläser Gin getrunken, doch diese »wenigen Fingerhutvoll« hatten die Illusion eines rot glänzenden Bakst-Vorhangs erzeugt, der sich langsam über eine triste Szene auf der Hinterbühne senkt, deren Realismus nicht der des Theaters, sondern der des Lebens war, eines Lebens, wie es ein Pirandello kennt.

Eine Rückblende, übersetzt aus der Erinnerung, getränkt in lebendig brodelnde Farben und schmerzend von Versprechungen, die sich nie erfüllt hatten, erschien auf dieser warmen, samtenen Krim-Leinwand. Er nahm das clowneske Betragen des Mannes Prigozi, der neben ihm an der Bar stand, nicht mehr wahr.

Ja, Prigozi selbst, das Geländer aus Messing, die rote Gestalt in der weißen Schürze, deren Hinterteil in den phantastisch beschmierten Spiegeln entblößt war – die gesamte unmittelbare Realität war zusammengeschmolzen auf ein gemütliches, überheiztes Schlafzimmer. In diesem Zimmer herrschte die gleiche beschmutzte Unordnung, es verströmte die gleichen üblen Gerüche, die wir mit dem Boden eines Vogelkäfigs verbinden. Er sah noch einmal die Frau namens Blanche vor sich, bevor sie die geheuchelte Feierlichkeit des ehelichen Rituals hinter sich gebracht hatte; sie lag in einem zerknitterten seidenen Morgenrock, grün wie der aufgewühlte Atlantik, auf einer verrückten Quiltdecke. Ihren Lippen entströmte ein Duft von geröstetem Kaffee und gebuttertem zimtfarbenen Toast. Ihre Achselhöhlen waren dunkel, dunkler als das dunkle Oliv ihres Nackens und ihrer Schultern. Er vergrub den Kopf in einer der duftenden Höhlungen mit einem langen, tiefen Kuß, der sie unter der sanft gewölbten Liebkosung seines Körpers erzittern ließ. Ihr langes kastanienbraunes Haar, aufgeladen vor Leidenschaft und parfümiert mit Vitalität, umhüllte und lockte ihn. Er sah sich unter die Decke kriechen, seine Zunge zischelte vor flehentlichen Wünschen.

»Ich schäme mich so«, flüstert Blanche, matt zwischen den bebenden Kissen liegend und die Augen vor Furcht und Erwartung weit aufgerissen. Das Wort »Ehe« liegt ihr auf den Lippen. Er wischt es mit schwülstigen Beteuerungen fort, während er fast unter den dicken Decken erstickt. Die roten Zackenmuster der Tapete schwimmen in endlosen Schwingungen von Hitze.

Mitten in diesem Tagtraum stößt Prigozi ihn in die Seite. »Was ist denn über dich gekommen?« Er nickt in Richtung des Barkeepers.

Moloch zahlt, händigt Prigozi das Wechselgeld aus, das von seinem Fünfdollarschein geblieben ist, und schickt ihn fort. Das gelingt ihm jetzt so leicht. Nicht die geringste Verlegenheit.

»Wir gehen nach Hause«, sagt er und faßt Hari am Arm.

In der U-Bahn fühlt Moloch sich veranlaßt, sein Benehmen zu erklären. »Ich mußte ihn einfach loswerden, Hari. Manchmal geht er mir auf die Nerven. Er ist wie ein schlechter Atem. Man kann ihn nur eine gewisse Zeit aushalten, dann ...« Er schürzte die Lippen und schaute um sich, als wolle er ausspeien.

Hari Das hielt diese Freimütigkeit für löblich. Sie war so unorientalisch. Außerdem begann er in dieser Freundschaft große Möglichkeiten zu entdecken.

»Ich muß dir etwas über Blanche sagen, ehe wir dort sind«, sagte Moloch unvermittelt. »Im ersten Augenblick wird sie dir vielleicht wie ein Alptraum vorkommen ... ein wenig ungastlich, verstehst du? Wie auch immer, du darfst dich dadurch nicht verunsichern lassen. Das ist ihre Art. Sie ist wirklich eine prächtige Frau. Ein wenig nervös vielleicht ... hat einen unruhigen Blick. Wahrscheinlich eine Drüsenstörung. Aber eine großartige Musikerin.«

Hari Das kicherte. Dann zog er einen zerbrochenen Kamm aus der Tasche und fuhr sich damit durch das strähnige schwarze Haar.

»Weißt du, daß du einen wunderbaren Messias abgeben würdest, Hari? Einen richtigen baumelnden Erlöser, beim Georg!«

Hari warf den Kopf in den Nacken und gähnte.

»Unsere Frauen bewundern Erlöser, Hari«, fuhr Moloch fort. »Vor allem, wenn sie gut aussehen. Ach, übrigens, du leidest doch nicht an Sinnestäuschungen, oder? Du hörst keine Stimmen ... oder etwas in der Art, weißt du, was ich meine?«

Hari nahm das hin wie einen weiteren kleinen Scherz Molochs. Ihm machten diese Vorstöße richtig Spaß.

»Es würde mir gar nicht gefallen, wenn ich glauben müßte, daß du dich als neuer kleiner Gandhi ausgeben willst«, vertraute Moloch ihm an. »Du bist zu liebenswürdig, um ein neuer kleiner Götze zu sein. Außerdem hat dieses Land davon schon genug.«

Haris Antwort ging in der Menschenmenge unter, die mit ihnen auf den Ausgang der U-Bahn zusteuerte. Von der Haltestelle mußten sie nur ein paar Blocks weit gehen. Hari schien fasziniert zu sein von der Vielfalt der Kirchen, an denen sie vorüberkamen. Er reckte den Hals, um die Wasserspeier zu betrachten, die den leeren Straßen anzügliche Blicke zuwarfen. Kurz bevor sie am Haus angekommen waren, trat er an den Rinnstein und schneuzte sich mit zwei Fingern die Nase.

Moloch dachte inzwischen darüber nach, welchen Empfang seine Gattin ihnen wohl bereiten würde, und betete, daß sie den Anschein von Höflichkeit wahren mochte. Der Teufel sollte sie holen! Er hatte vor, den Abend zu genießen, auch wenn sie sich anstellte.

Er drückte auf den Klingelknopf und setzte eine gelassene Miene auf. Eine ungewöhnliche Begrüßung fand statt.

»Guten Abend!« brachte er verbindlich hervor. »*Mrs. Moloch?* Hier ist *Mister Moloch* ... dein Freund, der Ehemann. Der nur vorbeikommt, um in Freundschaft einen Happen zu sich zu nehmen. Es tut uns leid, daß wir uns verspätet haben ... Darf ich dir meinen verehrten Freund vorstellen, den verstorbenen Maharadscha von Lahore? Swami – *meine Frau.*«

Er machte eine tiefe Verbeugung, um sein hysterisches Lachen zu unterdrücken.

Hari begrüßte die Frau mit der ihm eigenen Anmut. Blanche ergriff steif die ausgestreckte Hand, musterte Hari von Kopf bis Fuß, als sei er ein seltener Guignol und trat mit zusammengepreßten Lippen zurück, um sie einzulassen.

»Die Gemächer«, sagte Moloch und strahlte breit, als wolle er einen Bruchteil seiner Freundlichkeit auf das fin-

stere Gesicht mit dem Mund eines Kanarienvogels übertragen. In Blanches Blick lag immer noch unverhohlener Abscheu, während er weiterplapperte.

»Das HEIM! Der heilige Ort der Ruhe. Ein heimeliger Herd, alte Freunde, alte Weine ...!« Er breitete in shakespearscher Manier die Arme aus. »Und vor allem eine gute Frau, die mit Ungeduld auf die Heimkehr ihres Mannes wartet.« Er kehrte seiner Frau den Rücken zu. »Tja, Hari, nicht gerade umwerfend, diese Bruchbude, was? Ein wenig unaufgeräumt ... keine Dienstboten, verstehst du. Blanche hat diese Woche keine Gelegenheit gehabt, die Wohnung sauberzumachen.« (Er sagte dies, um ihren Entschuldigungen zuvorzukommen. Sein Gebaren vermittelte den Eindruck, daß er ihr einen Gefallen erwies.) »Glaube mir, Blanche kann wirklich eine vorzügliche Hausfrau sein, wenn sie will. Sein oder Nichtsein – das ist unser großes häusliches Problem, was, altes Schlachtroß?«

Blanche, die weder »ein altes Schlachtroß« noch »eine vorzügliche Hausfrau« war, durchbohrte Moloch mit ihren Blicken. Ihre Finger waren zehn zuckende Krallen. Es waren auf keinen Fall die gepflegten Finger einer Mätresse. Die Nägel waren kurz und kräftig. Vorzügliche Beweglichkeit der einzelnen Finger – für die ungarischen Rhapsodien.

»Entschuldigen Sie mich«, sagte sie, an Hari gewandt, »wie ich sehe, ist mein Mann betrunken.« Ihre Stimme war bitter wie Gänsefingerkraut.

Hari warf beide Arme in die Höhe. »Keineswegs, keineswegs«, protestierte er. »Ich wäre nicht hier, wenn ich glauben würde, er sei betrunken.«

Blanche sah ein, daß sie es mit zwei Ungeheuern zu tun hatte.

»Egal«, sagte sie, »betrunken oder nüchtern, ich nehme an, ihr zwei wollt etwas essen.«

Moloch war noch unverzagt. Er packte Hari an den Rockschößen.

»Ist das nicht aufmerksam von Blanche? Habe ich dir nicht gesagt, daß sie ein Engel ist?« Er schaute Blanche an. »Selbstverständlich, meine Liebe ... *selbstverständlich* wollen wir etwas essen. Wir sind einzig und allein deshalb nach Hause gekommen, um mit dir heute zu Abend zu essen.« Er schaute sie verzückt an. Dann senkte er seine Stimme, schlug einen neuen ironischen Ton an, wenn man dies Ironie nennen konnte. »Und wo ist unser geliebtes Kind heute abend ... *das Juwel unserer Lenden?*«

Hari Das konnte sich nicht mehr beherrschen. Er hatte, bis zu diesem Zeitpunkt, sein möglichstes getan, den Anstand zu wahren, Zurückhaltung und Desinteresse vorzutäuschen, als spiele sich dieser phantastische Wortwechsel auf dem Planeten Neptun ab. Er schaute Moloch hilflos an. Moloch beantwortete seine stumme Bitte mit einem komischen Gesichtsausdruck, der jeder Beschreibung spottete, und richtete den Hydranten noch einmal auf Blanche.

»Das Abendessen ist noch nicht fertig, sagst du?«

Sie hatte nichts derartiges gesagt.

»Zu spät?« Er säuselte. »O je. Welche Schwierigkeiten uns das Leben in den Weg stellt! Nun, Hari, die Maharani hat gesprochen. Ich versteh' schon, uns stehen Eier und Speck bevor. Ja, ja, unsere alten Gefährten, Eier und Speck. Zu schade, zu schade.« Er wackelte feierlich mit dem Kopf.

Die Entschuldigungen, die Blanche sich für das Benehmen ihres Mannes vorzubringen bemühte, gaben Hari Das einen Einblick in das Privatleben seines neuen Freundes. Er hörte sie sich mit so tiefem Mitgefühl und einer so *respektvollen* Miene an, daß Blanche sich schon bald für mehr entschuldigte, als sie eigentlich beabsichtigt hatte.

»Ich weiß nie, wann er nach Hause kommt«, plapperte sie weiter, berauscht von der Vielfalt der Verfehlungen ihres Mannes. »Er macht sich nicht einmal die Mühe, mich anzurufen. Manchmal kommt er mit einer ganzen Meute anspaziert ... jawohl, mit einer Meute. Und dann besitzt er die Unverschämtheit, ärgerlich zu werden, weil ich seine Rüpel nicht von hinten bis vorne bediene.« Voll Gefühl stampfte sie mit dem Fuß auf. »Als ob ich seine merkwürdigen Idioten gerne hier sehen würde.«

»Merkwürdige Idioten?« wiederholte Hari.

Moloch meldete sich zu Wort. »Ich habe dir doch gesagt, daß Blanche ein Schmuckstück ist. Das ist einfach ihre Art, dich willkommen zu heißen. Sie will dir sagen, daß du ein Gentleman bist – du bist kein bißchen wie die anderen Rüpel ... Ja, meine liebe Blanche, ich kann dir versichern, daß du *tatsächlich* einen Gentleman zu Gast hast. In den Adern meines guten Freundes, des Maharadschas, fließt königliches Blut. Man muß nämlich königliches Blut in sich haben, um Maharadscha zu sein – ist es nicht so, Hari? Aber wie dem auch sei, er ist sich nicht zu schade, um Eier und Speck zu essen, nicht wahr, Swami? Und ich bin mir nicht zu schade, sie dir zu machen. Swami, laß doch ein bißchen Hindustani hören, während ich das Festmahl zubereite. Aber achte darauf, daß die Rede so vorzüglich wird wie die Eier und der Speck.«

Er zog die beiden in die Küche, drückte seine Frau auf einen Stuhl und begann, in der Speisekammer mit dem Geschirr zu klappern. Er hatte vergessen, seinen Hut abzunehmen. Er war ihm schräg übers Gesicht gerutscht.

»Also, Hari«, schwadronierte er und kam mit einer Bratpfanne hervor, die er wie ein Koch schwenkte, »du erzählst inzwischen der Freundin und Frau alles über den Hunger und die Pest in Indien.«

Blanche zog eine verächtliche Grimasse und strich ihren Rock glatt.

Der Freund und Ehemann begann mit der Bratpfanne um sie herumzutanzen.

»Oh, Mond meiner Freude! Schau dir dieses Juwel von*

»Kommt es ... äh ... oft vor, daß sich Ihr Mann so benimmt?« wollte Hari wissen. Er steckte in der Klemme: Einerseits wäre es beleidigend, wenn er Molochs Betragen als das bezeichnete, was es war, andererseits wollte er sich von jeglicher Beteiligung an dieser brutalen Quälerei freisprechen.

Blanche antwortete mit gedämpfter Stimme. »Fast die ganze Zeit über habe ich das Gefühl, mit einem Verrückten zusammenzuleben.«

»Mit einer Memme, mein Schatz, einer Memme!« warf Moloch ein.

»Er hat keinen Anstand, keinen Respekt – vor mir nicht und vor gar nichts. Er ist ein vulgärer, ungehobelter Narr.«

Sie saß stumpfsinnig da und unternahm keinen weiteren Versuch, das Gespräch fortzusetzen. Es war die Haltung eines tumben Viechs, das auf die Axt wartet, die ihm auf den Nacken saust. Sie hatte einen verbissenen, traurigen, einen Gott-hilf-mir Zug an sich. Sogar Moloch war gerührt.

Er machte einen Versuch, sie zu küssen, den sie abwehrte, indem sie ihm einen heftigen Stoß versetzte.

»Du kannst deinen Unfug nicht durch einen Kuß ungeschehen machen«, zischte sie. »Laß mich in Ruhe, mehr verlange ich nicht von dir.«

Dieser Ausbruch traf Moloch schmerzlicher als Worte. Er glich dem Verbrecher, der zwar die Worte des über ihn

* (Anmerkung des Herausgebers: An dieser Stelle fehlt eine Zeile Text in dem einzigen Manuskript, dessen Existenz bekannt ist.)

gesprochenen Urteils vernimmt, die ganze Zeit über jedoch von dem Tag vor siebenunddreißig Jahren träumt, an dem er fischen gegangen war – wie wunderschön der Fluß im funkelnden Sonnenlicht ausgesehen hatte, der Gesang der Vögel, seine eigenen unschuldigen Träume ... Was er sagen wollte, war dies:

»Verzeih mir, Blanche. Ich bin ein Schuft. Herrgott! Ich will dich nicht immer weiter verletzen, doch du bringst mich dazu, daß ich mich so aufführe ... mit deiner Kälte, deinen Verdächtigungen, deinem ...«

Statt dessen fragte er sie mit matter Stimme, ob Post gekommen sei. »Nichts von Burns dabei?«

Sie schüttelte teilnahmslos den Kopf.

»Gar nichts gekommen?« fragte er noch einmal.

»Doch«, antwortete sie stumpf.

Er schaute verständnislos auf den Umschlag. Die Handschrift war ihm unbekannt. Er riß den Brief auf. Darin steckte ein weiterer Umschlag, der zusammengefaltet in dem Brief lag. Er schaute ihn mit leerem Blick an. Der Brief trug eine Aufschrift:

Wallfahrtskirche Unserer Lieben Frau des Trostes
Coney Island, New York

Der Brief handelte von der alljährlichen Novene für Unsere Liebe Frau des Trostes in Vorbereitung auf das Fest ihrer VERKÜNDIGUNG ... »Lieber Freund: Während dieser feierlichen neuntägigen Andacht wird Unsere Liebe Frau des Trostes, die niemals vergeblich angerufen wird, um ihren Beistand in spirituellen Nöten gebeten werden, für die Kranken und Schwachen, für Reichtum, Aufstieg und Erfolg bei geschäftlichen Unternehmungen, für glückliche Ehen, das Wohlergehen werdender Mütter, berufliches Fortkommen und was immer jene sich wünschen mögen, die der Hilfe Unserer Gesegneten Mutter bedürfen.«

Er warf den Brief zur Seite, ohne ihn zu Ende gelesen zu haben. »Da macht jemand einen Scherz«, dachte er. Nun bemerkte er einen weiteren Umschlag, viel kleiner als die anderen, mit vier Reihen gepunkteter Linien:

Zünden Sie zum Nachtgebet eine Kerze an!
Für eine Novene ... ... $ 1.00

»Pah! Diese elenden Gauner!« murmelter er. »Ich würde ihnen keine fünf Cent geben, selbst wenn sie versprechen würden, mich aus der Hölle zu holen.«

Niemand achtete auf sein Gemurmel. Um unbemerkt zu bleiben, vertiefte sich Blanche ins Kochen. Hari blätterte in den Büchern, die sich auf der Vitrine stapelten.

Moloch saß zusammengesunken in dem Sessel, den sie in die Küche geschoben hatten. Alles, was für ihn von Wert war, bewahrte er in der Küche auf. Es war der einzige Raum in der Wohnung, in dem er sich gern aufhielt.

Seine Gedanken kehrten zu Ronald Burns in North Dakota zurück. Warum zum Teufel schwieg Burns so beharrlich? Die bündeldicken Briefe, die früher zwischen ihnen hin und her gegangen waren, fehlten ihm. Zehn Seiten Begeisterung für Dreiser, ein Essay über *Die Bombe*, Abhandlungen über Dostojewski ... fast ein kleines Buch allein über *Der Idiot* ... Was war los? Hatte Blanche sich zwischen sie gestellt? Hatte sie Burns von ihm berichtet ... Schmähungen über ihn verbreitet?

Man kann so vieles aushalten, wenn man nur einen Menschen auf der Welt hat, den man Freund nennen kann.

Er dachte an die Zeile in dem Brief des Ägypters: »Es muß eine mitfühlende Seele geben, der du deine Leiden anvertrauen kannst ...« Gott, das war zum Schreien, als er es las. Aber es war kein Scherz! Mit Ronald Burns hatte ihn die eine Freundschaft verbunden, die ihm wichtig war. Und nun brach sie auseinander, ganz offensichtlich.

Ronald Burns war Musiker und Literat. Drei Monate lang hatte er die Herrlichkeiten der Existenz gemeinsam mit Dion Moloch und seiner Frau erfahren. Nach seiner Rückkehr nach North Dakota waren diese beiden Menschen geblieben, wo er sie entdeckt hatte – gestrandet im Watt des Ehestands. Eine Zeitlang hatten sie sich selig von der tiefen, schnellen Flut der Kameradschaft tragen lassen; dann war die Flut abgeebbt, und sie blieben im Schlick zurück, steckten fest wie Schuten.

War Blanche in Burns verliebt? Moloch war bereit, dies zu glauben. War Burns in Blanche verliebt? Dies war wichtiger. Es war ihm gleichgültig, was sich zwischen den beiden abspielte, solange ihre Freundschaft nicht zerstört wurde. Wenn Burns seine Frau haben wollte – ausgezeichnet! Komm und nimm sie dir! Er konnte sich keine glücklichere Lösung ihrer Probleme vorstellen. Aber wenn Burns sie wollte, warum war er dann nach North Dakota zurückgefahren? Hatte er Angst, der Wahrheit ins Auge zu sehen? War es die Furcht davor, ihn zu verletzen? Hatten sie denn keine Augen im Kopf, diese beiden? Sahen sie nicht, daß er beiseitegetreten war, um ihnen Platz zu machen?

Die Randbemerkungen und die langen Wortlisten auf den letzten Seiten aller Bücher, die Hari Das beim Stöbern in Molochs schmaler Sammlung entdeckt hatte, veranlaßten Hari zu einer Reihe von kritischen Kommentaren, die Moloch aus seinen Grübeleien rissen.

Unvermittelt schrie Hari Das vor Freude und Erstaunen laut auf. Ehrfürchtig ergriff er einen zerlesenen Band und hielt ihn Moloch unter die Nase.

»Na also«, rief er, »jetzt weiß ich, daß du kein völliger Gauner sein kannst!«

»Er hat sich also schon damit abgefunden, daß ich ein

Gauner bin«, dachte Moloch, den die Überschwenglichkeit des anderen ein wenig ernüchterte.

Hari blätterte eifrig in dem Buch, betrachtete Molochs mit Bleistift geschriebene Randbemerkungen, lächelte, spendete stummen Beifall. Er überflog das Buch so fieberhaft, als wolle er den Eindruck vermitteln, daß er damit rechnete, an seinem Ende einen Schatz zu finden.

»Du erkennst Schönheit doch«, rief er aus. »Das sehe ich!«

Seine Worte verblüfften Moloch und versetzten ihn in ungestüme Begeisterung.

»Halt!« rief er und stand von seinem Sessel auf. »Wir können nicht in diesem Tempo weitermachen! Ich möchte dir etwas sagen. Ich kann deine Worte nicht unwidersprochen lassen.«

Er war nun vor Erregung ganz aus dem Häuschen.

»Du hast von Schönheit gesprochen. Ja, ein bißchen davon habe ich noch in mir ... ein bißchen, das meine Frau niemals sieht.«

Er sprach mit brutaler Kälte von sich selbst. Blanche, ihre Ehe, die vollgestopfte Küche, in der er wie im Fieber auf- und abschritt (wie ein Tiger, dessen Käfig nicht nur lästig ist, sondern auch so klein, daß er sich in ihm nicht umdrehen kann) – alles das schien er mit einer Handbewegung wegzuwischen wie den Schutt einer anderen Inkarnation.

»Ja, Mukherji ... Mukherji!« sagte er ekstatisch. (Es war ein Buch von letzterem, das diesen Ausbruch ausgelöst hatte.) »Ja, Hari, es *gibt* Schönheit, die einen zum Nachdenken zwingt. Große, die Seele aufwühlende Schönheit! Es gibt einen Mann, dessen Namen man schon vor Jahren hätte hinaustrompeten sollen. Bei ihm wird Indien lebendig, greifbar – und bleibt in seiner Heiligkeit dennoch vergeistigt. Als ich dieses Buch niederlegte, weinte ich ... Oh, beschrei und rühme nur ruhig deinen Mahatma Gandhi, der auf seinen abgemagerten Beinen dahockt und seine mit Vedanta-Mischmasch gespickten ökonomischen Binsenweisheiten murmelt. Aber ich sage dir, Gandhi kann noch eine Generation lang auf seinem mit Karbunkeln übersäten Hintern sitzen und wird doch nie diese Poesie erreichen, diese sublime Schönheit Mukherjis, die mich aufwühlt … Ich weiß nicht, warum ich Gandhi überhaupt erwähne. Er ekelt mich an, das ist die reine Wahrheit. Dieser dürre, statistische Christus, der ständig kurz davor ist, sich aus diesem Leben zu verabschieden und der sich durch dieses lächerliche Fasten und Beten ständig wieder aufrappelt. Mit einem Bein im Bauch der Ewigkeit stehend, predigt er der Welt, ihr Haus in Ordnung zu halten. Meine Güte! All dieser verfluchte Unsinn über fehlende Zusammenarbeit und Spinnräder! Nein, ich ziehe Mukherji in jedem Falle vor! Wie er den Anbruch der Dunkelheit in Indien beschreibt – ›sich herabsenkend wie eine Lawine aus Ruß‹. Der ›in Marmor erstarrte Seufzer‹ des Taj Mahal.

Erinnerst du dich, Hari, an die Beschreibung der schlichten Haustür eines Bauern, die in das violette Licht des Sonnenaufgangs getaucht ist? Oder an diesen unvergeßlichen Blick auf den Ganges, wenn er sich in die lauwarmen Wasser stürzt, um ein Gespräch mit dem Heiligen zu führen? Stell dir zum Beispiel mal zwei Baptisten vor, die sich auf dem Mississippi treiben lassen und nichts als Strumpfhosen anhaben. Kannst du dir vorstellen, daß die über das Alte Testament in nasse Hitze geraten?«

Hari Das brach in schallendes Gelächter aus.

»Leider«, sprach Moloch weiter, »ist für die meisten von uns Indien nicht wirklicher als ein Opiumtraum. Wenn der lendenlahme Mahatma sein Gejaule mit ein paar gekrächzten statistischen Enthüllungen anstimmt, verpaßt er der Welt einen spürbaren Schlag. Wer will das schon hören – Millionen von Unberührbaren, neunundvierzig Sekten und Idiome, die sich bekriegen, endlose Ränke der Kasten und der Fakire, schmutzige Höhlen und Hurentempel? Nein, die Welt zieht es vor zu glauben, daß Indien nicht bloß ein Land ist, dessen Bevölkerung zu neunzig Prozent ständig am Rande des Hungertods lebt, ein von Cholera und Skorbut gepeinigtes Land, sondern etwas mehr, etwas, das von all den verwirrenden Massakern, den Lastern, der Gesetzgebung und der krassen Unwissenheit nicht berührt wird und über alldem steht. Wenn die aufgeblähten weißen Ochsen Shivas eingegangen, wenn die trommelharten Bäuche der Brahmanen mitsamt ihren gelehrten Abhandlungen über die Verdauungsorgane verschwunden sind, wird das, was von Indien übrigbleibt, immer noch eine Varietébühne des Geheimnisses, des Schreckens und des Fanatismus sein, das spüre ich. Indien wird immer der Ort sein, wo die Religion für jeden Menschen der wichtigste Inhalt des Tages ist. Die Söhne Indiens werden es nicht zulassen, daß die Religion zu dieser billigen Geringfügigkeit wird, mit der sich der Europäer zufriedengibt. In ihren Händen wird sie für immer ein ganz besonderes, immaterielles Produkt der Erde ein, ein Etwas, das unsere ›Streitwagen‹ und ›Kaleschen‹, den Lautsprecher und die Geburtszange überdauern wird. In zehntausend Jahren, wenn die Erde krank und reif genug ist für die Demokratie, wenn jeder Hans seine Liese hat, wird die Dämmerung immer noch wie ein Donnergrollen von China her über die Bucht heraufziehen. *Und über die jungfräulichen Flanken des Mount Everest werden saphirblaue Bäche strömen!* In dieser Hinsicht ist die Prophezeiung deiner kosmischen Faulenzer korrekt. Dann werden wir tatsächlich auf Straßenbahnen und das Opernhaus, auf

Fahrstühle und Untergrundbahnen, auf Zementfabriken und babylonische Architektur, auf Barbershop-Quartette und auf Verhütungsmittel, die nicht verhüten, verzichten können ... Auf mein Wort, von dieser modernen Welt wird nichts als ein Gestank übrig bleiben. Keine Ketchup-Flasche und kein Bromo-Seltzer wird es mehr geben!«

Wieviel weiter Moloch seine phantastischen Einfälle noch getrieben hätte, weiß Gott allein. Blanche hatte ihm während seiner ganzen Tirade durch Handzeichen bedeutet, er solle sich setzen und die Mahlzeit teilen, die zu Beginn seiner Rede fertig geworden war. Die Gebärde, mit der sie ihnen die dürftige Mahlzeit vorsetzte, war die einer Wärterin in einer Nervenheilanstalt. Sie verabscheute diese Diskussionen, die nie zu irgend etwas führten und stets damit endeten, daß die Speisekammer leer war. Keiner dieser »Gelehrten« dachte je daran, wenigstens eine Schichttorte mitzubringen. Sie kamen ausgerüstet mit Widerspiegelungstheorien, wollten anderen mit ihrem Geschwätz Sand in die Augen streuen – und hatten einen enormen Appetit. Wenn sie überhaupt das Wort an sie richteten, dann nur, um sie auf heimtückische Art und Weise lächerlich zu machen. Blanche fragte sich daher mit Recht, von welcher Sorte der dunkelhäutige Gentleman sein mochte, der seine Eier mit Speck schlürfte wie Austern aus der Schale ... Sie brauchte nicht lange zu warten.

Hari Das hatte Moloch geduldig zugehört, um sich der gleichen Höflichkeit zu versichern, wenn er die Gelegenheit ergriff, mit den Flügeln zu schlagen und »sich in die Leere aufzuschwingen«. Als erstes zog er – mit einer Geste, die als orientalische Gewandtheit durchgehen mochte – eine Visitenkarte aus der Brieftasche und legte sie würdevoll auf den Tisch. Moloch nahm sie in die Hand und betrachtete sie eingehend:

»Dekan der Orientalischen Akademie? Aha. Und wo befindet sich diese Institution, wenn ich fragen darf?«

Hari unterdrückte ein Lachen. »Die Akademie, das muß ich leider einräumen, ist noch kein materielles Faktum. Bis jetzt habe ich, wie du siehst, nur die Karten.«

»Das ist ja ein vielversprechender Anfang«, sagte Moloch mit komischem Ernst.

Blanche kicherte unverhohlen.

»Mein Freund«, fuhr Hari fort, »es ist eines meiner Ideale, hier in der westlichen Hemisphäre eine Institution zu gründen, die in ihren Zielen und ihrem Selbstverständnis mit jener universellen Lehrstätte vergleichbar ist, die Tagore in Shantiniketan errichtet hat. Ich möchte die dummen Vorurteile niederreißen, die deine Welt von meiner trennen. Ich möchte in Amerika – und zwar deswegen, weil Amerika, den letzten Analysen zufolge, das einzige Land ist, in dem ein solches Experiment gewagt werden kann – eine Universität entstehen sehen, in der jede Kultur, jedes Volk in gerechter Weise vertreten ist. Ich möchte die These vom Rad der Geschichte, die griechisch-römischen Ursprungs ist, ein für allemal widerlegen. Die ruhmreichen Leistungen der Chinesen müssen gewürdigt werden, und die der Araber ebenso; wir müssen den großen Beitrag der Slawen, der negroiden Rassen, der Juden, der Malayen anerkennen ...«

Moloch fragte sich, was insbesondere die Malayen zum großen Strom der Zivilisation beigetragen hatten, doch er hielt seine Zunge im Zaum.

Bei seiner Schilderung der Schwierigkeiten, mit der sich der Gründer einer solchen Institution konfrontiert sähe, berührte Hari Das kein einziges Mal derart prosaische Voraussetzungen wie Geld, Werbung, Fußballmannschaften oder ähnliche Bedingungen. Erwartete er etwa, daß diese eklektische Institution ohne eine Vereinigung der Ehemaligen aufblühen würde? Was sollte an die Stelle von Fußball und Regatten treten?

Die Religion?

Als ahne er beinahe, was Moloch durch den Kopf ging, verkündete Hari mit größtem Ernst: »Jeder gebildete Amerikaner sollte die Pflicht haben, die anderen großen religiösen Lehrer zu kennen und zu achten. Jesus Christus ist nicht das Alpha und das Omega der Religion! Das Leben Jesu, wie es in eurer Bibel dargestellt ist, ist es nicht eine bloße Wiederholung der Ereignisse im Leben des großen Gautama, der mehr als fünfhundert Jahre vor eurem Erlöser lebte?«

»Entschuldige, daß ich dich unterbreche, aber er ist nicht *mein* Erlöser!« sagte Moloch.

Hari lächelte tolerant und sprach weiter.

»Nimm solche einzigartigen Geschehnisse wie die unbefleckte Empfängnis, die Versuchung durch den Fürst der Finsternis, die Ermordung der Unschuldigen durch Herodes: Dies sind keine isolierten christlichen Mythen! Denk mal an die bekannten Gleichnisse von Jesus, an das Gleichnis vom verlorenen Sohn und an die Hochzeit in Kana ... sie waren den Hindus und den Buddhisten des vorchristlichen Zeitalters doch bekannt. Die Rituale der katholischen Kirche – hast du eine Ahnung, wie viele davon aus dem Buddhismus entlehnt sind?«

Hier schweifte Hari Das ab, um Moloch und Blanche (denn sie hörte mit gewissem Erstaunen ebenfalls zu) zu erklären, auf welche Weise Pythagoras zu seinem Wissen von den Lehren der Präexistenz und von der Seelenwanderung, zu seinen asketischen Übungen und zum Vegetarismus, zur Tugend der Zahlen und zu der Theorie vom fünften Element gekommen war, das damals in Griechenland und in Ägypten nicht bekannt war. »Äther als Element«, sagte Hari, »war damals nur den Hindus bekannt.«

»Starker Tobak, Swami«, zirpte Moloch. »Einige unserer Pandits führen alles auf Griechenland und Rom zurück. Unsere Verkehrsregeln zum Beispiel, die haben wir aus den verstopften Tagen des römischen Reiches übernommen. Die Straßenreinigung nimmt ohne Ende hervorragende Anregungen aus den archäologischen Vermessungen auf, die in Kreta durchgeführt wurden. Nimm unsere Bauklempnerei – man könnte sie für einen Import aus Deutschland halten. Weit gefehlt, mein Freund! Diese Technik haben wir von den Ruinen des Palasts von Knossos abgekupfert ... Ich persönlich bin ja der Meinung, daß die Tragödie die größte Errungenschaft der Griechen ist.«

»Und sogar das ist ein Mythos!« rief Hari aus, der die nietzscheanische Aufforderung zum Tanz überhörte.

»Ohne Zweifel«, sagte Moloch trocken.

»Verstehst du«, setzte Hari wieder an, »eure Traditionen sind verfälscht, und deshalb legt ihr im Okzident Wert auf die falschen Dinge. Der große Beitrag der Völker des Orients zur Zivilisation, ein Beitrag, der schließlich weit bedeutender ist als irgendein Parthenon, als römische Gesetze oder attische Tragödien ... dieser große Beitrag, der aus Ägypten, China, Afrika, Indien und Japan hereinströmt, ist von euren Pedanten entweder bewußt minimalisiert oder respektvoll vergessen worden, damit er nur ja nicht dieser These von der schönen griechisch-römischen Kontinuität in die Quere kommt.

In euren Büchern lesen wir endlose Panegyriken über Plato und Aristoteles, über Euklid, Äsop, Pythagoras und Hippokrates, doch kein einziges Mal wird die Tatsache erwähnt – es sei denn, ich bin erbärmlich falsch informiert –, daß wir die ersten Lehrer der ebenen und der sphärischen

Trigonometrie waren. In der Wissenschaft von den Zahlen konnten sich die Griechen nicht einmal mit den alten Hindus messen. Nimm die simple, praktische Wissenschaft der Arithmetik. Ohne das Dezimalsystem wäre sie doch ganz unmöglich, oder? Und wer hat euch das gegeben? Die Araber. Und woher haben es die Araber? Aus Indien ... Was ist die ebene Geometrie anderes als eine Vervollkommnung und Erweiterung der vedischen Formeln für den Bau heiliger Altäre? Und was die Musik angeht, die Tonleiter mit den sieben Noten war in Indien Jahrhunderte früher als bei den Griechen bekannt; sie ging zurück auf den Gesang primitiver vedischer Hymnen ...«

»Halt, halt!« rief Moloch gutmütig. »Gleich wirst du mir erzählen, daß die Relativitätstheorie ein Anachronismus ist.«

In diesem Stil ging das Gespräch weiter, wobei fortwährend Konfitüre, Obst und Käse aus der Eiskiste geholt wurden, all die Eßwaren, die Blanche für zukünftige Mahlzeiten aufbewahrt hatte.

Durch Molochs listige Bestärkung in Fahrt gekommen, trampelte Hari Das auf allem Heiligen und Profanen in der Welt des Okzidents herum. Moloch spendete freigebig Beifall und versorgte Hari, wenn diesem der Stoff ausging, mit neuen Ideen. Sie waren vollkommen einer Meinung darüber, daß Amerika ohne Cascara an Verstopfung zugrundegehen würde und daß es von üblem Mundgeruch bis zur Lepra nur ein kurzer Schritt war. Amerika: das Land des Anhaltens und Anfahrens! Big Ben: das Idol des Arbeiters!

Blanche war ein Basilisk, blinzelte entrüstet unter schweren Lidern. Das warme Blut stieg ihr bis zum Hals und verklumpte ihre Gedanken und Impulse. Eine dumpfe Wut ließ ihr die Zunge anschwellen; sie steckte ihr wie ein Kabeljau im Mund.

Im Laufe der Zeit war Hari bei unseren Nationalhelden angelangt. Er hatte ein tiefsitzendes Vorurteil gegen Lincoln wegen dessen Rede in Gettysburg.

»Endweder hat Perikles Lincoln vorweggenommen«, sagte Hari und spielte damit auf die berühmte Grabrede im Peloponnesischen Krieg an, »oder wir müssen davon ausgehen, daß der Große Befreier ein Plagiator war.«

»Du meine Güte«, rief Moloch, halb im Spaß und halb im Ernst, »wenn du uns auch noch Lincoln wegnimmst« – er kratzte sich heftig am Kopf –, »kannst du gleich den Erzengel Gabriel herbeirufen. Das ist ja nun das allerletzte! Ich hatte nichts dagegen, daß Washington in der Versenkung verschwand. In seinem Pyjama war er, wenn man das so sagen darf, sowieso bloß ein britischer Grundstücksmakler mit einem starken Hang zu Frauenzimmern. Und auch Franklin mußte erkannt werden als der, der er war, nämlich ein trunksüchtiger, herumhurender Sohn eines Schachspielers, der nichts lieber tat, als sich mit unmoralischen Französinnen auf den Gehsteigen von Paris herumzutreiben. Aber was Lincoln angeht ... sachte, sachte, denn es muß doch noch irgend etwas Heiliges in unserer verfluchten Demokratie geben. Ein Plagiator, sagst du? Ts, ts. Und er kannte so gute Witze ... Aber der Bürgerkrieg war wohl für ihn ein zu guter Witz.

Sag mal, du hast nicht zufällig etwas gegen Robert E. Lee in der Hinterhand!« fügte er noch hinzu.

Hari schien verwundert.

»Was? Du kennst Robert E. Lee nicht? Mann, das ist die einzige Gestalt in der amerikanischen Geschichte, die niemand mit Dreck bewerfen kann. Verglichen mit ihm war General Grant nur ein geiler Opa mit einer Schwäche für billige Zigarren. Und was General Sherman angeht – der war, um es vorsichtig auszudrücken, ein ganz gewöhnlicher gemeiner Jack the Ripper. Als er durch Georgia durchmarschiert war, war dort nicht mal mehr genug Vegetation übrig, als daß sich eine Blattlaus darauf hätte niederlassen können. Alle unsere Nationalhelden – Webster, Brigham Young, Barnum, Buffalo Bill, Jesse James –, die waren alle nicht sauber. Man kann nicht einmal ein gutes Wort für diesen traurigen Waschzuber Carrie Nation sagen. Sie war zwar keine Epileptikerin, aber Stimmen hat sie auch gehört.«

Diese Namen waren Hari Das so geläufig wie ein Almanach polynesischer Gottheiten oder wie Lydia Pinkhams Heilmittel gegen Frauenbeschwerden.

Blanche hatte sich all diesen Unsinn mit höhnischem Lächeln angehört. Mehrere Male war sie kurz davor gewesen zu explodieren. Schließlich stand sie auf, brummelte irgend etwas über das kranke Hirn ihres Mannes und deutete an, daß sie sich zurückzöge.

»So früh schon, mein Zephyr?« Moloch legte ihr spöttisch die Hand auf die Schulter, um sie zurückzuhalten. »Ich wollte dir etwas sagen, das unseren Freund hier betrifft.«

»*Deinen Freund*, wenn's recht ist ... Du wirst mich doch hoffentlich nicht bitten, ihm ein Bett zurechtzumachen?« Ihre klägliche Entschuldigung lautete, daß sie ihre Mutter erwarte.

»Davon hast du mir kein Wort gesagt, Blanche.«

»Ach, nein?« Sie wandte sich an Hari, als sei er ein Richter, dem sie einen Fall vortrage. »Er ist ständig wie in Trance, wenn er zu Hause ist. Man würde denken, ich sei ein Möbelstück und nicht seine Frau.«

»Komm, komm«, sagte Moloch. »Hari will diesen Unsinn nicht hören. Schau mal, warum kann Hari denn nicht bei Matt schlafen? Ich bin sicher, Matt hat nichts dagegen.«

»Woher willst du das wissen?«

»Weil die beiden schon dicke Freunde sind, ist es nicht so, Hari?« Dieser war verblüfft und fühlte sich außerordentlich unwohl in seiner Haut. Er bat sie, sich seinetwegen keine Umstände zu machen.

»Ts, ts!« rief Moloch. »Es ist uns ein Vergnügen!«

Es wurden noch mehr fruchtlose Worte gewechselt – mit Dolchstößen und Schlangengift. Dennoch war Moloch entschlossen, seinen Willen durchzusetzen.

Hari Das empfand eine irgendwie bösartige Freude bei diesem schäbigen, absurden Streit. Instinktiv ergriff er die Partei seines Gastgebers, nicht etwa weil diese Seite mehr Recht für sich beanspruchen konnte, sondern weil dem hinduistischen Frauenbild zufolge Blanche in seinen Augen wie eine böse Verkörperung jenes okzidentalen Übels wirkte, das man Feminismus nennt. Er sagte nichts, aber wenn jemand seine Gedanken hätte lesen können, so hätte er gewußt, daß man sich durch eine ordentliche Tracht Prügel viele unnötige Argumente ersparen konnte.

Draußen ließ ein Suchscheinwerfer violette Strahlen auf Bäume und Mauern niederregnen. Nachdem er die Erde besprengt hatte, schwenkte er nach oben und fegte den kosmischen Staub vom Firmament.

Moloch betrachtete Hari aus den Augenwinkeln. Seine Haut war so dünn, daß sie kaum die Knochen bedeckte; seine Hautfarbe war bleich geworden und hatte fast die Farbe von Urin.

Wenn Jungen und Mädchen in einem Klassenzimmer sind, ist es für einen Lehrer riskant, Titicacasee zu sagen. Niemand nimmt diesen See ernst. Der Name klingt absurd – und ein wenig vieldeutig. Genauso empfand Moloch die Situation. Er wollte, daß ihn jemand befreite.

Blanche schlich still hinaus, um nach ihren Träumen zu greifen. Ihre Geste ähnelte dem Schulterzucken einer Frau aus dem Tanzpalast, die einen Roman von Maxwell Bodenheim wegschleudert, weil er »schmutzig anfängt«.

Gegen Morgen schlüpfte Hari in Matts Bett. Es war nicht nötig, Reardon zu stören, denn er war gar nicht da. In der Telegrammbranche hat man Gelegenheit, eine Vielzahl von Erfahrungen zu machen. Höchstwahrscheinlich hatte Matt den Aufstand in den Büros im Norden niedergeschlagen und war danach, höchst befriedigt von seinen Anstrengungen, mit einer der Telefonistinnen zum Preisboxen gegangen. Und von dort auf eine Zechtour und ins türkische Bad. Oder in eine irische Kneipe, in der er die ganze Nacht über blieb. Matt würde früh am Morgen munter, mit brummendem Schädel und mit dem starken Verlangen, den Rest seiner Tage in der Südsee zu verbringen, zurückkommen ...

Moloch blieb noch ein paar Minuten sitzen, ehe er zu Bett ging, weil er einen Blick auf Haris Pamphlet mit dem Titel »Fröhliche Weihnachten an die ganze Welt!« werfen wollte. Es war in der ersten Person spektakulär geschrieben. Streckenweise war es in erstklassiger Form.

»Ich halte mich zurück, damit aus einer beiläufigen Bemerkung nicht ein ganzer Band wird. Ich rechne nicht damit, sofort Anerkennung zu erlangen. Von einem jedoch bin ich überzeugt, nämlich daß nur die wenigsten Menschen ausersehen sind, mich zu verstehen ... Die übrigen sind lediglich die ihrer Bestimmung entgegengehende Menschheit ...

Voller Stolz kann ich sagen, daß mein System flüssig, gasförmig ist, daß es imstande ist, sich in Luft aufzulösen. Dies ist das höchste rationale System, das je vorgelegt worden ist. Die in meinen ›Aphorismen‹ enthaltenen Empfindungen sind nur ein winziger Teil des weiten Firmaments meiner Philosophie und stellen jenes Chaos dar, aus dem die Ordnung hervorgehen wird, eine Ordnung, für die ich stolz gewillt bin, Pate zu stehen; es ist die Disharmonie, aus der die Harmonie hervorgehen wird in jenem göttlichen Rhythmus, zu dem die Welt zum Vergnügen des Meister-Künstlers tanzen wird ...«

»Meister-Künstler!« Moloch sann eine Weile über Megalomanie nach. Der Meister-Künstler schnarchte bereits fest. Seine »Aphorismen« schwebten wie Luftballons über der Oberfläche seiner Träume. So mythische Realitäten wie Hühneraugen, Fußballen und Muskelkater kümmerten ihn nun nicht mehr. Er wandelte in tiefem Weidegras durch das Tal des Mondes, und der Geruch des Klees war wie Weihrauch in seinen zuckenden Nasenflügeln.

»Mit richtiger Ernährung, sauberen Laken und einem weichen Bett wird er diesen Messiaskomplex überwinden. Es liegt wohl an mir, den Joseph von Arimathea zu spielen ... Na dann!« Moloch gähnte, streckte sich und zündete sich eine Zigarette an. Einfälle flogen ihm zu, die Art von Einfällen, die einen um den Schlaf bringen und die sich am folgenden Morgen mehr als nur ein wenig abwegig ausnehmen. Er sah sich selbst auf einer Zusammenkunft von Quäkern, wo er seinen Hut herumgehen ließ für seinen Freund, den Meister-Künstler, der soeben seinen Vortrag über »Die religiösen Aspekte der Zeugung« beendet hatte. Sein Erfolg als Unternehmer ist gesichert. Der Hut ist voll. Wenn sich dieser Gag wiederholen läßt, kann man damit auch die Christlichen Wissenschaftler übertölpeln, ja ... und dann zur Hölle mit der Telegraphengesellschaft. Der Meister-Künstler hat ja keine Ahnung, welche Goldader auf sie wartet. Wenn sie erst einmal in Kalifornien sind ... Kalifornien: das Land der goldenen Wale. Kalifornien: wo tagtäglich ein neuer Kult entsteht. Er ist froh, als Amerikaner auf die Welt gekommen zu sein. Amerika: das

Land der unbegrenzten Möglichkeiten, in dem die Reichen reicher und die Armen ärmer werden. Falls nötig, wird er sogar seinen Namen ändern ... Mordecai Brown, Impresario!

Eine in der Oberschicht Chinas verbreitete Methode, Selbstmord zu begehen, ist die, »das goldene Blatt zu schlucken«. Der Tod tritt dadurch ein, daß sich das goldene Blatt vor die Glottis legt. In ganz ähnlicher Weise legte sich das Netz von Kokons, das Moloch spann, über seine Ideen, und eine köstliche Schläfrigkeit befiel ihn. Das letzte Bild, das er bewußt wahrnahm, war die Rennbeilage des *Evening Telegram:* »Original gewinnt in der vierten Runde!« Sie erwies sich als wenig anregender als die Bücher, die vom Index Librorum Prohibitorum ausgesondert worden waren.

5

Blanche hat sich angewöhnt, von sich selbst in der Vergangenheitsform zu sprechen, so als sei sie ein gebrauchtes Möbelstück. Ihr Geist und ihr Denken sind so kantig geworden wie ihr Gesicht, das inzwischen einen pferdeähnlichen Zug angenommen hat. Sie verbreitet die Stimmung einer protestantischen Kirche. Sie ist nicht bloß düster und mißtrauisch, sie ist farblos, unbeweglich, hartherzig.

Die zwei brechen schneller einen Streit vom Zaun, als ein Priester Amen sagt. Zum Glück sind sie nur selten allein. Wenn Moloch einmal einen Abend nach Hause kommt, was selten geschieht, findet er jedesmal Besucher vor. Nicht daß Blanche dafür sorgte. Sie besucht selten jemanden. Sie glaubt nicht an Freunde.

Wenn Moloch morgens zur Arbeit fuhr, dachte er häufig über den traurigen Stand der Dinge nach. Sein Leben mit Blanche unterschied sich so grenzenlos von allem, was er sich vorgestellt hatte. Er schrak beinahe zusammen, als er an die Zeit vor ihrer Ehe zurückdachte. War dies dieselbe Blanche? War dies die leidenschaftliche, impulsive Frau, mit der er zu Matineen ging und im Schutze der Dunkelheit unaussprechliche Indiskretionen beging?

Er dachte im Vorgefühl der Zufriedenheit an seine Sekretärin, eine schlanke, achtzehnjährige Jungfrau mit einer Haut, die den moosartigen Flaum einer Magnolienblüte besaß. Wenn er abends in der stickigen Luft der

U-Bahn vor sich hin döste, plante er jedesmal von neuem, sie zu verführen. Ihre Schönheit war nicht jene platte Schönheit der Jüdin, die die perverse Neugier eines Vertreters anstachelt und die bei ihren nichtjüdischen Schwestern Neid und Verzweiflung weckt. Männer sahen in Marcelle vielmehr die zarte Verkörperung eines vergessenen Reizes, jener Art von Reiz, den man bei einer Vase im Museum entdeckt.

Wie schade war es, sagte er sich oft, daß er nicht das Mädchen heiraten konnte, das er liebte. Das war schon so lange her, seine erste Liebe ... seine einzige Liebe. (Sprechen wir nicht alle auf diese Art von der ersten Liebe?) Es war nicht vernünftig, wie er daran zurückdachte.

Diese erste Liebe war keine blasse Mona Lisa von legendärer Schönheit. Cora war eine dralle Amazone mit zwei Brüsten. Jedesmal, wenn er an sie dachte, versetzte es ihm einen Stich bei der Erinnerung an ihre festen, hochstehenden Brüste, die voll waren wie ein indianischer Grabhügel – und an ihren Atem, warm und milchig.

Mit siebzehn war Cora wie ein arktischer Sommer. Sie betrachtete die Welt aus kalten Porzellanaugen, die wie blaue Eisberge unter dem Wechselspiel des Nordlichts schimmerten. Im Verlauf von zehn Jahren war Cora zu einer schwachen Erinnerung verblaßt, der Erinnerung an ein festes Mieder und eine Sassafrasperücke. Jedesmal, wenn er an Greenpoint zurückdachte, gab es in seinem Herzen einen heftigen Ruck. Maujer, Conseleya, Humboldt: die Straßen, durch die Cora einst gegangen war. Diese nun verlorenen Straßen waren IHR geweiht. Um die Wahrheit zu sagen, er hatte sogar das Pflaster dieser Straßen geküßt. Spätabends natürlich und in einem Augenblick entsetzlicher Qual.

Der Zeitraum, von dem wir sprechen, war das erste

Jahrzehnt dieses Jahrhunderts. Junge Männer in langen Hosen schämten sich damals nicht, Partys zu geben, auf denen »Stille Post« und »Küß das Kopfkissen« gespielt wurde. Sie gründeten sogar Klubs, damit sie sich gegenseitig einladen konnten. Auch schreckten sie nicht davor zurück, sich »Die tiefen Denker« zu nennen. Hätte es diese Zerstreuungen nicht gegeben, dann hätte Moloch die Göttin, die er mit aller Leidenschaft und aller Ritterlichkeit eines jungen Mannes verehrte, vermutlich nie geküßt. Monatelang hat er sich damit zufriedengegeben, jeden Abend nach dem Essen einen langen Spaziergang zu machen. Das tut er, um die Zeit totzuschlagen, denn er kann sich nicht vorstellen, wie er weiterleben soll, wenn Cora ihm nicht ihre Liebe erklärt. Und wie soll sie das bewerkstelligen, wenn er sich sogar davor fürchtet, mit ihr zu sprechen? Der Gedanke, das Telefon zu benutzen oder sie ins Theater einzuladen, kommt ihm nicht. Er würde zu sehr zittern, wenn er ihre Stimme hörte, wenn sie im Dunkeln neben ihm säße. Nein, derlei Dinge erfordern einen Mut, den er nicht besitzt. Er macht lieber einen langen Spaziergang, so daß er sich nach einer Stunde, wie durch Zufall, direkt unter ihrem Fenster wiederfindet. Er hat Angst davor, dort länger als eine Minute zu bleiben, denn es könnte ja plötzlich die Tür aufgehen und jemand aus ihrer Familie, eine jüngere Schwester vielleicht, ihn sehen und sich über ihn lustig machen.

Und trotzdem, sein Geheimnis ist gelüftet. Die anderen Mitglieder des Klubs (Dickhäuter alle miteinander) haben damit angefangen, ihn aufzuziehen. Wenn sie Cora erwähnen, wird er entsetzlich rot und stammelt. Ihnen entgeht völlig, was für eine Göttin sie ist. In ihrer vulgären Art sehen sie Cora nur als robustes, athletisches Mädchen, funkelnd vor Lebendigkeit und Lebensfreude. Es amüsiert sie auf unanständige Weise zu erleben, daß dieses Mädchen, mit dem sie auf den Straßen und in Ställen und Gassen gespielt haben, als vestalische Jungfrau verehrt wird. Sie ist nett anzuschauen, ist ein guter Kumpel, küßt herrlich, aber was soll's! Sie ist nicht das einzige Mädchen in Greenpoint. Es gibt noch Ethel Tilford und Violet Munson! Was haben die denn nicht?

Eines Abends beschließen sie, aus Moloch einen Mann zu machen. Sie machen ihn betrunken. Sie schwärmen aus, zwölf junge Männer, berauscht von Kümmel und Rheinwein. Sie marschieren schnurstracks in die Maujer Street, wo Cora wohnt. Es ist absolut nicht nötig, Moloch ins Schlepptau zu nehmen. Er geht an der Spitze des Zuges, schreit und fuchtelt mit den Armen. »Eine großartige Idee!« brüstet er sich. »Wir werden Cora ein Ständchen singen!«

Vor ihrem Haus bleiben sie stehen, ziehen Moloch auf die Straßenmitte und vollführen eine mystische Zeremonie. Ihr Geschrei und ihr Gelächter kann Tote aufwecken. Doch niemand erscheint am Fenster. Kein Rolladen wird hochgezogen.

»Sie müssen weggegangen sein«, denkt Moloch. Kühn geworden bei dem Gedanken, erklimmt er flink die Treppenstufen und hält eine Rede.

Seine Rede ist verrückt, phantastisch. Er spuckt sie mit der Kraft eines Vulkans aus. Alles, was er in seinem Herzen eingeschlossen hat, strömt hervor. Er plündert den Himmel, um ihr Edelsteine zu Füßen zu legen.

Die Flegel auf dem Gehweg brechen in tumultartigen Applaus aus. Noch nie haben sie etwas Komischeres gehört. Moloch ist ein As. Er wird der nächste Präsident des Klubs sein …

Und Cora – wo befand sie sich während dieses wilden

Ausbruchs? Lag sie im Bett und träumte davon, Ballett-tänzerin zu werden? Wenn ja, wäre es besser gewesen. Doch Cora kniet in ihrem Nachthemd unter dem Fenster und hört jedes Wort dieses verrückten Clowns. Die Dunkelheit ihres Zimmers schützt sie davor, gesehen zu werden. Sie kann ihn ebenfalls nicht sehen, doch bei seinen Worten zittert sie. Er muß verrückt sein, sie so zu lieben. Worüber lachen sie denn, diese Dummköpfe?

Sie schwört sich, ihn nie merken zu lassen, daß er ihr so viel bedeutet. *»So viel?«* fragt sie sich selbst. Bis zu diesem Augenblick hatte sie gar nicht gewußt, daß er ihr überhaupt etwas bedeutet – auf diese Art. »Warum hat er denn nie etwas gesagt? Fürchtet er sich vor mir?« Sie ist entzückt über ihre Macht und schlägt sich mit seltsamer Besitzerfreude an die Brust. »Oh, Dion«, murmelt sie, »wenn du nur wüßtest, wenn du nur wüßtest.« Sie umarmt den Schatten ihres Geliebten. Ihre Knie sind getüpfelt vom Abdruck des Teppichs. Schauer fahren ihr zuckend über den Rücken, auf und ab.

Es ist tragisch, welche sinnlose Frustration das Leben bereithält. Cora ist ohne Frage die Frau, die Moloch hätte heiraten sollen. Sie hat ihm alles zu bieten: Liebe, Gesundheit, Schönheit. Himmel, und das weiß er auch! Er liebt sie so sehr, daß er auf dem Bauch zu ihr kriechen und ihr anbieten möchte, ihn als Fußschemel zu benutzen.

»Dies wird nicht noch einmal geschehen«, sagt er sich selbst.

Wie aufrichtig das Herz in Krisen wie dieser spricht! Später, als er lieben möchte, als er jeden Grund hat, wieder zu erblühen, ist sein Herz sonderbar leer. An Cora denkt er nicht mehr, es sei denn, irgendein Zufall hat die Erinnerung an sie heraufbeschworen. In solchen Augenblicken ist ihm nicht klar, daß er sich ihr unwiderruflich geschenkt hat. Solche Geschenke kann man nicht ein zweites Mal machen.

Aber um wieder zum Ausgangspunkt zurückzukehren ... Der Club veranstaltet ein Treffen. Es wird für einige Zeit der letzte Schwof sein, zu dem »Die tiefen Denker« gemeinsam aufbrechen. Mehrere Mitglieder gehen aufs College. Moloch ist einer davon.

An dieser Zusammenkunft ist nichts Ungewöhnliches. Die Stimmung ist kaum angespannter als bei allen anderen Treffen in der Vergangenheit. Die gleichen simplen Ereignisse wiederholen sich. Kein Schatten des zukünftigen tieferen Lebens legt sich auf ihre Vergnügungen. Alles ist eitel Sonnenschein. Die Jugend hat ihren Spaß. Der morgige Tag wird sein wie alle anderen auch. Keiner von ihnen zweifelt an seiner Fähigkeit, sich der Zukunft zu stellen.

Moloch hängt diesem törichten Glauben ebenfalls an. Er hat aber auch allen Grund, zuversichtlich zu sein. Er müßte jubeln. Ist Cora nicht an diesem Abend ungewöhnlich nett zu ihm gewesen? Sie hat für keinen sonst Augen, so scheint es. Oh, er wird aufs College gehen und sich einen Namen machen. Und wenn er zurückkommt ...

»Wie? Nach mir fragt sie? Nach *mir?*«

Der junge Dion Moloch steht auf und bahnt sich den Weg durch die lärmende, schwatzende Gruppe. Das Zimmer dreht sich. Er weiß nicht, was er ihr sagen oder wie er sich benehmen soll, wenn er sie in der Halle findet. Den ganzen Abend hat er auf den Augenblick gewartet, wenn er an der Reihe sein wird, jemanden nach draußen zu bitten, »um ein paar Briefe in Empfang zu nehmen«. Daß sie ihn rufen würde ... nein, damit hat er nicht gerechnet.

Während der wenigen Schritte, die er noch gehen muß, sieht er sich bereits als verwegene Gestalt. Die Frauen reißen sich um ihn ... können nicht warten, bis sie gerufen werden. Es läuft wie geschmiert. Worin besteht diese Anziehungskraft, die er besitzt?

Das Gesicht, das Cora ihm im trüben Licht der Halle zuwendet, ist der schönste Anblick in der ganzen Welt. Ein kurzer Blick auf sie, und seine ganze Kühnheit ist wie weggeblasen. Kein einziges Wort ist gefallen.

Es ist nun an ihm, diese Göttin zu küssen.

Cora steht bereit, den Kopf nur ein ganz klein wenig geneigt, die Arme schlaff herabhängend. Ihr Busen wogt auf und ab. Moloch beginnt unkontrolliert zu zittern. Er ist ihr noch nie so nahe gewesen, nicht einmal in seinen Träumen.

Ohne zu wissen wie, hält er sie in seinen Armen. Ihre Lippen berühren sich. Die Berührung ihres Fleisches verschlägt ihm die Sprache. Seine Empfindungen sind so heftig, so einzigartig, er möchte schreien. Er hat noch nie eine Frau in den Armen gehalten. Er stellt sich vor, daß nun eine Art Kampf stattfinden muß – das, was »sich zur Wehr setzen« genannt wird. Cora jedoch liegt schlaff in seinen Armen. Sie leistet keinen Widerstand. Er ist sich sicher, daß sie sich an ihn klammert; er spürt, wie sie fester zufaßt.

Er preßt seinen Mund nicht mehr auf ihren; er sucht ihre Ohren, ihre Augen, ihre Kehle. Sie stöhnt, während er dies tut und sagt wieder und wieder: »Oh, Gott! Oh, Gott!« Was er sagt, was er tut, ist ihm inzwischen gleichgültig. Nimm sie dir! Erobere sie! Verschlinge sie!

Er nimmt von alldem nichts mehr wahr.

Nun lehnt er sie gegen die Wand, drückt sich mit der ganzen Kraft seines Körpers an sie, streichelt ihr Haar, spricht heiser vor Leidenschaft ihren Namen. Seine Grobheit macht ihr Angst. Ziel einer solchen Leidenschaft zu sein!

»Er muß mich ungeheuer lieben ...!«

Auch sie erfüllt ihren Teil – gibt Drängen mit Drängen zurück. Ihre Lippen sind geöffnet und geschwollen.

»Gott verzeih mir meine Gedanken!«

Sie kann nichts dagegen tun ... sie läßt zu, daß er sie umschlingt und zerquetscht. »Oh, wohin soll das noch führen?« Sie braucht Zeit, um nachzudenken. Sie versucht, ihm gut zuzureden.

O Gott, was hat er denn jetzt vor?

Seine Hände krallen sich an ihr fest, gleiten über ihren Körper. Seine Bewegungen werden konvulsivisch. Er hat etwas Tierisches an sich ...

Es gibt Dinge, die ein Gentleman niemals mit einer Dame tut, nicht einmal in einem Augenblick der Leidenschaft. Man spielt nicht mit dem Körper einer Frau, wie mit einer Gitarre.

Dion Moloch vergräbt das Gesicht in den Armen und lehnt sich gegen die Wand. Nur trockene Schluchzer hallen durch den Raum.

Kurze Zeit nach diesem Vorfall gibt sein Vater ihm Geld, damit er aufs College gehen kann. Es ist zu spät. Eine andere Tortur liegt vor ihm.

Das Geld, das sein Vater kaum entbehren kann, verschleudert der junge Moloch für eine Frau, die beinahe alt genug ist, seine Mutter zu sein. *Er ist erledigt.*

Cora scheint für ihn so unerreichbar zu sein, daß er keine Hoffnung mehr hat. Die süße, geheimnisvolle Welt des Sex tut sich vor ihm auf. Pauline ist ihm eine Mutter – und eine Konkubine. Sie braucht jemanden, an dem sie sich festhalten kann, jemanden, der die Opfer zu würdigen weiß, die sie bringen möchte. Dion Moloch empfängt sie mit offenen Armen. Er nistet sich in ihrem Körper ein wie eine Zecke auf einer Kuh. Der Gedanke, daß er das größere Opfer bringt, hält ihn aufrecht.

Pauline hat ein kränkliches, schwindsüchtiges Kind. Dieses Kind, George, ist nur ein Jahr jünger als ihr Liebhaber. Abends küßt sie George zärtlich und bringt ihn ins Bett. Danach küßt sie ihren Liebhaber und stiehlt sich in sein Bett. Morgens sieht George, wie sie friedlich schläft.

Monate gehen vorüber, und Moloch ist beinahe bereit zu glauben, er sei glücklich mit seiner Geliebten. Er hat einen Job gefunden, einen schäbigen natürlich, aber er gibt ihm die Möglichkeit, sie zu unterstützen. George ist in ein Sanatorium verfrachtet worden. Es ist besser, wenn George nicht da ist. Dann brauchen sie sich nicht mehr zu verstellen. George wird sowieso bald sterben. Pauline weiß das. Und Moloch weiß es auch.

Als Pauline ihm gesteht, daß sie schwanger ist, ist ihr Liebhaber tief enttäuscht. Bei einer Mätresse ist Schwangerschaft eine unverzeihliche Sünde. Paulines Liebhaber interpretiert dieses Mißgeschick auf typisch männliche Art: es ist eine Falle! Dieser Gedanke wird noch dadurch bestärkt, daß er sich mit der Meinung von Freunden und Ratgebern deckt. Keiner hat etwas gutes in dieser absurden Beziehung sehen können. »Das wird doch nie was«, lautet das einhellige Urteil.

Die arme Pauline! Niemand hat auch nur den leisesten Versuch gemacht, die Tiefe ihrer Zuneigung zu ergründen. Aus ihrem Alter wird der Schluß gezogen, sie sei eine Intrigantin, ein Sukkubus. Es stehe einer Frau in ihrem Alter nicht zu, sich in ein Kind zu verlieben! Wie viele harte Urteile wurden über sie gefällt!

Zu allem Unglück stirbt auch noch George. Der Schmerz überwältigt Pauline. Jetzt hat sie keinen Sohn und keinen Liebhaber mehr, denn Dion versteckt sich vor ihr.

Pauline fragt sich, ob Dion sich auch weigern würde, sie zu sehen, wenn er wüßte, daß George tot ist. Sie beeilt sich nicht, nach diesem Gedanken sofort zu handeln. Sie betrachtet ihn von allen Seiten. Ihr Leben und ihr Glück stehen auf dem Spiel. Eine falsche Bewegung, und Dion ist für immer verloren.

Vorsichtig versucht sie nun, sich ein Bild von seinem Charakter zu machen. Zuerst einmal, liebt er sie? Davon, daß er fortgelaufen ist, läßt sie sich nicht täuschen. Sie versteht seine Furcht. Er ist nicht der erste Mann, der vor ihr davongelaufen ist.

Angenommen, es sei nur Mitleid. Angenommen, es sei ihr Körper – einfach das. Was dann? Was dann?

Diese Fragen treiben sie zur Verzweiflung. In der Zwischenzeit muß sie aber noch daran denken, George zu begraben. Und außerdem hat sie noch einen Bastard unter dem Gürtel ... Den muß sie loswerden. Aber wie? Wie?

Sie schaut sich mit schreckensstarrem Blick im Zimmer um. Seine Bücher sind noch überall verstreut und quälen sie mit Erinnerungen an ruhige, friedliche Abende – so viele –, die sie nur mit ihm verbracht hat. Mechanisch steht sie auf und betrachtet die Titel der Bücher. Sie hat nicht die leiseste Ahnung, worum es bei alldem geht. Die Titel sind ihr ein Rätsel. Seine Denkweise ist das eine, das sie nicht untersucht hat.

Eine Stunde später hat sie den Entschluß gefaßt. Sie ist am Telefon, ruft bei Dion zu Hause an. Ihre Stimme ist schwach und schüchtern.

»Bitte richten Sie Dion aus, daß George tot ist. Ja, das ist alles. Er wird es verstehen.«

Beim Frühstück am folgenden Morgen wird Dion die Nachricht überbracht.

»Was für ein George soll das sein?« fragt sein Vater.

»George? Ach ... bloß ein Bekannter. Du kennst ihn nicht.«

Er trinkt seinen Kaffee und liest weiter die Zeitung. Die Nachricht berührt ihn, aber nicht in der Weise, die Pauline sich vorgestellt hat. Wenn das wahr ist, dann tut sie ihm leid. Aber ist es wahr? Ist es nicht vielleicht nur eine neue Falle?

Eine Woche später wird Pauline von panischem Schrecken erfaßt. Sie ist von der Treulosigkeit ihres Liebhabers absolut überzeugt. In ihren Augen ist er zu einem Ungeheuer geworden. Sie möchte den Bastard in ihrem Bauch am liebsten erwürgen. Ihn wird sie ebenfalls erwürgen, wenn sie ihn in die Finger bekommt.

Tag für Tag postiert sie sich bei Einbruch der Dunkelheit vor seinem Haus. In ihrer Handtasche liegt ein geladener Revolver. Und jeden Abend kehrt sie nach vergeblichem, fruchtlosem Warten nach Hause zurück und nimmt den Revolver aus der Handtasche. Völlig verwirrt, außer sich vor Wut und Schmerz, spielt sie mit der Waffe und übt mit ihr, indem sie im Spiegel auf sich selber zielt ...

Wird sie die Kraft haben abzudrücken? Ihre Finger sind schwach vor Furcht und Angst.

»Das ist keine Lösung«, flüstert sie sich selbst zu. »Gott, er *muß* zurückkommen! Er kann mich doch nicht damit alleinlassen.«

Sie wirft den Revolver fort und weint.

Ein Schutzengel muß wohl über diesen ihren Liebhaber wachen und ihn vor Unglück und vor einem Schicksal bewahren, dem er nicht gewachsen wäre. Er hat nicht die leiseste Ahnung, was in Pauline vorgeht. Wenn ihm jemand von dem Revolver erzählte, würde er lachen. »Sie wird darüber hinwegkommen«, sagt er sich immer wieder. Mit jedem Tag wird er kälter, mehr und mehr angewidert von sich selbst.

Wenn wir Pauline und Dion an einem Abend im Frühsommer, nur wenige Wochen vor diesen dramatischen Ereignissen, begleitet hätten, hätten wir einen Vorgeschmack der Qualen erhalten, die zu dieser festen Entschlossenheit auf Seiten von Paulines Liebhaber geführt haben.

Es war eine sehr warme Nacht, und Pauline hatte darüber geklagt, daß sie vor Hitze ersticke. Sie faßten den Entschluß, nach Coney Island zu fahren. Während sie im Luna Park dem Konzert der Band zuhören, schauen sie den Drahtseilartisten zu, die hoch oben über dem künstlichen See eine Vorstellung geben. Boote voller ausgelassener Menschen schießen über die steile Rutsche hinunter und landen klatschend auf der Wasseroberfläche. Die Frau mit dem Balancierschirm gleitet geschickt über dem Geplärr und dem Durcheinander hin und her. Sie scheint in der Luft zu schweben, wie die ersten Klänge der *Tannhäuser*-Ouvertüre. Schon bald stehen sie auf und schlendern zum Tanzpavillon hinüber. Er denkt, es würde Pauline guttun, sich ein wenig zu bewegen.

Als sie vor dem Eingang zum Pavillon stehen, kommen ihm Zweifel, ob es klug ist, ihr diese Anstrengung in ihrem gegenwärtigen Zustand zuzumuten. Er begreift nur wenig von dem Martyrium, das er durchleben wird.

Auf den Stufen eben dieses Pavillons, ihn atemlos beobachtend, steht Cora.

Sie schaut ihn eine volle Minute lang an, bevor er sie wahrnimmt. Cora mustert Pauline mit einem vernichtenden Blick. Sie sieht, wie die Frau an seinem Arm hängt. Es bedarf keiner Worte, um die Vertrautheit dieser zwei mitzuteilen. All die häßlichen Gerüchte, die sie als Lügen abgetan hatte, waren also wahr. *Dion lebte mit dieser Frau.*

»Diese Hure!« denkt sie. »Sich einen Jungen als Liebhaber zu halten.« Igitt! Es war gräßlich. Sie könnte ihm verzeihen, wenn er sich eine Frau von der Straße genommen hätte, aber *diese da* ... Ihr fällt auf, wie bedrückt er sich dahinschleppt. »Er schämt sich wohl für sich selber, was? Ja, mit gutem Grund! Sie ist alt genug, seine Mutter zu sein.«

Dion hat den Blick abgewendet. Er weiß, daß ein Trommelfeuer von Blicken auf ihn gerichtet ist.

»Herrgott! Wie lange dauert es denn, an ihr vorbeizukommen?«

Er drückt Paulines Arm, damit sie ihre Schritte beschleunigt. Er gleicht einem Soldaten, der aus dem Regiment ausgeschlossen wird. In seinem Kopf ist nur Platz für die Schande, die auf ihm lastet.

Grußlos an Cora vorüberzugehen, kommt nicht in Frage. Er *muß* den Kopf einen klitzekleinen Augenblick heben, und sei es nur, um ihr zuzunicken ... Wenn sich doch Pauline nicht so an ihn klammern würde. Er könnte sie sonst als Tante ausgeben. Eine Woge des Abscheus überspült ihn, als er an ihren Körper denkt. Wieviel sieht man schon davon?

Gott, was für eine grauenhafte Lage! (Er denkt dabei an sich selber.)

Schließlich kann er es nicht länger hinauszögern. Noch ein Schritt, und es muß geschehen. In seinen Schläfen hämmert es, seine Zunge ist trocken und dick. Er weiß, was für ein Idiot er ist. Trotzdem versucht er, gelassen zu scheinen.

Seine Lippen formen einen dumpfen, geräuschlosen Gruß. Er meint, er sage »Guten Tag, wie geht's«, als sei er ein Gentleman, der mit einer Dame aus seiner Bekanntschaft einen Bummel macht ... als sei dies eine ganz beiläufige Begrüßung. Sein Rücken versteift sich, als er eine winzige Verbeugung andeutet und den Hut zieht.

Es geschieht alles so schnell, daß Pauline die Geste beinahe nicht bemerkt. Schweigend gehen sie ein paar

Schritte weiter. Schon bald fragt Pauline mit freundlicher Stimme: »Wer war das?« Und dann, als sie die Farbe auf seinen Wangen sieht: »Aber Dion, du wirst ja rot!« Er beginnt zu stammeln. »Sag mir«, bittet sie und zieht ihn an sich, »wer war das?«

Er fleht sie an, sich nicht umzudrehen. »Ich sage es dir gleich. Bin ich wirklich so rot? Pah! Ich dachte, ich wäre über diesen Unsinn weg. Ich sehe gar nicht ein, warum ich erröten sollte. Ach, zum Teufel! Wer das war, willst du wissen?«

In diesem Augenblick schaute Pauline ihn bereits ernst an. Es gab kein Entrinnen. Und doch wollte er Pauline nicht wehtun. Diese Sache mit Cora war erledigt. Werde ich denn immer noch rot, fragte er sich.

»Schau, Pauline, fang nicht an, dir allerlei Dummheiten einzubilden. Es ist gar nichts – nur ein Mädchen, das ich einmal gekannt habe. Ein hübsches Kind, aber nicht viel los mit ihr. Ich dachte einmal, daß ich sie ganz gern hätte ... aber das ist Ewigkeiten her. Ich habe sie schon lange vergessen ... Trotzdem komisch, daß wir sie ausgerechnet hier treffen.« Er verschloß sich wie eine Muschel.

Sein »Ewigkeiten her« konnte Pauline nicht täuschen. Sie entdeckte in seinem Gesichtsausdruck ungefähr so viel Aufrichtigkeit, wie man sie dem Patzer eines Drahtseilartisten beimißt. Und so, wie einem das Herz bis zum Halse springt bei jedem vorgetäuschten Patzer dieser Artisten, so wurde sie trotz seiner Beteuerungen von Ängsten befallen. Man kann derartige Beteuerungen manchmal übertreiben. Die Luft war schwer vor Gefahr. Trotzdem sagte sie ihm nichts von ihren Ängsten.

Erst viel später – nachdem sie den Revolver für immer weggelegt hatte – verstand sie sein Erröten. Es verlieh ihren Ängsten eine Bedeutung.

6

Leslies Eltern waren gerade von einer erfolgreichen Schaustellertournee zurückgekehrt. Sie waren achtzehn Monate fortgewesen. Die zwischen Abschied und Wiedersehen vergangene Zeit hatte ausgereicht, um aus einem tolpatschigen Jungen einen rauhen jungen Mann zu machen, der freche Reden führte, dessen Zuneigung bitter und dessen Gehorsam zu einem Trugbild geworden war.

Leslies Mutter war eine liebevolle, gutgläubige Person, deren Aufopferungsbereitschaft weidlich ausgenutzt worden war, zuerst von ihren Ehemännern und danach von ihrem Sohn. Ihr erster Mann war ein Eisenbahner, der sie auf die Brüste schlug. Er starb während eines Anfalls von Delirium tremens. Leslie hatte nur eine undeutliche Erinnerung an ihn, doch es war eine Erinnerung, die er hochhielt. Er hatte absolut keine Verwendung für seinen Stiefvater, einen Fremden, den seine Mutter geheiratet hatte, um ihn anschließend umzuerziehen.

Dieser Mensch war im ersten Anlauf seiner Karriere als »Hochstapler« gescheitert und hatte nach dem Absitzen einer Gefängnisstrafe Leslies Mutter geheiratet; danach versuchte er, seine Vergangenheit dadurch abzulegen, daß er sich mehr schlecht als recht mit »krummen Dingern« über Wasser hielt. Als Junge begleitete Leslie diese beiden bei ihren Wanderungen über das Antlitz der Erde; es gab kaum ein zivilisiertes Land, das sie nicht bereist hatten. Wenn er von seinen Erlebnissen sprach, bezeichnete

Leslie seine Familie immer als Zirkusleute, eine unklare Beschreibung, die den Leichtgläubigen Gelegenheit bot, in ihren Phantasien zu schwelgen. Bei genauerer Befragung bezeichnete er sie, je nach Laune, eindeutiger: als Löwenbändiger, Kunstreiter, Akrobaten und so weiter. Tatsache war, daß er sich seiner Familie schämte. Nicht so sehr seiner Mutter (er sah ihre Hilflosigkeit), sondern seines Stiefvaters.

In den letzten drei Jahren hatte er zu Hause bleiben müssen, um eine weniger sporadische Ausbildung zu bekommen. In seiner Ausbildung war er seinem Alter ohnehin voraus. Der beschauliche, sterile Ersatzcharakter schulischer Unterweisungen erwies sich für ihn als untauglich. Mit fünfzehn wußte er mehr über das Leben – über dessen wesentliche Aspekte – als die alten Jungfern und Eunuchen, deren vertrocknetes, armes Gefühlsleben sie unserem Zeitalter als geeignete Mentoren unserer Jugend erscheinen läßt

Während der letzten Tournee seiner Eltern hatte er über die Stränge geschlagen und einen Job angenommen. *Job* ist eine ungenaue Bezeichnung. Im Verlaufe eines Jahres hatte er mehr als ein Dutzend Jobs gehabt. Er hatte das, was Personalchefs und Unternehmer als Persönlichkeit anerkennen. Sich selbst zu verkaufen war ein so simpler Trick, daß er ganz verliebt darin war. Ein Mißgeschick genügte, damit er einen Job hinwarf – an der nächsten Ecke wartete immer schon ein anderer. Für ihn war es nicht schwieriger, sich Empfehlungen zu beschaffen, als für einen Bankpräsidenten, in eine seidengepaspelte Smokingjacke zu schlüpfen. So wie er von den gaffenden Bauernlümmeln unter dem Zirkuszelt fasziniert gewesen war, so verlangte es ihn nun danach, die Leichtgläubigkeit fintenreicher Arbeitgeber auf die Probe zu stellen.

Moloch stellte ihn im Geiste eines Taschendiebs ein, der einen Komplizen engagiert. Er ließ sich von Leslies Gewandtheit in keiner Weise blenden. »Halte dich an die Spielregeln«, schärfte er ihm gleich zu Beginn ein, »oder ich verabreiche dir eine Tracht Prügel.« Und unverzüglich fuhr er bei jeder sich bietenden Gelegenheit eifrig fort, Leslies Hochmut Dämpfer zu versetzen. Nicht einen Augenblick ließ Moloch Leslie in dem Glauben, etwas anderes zu sein als ein bequemes (und williges) Werkzeug – ein Werkzeug, dessen er sich mit Leichtigkeit von einem Moment zum nächsten entledigen konnte. In derlei Angelegenheiten war Moloch ein Despot.

Eine andere Form von Training fand jedoch ebenfalls statt, die als Ausgleich diente und den Zorn milderte, der Leslie an der Seele nagte. Moloch führte ihn in den Kreis solcher Geächteter wie Herbert Spencer, Winwood Reade, Kropotkin, De Gourmont, Nietzsche, Latzko und Ambrose Bierce ein.

Und so gelangte Leslie allmählich zu der Überzeugung, daß ihn ein Gott eingestellt hatte, eine überaus warmherzige, menschliche, sympathische Gottheit, die ansprechbar war und mit der er so vertraulichen Umgang pflegen konnte wie mit einem mitfühlenden älteren Bruder. Er betrachtete seinen Retter als standhaften Immoralisten, als leidenschaftslosen Lügner, dem indes die tieferen Wahrheiten am Herzen lagen, als Skeptiker inmitten von Fanatikern, als Bilderstürmer, der aus schier überbordender Gesundheit und Kraft zerstörte ... Und Leslie tat es ihm nach – zuweilen mit katastrophalen Folgen. Ein grimmiger Hunger stachelte ihn an, seine Fesseln zu sprengen und seine Adlerschwingen in wahrhaft königlichen Höhen auszuprobieren.

Die Tante, deren Obhut man ihn anvertraut hatte, war

die einzige Verwandte, die die Familie hatte. Leslies Mutter war nicht frei von Bedenken, ob es klug war, ihren Sohn unter dem Dach ihrer Schwägerin einzuquartieren. Tante Sophie ging auf die Vierzig zu, war ziemlich mollig und unverkennbar derb und sinnlich. Ihr Mann war bald nach ihrer Hochzeit gestorben und hatte sie in die Zwangslage gebracht, ihre Reize vor der Welt zu erproben. Sie hatte dürftiges Talent, das sie für einen Hungerlohn in den Dienst einer jüdischen Bühne stellte. Ihr Leben verlief hektisch und ungeordnet und entbehrte jeglichen Halts. Die Überreste von Verstand, mit denen sie den Anforderungen des Lebens entgegentrat, waren aus den Sümpfen ihrer Jugendzeit gerettet worden. Oszillierend bewegte sie sich zwischen der Befriedigung ihrer Begierden und den trügerischen Künsten des Theaters. Unfähig, einen Gefährten dauerhaft an sich zu binden, verwandelte sie ihr Boudoir in ein Lupanar. In dieser blühenden Umgebung gedieh Leslie wie Unkraut. Hier entdeckte er solche Schätze wie *Aphrodite*, das *Satyricon* und *Flossie*, Gaben, die von Tante Sophies verflossenen Bewunderern zurückgeblieben waren. Den schädlichen Einfluß dieser verfrühten Initiation in die Herrlichkeiten einer antiken Welt verstärkte seine Tante Sophie noch dadurch, daß sie ihn in ihre skandalösen Amouren einweihte und gelegentlich sogar als Werkzeug gebrauchte, das ihren leidenschaftlichen Intrigen dienlich war. Später wurde er selbst die trübe Quelle, an der sie ihren unstillbaren Durst löschte.

Es geschah mit dem Ziel, die bösen Vorahnungen der drohenden Katastrophe zu zerstreuen, als Leslies Mutter ihn eines Morgens kurz nach ihrer Ankunft ins Gebet nahm. Sie war erstaunt über die unverhohlene Respektlosigkeit, die ihr Sohn seiner Tante gegenüber an den Tag legte. Dies war weit mehr als der bloße Trotz eines rebellischen Jungen; der Eindruck einer schmerzenden Intimität drängte sich auf und pflanzte seine Zersetzungskraft in ihr Herz wie ein Gift. Sie nahm voller Kummer wahr, daß ihr Sohn sie aus seinem Herzen verstoßen hatte, daß er sich an der Kenntnis häßlicher Geheimnisse berauschte, die in ihrer Verderbtheit bedrückend und erstickend waren.

»Leslie, du kommst mit und wohnst wieder bei uns«, protestierte sie. »Dein Vater hat sich Sorgen um dich gemacht.«

»Er ist nicht mein Vater«, erwiderte Leslie verbittert. »Er ist ein dreckiger Jude. Ich will nichts von ihm hören.«

»Schäm dich, Leslie, schäm dich. Was redest du da! Ist das das Benehmen, das du gelernt hast, während ich weg war?«

So grob und häßlich diese Worte auch waren, es waren nicht die ersten, die seine Mutter hatte mitanhören müssen. Bisher hatte sie noch Entschuldigungen für diese Ausbrüche gefunden. Sie schrieb seine Heftigkeit seiner Eifersucht zu. Doch das Wort »dreckiger Jude« wurmte sie. Es verlieh seiner Feindseligkeit eine neuartige Bedeutung.

»Mein Vater war nicht wie er, das weißt du. Du sagst, er hat dich immer wieder geschlagen. Ich habe das nie gesehen ... vielleicht war ich zu klein, um es zu merken. Aber zu *mir* war er immer in Ordnung. Dieser Drecksjude – das einzige, was er mir beigebracht hat, waren Verbrechen.«

»Warum benutzt du dieses Wort? Ich bin Jüdin, wie dein Stiefvater Jude ist. Und du bist auch Jude, obwohl du ja auf den Tropfen nichtjüdischen Bluts, den du in dir hast, stolz bist. Sei kein dummer kleiner Junge. Ich spreche nicht gern über solche Dinge – ich weiß, wie sehr du deinen Vater liebst – aber Leslie, mein Kind« – das Wort »Kind« verunsicherte ihn mehr als er sagen konnte – »dein Vater war nicht halb so gut zu mir wie ...«

»Na«, sagte er knurrend, »er war zumindest kein Knastbruder. Sein schlimmster Fehler war das Trinken. Und das hättest du ihm austreiben können. Anstatt dich über ihn zu beklagen, hättest du ihn anders erziehen sollen. Wenigstens hat er seinen Lebensunterhalt nicht damit verdient, eine Bande von armen Schluckern übers Ohr zu hauen. Dieser Mistkerl würde ja noch die Pennies von den Augen eines Toten stehlen!«

»Leslie, ich verbiete dir, so über deinen Stiefvater zu reden. Wenn er so etwas je von dir hören würde, würde er dich windelweich prügeln.«

»Ach, wirklich? Soll er es doch versuchen. Gegen einen Fettkloß wie ihn kann ich mich bestimmt wehren ... Erzähl ihm ruhig, was ich gesagt habe. Ich habe keine Angst vor ihm – *nie mehr.*« (Die Schläge, die er bekommen hatte, erinnerten ihn daran, daß er seine Überlegenheit erst noch unter Beweis stellen mußte.)

Seine Mutter schlug einen versöhnlicheren Ton an. Sie erkannte die dumpfe Verstocktheit seines Vaters, die Vergeblichkeit, ihn durch Drohungen einschüchtern zu können.

»Warum bist du gegen deine eigene Familie so hart geworden?« wollte sie wissen. »Habe ich dich nicht dazu erzogen, ein guter Jude zu sein? Habe ich jemals irgend etwas gegen die Christen gesagt, so wie du nun über deinen Vater ... deinen Stiefvater, meine ich, sprichst?«

»Mich erziehst du als Juden, und ihr zwei maskiert euch als Christen – weil das besser fürs Geschäft ist. Ist man so ein guter Jude? Außerdem bin ich nur Halbjude, und von nun an werde ich diese Hälfte verleugnen. Es ist sowieso nur eine Religion, und ich kann mir aussuchen, woran ich glaube ... Ich glaube an gar nichts – *aber ich werde kein Jude sein!* Keiner hält mich für einen Juden, warum also soll ich vorgeben zu sein, was ich nicht sein will? Ich nehme dir deine Religion nicht weg, Mom, aber ich möchte frei sein und mein eigenes Leben leben, denken, was mir gefällt, und glauben, was mir gefällt. Ich habe viel gelesen ... *und über vieles nachgedacht*« – ein Nachtrag –, »seit du fortgegangen bist. Meine Vorstellungen haben sich geändert.«

»Es tut mir leid, daß sie sich nicht verbessert haben, Leslie«, sagte seine Mutter traurig. Sie hatte sich vorgenommen, mit ihm über die seltsamen Bücher zu sprechen, die sie bei ihm gefunden hatte. Sie fürchtete, daß sie schädlich für ihn waren.

»Wer hat dir diese Bücher gegeben?« wollte sie wissen. Sie wußte, daß er sie sich nicht selbst ausgesucht hatte.

»Moloch«, antwortete er.

»*Moloch?* Wer ist das?«

»Mein Boß.«

»Sagst du nicht *Mister* Moloch?«

Leslie lächelte verächtlich. »Das ist nicht nötig. Ich bin sein Freund. Wir gehen manchmal zusammen auf Tour.«

»Diesen Mann würde ich ja gern mal kennenlernen. Was kann er an einem Jungen wie dir Interessantes finden? Du bist doch kaum aus deinen kurzen Hosen herausgewachsen. Du bist noch kein Mann.« Leslie schaute sie finster an. »Ja, ich weiß, du *denkst*, du wärst einer.«

Leslie ignorierte den Unterton und schwärmte begeistert weiter von seinem Arbeitgeber. »Genau das ist es, Mom. Er behandelt mich nicht wie einen Jungen. Er vertraut mir und zieht mich auch ins Vertrauen. Ich weiß alles über ihn. Wenn ich mit ihm zusammen bin, fühle ich mich, als sei ich auch ein Mann, so wie er. Er ist genau so, wie ich mir einen richtigen Mann vorstelle.«

»Was für eine Art, über deinen Chef zu sprechen. Wie alt ist er denn?«

»Ach, ich weiß nicht. Vielleicht dreißig oder vierzig. Er ist verheiratet und hat ein Kind ... ein hübsches kleines Mädchen, und so *klug* – du solltest sie reden hören. Er behandelt sie großartig. Mann, wenn ich ein Kind hätte, würde ich es so großziehen. Nie ist er zornig auf sie oder schimpft sie aus. Er spricht so verständnisvoll mit ihr ... so ist er eben, Mom. Er behandelt alle gleich. Er ist ein König!«

Mehrere Male unterdrückte Leslies Mutter im Verlaufe dieses Panegyrikus ihre Gefühle. Zuerst wollte sie lachen – seine Ideen waren so konfus –, doch dann stieg unter dem Eindruck seiner Aufrichtigkeit und seines Ernstes, der Leidenschaftlichkeit seiner Geständnisse, ein neues Gefühl in ihr auf und schnürte ihr die Kehle ab. Sollte sie ihren Sohn so bald schon verlieren? Sie hatte ihn ja kaum erst kennengelernt, und nun wurde er ihr weggeschnappt? Schon jetzt war die Verehrung, auf die sie stets vertraut, die sie gewärmt und in ihrem heimlichen Kummer aufrechterhalten hatte, auf diesen Menschen übergegangen, der ein Fremder für sie war und den sie instinktiv fürchtete. Der Einfluß dieses Mannes, den sie noch nie gesehen und der innerhalb weniger Monate vollständig Besitz von ihrem Sohn ergriffen hatte, erfüllte sie mit Angst.

»Bring ihn mit«, sagte sie ruhig und ließ sich ihre Besorgnis nicht anmerken. »Ich möchte mit ihm sprechen. Ich möchte hören, was er über dich zu sagen hat.«

»Ich bring' ihn heute abend mit, Mom. Er möchte dich ebenfalls kennenlernen. Ich habe ihm nicht von« – es widerstrebte ihm, seine Lippen mit dem Namen zu besudeln – »von *ihm* erzählt. Ich bringe auch Marcelle mit, das ist seine ... sie ist seine Sekretärin. Sie wird dir gefallen. Ich würde sie selber nehmen, wenn Moloch sie nicht ...« Er hörte abrupt auf zu sprechen, merkte, daß er bereits zuviel gesagt hatte.

»Ach, diese Art Mann ist er also. Treibt sich mit seiner Sekretärin herum – und nimmt dich als Anstandsdame mit? Jetzt verstehe ich. Oh, ich hab mir schon so etwas gedacht. Und was sagt seine Frau dazu, oder erzählt er ihr nicht von seiner Sekretärin?«

Leslie wurde rot bis zu den Ohren und stammelte: »Er liebt seine Frau nicht mehr. Sie sind nie gut miteinander ausgekommen. Außerdem versteht sie ihn sowieso nicht. Du müßtest ihn sehen, Mom. Ich kann es dir nicht erklären. Er ist nicht, was du denkst. Warte, bis du ihn reden hörst ... Ich weiß, du wirst an ihn glauben.«

»Ach, so ist das! Du selber findest keine Entschuldigung für ihn, doch du weißt, daß *er* mich überzeugen kann. Er ist ein Schönredner, was? Ach, du armer Junge, du siehst nicht weiter als bis zu deiner Nasenspitze. Du willst nicht mehr an deine Religion glauben; sie ist dir nicht gut genug. Aber du fällst auf die Knie und betest diesen lasterhaften Menschen an, der dir seine Bücher leiht, der seine Hure mit dir teilt ...« Sie vergaß sich völlig. Ein Schwall häßlicher Beschimpfungen strömte ihr von der Zunge. Da sie keine konkreten Anhaltspunkte hatte, ertränkte sie ihren Haß (sie verbarg ihn nicht länger) in einer Flut von Schmähungen.

Leslie wurde weiß vor Wut. Er traute seinen Ohren nicht. Seine eigene Mutter sprach so, schleuderte Moloch diese niederträchtigen Beleidigungen entgegen. Es war idiotisch. Es verblüffte ihn. Dieser Furor! Eine solche Gewalt! Warum? Warum? Was bedeutete Moloch ihr? Sie wußte überhaupt nichts über ihn, abgesehen von dieser unvorsichtigen Bemerkung, die ihm entschlüpft war. Dabei hatte er ja gar nicht gesagt, was ihm auf der Zunge lag. Er erinnerte sich nun deutlich – er hatte sich gerade noch rechtzeitig anders besonnen. Mal angenommen, sie hatte den Nagel auf den Kopf getroffen? Wieso konnte sie so sicher sein? Die Leute sollten Beweise haben, bevor sie überstürzte Urteile fällten.

Die Wut seiner Mutter verrauchte. Ihre Heftigkeit erschreckte sie, als habe sie den Worten eines Geisteskranken zugehört. Sie schämte sich auch, doch ihr Stolz ließ nicht zu, daß sie sich das eingestand. Sie blieb trotz allem unnachgiebig.

»Ich will ihn nicht hier haben, Leslie«, sagte sie, ihren Zorn unterdrückend. »Wage es ja nicht, ihn ohne meine Erlaubnis mitzubringen.«

Er wurde unverschämt. »Es würde mir auch gar nicht einfallen, ihn nach diesem Ausbruch mitzubringen. Glaubst du denn, ich stehe daneben und sehe mir an, wie er beleidigt wird? Auf keinen Fall. Falls es dich interessiert – ich ziehe aus. Rede nur weiter von deinen Huren und Ehebrechern – glaubst du denn, ich sehe nicht, was Tante Sophie ...« Er wußte einfach nicht, wie er das Betragen seiner Tante mit einem deutlichen Ausdruck bezeichnen sollte.

Seine Mutter schrak zurück. »Mein Gott«, dachte sie, »was haben sie mit meinem Sohn gemacht? Wo ist seine Unschuld geblieben?« Sie flehte ihn an zu bleiben, ihr Gelegenheit zu geben, ihm ihre Liebe zu zeigen. Oh, er brauchte sich keine Gedanken um seinen Stiefvater zu machen. Sie würde ihn schon in seine Schranken weisen. Sie würde alles dafür tun, ihn glücklich zu machen, doch er dürfe nicht weggehen. »Meine Arme sehnen sich nach dir«, rief sie. »Du bist so lange nicht bei mir gewesen. Ich hätte dich nie gehenlassen dürfen. Oh, Leslie, Leslie, verzeih mir. Ich wollte dir nicht wehtun. Bring Mister Moloch her. Du wirst sehen, ich werde nichts sagen, was ihn kränken könnte. Wir werden gute Freunde sein. Lade ihn ein, Leslie, bitte. Nur laß mich nicht allein.« Sie begann bitterlich zu schluchzen und zu weinen.

Er war gerührt. »Komm, Mom«, flüsterte er, »hör auf damit. Ich treffe heute noch keine Entscheidung, aber ich kann nicht mehr mit dieser Schl–« Beinahe wäre ihm das Wort entschlüpft. Er hatte »Schlampe« sagen wollen, doch er spürte, wie seine Mutter erschauerte, und beherrschte sich. »Du weißt selber, wie Tante Sophie ist«, fügte er hinzu. Seine Mutter wußte nur zu gut, was er meinte ...

»Eine gemeine Hure!« fluchte sie leise, als Leslie sich umdrehte, um sich die Augen abzuwischen.

Bei Dienstschluß machte Leslie am selben Tag Marcelle und Moloch den Vorschlag, zusammen mit ihm in der Wohnung seiner Tante zu Abend zu essen. Um sie zur Zusage zu bewegen, fügte er noch hinzu, im Keller stünde ein Faß Meßwein.

Leslies Entschluß »auszuziehen« gründete sich auf den Glauben, daß Moloch ihn aufnehmen würde. Er vermied es, diese Idee seiner Mutter gegenüber zu erwähnen, einerseits deshalb, weil er die Wogen glätten wollte und andererseits, weil er Zweifel daran hatte, daß Moloch einwilligen würde. Moloch hatte von Anfang an darauf bestanden, daß Leslie wieder bei seinen Eltern wohnte.

Leslie wollte die Gelegenheit nutzen und ein ernsthaftes Gespräch mit Moloch führen. Er hätte es vorgezogen, mit ihm allein zu reden, doch er fürchtete, daß es für Moloch nicht wichtig genug sein könnte; daher dehnte er die Einladung auf Marcelle aus. Beide fanden die Idee großartig – Moloch, weil er pleite war, und Marcelle, weil sie es leid war, ständig bezahlen zu müssen.

»Was willst du denn Blanche sagen?« erkundigte sich Marcelle.

»Mit welcher Besorgnis du das sagst!«höhnte Moloch.

»Man könnte ja denken, wir hätten ein wirkliches Problem vor uns. Ruf sie an, Leslie, und ... schmück es diesmal ein bißchen aus. Mach es plausibel.«

Marcelle widersprach energisch.

»Ich würde lieber selbst mit ihr sprechen, als mir diese abscheulichen Lügen anzuhören. Kannst du nicht wenigstens nett zu ihr sein?«

Sie zankten ein paar Minuten lang, danach wandte sich Moloch wieder Leslie zu.

»Mach schon, tu, was ich dir sage. Wozu soll es gut sein, etwas Neues anzufangen? Es ist schon zu spät am Tage, um sich ein Gewissen zuzulegen.«

Leslie gehorchte, doch als er den Telefonhörer einhängte, sagte er ernst: »Das ist das letzte Mal. Ich mache solche schmutzigen Sachen nicht mehr. Warum läßt du dich nicht scheiden?«

Moloch warf ihm einen vernichtenden Blick zu.

»Aha! Moralisierst du jetzt? Als nächstes, kleiner Leslie, treten wir wohl in die Kirche ein ... oder wird es die Synagoge sein, Leslie?«

Der Junge war an einer empfindlichen Stelle getroffen. Er funkelte Moloch wild an.

»Sachte, sachte«, murmelte Marcelle. »Du hast ihm heute schon genug weh getan.«

Moloch achtete nicht auf sie. »Du schämst dich doch nicht etwa deines jüdischen Bluts, Leslie, oder? Ich würde mich nicht schämen. Denn daher hast du deine Originalität ... und deine moralischen Eingebungen. Glaube keinen Augenblick, daß du hundertprozentig verdorben bist. Gib dem jüdischen Blut eine Chance ... darin liegt deine Rettung.«

Leslie senkte den Kopf und verfärbte sich dunkelrot. Er verabscheute Moloch nun aus tiefstem Herzen. Niemand konnte ihn so verletzten – nicht einmal sein Stiefvater. Eine

Tracht Prügel war ihm lieber als diese hämischen Schimpfkanonaden.

Ein paar Minuten später war seine gute Laune jedoch wiederhergestellt. Er hatte Gelegenheit zu beobachten, wie Marcelle sich unter der Peitsche der schneidenden Worte Molochs wand. »Gott«, sagte Leslie zu sich selber, »ich wünschte, ich könnte so grausame Dinge sagen ... die ich gar nicht meine.«

* * *

Es war einer dieser stickigen, schwülen Abende, an denen die Hitze sich um den Körper legt wie ein wollener Nebel. Oben in Leslies Wohnung war die Hitze bedrückend. Die Wände waren schimmelig, und die Polster der Möbel sahen aus, als seien sie von Mehltau befallen. Moloch unterhielt sich damit, das Familienalbum durchzustöbern, während Marcelle eine Mahlzeit zusammenkratzte. Er meinte, Tante Sophie sähe aus wie ein Windbeutel. »Was ist sie«, fragte er, »Lappin oder Kroatin?« Leslie verzog das Gesicht, so wie man es tut, wenn man einen schlechten Geruch identifiziert. »Was hat sie denn auf der Bühne verloren?« fragte Moloch. »Ihre Beine sind dick und völlig verkommen.«

Leslie versuchte es zu erklären. Er hatte sich oft das Gleiche gefragt.

»Sie hat ihren Beruf verfehlt«, sagte Moloch. »Sie hätte Wärterin in einer Bedürfnisanstalt werden sollen.«

Er schlenderte durch die Wohnung, betrachtete Gegenstände, die ihn interessierten, als befände er sich im ägyptischen Flügel des *Metropolitan Museum.*

Leslie öffnete eine Korbflasche, und gemeinsam probierten sie den Meßwein. Die Folge war eine entspanntere Stimmung. Moloch erlaubte sich ein paar höfliche Bemerkungen.

»Was für ein herrliches Leben Priester doch haben: Porterhouse Steaks, Havanna-Zigarren, ab und zu ein kurzer Ausflug ins Hurenhaus oder in den Konvent, hinter einem Vorhang ein paar nette Schweinereien belauschen … kein Wunder, daß sie wohlgenährt und zufrieden aussehen. Sie erinnern mich jedesmal an das Hinterteil eines Kalbs …« Er spülte einen neuen Becher voll Meßwein hinunter und zwinkerte Leslie mit großen Augen zu. »Das Glas *ganz* austrinken!« Runter ging's mit dem Wein, der ein angenehmes gurgelndes Geräusch machte, als er ihm durch die Kehle rann.

Marcelle hatte ihre Strümpfe ausgezogen. Sie beklagte sich immer noch über die Hitze. »Dreh das Licht herunter«, sagte Moloch, als sie sich an den Tisch setzten. »Und sag mal, kannst du Marcelle nicht einen Kimono geben? Sie würde zu gern ihr Kleid ausziehen.«

Leslie sprang hoch, Marcelle protestierte.

»Na, auch gut, laß sie schwitzen, Leslie.«

Nachdem sie eine Weile weitergegessen und noch einige Schlucke Wein mehr getrunken hatten, überlegte Marcelle es sich anders. Sie wollte gebeten werden.

»Aber angenommen, deine Tante kommt plötzlich nach Hause …?«

»Sie kommt nicht«, sagte Leslie sofort. »Und was, wenn sie doch käme? Du wärst doch nicht nackt.« Er schaute hilfesuchend Moloch an.

»Natürlich nicht!« schaltete Moloch sich ein. »Sei nicht dumm, Marcelle. Mach es dir bequem.« (Er saß bereits in Hosenträgern da.) »Hier, trink noch ein Glas Wein.«

»Na gut«, willigte sie zaghaft ein. »Wo kann ich mich ausziehen?«

Leslie zeigte ihr das Badezimmer und gab ihr einen Seidenkimono.

Marcelle blieb lange im Bad und lauschte Molochs eintöniger Stimme. Moloch war auf ein Nest von Erinnerungen gestoßen.

Leslie fragte sich, wann er Gelegenheit haben würde, unter vier Augen mit ihm zu sprechen.

»Und ich erinnere mich an ein anderes Mal, wo mir etwas Seltsames passiert ist«, sagte Moloch. »Es war ein Abend ähnlich wie dieser ... beängstigend ähnlich. Ich war mit einem Mädchen am Strand – ich weiß nicht mehr, wie und wo ich sie aufgegabelt hatte. Wir lagen im Schatten eines gewaltigen Riesenrads. Es hatte etwas eigenartig Faszinierendes an sich – so wie es langsam und majestätisch durch die schwere Decke dieser feuchten Schwüle glitt. Mich packte ein irrsinniges Verlangen, mir die Kleider vom Leib zu reißen und in die Brandung zu springen. Das meine ich ganz ernst. Es war nicht bloß so eine Idee, mit der man spielt und die man wieder fallenläßt, wenn man länger darüber nachgedacht hat. Es war ein Zwang, gegen den ich mit aller Kraft ankämpfen mußte. Jedesmal, wenn ich kurz davor war, aufzuspringen und dem Drang nachzugeben, kam eine der großen Gondeln des Riesenrads bis zum Rand vorgefahren, als wollte sie kopfüber ins Meer eintauchen. Man hörte, wie die Leute in der Gondel Atem holten und schrien, wenn sie zu ihrem schrecklichen Sprung in den Raum ausholte. Vermutlich war ich jedesmal, wenn sich das wiederholte, für einen Augenblick abgelenkt durch die Vorstellung, was wohl passieren würde, wenn diese Spaßvögel von einem verbogenen Stück Stahl in den Tod geschleudert werden würden. Und das brachte mich darauf, über Gott nachzudenken. Keine tiefgründigen Gedanken, das nicht ... nur die gewöhnlichen, trägen Spekulationen über einen stirnrunzelnden Riesen mit langem Bart, der über einem Haufen wunderschöner Wolken auf seinem

Thron schwebt. Ich sagte zu mir selber: *Alter Mann,* wenn es dich wirklich gibt, beneide ich dich um nichts, ausgenommen vielleicht eines – deine Erinnerungen. In nur drei Sekunden, kein Zweifel, durchlebte ich fünfhundert Jahre Geschichte. Ich lag eine endlose Zeit dort, hypnotisiert von dem unaufhörlichen Surren dieses ausladenden, sinnlosen Gefährts. Die junge Dame in meinen Armen war etwas verärgert, weil ich sie nicht darum bat, Dinge zu tun, die sie, wie ich wußte, abgelehnt hätte. Und dann – Mann, es muß genau über uns gewesen sein – quietschte plötzlich ein Akkordeon los. Die Wirkung war genau so, als sähe man plötzlich einen Kometen, der aus seiner Umlaufbahn ausbricht – und man kann nirgendwohin weglaufen.«

Die Geschichte wurde von Leslie unterbrochen, der einem unerklärlichen hysterischen Anfall erlag. Tränen rollten ihm über die Wangen; er hielt sich die Seiten, um nicht zu platzen unter den heftigen Erschütterungen seines Gelächters.

»Was ist denn los, Kleiner?« sagte Moloch. Er sah nichts derartig Komisches an seiner Anekdote. »Ich habe noch nicht zu Ende erzählt ...«

»Nicht! Wart einen Augenblick!« stieß Leslie stotternd hervor. »Erzähl noch nicht weiter.«

Marcelle kam wieder und schaltete das Licht aus; danach ging sie hinüber zu Moloch und setzte sich auf seinen Schoß. In der plötzlichen Düsterkeit ließ dieser seinen Arm in den losen Ärmel ihres Kimonos gleiten. Ihr Fleisch war nachtweich und puderglatt. Sie machte keine Anstalten, ihre Position zu verändern. Sanft und wie beiläufig öffnete er ihren Kimono und verschränkte die Hände über den Rundungen ihres Körpers. Sie wehrte sich so wenig gegen seine Umarmung wie ein Veilchen, das zwischen den Seiten des *Heptameron* gepreßt wird. Ihre Lippen trafen sich und paarten sich mit der Stille der Dunkelheit. Ein paar Sekunden später richtete Marcelle sich kerzengerade auf und begann in raschem, nervösem Stakkato zu sprechen.

Nachdem die Lampen ausgegangen waren, war es für einen Augenblick so schwarz im Zimmer, daß Leslie nicht wußte, was er sah. Trotzdem war ihm beklommen zumute, war er seltsam erregt, als habe sich der Rausch dieser schweigenden Vereinigung durch den Äther mitgeteilt.

Marcelle bat Moloch, weiterzuerzählen ... »Worüber hast du denn so gelacht, Leslie?«

»Das Akkordeon!« sagte er keuchend. »Laß ihn noch nicht weitersprechen ... bitte. Ich halte es nicht aus.«

Sie warteten noch einmal, bis er sich beruhigt hatte.

»Ich schwöre, daß er unmöglich ein Akkordeon gehört hat«, stieß Leslie nach einem tapferen Kampf, die Fassung wiederzufinden, aus. »Das hat er aus einem Buch, oder er hat es erfunden. Ich schwöre, daß das nie passiert ist. *Kein Akkordeon.* Nein, unmöglich!« Er drohte wieder loszuprusten.

»Ach, scheiß doch auf das Akkordeon!» sagte Moloch. »Wir wollen uns Musik aus der Konserve anhören.«

Marcelle rappelte sich auf. »Laß mich etwas suchen, bitte, Leslie.«

Leslie zündete ein Streichholz an, während sie sich auf den Boden kniete, um die Schallplatten durchzuschauen. Dabei spähte er herausfordernd zwischen dem halbgeöffneten Kimono hindurch auf ihre violett-getönten Brüste. Seine Hände zitterten, daß er das Streichholz fallenließ. Es erlosch schnell, und er war gezwungen, nach einem neuen zu kramen, wobei er, die plötzliche Dunkelheit ausnutzend, sich an ihr rieb. Bei der Berührung ihres Schenkels wurde ihm am ganzen Körper heiß. Er erbebte vor vorgestellten Ekstasen.

»Nur einen Tanz«, flüsterte er verstohlen.

Marcelle stand sofort auf und rückte von ihm ab. Sie zitterte ebenfalls. In gleicher Art und Weise scheinen die pazifischen Inseln in dem Augenblick, bevor sie sich dem Licht der Sonne entreißen, unter der Wucht der Auslöschung mit ermattendem Eifer ein letztes Mal zu erglühen und zu erzittern. Das Fleckchen, auf dem Marcelle und Moloch die Nachahmung eines Tanzes vollführten, war eine ungleichseitige Lücke, eine Gasse, die sich zwischen Stühlen und anderen Gegenständen dahinwand, gegen die sie vorsichtig, mit der Geschwindigkeit von Schlangen, stießen.

Leslie warf sich auf einen Diwan. Er war völlig darin vertieft, die aufreizenden Bewegungen dieser beiden zu beobachten. Nur mit Mühe konnte er ihre aneinandergeschweißten Gestalten unterscheiden, doch er zog es vor, sich mit geschlossenen Augen auf den Rücken zu legen und ihren schweren unregelmäßigen Atemzügen oder dem unbeholfenen Scharren ihrer Füße, deren Tritte schwer waren vor Begierde, zu lauschen. Bisweilen hatte er das Gefühl, daß sie sich überhaupt nicht bewegten. Dann wurden ihre Atemzüge schwerer; die ganze Atmosphäre des Zimmers war aufgeladen von den Schauern ihrer Errregung. Er war vollkommen überwältigt.

An seinem Bein spürte er noch immer Marcelles Berührung. Sie phosphorisierte seine Sinne. Wie hatte sie sie empfunden, fragte er sich; und unmittelbar nachdem er den Gedanken formuliert hatte, empfand er Bedauern, daß er die Gelegenheit so wenig genutzt hatte. Es war unsinnig zu erwarten, daß sie ihm eine Chance geben würde. Wenn sie es täte, dann aus Mitleid. Er wollte ihr verfluchtes Mitgefühl nicht. Aber mal abwarten ... bis sie zu leichtsinnig geworden ist, und dann sehen wir weiter. Sie wird schon noch zu ihm kommen mit einer Leidensgeschichte … und ihn um süßen Rat bitten. Und er wird ihn ihr geben – und noch etwas mehr! Himmel, sah sie denn nicht, worauf Moloch aus war? Es machte ihn krank zu sehen, wie sie Dion vergötterte. Sie tappte mit geschlossenen Augen in die Falle – jawohl … Er wünschte, Moloch hätte für seine Verführung einen anderen Abend, einen anderen Ort ausgewählt. Denn genau das war es ja. Nichts anderes! Er spürte regelrecht, daß irgend etwas vor sich ging. Es lag in der Luft.

Sie schwitzten hemmungslos, Moloch und Marcelle.

»Gibt es hier was Kaltes zu trinken?« fragte Moloch.

»Ja … Wasser!« antwortete Leslie.

»Du bist ein verdammt mieser Gastgeber.«

»Geh raus und hol etwas. Ich lade euch ein.« Es war Marcelle, die dies sagte. Sie rannte ins Badezimmer, um ihre Tasche zu holen.

Leslie erblickte den Glanz von zwei schlanken weißen Beinen, als sie eilig an ihrem vorüberstrich. Er war in großer Versuchung, die Hände auszustrecken und sie anzufassen … sie überall anzufassen. Es ärgerte ihn, daß die beiden hierher kamen und diese Wohnung benutzten, als sei sie ein Bordell. Es wäre nicht so schlimm, wenn die beiden ein wenig Rücksicht auf seine Gefühle nähmen, aber – Himmel, er war nicht mehr wert als eine Laus.

Er nahm das Geld, das sie ihm ohne Umschweife aushändigte und stopfte es sich in die Tasche.

»Wie lange soll ich wegbleiben?« fragte er bitter.

»Werd nicht frech!« Marcelle kam auf ihn zu wie ein feuerspeiender Drache. »Du kommst gleich zurück … ich sterbe vor Durst.«

»Bist du sicher, daß du bloß Durst hast?« feuerte er zurück, als er die Tür hinter sich zuschlug.

»Was für ein mieser kleiner Schuft!« Marcelle tastete sich zu dem Sessel voran, auf dem Moloch saß und gelassen eine Zigarette paffte. Er warf den Stummel zu Boden und trat ihn aus. Dann packte er sie und trug sie hinüber zum Diwan.

»Bitte, er soll uns hier nicht so finden«, murmelte sie. »Er ist ein so böser kleiner Teufel.«

Seine Lippen, die auf dem Marmor ihres Busens festklebten, antworteten mit sinnlosen Hm-hms. Es war offentlichtlich, daß es ihm herzlich egal war, ob Leslie sie in dieser Situation oder im Leichenschauhaus fand. Seine Gefühle ähnelten denen eines Ehemannes, der seine Frau auf einem Landungssteg davongehen sieht und der, unter Mißachtung aller Naturgesetze, gleichzeitig sich selbst dabei beobachtet, wie er auf der Terrasse eines Golfklubs einen Gin Tonic trinkt.

Ein heißer Zephyr drang in das drückend schwüle Zimmer ein. Der scharfe Geruch von Meerluft zog schwach, aber unverwechselbar, durch Marcelles zerwühltes Haar ...

Aus schierer Gehässigkeit kehrte Leslie prompt zurück. Er wußte, an welchem Platz sich ihre Körper befanden, doch da er aus dem gleißenden Licht der Straße hereintrat, war es ihm unmöglich, das Geflecht des ineinander verschlungenen Fleisches zu entwirren.

»Was würdet ihr machen, wenn ihr zwei plötzlich von hier verschwinden müßtet?« Der Ton von Leslies Stimme war eine satte Mischung aus Bosheit und Schadenfreude.

»Na, dann gehen wir sicher in den Park«, sagte Moloch gleichgültig.

»Was hast du denn?« sagte Marcelle und entwand sich ihm. »Weißt du was, Leslie, du bist nichts als eine schmutzige kleine Göre! ... Wenn wir dir auf die Nerven gehen, warum gehst du dann nicht und holst dir jemanden von der

Straße? Schaff es dir aus dem Leib! Träum nicht den ganzen Abend herum ... und quäl uns zu Tode. Wir wissen, daß dir das Erwachsenwerden zu schaffen macht.«

»Du könntest doch mal an Beatrice Fairfax schreiben«, sagte Moloch mit samtweicher Stimme.

Marcelle kicherte. »Ja, das ist eine wunderbare Idee, Leslie.«

»Schert euch zum Teufel – alle beide!«

»Was – in einer so heißen Nacht?« Moloch kam ruhig ein paar Schritte auf ihn zu, um die Flasche aufzumachen. »Such doch bitte einen Korkenzieher, Leslie.«

»Habt ihr sonst noch Wünsche?« Er bot an, ihnen einen Hygieneartikel zu holen, den man gemeinhin mit Schlafzimmern in Zusammenhang bringt.

»Also, Leslie. Werde nicht häßlich! Du fällst aus der Rolle. Erinnere dich daran, was ich dir bei anderer Gelegenheit einmal gesagt habe. Dies ist ein freies Land. Wenn es dir hier nicht gefällt, kannst du gern abhauen und es anderswo versuchen.«

»Ach, nimm doch ein bißchen Rücksicht auf seine Gefühle«, bat ihn Marcelle. »Wir sollten nicht zuviel von ihm erwarten. Er ist doch noch ein Kind.«

Bei diesen Worten war Leslie nahe dran loszuschreien.

»Euch Typen kann doch wirklich nichts aus der Ruhe bringen!« platzte er verächtlich heraus. »Ich kann euch rauswerfen, wenn ich will, ist euch das klar?«

»Der perfekte Gastgeber!« rief Moloch. »Trink ein Glas, Junge, es wird dich beruhigen. Wenn du mit Marcelle tanzt, brauchst du jede Menge Selbstbeherrschung. Versuche, dich zu beherrschen ...«

Marcelle redete rasch dazwischen. »Nein, danke. Ich mag heute abend nicht mehr tanzen. Es ist so gräßlich heiß.«

»Na gut. Dann trinken wir dieses Zeug aus und schlendern ein bißchen durch den Park.«

»Ich hoffe, ihr zwei habt euch gut amüsiert«, stöhnte Leslie.

»Na klar doch, Junge. Selbstverständlich ... Übrigens, hol' nächstes Mal trockenen Wein. Ich ertrage dieses süße Zeug nicht.«

»Ein paar Flaschen hast du aber trotzdem geschafft, wie ich sehe.«

»Aus Höflichkeit, Junge, aus reiner Höflichkeit.«

»Na, dann sei das nächste Mal nicht so verdammt höflich.«

Er drehte sich um und begann aus dem Zimmer zu stolzieren. »Es wär mir verdammt noch mal lieber, ich hätte euch zwei nie kennengelernt«, rief er ihnen über die Schulter nach.

»Was für eine Nervensäge!« rief Marcelle aus.

»Leslie? Wie wär's mit einer netten Karussellfahrt?«

Keine Antwort.

Auf der Straße war die Hitze etwas erträglicher. Marcelle hatte sich bei Moloch untergehakt. Sie gingen schweigend ein paar Straßenzüge weit.

»Müssen wir durch den Park gehen?« fragte Marcelle plötzlich.

»Nein ... es wäre nur eine Abkürzung, das ist alles.«

»Ich möchte lieber mit dir reden, Dion.«

»Können wir denn im Park nicht reden?« Er fragte sich, was sie jetzt wieder hatte.

Sie zögerte. Er wußte ganz genau, was sie meinte – warum gab er es nicht zu? Sie war manchmal von sich selbst angewidert. Der Park kam ihr so unanständig vor wie eine Menagerie.

Sie bemühte sich, ihn nicht merken zu lassen, was ihr

wirklich durch den Kopf ging. »Es ist nur so, Dion – wir reden doch kaum noch miteinander. Früher hast du mir so vieles erzählt; du vertraust dich mir nicht mehr an. Du hast nie Zeit, dich mit mir zu unterhalten ... ach, du weißt schon, was ich sagen will ... Du bist kein guter Kamerad, das meine ich.«

»Komm, komm«, protestierte er. »Du weißt, daß das nicht stimmt. Himmel! Den ganzen Tag lang schaue ich dich im Büro an und sehne mich danach, zu dir rüberzukommen und dich in die Arme zu schließen. Wir haben nur noch selten Gelegenheit, allein zu sein.«

Das waren nicht gerade die leidenschaftlichen Worte, die zu entfachen sie gehofft hatte. Sie hatte den Eindruck, daß er verdammt prosaisch wurde.

Sie kamen zu einer leeren Bank. »Setz dich«, drängte er sie. »Du hast es doch nicht eilig, nach Hause zu kommen, oder?«

»Nur für ein paar Minuten, Dion. Du mußt morgen pünktlich zur Arbeit kommen.«

»Erinnere mich nicht an morgen«, murmelte er und drehte sie grob zu sich.

»Bitte, nicht, *nicht hier*«, flehte sie. Sie versuchte sich aus seinem Griff zu lösen, doch er hielt sie fest umklammert.

»Marcelle, du machst mich ganz verrückt, weißt du das?« Wieder und wieder küßte er ihre Lippen, ihren Hals und ihre Schultern. »Warum denn nicht – hier? Gott, du bist hinreißend.«

Als sie vom Grund des Meeres wieder an die Oberfläche tauchten, entdeckten sie ein ähnlich beschäftigtes Pärchen, das sich neben ihnen niedergelassen hatte.

»Laß uns gehen«, sagte Marcelle. »Wir finden schon eine andere Bank.«

Schweigend schlenderten sie davon. Instinktiv verließen sie den Weg und strichen durch das dichte Gras. Moloch hielt den Kopf gesenkt, verkroch sich in aberwitzige Gedanken.

»Warum sagst du nichts zu mir?« fragte sie nach einer Weile.

»Ich kann nicht«, erwiderte er heiser.

Sie blieben abrupt stehen (als habe ihnen jemand ein Zeichen gegeben) und schauten sich an. Ihr Busen bebte erwartungsvoll ...

»Mein Gott, Dion? Hast du kein Benehmen?«

Er stieß sie grob gegen eine dicke Eiche.

»Du tust mir weh ... hör auf. Hör doch – du zerquetschst mich ja.«

»Sei still«, murmelte er wild. »Ich tue dir *nicht* weh.«

Er preßte sich ungestüm an sie. Mit gierigen Händen betastete er sie krampfhaft ... Sie schnappte nach Luft.

»Du *mußt* damit aufhören! Sie senkte die Stimme, bis sie sich anhörte, als klopfe ihr das Herz ... *»Ich fürchte mich, Dion ...«*

»Na, dann eben nicht.« Er klang mißmutig, gehässig. Sie hatte das Empfinden, als zerre er sie an den Haaren hinter sich her.

»Du bringst uns in Schwierigkeiten«, sagte sie.

»Das ist mir scheißegal!«

»Aber hör doch, Liebling ... mal angenommen, jemand würde uns hier entdecken. Was würde Blanche sagen?«

»Ja, richtig – denk nur an all die häßlichen Dinge.«

»Ich kann es nicht ändern. Du weißt doch noch, wie es beim letzten Mal war. Willst du, daß uns noch einmal so ein widerlicher Perverser auflauert?«

Beim Gedanken an diese beschämende Episode wand er sich innerlich.

»Na ja, du hast sicher recht, Marcelle ... Ich verliere manchmal den Kopf.« Er schaute sich hilflos um ... »Gott, gibt es denn gar nichts, wo wir hingehen können?«

Sie setzten sich wieder in Bewegung. Jeder suchte angestrengt nach der Lösung des Rätsels, und keiner kam zu einem Ergebnis.

Mit der Zaghaftigkeit eines Eichhörnchens, das seinen Schatz von Nüssen vergräbt, bedeckte Marcelle schließlich in dem Prisma des Schattens, das die geschmückte Fassade des Museums warf, ihre Brust.

Noch war sie unversehrt geblieben ...

Wie ein Schmetterling im pulsierenden Grab seiner Verpuppung schlug Marcelle mit den ausgebildeten Flügeln und sehnte sich nach dem Wunder der anbrechenden Dämmerung. In der Hingabe an eine Umarmung suchte sie die Ohnmacht, durch die sie erlöst werden würde.

Das Leichentuch, das ihre zappelnden Schwingungen einhüllte, war so starr wie die gewölbten Rippen einer Kathedrale ... Sie vergaß sich selbst in der Ekstase, mit der sie sich gegen die im nun anbrechenden Morgenrot zart gefärbten Scheiben warf. Die Stimme ihres Liebhabers war im heftigen Gedröhn schmetternder Akkorde untergegangen. Ihre Lippen waren die Ränder frischer Wundmale, aus denen unaussprechliche Schrecken schrien, deren Entsetzen sich mit dem erstickenden Schwelen zurückprallender Orgeltöne vermischte ... In diesem Augenblick, als ihre taumelnde, von einer verzehrenden inneren Energie entfachte Leidenschaft die gespannten Fäden ihres Seins zu zerreißen und sie in einem Chaos des Zerschmelzens zu verschlingen drohte, erschallte donnernd ein Diapason, wurde das Tonnengewölbe zersprengt und der Tempel ihres Geistes in einer Flut rotglühenden Lichts gebadet. Ihre Flügel, zum Fliegen bestimmt, kapitulierten vor so lange währendem Kampf. Zuckungen wie die traurigen Echos einer Flöte krochen über die feuchte Seide ihrer Flügel. Die Trägheit von zehntausend düsteren Nocturnes drang in die Höhlen ihrer Lenden ein und ordnete ihre zerknitterte Gestalt zu flatternden Wölbungen.

Das Opfer, von dem Marcelle – durch unschuldige Phantasien entfacht – geträumt hatte, war unter dem Bannspruch der Mondgöttin, der göttlichen Astarte, vollbracht. Nicht einhundert Rinder, nicht die legendäre Hekatombe der alten Welt, sondern sie selbst, »ihr durchpflügtes Heiligtum«, war die Opfergabe. Ihr Schattenbild, flüchtig und bebend, war im Verlaufe der Zeremonie von den dunklen Tiefen des Rasens, in dem es versteckt lag, zu der flockenweißen Außenseite des Museums gewandert.

Im machtvollen Erscheinen der Realität erblickte sie eine Vision ihres neuen Ichs: ein sie erschütternder, verdreifachter Schrecken, der eine Plinthe aus Granit krönte. Mondsüchtig erkannte sie mit eisiger Furcht die düstere Göttin Hekate, von der es heißt, daß sie an den Scheidewegen des Lebens wacht – von der es aber auch heißt, daß ihre Anbetung mit den Schatten der Toten, mit Gespenstern und mit Hexerei im Zusammenhang steht ... Aus ihren Füßen krochen Schlangen; Schlangen wanden sich durch ihr Haar. Und in der Hand hielt sie eine brennende Fackel.

7

Der Wecker klingelte genau um sieben Uhr dreißig. Moloch drehte sich auf die andere Seite und tat, als höre er ihn nicht. Blanche vollführte die allmorgendlichen Anstrengungen, um ihn zu wecken, doch es war sinnlos. Er zog sich die Decke über den Kopf und rollte sich zusammen wie ein Ball.

»Nimmst du heute wieder einen Tag frei?«

Vorsichtig streckte er den Kopf unter der Decke hervor. »Ruf an und sag, ich sei krank. Ich kann heute nicht zur Arbeit gehen ... ich bin total erledigt. Laß mich bloß noch zwei Stunden schlafen – das ist alles.«

Blanche verabscheute diese Lügen. Ständig zwang er sie dazu, Ausreden für ihn zu erfinden. Anstatt selbst aufzustehen und anzurufen, setzte er lieber seinen Job aufs Spiel ...

Sobald er erfahren hatte, daß sie angerufen hatte, war er ein anderer Mensch. Im Nu war er aus den Federn. Er sprang aus dem Bett, tollte in seinem Nachthemd umher, schnitt vor ihr groteske Grimassen, sang Stücke aus Opernarien ... Sang? Er hatte Lungen aus Leder, nun, wo ein freier Tag gewonnen war.

»Wie wäre es mit Eiern und Speck, Blanche?« erkundigte er sich fröhlich. Er leckte sich die Lippen. Es waren ziemlich volle Lippen, ausgezeichnet geeignet für diesen Zweck. »Ich rieche die Viktualien schon in der Pfanne ... Und hol auch einen großen Laib jüdisches Brot – Roggenbrot – ein paar Pfund. Komm ja nicht mit Weißbrot an, sonst schlitze ich dir deine geizige Kehle auf.« Er stieß einen komischen Gutturallaut aus. Den Trick hatte er durch langes Üben gelernt; er stammte aus dem Varieté. Gleichzeitig legte er sich langsam die Hand um den Hals. »Von einem Ohr bis zum andern«, spottete er, überaus zufrieden mit seiner Possenreißerei.

Blanche war alles andere als begeistert über diesen unerwarteten freien Tag. Sie dachte traurig darüber nach, wie lange es dauern würde, bis er einen neuen Job gefunden hätte. Jedesmal, wenn er einen Tag blau machte, durchlitt sie Höllenqualen der Furcht, daß er von jemandem gesehen werden könnte, der es dann den Vorgesetzten berichten würde.

»Soll ich Theaterkarten kaufen, wenn ich hinausgehe, oder gehst du wie gewöhnlich alleine irgendwohin?«

»Ganz wie *du* willst, mein Schatz.«

Als sie die Hand auf den Türknauf legte, um zu gehen, fügte er hastig hinzu: »Nein, laß uns heute nicht ins Vaudeville gehen. Ich habe genug davon ... Vielleicht bleibe ich zu Hause und schreibe ein bißchen.«

»Vergiß nicht, daß du eine Arbeit hast«, stieß sie hervor. »Fang nicht wieder mit einem Buch an.« Sie schlug die Tür zu, um ihrer boshaften Bemerkung Nachdruck zu verleihen.

Fang nicht wieder mit einem Buch an, was? Warum nicht? Genau das wollte er tun. Warum konnte sie ihn nicht in Ruhe tun lassen, was er tun wollte? Er konnte vielleicht ein Buch zu Ende bringen, wenn sie ein wenig toleranter wäre, ein wenig mehr Interesse aufbrächte für das, was er tat ... Machte sich ständig Sorgen über »den Job«. Ob sie wohl jemals mit diesem Thema aufhörte? Sie sähe ihn lieber Gräben ausheben, als zwei Wochen zu verbummeln.

Wenn es nach ihr ginge, müßte er alles tun, solange nur die Miete bezahlt war und sie das Geld für einen neuen Hut in der Tasche hatte. Was tat sie denn mit dem Geld, das sie mit den Klavierstunden verdiente, die sie gab, fragte er sich. Davon bekam er nie etwas zu sehen. Sie erwartete, daß er mit fünf Dollar die Woche auskam, hatte alles eingeteilt: so viel für Fahrgeld, so viel für Mittagessen, so viel für Tabak et cetera. Wie wäre es denn mit einer gute Zigarre ab und zu oder einer Show im Varité oder einem Ausflug in den Luna Park? Nicht daß ihm das so verdammt viel bedeutete, doch es tat gut, gelegentlich die Hand in die Tasche zu stecken und dort ein paar Geldscheine zu finden. Er hatte es satt, sich jeden Tag Geld für ein Mittagessen leihen oder Dave überreden zu müssen, ihn zu einer Vorstellung einzuladen ... Wie viele Bücher kauften sie pro Jahr, wie oft besuchten sie ein Konzert oder hörten sich einen Vortrag an? Pfui! Kein Wunder, daß ein Mann da abends mit anderen Frauen herumlief. Er brauchte Erholung. Das war es – Erholung.

Sie frühstückten in gewohntem Schweigen und teilten sich die Zeitung. Einmal begann er vor sich hin zu trällern, doch sie zog ein so mißmutiges Gesicht, daß ihm die Worte im Halse steckenblieben.

»Ich mache zuerst mal einen kurzen Spaziergang«, verkündete er, nachdem er seine zweite Tasse Kaffee ausgetrunken hatte.

»Um dich inspirieren zu lassen, nehme ich an.«

»Nein, um eine Frau aufzugabeln. Das wolltest du doch hören, oder?«

»Meinetwegen brauchst du dich nicht zu beeilen. Ich bin nicht da, wenn du wiederkommst. Ich würde mir nämlich nicht einfallen lassen, dich bei deinem ... äh, Schreiben zu stören.«

Sie lächelte ihn leichenstarr an und begann das Geschirr abzuräumen und es im Ausguß zu stapeln, wo es bis zur nächsten Mahlzeit stehenbleiben würde.

»Zum Teufel mit dir«, dachte er. »Meinetwegen kannst du abhauen und dich ertränken.«

Sie ging ins Nachbarzimmer und begann die vierzehnte Rhapsodie von Liszt zu hämmern. »Mach nur so weiter, hau auf dem Klavier herum«, murmelte er vor sich hin. »Mach das verfluchte Instrument kaputt.«

Wenn ihn etwas verrückt machen konnte, dann Liszt. »Dieser Wurlitzer-Komponist! Dieser Scharlatan mit seiner lüsternen Heftigkeit!« Das kam davon, wenn man in einem Konvent Musik studierte ... *Ihre Schwester Dorothea!* Noch so eine George Sand ... Was gäbe er nicht darum, wenn er ihr eine dicke Zigarre in den Mund stopfen und ihr einen heftigen Klaps aufs Hinterteil geben könnte. Eine Bande von Lesbierinnen – alle miteinander. Jemand sollte die Gesellschaft zur Verhütung des Lasters anrufen!

Er zog einen Pullover an, setzte eine Mütze auf und ging die Straße hinab. Ein kalter Wind lag in der Luft. Die Dinge sahen hell und einladend aus. Auf der gegenüberliegenden Straßenseite flog ein Schwarm Spatzen in den Glockenturm der Kirche und kam wieder hervor. Es war eine düstere, würdevolle Straße, in der er wohnte. Gebetshäuser an jeder Straßenecke. So überaus respektabel, ihre Nachbarn! Es fiele ihnen nicht ein, ohne Schlips einen Fuß vor die Tür zu setzen ... Aneinandergereihte Sandsteinhäuser mit schweren Türen und vergitterten Fenstern. Alle paar Türen ein Arzt – mit einem guten alten amerikanischen Namen. »Dr. Edward Mitchel Swan«, Homöopath, Pincenez: fünf Dollar für einen Hausbesuch – »Ist die Großmutter wohlauf?« ... Trotzdem übte die Nachbarschaft einen besänftigenden Einfluß auf ihn aus. Sein

Geist zeigte allmählich erste Anzeichen, ruhig zu arbeiten. Er begann in Erinnerungen zu schwelgen.

Prima! Vielleicht würde er nach einer Weile tatsächlich wieder nach Hause gehen – und nicht in einem Varieté enden. Er würde ihr zeigen, daß er es ernst meinte ... Wenn er sie doch bloß aus seinen Gedanken vertreiben könnte! Sie ragte bedrohlich am Rand seines Hirns auf wie eine häßliche Rabenkrähe. »Mein Aasgeier!« dachte er und lächelte matt.

So ging er dahin, sann über merkwürdige Ereignisse in seiner Vergangenheit nach und blieb hin und wieder stehen, um eine interessante Fassade zu betrachten, dachte an die Frauen, die er nicht gehabt hatte, und hatte die ganze Zeit über den Gedanken im Hinterkopf, worüber er wohl schreiben könnte. Das war das Traurige daran ... so viel hektisches Umherjagen, so viele Freunde, die einzig und allein dazu geschaffen schienen, ihn bis zum Umfallen zu belästigen. Alle möglichen Arten, nutzlos seine kostbare Zeit zu vergeuden. Nichts zustande gebracht.

Die Selbstgespräche, die er auf der Straße oder in der U-Bahn oder nachts im Bett führte, bei denen seine Gedanken dahinschnellten wie ein Mühlbach – keinen einzigen davon konnte er festhalten, wenn er sich vor ein leeres Blatt Papier setzte. Was für außerordentliche Konfabulationen er mit sich abhielt! »Schreib es auf, schreib es auf!« sagte er mehrmals laut, ballte die Faust und schwenkte sie mechanisch hin und her ...

Eine ganze Weile war er nun schon mit diesen konfusen Gedanken umherspaziert und hatte seine Umgebung nur zum Teil wahrgenommen. Plötzlich fiel ihm auf, daß er einen vertrauten Weg eingeschlagen hatte. Er war in Richtung seines alten Stadtviertels unterwegs, dorthin, wo er seine Jugend verbracht hatte. Die Aussicht darauf entzückte ihn. Es war ihm schon mehrere Male passiert, daß er, wenn er sich treiben ließ, feststellte, wie ihm seine Schritte in jenes liebe alte Viertel mit den idyllischen baufälligen Häusern, den Benzintanks, den Fähranlegestellen und dem erbärmlichen, von Menschen wimmelnden Ghettoleben lenkten.

Er trat aus einem Gewirr krummer, jämmerlicher Straßen auf den breiten Highway der Bedford Avenue, die in ihrem melancholischen Altern roch wie eine Kurtisane mit hervorstehenden Zähnen. Was hatte die Bedford Avenue an sich, das ihn so freute? Wohlgemerkt, nicht der obere Teil, wo die Bourgeoisie in selbstgefälligen, steifen Wohnhäusern lebte, wo sie am Sonntagnachmittag, angetan mit Schwalbenschwanz-Fracks und Zylinder, Luft schnappte. (Jawohl, in der Bedford Avenue trug man noch immer Zylinder – aber nur am Sonntagnachmittag, nachdem man zunächst ein paar Bier gekippt und einen Abstecher in die Bibelschule für Männer gemacht hatte) ... Nein, dieser Teil bedeutete ihm nichts. Weiter unten in der Nähe des Springbrunnens, wo die Avenue zum erstenmal breiter wird und Würde gewinnt – das war die richtige Gegend.

Aber was in Teufels Namen taten sie seiner Bedford Avenue an? Jedesmal, wenn er wieder hierher zurückkehrte, war es schlimmer. Sie war wie ein ehrwürdiger Patriarch, in dessen Kleiderschrank sich nur ein Gehrock befindet, den er sorgfältig ausbürstet, bevor er einen Spaziergang antritt. Aber trotz seiner Sorgfalt fällt hin und wieder ein Knopf ab oder glänzt der Ellbogen oder beginnt der Ärmel auszufransen. Doch das Futter bleibt unversehrt. Das kann niemand verändern. Man sieht, daß er aus einem guten Geschäft stammt, daß er etwas taugt. Man braucht nicht auf das Etikett zu schauen, um diese Entdeckung zu machen. So wie er dahängt – *das sagt es schon.*

So ähnlich verhielt es sich mit der Bedford Avenue ... Die Itzigs konnten kommen, einen komischen kleinen Stern an der Kirchturmspitze anbringen und die Kirche zu einer Synagoge umtaufen. Sie konnten eine alte Sandsteinfassade renovieren und ein gemütliches kleines Pelzgeschäft oder einen Pariser Hutladen daraus machen – alles, was man wollte. Doch das Frühere war noch da; das Futter blieb erhalten. Niemand konnte das beschädigen ... Es war müßig, es zu leugnen: New York gehörte den Juden. Wohin man auch ging, überall waren Koscher-Schilder, protzige Häuser für Bankette und Hochzeiten, Delikatessenläden, in deren Schaufenstern Räucherfleisch, Stör, Lachs, stinkiger Käse und Wurst hing ... und Kohlsalat in Kotzetunke. Nach einiger Zeit taucht ein Zahnarzt auf und stellt ein kleines weißes Schild in sein Fenster: »Schmerzfreie Zahnbehandlung«. Er lügt. Es gab nur einen solchen Wohltäter in Brooklyn: »Der schmerzfreie Parker« ... Und im Kielwasser des Zahnarztes kommen der Chiropraktiker, der Masseur und der Musiklehrer – blöken wie angestochene Schweine um eine Krume vom Kuchen des Geschäfts. Was immer, wer immer es war, sie waren alle gleich. Sie verdienten sich alle ihren Lebensunterhalt, priesen sich an, nahmen Schüler oder Patienten an, verkauften ihre Mittelchen und ihre ungenießbaren Lebensmittel.

Warum verabscheute er sie so, diese an Leiden gewöhnten und (wie jedermann zugibt) vollkommen harmlosen Menschen? Mit ihren Geschäftsideen und ihrem verfälschten Geistesleben schadeten sie doch dem Land nicht, oder?! Nein, das nicht, aber – um es kurz und bündig zu sagen –: *Sie rochen schlecht.* Man ritt nicht gern auf unappetitlichen Themen herum, doch genau das war der Fall: Sie rochen schlecht! Sie glichen den verabscheuungswürdigen Wesen, die Virgil erwähnt: sie beschmutzten alles. Wo sie waren, war das Leben vergröbert, entwürdigt, vulgarisiert. Heilig oder profan: ein Menschenleben, eine abgelegte Weste, die Tugend einer Frau – alles wurde mit einem Preisschild beschmiert ... Es war nicht nur die Bedford Avenue, die ganze Metropole war von Würmern zerfressen.

Wenn man ihnen richtig zusetzte, gaben sie es selber zu, diese Ewigen Juden. Versuchen Sie es einmal. Treiben Sie sie in die Enge. Stoßen Sie sie mit der Nase in den Dreck und lassen Sie sie dann schlicht und einfach erzählen. »Heraus damit, ihr Quasselstrippen! Gebt es zu, ihr Rotznasen! Wer ist verantwortlich für dieses Durcheinander?« Schauen Sie zu, wie sie sich winden und wie sie wimmern und mit durchsichtigen Ausreden daherkommen: Rußland, die bleichgesichtigen Anstifter von Pogromen, die ganze Palette platter Absurditäten. Setzen Sie ihnen noch ein wenig heftiger zu ... »Und wer verlangt heute von Ihnen, schmutzige Handtücher zu benutzen? Gibt es in diesem Land ein Gesetz, das sauberes Leinen verbietet? Warum bestehen Sie darauf, Ihre Abfälle auf die Straße zu werfen? Haben wir Ihnen nicht Mülleimer gegeben ... sammeln wir nicht tagtäglich für Sie den Müll ein?« ...Oh, auch darauf haben sie eine Antwort parat. Reden so lange, bis sie schwarz im Gesicht werden. Und am Ende geben sie es zu: *»Sie lieben den Dreck!«* Ihnen ist es so natürlich, schmutzig zu sein, wie es den Deutschen natürlich ist, sauber zu sein, den Iren, arm zu sein, und den Katholiken, unwissend. »Es muß ihnen im Blut stecken«, sagte er zu sich selber. Die armen, verlausten, heruntergekommenen Schlucker. Und dennoch, er konnte sich nicht daran gewöhnen. Wenn er sie doch öffentlich schmähen oder ihnen ihre dicken Hintern mit einer Faßdaube versohlen könnte. Hui!

Am Springbrunnen blieb er eine Weile stehen, freute sich am feinen Sprühen des Wassers, dachte nach und lächelte still vor sich hin, als ihm ein kleiner Vorfall aus seiner Kindheit einfiel. Vor seinem inneren Auge erschien eine Szene, in der er mit Dr. Carmichael am Arm die Straße entlangging. Sie waren zum Polizeirevier in der Clymer Street unterwegs, um dem Sergeant zu melden, daß sein Fahrrad gestohlen worden war. Was für ein Fiesling dieser Carmichael war! Gab es irgendwo in Brooklyn einen Schuldirektor, der mürrischer gewesen wäre? In jeder Situation hielt er auf Anstand, nahm es mit Eigentum ganz genau. Mimte den Erzürnten, als sie in der Toilette Fangen spielten. Gab einem nie die Gelegenheit, irgend etwas zu erklären. Doch was für einen Spaß hatte es gemacht, diese Toilettentüren zuzuschlagen, über die Trennwände zu klettern, alle Wasserhähne aufzudrehen ... Vielleicht hatten sie das Pissoir ja in Unordnung gebracht, aber Jungen sind nunmal Jungen. Und was machte es schon, auf lange Sicht, wenn ein paar Toilettensitze zerbrochen waren? ... Doch das konnte man Carmichael nicht begreiflich machen. Fehlgeleitete Kraft, das war alles ... Die alte Filzlaus hatte auf der ganzen Welt keinen Freund, ausgenommen das abgewetzte Scheitelkäppchen. Stellen Sie sich einen alten Nörgler wie ihn vor, wenn er durch die kalten Korridore streicht. Ein frommer Pfau, die Nase in der Luft. Stets in diesem alten Nadelstreifenanzug ... ein presbyterianischer Mahner mit einem dicken Wanst und chronischer Erkältung. Wie es hieß, war er verrückt nach der Lateinlehrerin und ließ sie nach dem Unterricht dableiben und ihm bei seinen Büroarbeiten helfen. Büroarbeiten, Unsinn! Vielleicht kam er deswegen so häufig in die Lateinstunde, gab vor, er müsse dafür sorgen, daß alles seine Ordnung hatte, stellte dämliche Fragen über Julius Cäsar, das

Luperkalienfest und Vercingetorix. Und auf welch gezierte Art und Weise er Latein vortrug. Versuchte uns weiszumachen, er schule unser Gehör, damit wir die edlen Kadenzen Ciceros zu würdigen imstande seien ... Schlimmer als ein Priester! Ließ uns anschließend vom Blatt übersetzen und sagte danach, er wolle es selbst auch einmal versuchen, wo doch der alte Kauz das Buch die ganze Zeit in- und auswendig kannte. Ein schlauer alter Fuchs war das, der mit einem Auge immer die ruchlosen Praktiken Catilinas und mit dem anderen die Hohe Herrin selbst im Blick behielt, wie sie da mit pomadigem Lächeln auf dem hohen Stuhl hockte und ihm jedesmal, wenn er etwas Kluges sagte, applaudierte – etwas, das *sie* für klug hielt, denn entdecken konnte seine Klugheit außer ihr niemand. (Es sei denn, man nennt es klug, wenn sich jemand eine ganze Schulstunde lang über so etwas Läppisches wie die Sprachtheorie verbreitet.)

Jedenfalls haben die Juden ihm den Zahn gezogen.

»Wollt ihr Jungens nicht ein bißchen mehr lesen, damit ihr euch mit eurem Virgil vertraut machen könnt?«

Sammy Mankowitz erhebt sofort Einspruch. »Ich kann nicht. Ich muß meinem Vater im Laden helfen.«

»Aber wollen Sie denn nicht mit Auszeichnung bestehen, Mister Mankowitz?«

»Nee ... ich will bloß durchkommen. Ich werd Zahnarzt, sobald ich hier fertig bin.«

»Wie steht es mit Ihnen und mit Ihnen?« fragt er und pickte die Nichtjuden der Klasse heraus.

»Ich habe schlechte Augen.« »Ich nehme Musikstunden.« Ein ganzer Sack voller Ausreden. Nicht eine Menschenseele an den Riten des Luperkalienfestes oder am *Leben* des Plutarch interessiert. Er schüttelt kummervoll das Haupt. »Es ist eine andere Generation, Miss Dillon.«

Mehr sagt er nicht und klappt das Buch zu. Als Carmichael die Tür hinter sich schließt, putzt sich Izzy Lefkowitz laut schniefend die Nase.

»Gehört sich das?« piepst Miss Dillon. »Ich möchte, daß der Junge, der diesen gräßlichen Lärm gemacht hat, sofort hierher kommt.«

Schweigen.

»Ich gebe dem jungen Herrn, der sich diese Ungezogenheit hat zuschulden kommen lassen, genau drei Minuten, um aufzustehen und sich bei mir zu entschuldigen.«

Noch mehr Schweigen.

»Darf ich hinausgehen, Miss Dillon?«

»Ja, Mister Wright. Ich bin sicher, daß *Sie* es nicht waren.«

Sie trommelt ungeduldig mit ihrem Lineal auf den Schreibtisch und hofft, daß der Übeltäter Manns genug ist, sich zu melden, und ihr die Ungerechtigkeit erspart, die anderen mit ihm zu bestrafen. Sie wartet noch ein paar Minuten länger und schaut auf ihre Uhr. »Also gut, wir alle bleiben nach dem Unterricht da und konjugieren unregelmäßige Verben. Und zwar alle restlichen Tage der Woche.«

»Du großes Stück Käse!« murmelt Master Lefkowitz mit angehaltenem Atem.

»Was haben Sie da zu flüstern?« will sie wissen, böse, schon fast überzeugt, daß er der Missetäter ist.

»Ich muß meinem Vater helfen«, jammert er kläglich.

Moloch lachte leise, als er über Izzys Streiche nachdachte. Izzy war ein richtiger Kerl: anarchistisch und ohne jedes Ehrgefühl. Wenn sie in eine Falle tappten, meldete sich der Herdentrieb. Sie flohen in die Arme von Karl Marx, Bakunin, Kropotkin und steckten ihre langen Nasen in den Sand des Antisemitismus. Bis die Schweißdrüsen den letzten Tropfen einer herzerschütternden Panik ausgesondert haben, vertreten sie hinfort mit der ganzen Kraft ihres stets auf der Lauer liegenden Temperaments die Philosophie der Arbeit. Dies dauert so lange, bis die Philosophie von der Diskussion entthront ist.

Aber sind sie denn nicht intelligent, sagen Sie. Und ob! Sie haben eine trockene Intelligenz, die über Betrug stillschweigend hinwegsieht, die Gaunereien in den Rang einer hohen Tugend erhebt. Dummheiten! Dafür haben sie ihre Intelligenz. Man muß schon ein dummer Goi sein, wenn man seine Vaterunser herbetet, wenn man hundert Prozent erreichen will, wo man doch mit sechzig auch durchkommt ... Doch sie bringen große Männer hervor, nicht wahr, einige davon gar Genies. Zugegeben – aber weshalb auf die sanfte Tour, wenn von Schwachsinnigen, Kretins, Wasserköpfen, Gaunern und Schlägern, Kadetten und Hurenböcken die Rede ist? ... Alle großen Wissenschaftler, alle großen Schriftsteller, alle großen Führer in der Welt sind Juden gewesen – irgendwann einmal!

Duckmäuserisch und unterwürfig, meinen Sie? Weil Sie sehen, wie sie die Canal Street oder den East Broadway entlangtrotten, die Köpfe in die Bärte gesteckt? Kein bißchen. Reden Sie mit einem allein, und jeder Jude wird seine Überlegenheit sofort *zugeben*. Die Welt würde ohne sie nicht auskommen. Sie sind der Sauerteig des Gemeinwesens – dieses dumme Zeug bekommen Sie zu hören ... Wer hat Ihre Bibel geschrieben? Wer hat Ihnen einen Heiland geschenkt? Wer produziert Ihre Kinofilme? Wer versichert Ihre Opern- und Konzertaufführungen? Wer dirigiert sie? Wer schreibt die Meisterwerke der Weltliteratur? Wer entdeckte das Salvarsan? Wer organisierte das Schneiderhandwerk? Wer gab uns den Achtstundentag? Wer unterstützt die Lehrerschaft in den staatlichen Schulen? Wer steht an vorderster Front bei diesem infernalischen, unaufhörlichen Eintreten für mehr Kloaken, helleres Licht, größere Theater, buntere Krawatten, kürzere Röcke, hauchdünne Strümpfe, Pelze im Sommer, städtische Golfplätze, öffentliche Badeanstalten, Katholiken im Weißen Haus, Emanzipation der Neger und so weiter und so weiter? Überlegen Sie selbst. Es gibt nur weniges, das sie übersehen haben. Lakunen: Shakespeare, Goethe, Milton – ein paar komische Namen wie diese, ein Gebäude hier und da: St. Peter oder das Taj Mahal, die Welt der vormodernen Malerei. Weiß Gott, war Rembrandt Jude? Man kann nicht mehr sicher sein. Nicht, wenn ein Jude zum Bürgermeister der Heiligen Stadt gewählt wird, nicht, wenn sie sich am Vater des *Parsifal* und am Autor von *Johann Christof* zu schaffen machen. Wenn dieser Unsinn weitergeht, kann man bald damit rechnen, daß Bernhard Shaw erklärt, semitischer Abstammung zu sein ... Trotzdem, wir können nur bei zweien relativ sicher sein: bei Buddha und bei Konfuzius. Aber wir haben natürlich nicht in der *Jüdischen Enzyklopädie* nachgeschlagen ...

Eine Schar Kinder kam mit Büchern unter den Armen auf ihn zu. Mittagszeit. Ein kurzes Stück weiter auf der gleichen Straße kam Moloch am Amphion Theatre vorüber, dem alten Amphion, wo er mit seiner Mutter auf der Galerie gesessen und sich *Way Down East* angeschaut hatte. Irgend jemand hatte auch auf das Amphion das Koscher-Zeichen geklebt. Rudolph Schildkraut spielte in der einen oder anderen *schrecklichkeit.* Plakate kündigten das Kommen einer Kantorin aus Abessinien an, einer dicken Niggerin mit flacher, breiter Nase und wulstigen Lippen. »Na bitte. Stöbert sie in Afrika, Mesopotamien, Tibet, vielleicht auch noch in Alaska auf. Schon bald wird man dem amerikanischen Indianer sein ethnologisches Geheimnis entrissen haben ...«

Hat es je ein Volk gegeben, das so erfolgreich in der Aura seiner Vergangenheit lebte? Es ist vorgeschlagen worden, daß sie es einmal mit Assimilation versuchen sollten. Kommt nicht in Frage! Wie Kaltwasserkuren bei exzessivem Drang, sich in der Öffentlichkeit zu kratzen. Sie wollen nicht assimiliert werden ... dafür sind sie sich viel zu gut. Aber geschehen ist es trotzdem. Es gab Donald Fleming und seine zweite Frau, Rhonda, eine hübsche Jüdin aus den Reihen der Intelligenzija. Sie haben sie ausprobiert – diese Lösung des Judenproblems, die schon ein Ladenhüter ist. Das heißt, Donald assimilierte sich, und Rhonda empfing dafür die Strafe. Wenn Rhondas Eltern zu Besuch kamen, standen sie schamhaft in der Ecke wie zwei Handkoffer oder zwei unauffällige Kerzenständer. Bei derlei Gelegenheiten fand Donald gewöhnlich eine Ausrede, um nicht zu Hause zu sein, und behauptete, er habe eine Verabredung im Schachklub. Dort waren noch mehr Juden. Man hatte ja nichts dagegen, Schach mit ihnen zu spielen. Aber mit ihnen leben? Das war etwas anderes ... Nicht daß Donald zum Antisemiten geworden wäre. O nein. Ganz im Gegenteil, niemand verteidigte die Juden standhafter als Donald Fleming. Er verteidigte sie zu standhaft. Man hatte den Eindruck, daß es bei dem Thema bei ihm ein bißchen aushakte. Denn schließlich ist ein Jude sehr wohl imstande, sich selbst zu verteidigen. Er tut es ja schon seit mehreren Jahrhunderten. Ein Goi ist bei dem Spiel immer bloß ein Anfänger ... Jedenfalls, wenn Fleming über die Juden zu schwadronieren begann, verleitete er einen zu gereizten Fragen.

So ging es weiter. Fünf seiner Freunde verheirateten sich mit Töchtern Israels. Alle kamen prächtig mit ihnen aus. Keine Scheidungen, keine geworfenen Teller. Und warum? Anscheinend waren ihre Frauen keine bloßen

Bettgenossinnen ... Hackfleischschleudern, Trostpreise. Sie diskutierten miteinander: über Bücher, Politik, die Ehe, die Wunder des heiligen Patrick, über Schachprobleme, eben die hundertundeins Themen, die der durchschnittliche Goi an den Stammtisch oder in die Billardkneipe trägt. Diese jüdischen Frauen waren nicht abgeneigt, nicht pingelig und widerwillig, wenn es galt, das Heim so attraktiv wie die Bierkneipe zu machen ... Auch hantierten sie nicht den ganzen Tag im Haushalt herum und klagten über Rückenschmerzen, wenn ihr Mann nach Hause kam. Sie verließen den heimischen Herd und nahmen selbst eine Arbeit an, beschäftigten sich mit Ausdruckstanz, der Kunst der Batik, nahmen Musikunterricht, besuchten freie Kunstschulen. Mit anderen Worten, sie lehnten es ab, reinen Zierat aus sich zu machen, mit dem der Mann sich schmücken konnte. Sie lebten ihr eigenes Leben, und sie waren gute Partnerinnen ... Und nun zu Blanche. Sie hatte mehr Talent in sich als alle Jüdinnen, die seine Freunde zur Frau genommen hatten. Was machte sie aus ihren Gaben? Nichts, absolut nichts. Sie wußte mit jedem Tag weniger. Es kam ihr nicht in den Sinn, einmal eine Partitur von Strawinski, Schönberg, Ornstein oder Honegger aufzuschlagen. Das interessierte Blanche nicht. Sie spielte immer wieder die gleichen Stücke – die Stücke, die sie in der Klosterschule gelernt hatte. Technik: perfekt. Vortragsstil: Hoyle verpflichtet. Ideen: keine. Seele: weniger als das. Er hatte das Gefühl, daß das Klavier an sie verschwendet war; ein Waschbrett wäre ihr gemäßer. Sie beherrschte alle Handbewegungen: die richtige Drehung der Handgelenke, ganze Pausen, gutes Legato – alles, nur keine Inspiration. Wenn Schwester Dorothea ein Arpeggio auf die und die Art gespielt hatte, spielte sie es ebenso.

Er erinnerte sich daran, daß er ihr einmal eine Karte für

ein Konzert mit Ornstein gekauft hatte. Sie kam nach Hause und tobte wie ein Shakespeare aus der Irrenanstalt. Fetzen dieses Gesprächs fielen ihm wieder ein.

»Was ist denn los, war er zu originell?«

»Originell? Ich nenne das billig.«

»Dann hat es dir also nicht gefallen?«

»Man müßte ihm verbieten, etwas anderes als seine eigenen Kompositionen zu spielen.«

»Ja, und ich glaube gern, daß du ihm dafür die Zensur auf den Hals hetzen würdest.«

»Er ist nichts als ein protziger Jude. Ein Vaudeville-Affe.«

»Na schön, nenn ihn ruhig Jude. Das ist ihm egal. Aber er hat es doch geschafft, daß du die Ohren aufgesperrt hast, nicht?«

»Er hat mich wütend gemacht, falls du das meinst.«

»Das ist doch wenigstens etwas. Dein Geklimper würde nicht mal in einem Iglu für Aufregung sorgen.«

Das war vielleicht nicht nett, doch es geschah ihr recht ... und ihrer verwünschten Schwester Dorothea!

Moloch wanderte gemütlich weiter, hielt Ausschau nach einem sauberen Lokal, wo er zu Mittag essen konnte, und berauschte sich immer mehr an seinen Selbstbeobachtungen, während er tiefer und tiefer in das alte Viertel vordrang. Was war aus Eddie Carney und Tom Fowler geworden? Und was aus Gus Mills mit dem ernsten Gesichtsausdruck? Die Namen riefen Erinnerungen wach: ein Stück einer kopfsteingepflasterten Straße (die alten untertassenförmigen Steine, über die die Lastwagen ratterten) mit einem schmalen Asphaltstreifen zu beiden Seiten am Bordstein für die Radfahrer. Bob Ramsey vorneweg auf einem verrückten Hochrad und gleich hinter ihm Tom Buckley auf einem erstklassigen »Columbia«, die die ganze Bande an einem klaren Sonntagvormittag auf dem Weg zur Insel anführten. Im Namen der Heiligen Katholischen Kirche würde er gern wissen, wo sie alle abgeblieben waren. In Sing-Sing oder auf der Bank des Obersten Gerichtshofs?

Warm und nebelig stieg die Vergangenheit auf. Wie strahlend und vielversprechend ihm die Welt damals vorgekommen war! Nichts anderes zu tun, als auf die Straße zu gehen und zu spielen, und wenn es dunkel wurde, hinaufzulaufen und Hans Christian Andersen zur Hand zu nehmen. Und was für ein wundervoller Tag der Samstag sein konnte! Am Vormittag geschäftiges Hin und Her, für Mutter das Silberbesteck und die Fenster putzen. Um ein Uhr standen er und Stanley (der damals Stasu hieß) in der Schlange vor dem Novelty und hofften, für fünf Cent einen Platz auf der Galerie zu ergattern. Niemals würde er diese Vaudeville-Shows vergessen oder diesen Schrank von einem Mann, Bob Maloney, den Ordnungshüter in einer Uniform der Konföderierten, der vor dem Theater stand und aufpaßte, daß die Jungs sich ordentlich anstellten. Große breite Schultern hatte der und Boxerohren. Wenn man ihn ansah, wirkte er knallhart, doch wenn er lächelte, war es pures Gold. Und der schwere Rohrstock, den er trug. Wenn sie nach oben gingen und in dem Dunkel und dem Gestank auf den Auftritt des Orchesters warteten, kam ihnen dies immer wie eine Ewigkeit vor. Auf der Galerie war es stockdunkel; anfangs nahm ihm das den Atem. Plötzlich schlug Bob Maloney mit diesem verfluchten Rohrstock auf die Galeriebrüstung. »Hüte runter!« bellte er ... er würde ihnen schon noch Gottesfurcht beibringen!

Er blieb vor einem leeren Ladengeschäft stehen, aufmerksam geworden durch ein grelles Schild, das es in häßlichen Buchstaben als RETTUNGSMISSION auswies. Er mußte lachen, als er durch die schmutzigen Fensterscheiben schaute und die großen Lettern auf einer Flagge über dem Altar sah, der an der Rückseite des Raumes aufgebaut war:

WER AN MICH GLAUBT, DER WIRD LEBEN,
AUCH WENN ER STIRBT ...

Gerührt betrachtete er die Wände und inspizierte die vertrauten Texte und Hinweise, die so auffällig angebracht waren, daß die Sünder sie nicht übersehen konnten. Er schien einen ganz bestimmten zu suchen. Ja, da war sie schon, die friedfertige Ermahnung: »Nicht auf den Boden spucken!«

Er erinnerte sich ganz deutlich – an den Abend, als er und Matt Reardon nur aus Spaß dort aufgekreuzt waren und beinahe bekehrt worden wären. Beinahe! Wenn er nicht einen hysterischen Anfall gehabt hätte. »Lies mal das da drüben«, hatte er verstohlen zu Matt gesagt. Und Matt hatte die Worte vor sich hin gemurmelt und dann etwas Gemeines und Häßliches hinzugefügt. Danach Matt: »Schau dir das dort drüben an«, woraufhin er (Moloch) irgendeinen Hokuspokus erfand, der zu der Aufschrift paßte ... Plötzlich dröhnt eine tiefe Baßstimme: »Miss Powell, bereiten Sie schon mal ein Lied vor!« (»Wir bereiten uns zum Abgang vor«, flüstert Matt, senkt den Kopf und versteckt die Nase in seiner Mütze.) ...»Wer ist der nächste, wer möchte Zeugnis ablegen?« dröhnt die tiefe Baßstimme wieder. Die Stimme eines Seelöwen, die Unverfrorenheit eines Gewerkschaftsführers; riesige, behaarte Pranken (wie ein Schmied), ein Anzug wie ein Bestattungsunternehmer und eine Stirn wie Herbert Spencer ... »Laßt uns alle miteinander uns nach dieser Zusammenkunft auf den Weg machen und unsere trauernde Schwester, Mrs. Blatchford, besuchen. Laßt uns alle miteinander nach diesem wunderschönen LIED NUMMER 73 niederknien und einen Blick auf dieses schöne Gesicht werfen. Kommt, Brüder, wir wollen aufstehen, während wir LIED NUMMER 73 singen: ›Herr, stelle meine Füße auf einen Fels.‹ Wie ich gerade sagte, als ich diesen Turmarbeiter sah, der dort hinaufkletterte wie eine riesige Spinne und unseren neuen Kirchturm hell und rein für uns anstrich, kamen mir die Worte dieses lieben, alten Liedes auf die Lippen: ›Herr, stelle meine Füße auf einen Fels.‹«

Kaum ist das Lied vorbei, piepst ein dünnes Stimmchen von hinten: »Ich lobe den Herrn für seine Macht, uns zu erretten und zu erhalten!« Ein antiphoner Chor brüllt aus allen vier Ecken des Raums »Amen! AMEN! HALLELUJA!« zurück. Gottes Abgesandter in dem Bestattungsunternehmeranzug dröhnt wieder: »Denn du bist teuer erkauft, Bruder ... um den Preis seines eigenen kostbaren Blutes, das er auf dem Kalvarienberg vergossen hat ... Und jetzt ein anderer ... Stimmt ein! *Ein anderer!*« Eine zweite Stimme, schüchtern, zitternd: »Ihr wißt ja, ich halte nicht viel vom Zeugnisablegen. Ihr wißt, daß ich im allgemeinen den Mund halte. Aber es gibt einen Vers, den ich sehr gern habe und sehr tröstlich finde. Ich glaube, er steht in Kolosser Drei: ›Steht still und seht das Heil des Herrn.‹ ...Steht einfach still. Schweigt einfach. Brüder, Schwestern – das ist das Schwerste, das ich je versucht habe. Und es ist mir *nie* gelungen. Probiert es irgendwann einmal aus. Kniet nieder und versucht einmal, zehn Minuten nur an IHN zu denken. Versucht, IHM zuzuhören. Laßt IHN sprechen. Redet bloß nicht dazwischen. Lauscht dieser schweigenden kleinen Stimme ... prüft einfach mal, wie schwer das ist. UND VERSUCHT, DEN MUND ZU HALTEN. Laßt Gott reden! Gebt IHM die Möglichkeit, etwas zu sagen.« (Matt stößt ihn in die Seite und zeigt auf etwas, das direkt über ihnen ist: »Jesus liebt dich.«) Er steckt sich ein Taschentuch in den Mund, um den ihn schüttelnden Lachanfall zu unterdrücken. Und wieder diese schallende Aufforderung: »Schwester Powell, bereiten Sie doch noch ein Lied vor.« (Matt flüstert: »Schwester Powell, bereiten Sie sich darauf vor, gekrönt zu werden ...«) »Bevor wir einen letzten Blick auf das Gesicht des lieben Sohnes von Schwester Blatchford werfen, wollen wir noch ein wunderschönes Lied singen, mein Lieblingslied: ›Jesu, Freund der Menschenkinder‹. Das kennen wir sicher alle auswendig, nicht wahr?« (Matt brummelt liebenswürdig: »Ich sag der bekloppten Welt, was wir alles können.«) »Oh, Männer, MÄNNER – wenn ihr nicht reingewaschen seid in dem Blut des Lamms, spielt es keine Rolle, in wie vielen Büchern euer Name hier auf Erden verzeichnet ist. Weist IHN nicht von euch. Morgen kann es zu spät sein. Kommt heute abend zu IHM ... Und nun alle zusammen: ›Jesu, Freund der Menschenkinder ...‹« So ging es mit Gesang und Tanz noch eine gute Stunde lang weiter, bis es an der Zeit war, sich »auf den Weg zu machen und einen letzten Blick auf dieses schöne Gesicht zu werfen«. Sie beide bogen sich vor Lachen. Die versammelte Gemeinde – Sünder, Reuige, Kolosser, rotznäsige Pharisäer, fidele Burschen und übergeschnappte Soprane – riß die Augen auf. Riß die Augen auf wie die Statuen in Ägyptens »Versteinerter Stadt«. Doch schließlich fanden sie ein Ende, und sogar Pontifex Blabla hatte seinen Vorrat an mehligen Rügen erschöpft. Die letzte Ermahnung lautete: »Jawohl, Bruder Pritchard, du machst das Licht aus« ...

»Ja«, dachte Moloch, »bitte, Bruder Pritchard, mach es aus. Und schaff uns diese Ansammlung erbärmlicher Wichte aus den Augen, die vor einem schmierigen Kerl, der einen Hut herumgehen läßt, Zeugnis ablegen für ein bescheidenes Almosen und für einen Abend, der ein Reinfall war. Mach das Licht aus, damit wir die verrostete Metalldecke und die verwanzten Wände vergessen können, die ›Jesus liebt dich‹, aber ›Nicht auf den Boden spucken‹ schreien. Ja, Bruder Pritchard, macht das Licht aus, und, Schwester Powell, bereite du ein Lied vor!«

Moloch kehrte vor der Rettungsmission um, bog in eine Seitenstraße ein und befand sich nach wenigen Schritten vor einem würdevollen, aber vom Zahn der Zeit angenagten Gebäude, das durch einen gepflegten Rasen von einem mit Efeu überwucherten Pfarrhaus getrennt war. Durch die schmucklose, schwere Tür dieser alten presbyterianischen Kirche war er eines Tages im Juni in einem schwarzen Samtjackett herausgetreten, eine cremeweiße Baskenmütze mit einem Pompon und einer unter dem Hutband hervorschauenden schneeweißen Feder auf dem lockigen Haar. Sie waren die breiten Steinstufen hinabgelaufen, eine Schar von lärmenden Jungen und Mädchen in Sonntagskleidern, zum ersten Schritt ihres strapaziösen Marschs durch die Bedford Avenue bereit. Es war dieser Feiertag, mit dem die Bedford Avenue ihn in ihren Bann geschlagen hatte. An jenem Tage wimmelte es auf der breiten Durchfahrtsstraße von vergnügten, lächelnden Menschen; Flaggen flatterten fröhlich, Kapellen schmetterten, und die schläfrigen, bedächtigen roten Fassaden spielten würdevoll und gesetzt ihre Rolle. Anschließend folgten Eiscreme und Limonade, und das Überreichen eines in Kalbsleder gebundenen Testaments, auf dem sein Name in goldenen Lettern eingeprägt war.

Was für ein lustiger kleiner Kerl er gewesen sein mußte! Ein bißchen verweichlicht in seinem Samtjackett und mit der weißen Feder am Hut, kein Zweifel. Aber das war ja nicht sein Fehler; er war nicht verantwortlich für diesen Aufputz.

Was war an jenem Tag geschehen, nachdem er die Kirche verlassen und sich mit dem Neuen Testament unter dem Arm auf den Heimweg gemacht hatte? Wie hatte nur der kleine Judenjunge geheißen, mit dem er sich gestritten hatte? Komisch, der Name wollte ihm nicht einfallen. Aber immerhin wußte er noch, daß er ihn zu Boden geschlagen hatte und der Junge unter dem Obststand an der Kreuzung der Grand Street und der Driggs Avenue liegengeblieben war. Später am gleichen Tag hatte er Eddie Carney getroffen. Er hielt damals eine Menge von Eddie Carney. Und Eddie hatte gesagt: »Ich hab gar nicht gewußt, daß du's in dir hast, Kleiner«, und ihm herzlich die Hand geschüttelt ... Nach dieser kleinen Episode hatte er bei den Jungen dazugehört; er konnte mit ihnen überallhin gehen: Kartoffeln in den Höfen rösten, der Bande bei einer Steinschlacht helfen, abends in einer Dosenfabrik die Fensterscheiben einschlagen oder Vitrinen vor den Kleidergeschäften in der Grand Street umstoßen.

Er schlenderte die South Third Street entlang und schaute sich die Feuerleitern an, auf denen es von Bettzeug, Eiskisten, Geranien und was nicht alles wimmelte. Seekühe stellten auf Rohrstühlen am Bordstein ihre ausladenden Hinterteile zur Schau; einige führten muntere Gespräche mit ihren Nachbarn auf der anderen Straßenseite; einige fanden es anregend und vergnüglich, ihre Bälger zu wiegen. Die meisten von ihnen vermittelten den Eindruck, Elefantiasis zu haben und an Gebärmuttervorfall zu leiden. Alle hatten sie riesige, vor zufriedener Milch strotzende Euter ... Ein Geschöpf in einem Pelzmantel (ein Exemplar der Spezies der Tümmler) fummelte an der Hose ihres kleinen Sohnes herum, während der ungeduldig darauf wartete, sich die Blase erleichtern zu können. Keck stand er da und schaute der Vorführung zu, während sich die liebevolle Mutter gelassen den Urin aus dem Mantelärmel schüttelte. Er hatte keine Angst, sie zu beschämen. Das war unmöglich. Für einen Augenblick war Moloch geneigt, diesen Gleichmut zu bewundern. Sollte er zu ihr hinübergehen, ihr auf die Schulter klopfen und sagen: »Madam, haben Sie zu Hause keine Toilette?« Nur das wollte er sagen, mit aalglatter, hochmütiger Miene, als wolle er sie einladen, mit ihm im Ritz-Carlton einen Teller Kuchen zu essen ... Was veranlaßte sie dazu, diese Gossenetikette zu pflegen? Natürlich war es zwecklos, ihr diese Frage zu stellen. Ganz gleich, welches Viertel sie überrannten, das Gossenleben begann, erblühte und gedieh. Im Sommer strichen sie mit fischäugiger Unerschütterlichkeit im Nachthemd und in Hauspantoffeln umher, wateten durch das Schmutzwasser wie Enten, die durch Seerosenblätter glitten. Sobald die Bälger einigermaßen auf den Beinen stehen konnten, wurde ihnen beigebracht, an den Bordstein zu pinkeln und sich mit zwei flinken Fingern von ihrem Nasenschleim zu befreien. Milchflaschen wurden aus den Fenstern im ersten Stock geworfen und zerbrachen mitten auf der Straße. Bei Anbruch des Abends ergriffen übel aussehende Katzen Besitz von der Straße und leckten an den fauligen Abfällen, die die Verkehrsadern verstopften. Trotz des übelriechenden, ekelerregenden Breis auf der Straße wurden Säuglinge heruntergebracht und an der Brust gestillt. Und das größte Wunder: Sie blühten auf wie Rosen! *Höchstwahrscheinlich waren diese zufriedenen Euter ...!* Wie kann man sich das erklären? Ob der Gestank verrottender Eingeweide zärtliche Erinnerungen an ein fernes Land wachruft?

Die Kinder Israels. Gottes auserwähltes Volk! Hatte Disraeli sie im Sinn, als er schrieb: »Der Jude kann nicht aufgesogen werden; es ist unmöglich, daß eine überlegene

Rasse von einer unterlegenen aufgesogen wird«? Moloch ermahnte sich selbst dazu (um einen idiomatischen Ausdruck des Ghettos zu gebrauchen), an die jüdischen Propheten zu denken: an Jesaja, der nackt durch die Straßen von Jerusalem ging, um ihren Bewohnern zu zeigen, daß der Herr die Stadt entvölkern würde; Hesekiel, der Dung aß und einen verfaulten Gürtel trug zum Zeichen, daß die Stadt verfallen würde. Sie alle von ordinärer Erscheinung, in unsauberer Kleidung, sich von Wurzeln und Honig ernährend, zuweilen Gras und Blumen äsend, wie Ziegen in den Bergen von Felsen zu Felsen springend ... Und Moses, das fleischgewordene Koscher-Zeichen Israels, der verstohlene Blicke auf das Hinterteil des Herrn wirft.

Weiter entlang die Havemeyer Street, die verbreitert worden war, um eine bessere Zufahrt zur Williamsburg Bridge zu schaffen. Nun vollgestopft mit Handkarren, die unter ihrer unbeschreiblichen Last ächzten. Hier konnte man alles kaufen, angefangen von Kaffeetassen und Schlafzimmern bis hin zu Ford-Ersatzteilen. Vorsichtig ging er weiter und hielt sich unter den Vordächern, damit nicht ein Eimer Spülwasser über seinem Kopf ausgeleert wurde oder eine verirrte Laus aus den grauen Federbetten fiel, die wie Fahnentücher überall flatterten. »Ein fleißiges Volk, wahrlich. Ein blühendes Volk: harmlos, gesetzestreu, gesellig. Geben alles ihren Kindern ...« Pah! Er spie angewidert aus. »Bring sie fort. Bring sie alle zurück in die Stadt Zion, o Herr. Führe sie aus der Wildnis der Handkarren und Katamarane heraus ... Und gib jedem beschnittenen Sohn ein sauberes Leinenhandtuch, das er behalten kann!« Er schob sich brüsk durch die drängenden Menschen, bahnte sich mit den Ellbogen den Weg, reckte die Nase in Richtung der Schäfchenwolken, um, wenn möglich, einen Hauch sauberer, frischer Luft einzuatmen.

Bedrückt vom traurigen Anblick seines alten Viertels und zornig auf das Geschmeiß Gottes, dessen koprophile Neigungen er dafür verantwortlich machte, kehrte er zur Bedford Avenue zurück und bestieg eine Straßenbahn, die ihn quer durch die Stadt brachte.

Die Fahrt brachte eine gewisse Erleichterung. Gleich nachdem sie in die Kent Avenue eingebogen waren und er sich umgedreht und die alte Broadway-Fähre (die wieder verkehrte) gesehen hatte, besserte sich seine Stimmung. Während er durch die alten Holzschranken hindurch gespannt auf das neue Leben am Fluß schaute, wogte es in seinem Kopf vor funkelnden Erinnerungen. Noch einmal sah er die Brauereiwagen, die durch die geöffneten Schranken ratterten, und die Ströme von Fußgängern, die durch die Pendeltüren der die Straßenecken schmückenden Cafés schritten. Visionen von seidigen Schnurrbärten, von denen kalter Schaum tropfte, von einer altmodischen Anzeigetafel über dem Schalter für Gratis-Mittagessen, auf der zu lesen war, wie die Brooklyner Mannschaft stand. Angeregte Unterhaltungen von Männern mit Strohhüten, die in grellkarierten Anzügen schwitzten, an denen schwergewichtige Uhrenketten hingen, die wie armenische Lettern vor dem Solarplexus drapiert waren. Und die Pferdebahnen am anderen Ende der Fährlinie – wie sie schaukelten und wippten, wenn man auf sie aufsprang. Ein dicker Kohleofen in der Mitte des Wagens, der mit seinem roten Glühen die Kälte vertrieb. Das waren noch Zeiten, als die Eisstürme kamen und die Stadt hart trafen.

Er träumte immer noch von der Fähre und von den goldenen, heiteren Tagen in den neunziger Jahren, als sich zwei riesige graue Vergnügungsdampfer, die einen Ankerplatz im Hafenbecken zum Schaukeln brachten, in sein Gesichtsfeld schoben. Ein gewaltiges stählernes Kohlendock mit einem wie Spitze gewobenen Geflecht von Stangen und Trägern erschien und verschwand wieder. Hinter alldem sah er die Wolkenkratzer, die wie felsige Wächter im türkisfarbenen Dunst aufragten. Und ganz hinten der alte Wallabout Market, der gleich neben dem öligen Wasser der Bucht lag, in erträglicher Entfernung von den Fäulnisgerüchen, an denen man die Bucht erkennt.

Inmitten der unaufhörlichen Umwälzungen hatte der Wallabout Market irgendwie überlebt. Nicht einem Gebäude sah man auch nur eine Veränderung an, obwohl zweifellos auch hier subtile Metamorphosen stattfanden. Eine Reihe roter Lagerhäuser aus Zielgelsteinen nach der anderen, bis zum Rand gefüllt mit Waren, brodelnd vor Handwagen, Kisten und Säcken. Dem Wallabout Market haftete etwas Archaisches an. Vielleicht schien es ihm nur so, doch der Eindruck, den er vermittelte, war ein Eindruck von Beständigkeit, von Dauer. Es war, als habe Peter Stuyvesant seine schwere Hand über ihn gehalten und dafür gesorgt, daß die Kanaken und die Itzigs ihn nicht verschandelten.

8

Als Moloch an jenem Nachmittag zu Hause ankam, fand er dort Sid Prigozi vor, der auf der Türschwelle hockte und auf ihn wartete. Der Kerl sah aus wie immer, eine Spur schlechter vielleicht – ungekämmt, schmierig, ohne Hut. Seine Züge waren zu einem kränklichen Grinsen verzogen, das einen Willkommensgruß bedeuten sollte.

»Sehr schön, sehr schön, *Mister* Moloch!« aus voller Kehle. »Da freue ich mich aber, *dich* zu sehen. Ich dachte, du liegst krank im Bett ...«

»Du weißt doch verflucht genau, daß ich nicht krank bin.«

»Aha. Also das übliche, ich verstehe. Wieder mal einen Tag freigenommen, was? Und was passiert jetzt?«

Moloch versuchte dieses Geplapper mit einer höhnischen Bemerkung zu beenden.

»Himmelherrgott!« platzte er heraus. »Mußt du mich jedesmal besuchen, wenn ich mir einen Tag freinehme? Bildest du dir etwa ein, irgend etwas zu meinem Glücklichsein beizutragen, wenn du dauernd angerannt kommst?«

Prigozi hatte während dieser Begrüßung wie ein Raubvogel auf der Stufe gehockt. Nun stand er auf und begann um seinen Freund Moloch herumzutanzen, sich die Hände zu reiben und das Gesicht beim Sprechen wie Gummi zu verziehen. Während dieser kuriosen Darbietung musterte er den anderen fortwährend von Kopf bis Fuß mit einem Blick, der nicht schmeichlerisch war.

»Ich störe dich wohl an deinem freien Tag, was ... *Mister* Moloch?«

Dieses *»Mister«!* Es war wie der Lieblingsbohrer eines Zahnarzts ... Es gab Zeiten, da wollte Moloch davonlaufen, wenn er das Wort nur hörte.

»Komm rein«, sagte er ruhig. »Drin können wir besser reden.«

»Nein, warum sollen wir denn reingehen?« schrie Prigozi mit seiner quietschenden, kreischenden Stimme. »Schämst du dich, in der Öffentlichkeit mit mir zu reden, ist es das? Du magst es nicht, wenn ich vor deinem Haus auf der Straße herumtanze, was? Na schön, setzen wir uns hier auf die Schwelle. Ich versuche mich wie ein Priester zu benehmen.« Er machte eine Pause. »Nun erzähl mir mal, Mister Moloch, was dich bedrückt. Ts, ts. Und flunkere mir nicht vor, es sei alles in bester Ordnung. Ich weiß doch, daß eine Dame dahintersteckt. Heraus damit ... wer ist sie?«

Moloch lachte, aber nicht so verächtlich, wie er beabsichtigt hatte. »Immer einen Rock im Kopf, was? Na los, fang schon eins von deinen windigen psychologischen Spielchen an!«

»Na bitte! Hab ich es nicht gesagt?« Prigozi sprang auf die Füße und begann wie wild auf der Schwelle herumzutanzen ... »Heraus damit! *Gestehe!* Versuche ja nicht, mir Sand in die Augen zu streuen ... Du bist heute leicht euphorisiert, wie ich sehe; du siehst blaß aus, ein bißchen eingefallen um die Augen.«

»Hör schon auf. Ich bin nicht euphorisiert, und ich bin auch wegen keiner Frau beunruhigt.« Er hielt inne und dachte einen Augenblick nach. »Hör mal, wenn ich dir die Wahrheit sagte, was dann?«

»Tja, das kommt ganz darauf an. Die Wahrheit, sagst du? Soll ich dir etwas sagen, Mister Moloch? ... DU HAST KEINE

Wahrheit in Dir. Du bist ein notorischer Lügner. Du belügst sogar dich selbst. Vielleicht redest du dir in diesem Augenblick ein, aufrichtig zu mir zu sein, aber wenn wir die Sache genauer betrachteten, könnte es durchaus sein, daß wir zu dem Schluß kämen, daß du schon wieder Humbug geredet hast. Aber trotzdem, ich höre zu.«

»Wenn du dich von der Illusion verabschieden könntest, daß ich dein Patient bin ...«

Prigozi fiel ihm ins Wort. »Hört sich gut an. Ich bleibe für den Rest des Tages. Wir müssen dieser Sache auf den Grund gehen, egal, was es ist ... Ach, sieh doch nicht so schwarz. So oft lade ich mich doch nicht selber zum Essen ein und wenn ich es tue, bezahle ich die Mahlzeit gewöhnlich, wie du nicht vergessen haben wirst.«

Moloch dachte an den Empfang, den Blanche Prigozi bereiten würde. Normalerweise behandelte sie ihn wie das fünfte Rad am Wagen.

»Ich bin vorbeigekommen«, sagte Prigozi und hörte endlich auf, ihm frotzelnd die Würmer aus der Nase zu ziehen, »weil ich mich einmal ernsthaft mit dir unterhalten will. Ich wußte, daß du nicht krank bist. Sag mir ganz offen – kann ich dir irgendwie helfen? Was bekümmert dich?«

Moloch verpaßte ihm einen derben Hieb, um seine Rührung zu verbergen.

»Ich verstehe dich nicht«, sagte er. »Kann ein Mann denn nicht einmal einen Tag freinehmen, ohne sich damit deinen infernalischen Nachstellungen auszusetzen? Du willst wissen, warum ich heute weggeblieben bin? Dann hör mir gut zu ... aber lach nicht! Ich werde dir die Wahrheit sagen. Ich dachte, ich würde ganz gern schreiben ...«

Prigozi schmolz dahin. Das war nicht gerade das, was er hatte hören wollen.

»Verflixt nochmal«, sagte er ernst, »warum bleibst du

dann nicht zu Hause und schreibst? Ich will damit nicht sagen, du sollst deinen Job sausenlassen, aber hör auf, mit Marcelle und Betty oder dieser und jener herumzurennen. Gib dir selbst eine Chance. Ich glaube an dich.«

»Meinst du das ernst?« Eine plötzliche Schüchternheit überkam Moloch. »Willst du damit sagen, du glaubst, ich könnte überhaupt schreiben?« Bevor Prigozi antworten konnte, sprach er weiter: »Warte einen Augenblick, laß es mich erklären. Ich weiß, es klingt lächerlich, eine solche Frage zu stellen. Man sollte wissen, ob man schreiben kann oder nicht. Doch ich sage dir, daß ich vollkommen schwimme. Aus irgendeinem Grund kann ich nicht anfangen. Jedesmal drängt sich das eine oder andere zwischen mich und meine Impulse, raubt mir die Kräfte ...«

»Damit meinst du wohl Blanche. Versteh mich recht. Nicht daß Blanche dich absichtlich daran hinderte, das zu tun, was du möchtest, aber ... zum Teufel, warum läßt du es zu, daß sie dir in die Quere kommt?« Er senkte die Stimme ein Jota. »Verletze ich dich? Ich möchte nichts Kränkendes sagen.«

»Nein. Rede nur weiter. Ich bin froh, daß du es angesprochen hast. Ich muß mit jemandem darüber reden. Du bist gar nicht so weit von der Wahrheit entfernt.«

Prigozi wußte nicht recht, wie er seinem Freund weiterhelfen konnte. Es war selten, daß dieser ihn bei derlei Angelegenheiten ins Vertrauen zog. Bei anderen Themen war das nicht so. Seine Dankbarkeit wurde so groß, daß er völlig den Faden verlor und Dinge sagte, die gar nichts zu bedeuten hatten, Dinge, die er gar nicht meinte ... Es gab auch noch andere Anzeichen dafür, daß es ihm peinlich war. Er wurde rot wie eine Rübe, die Augen begannen ihm zu tränen, seine Lippen bebten und zuckten, als mache er jemandem einen Heiratsantrag.

»Übrigens«, erkundigte er sich, »was hast du heute mit dir angefangen? Das hast du mir noch nicht erzählt. Varieté?«

»Himmel, nein. Warum vermutest du das? Vielleicht war ich ja im Aquarium.«

»Die Leute gehen nicht ins Aquarium, Mister Moloch, wenn sie sich Bauchtänzerinnen ansehen wollen. Red schon, wie war Cleo heute?«

Moloch lächelte. Es war ein mattes, trauriges Lächeln.

»Ich mache dir keinen Vorwurf«, sagte er. »Trotzdem, merk dir ein für allemal: Im allgemeinen erfinde ich das Varieté. Manchmal tue ich das, um Leuten irgendeine Reaktion zu entlocken, und manchmal, um meinem Sinn für das Groteske zu frönen. Wenn Frauen dabei sind, benutze ich es oft als List, um dem Gespräch mehr Würze zu geben, um eine größere Vertraulichkeit herzustellen, ohne viel kostbare Zeit zu verschwenden. Verstehst du?«

»Ehrlich, Dion, nein. Irgend etwas ist doch verrückt an einem solchen Verhalten. Das ist weder Fisch noch Fleisch. Wo bist du denn gewesen, wenn nicht im Varieté?«

»Ich habe einen langen Spaziergang gemacht.«

»Das ist alles?«

»Ist das nicht genug? Ich bin seit dem Frühstück unterwegs gewesen, bin umhergeschlendert, hab nachgedacht, vor mich hin geträumt.« Er setzte zu einer breiten Schilderung seines Gemütszustands an. Sein Gegenüber hörte ernsthaft zu. Wenn Moloch in dieser ernsten, rhapsodischen Art mit ihm sprach, öffneten sich alle Fenster seiner Seele. Nichts, was sein Freund von ihm verlangen könnte, wäre zuviel. Es war ihm beinahe peinlich, es sich selbst einzugestehen, doch so war es – für Moloch war er bereit, ein größeres Opfer zu bringen als für jeden anderen Menschen, den er kannte ... seine Frau eingeschlossen.

»Ich muß dir nicht sagen, Sid«, sprach Moloch weiter, »daß mein Job mich auslaugt. Sie sollten eine Sekretärin aus der YMCA einstellen, nicht mich. Jemanden, dessen Gefühle wie in einer Muschelschale eingeschlossen sind. Ich bin zu weich. Wie ich aus diesem Blödsinn herauskommen soll, macht mir zu schaffen ...«

»Der Alte hält große Stücke auf dich, Dion.«

»Ich weiß. Erst neulich hat er zu mir gesagt, ich sei ein As. Aber hinterher hält er mir einen Vortrag darüber, daß ich zu großherzig wäre. Er weiß, daß ich immer zwischen allen Stühlen sitze.«

»Bekommst du jemals was davon zurück – von den Scheinen, die du so reichlich austeilst?«

»Verdammt wenig. Ich wäre ein Narr, wenn ich etwas anderes erwartete.«

»Diese Großzügigkeit ist zwar bewundernswert, Dion, aber du solltest etwas mehr an dich selbst denken. Was willst du denn tun – in den Sielen sterben?«

»Ich weiß, ich weiß. Was verlangst du denn – eine Serie von Freizeit-Romanen? Ich sage dir, wenn es fünf Uhr ist, bin ich total erledigt. Die Firma hat mich ausgelaugt, Körper und Hirn. Und wenn ich nach Hause komme, ist Blanche da. Hast du eine Ahnung, wie es ist, sich mit einem Totempfahl an den Tisch zu setzen?«

»Was macht Edda?«

»Was macht Beteigeuze? Ungefähr so oft kriege ich Edda nämlich zu sehen. Zum Teufel mit Blanche. Sie hat eine Gabe, mir das Kind zu entziehen, daß mir das Blut kocht. Man würde denken, ich sei Gift für die Kleine!«

»Edda bedeutet dir sehr viel, nicht wahr?«

Ein schmerzlicher Zug huschte über Molochs Gesicht. Prigozis Worte waren wie eine Fackel, die seine Gedanken entzündeten.

»Bei Gott!« fluchte er. »Es gibt Momente, da könnte ich sie umbringen.«

In seinem Haß auf Blanche hatte er Edda ganz vergessen.

»Es ist eine Schande«, bemerkte Prigozi. »Ich meine nicht Blanche. *Edda* ... sie ist diejenige, die darunter leidet.«

»Ich weiß.«Molochs Stimme wurde weich. Begann zu zittern. »Niemand auf der ganzen Welt bringt mich dazu, mich so zu benehmen, nur Blanche. Dieses Nörgeln und Streiten, wie ich das verabscheue. Wir geraten wegen Nichtigkeiten aneinander. Vorgestern abend zum Beispiel lagen wir beide im Bett, sie in dem einen Zimmer, ich im anderen. Keiner von uns beiden konnte schlafen. Am Ende setzten wir uns auf und begannen uns gegenseitig zu beschimpfen und zu beleidigen. So, wie ich dir das jetzt erzähle, wirkt es ganz unglaubhaft, daß zwei intelligente Menschen sich so gehenlassen können. Wir haben getobt und gewütet wie zwei Irre. Diese Flüche! Es war entsetzlich ... Jedenfalls, am Ende waren wir so in Rage, daß wir im gleichen Augenblick aus dem Bett gesprungen sind und einander an die Kehle wollten ...«

Hier hielt er inne.

»Ich sag dir was. Weißt du, was ich glaube? Manchmal glaube ich, sie *will*, daß ich sie schlage!«

»Und – hast du das schon einmal getan?«

»Ja ... hab ich. Ich streite es nicht ab. Jeder, der in meiner Lage wäre ... sie steht da, stachelt mich an, reizt mich so, daß ich sie anfassen möchte, wirft mir die häßlichsten Dinge vor ... was soll ich da tun? Wenn ich schweige und sie finster anschaue oder wenn ich versuche, sie zum Aufhören zu bewegen, dann beginnt sie zu schreien. Und wie sie schreit! Ich habe den Eindruck, alle Leute in der Nachbarschaft wachen davon auf. Und die Beleidigungen! Sie schichtet sie übereinander wie Klafterholz. Schließlich kommt der eine Holzscheit, der zuviel ist, und dann – peng – schießt meine Faust automatisch nach vorn. Ich bedaure das noch im selben Augenblick, aber es ist zu spät. Nicht mal ein Heiliger könnte ungerührt dabeistehen und solche Beschimpfungen ertragen … Als ich sie gestern abend geschlagen habe, ist sie wie ein Sack umgefallen … ich hab nicht ein Stöhnen gehört. Du kannst dir vorstellen, wie mir zumute war. Das Gewissen hat mich geplagt.«

Moloch hielt wieder inne. Prigozi fiel nichts ein, was er hätte sagen können.

»Durch das Getöse wacht die Kleine auf. Sie weint und ruft nach Blanche. Dieser Tumult im Dunkeln und danach die plötzliche Stille … es hat sie zu Tode erschreckt. Ich hatte selber Angst und war von Abscheu erfüllt. Was für eine Art, ein Kind großzuziehen, dachte ich. Ich wünschte zu Gott, ich sei tot. Natürlich habe ich mich sofort um Blanche gekümmert, hab sie aufgehoben, beruhigend auf sie eingeredet, ihr das Gesicht abgewaschen, versucht, ihr die Haare zu richten … Was mir am meisten weh getan hat war, daß sie kein einziges Wort gesprochen hat. Keine Vorwürfe. Nicht ein Wort. Nichts. Sie sah mich nur zärtlich an und setzte ein tapferes Lächeln auf. Ihre Augen wurden weit und schauten mich groß an. Und das Seltsamste dabei war, in ihnen lag nichts als Vertrauen – und Mitleid vielleicht. ›Herrgott!‹ sagte ich zu mir selber. ›So etwas wird niemals wieder geschehen.‹«

Er lachte hysterisch. Ein Gedanke ging ihm durch den Kopf, der ihn mit Scham erfüllte und die Leidenschaft der noch frischen Worte Lügen zu strafen schienen.

Woran lag es, fragte er sich selber, daß er in solchen Augenblicken auch ein Gefühl freudiger Erregung empfand, eine eigenartige, unstillbare Sehnsucht, das Drama zu wiederholen, so als sei die kurze Stille, als er seine Frau in den Armen hielt und zärtlich auf sie einredete, ein Ausgleich für all das Elend und die Demütigungen, die ihr vorausgegangen waren?

»Entschuldige«, sagte er laut. »Ich wollte nicht lachen.«

Prigozis Gesicht zuckte wie ein Froschschenkel unter dem Skalpell.

»Sag nichts mehr«, bedrängte er Moloch. »Ich wußte nicht, daß es so schlecht steht. Blanche tut mir leid ... verdammt leid. Sie ist zu bedauern. Man kann ein empfindsames Wesen nicht unendlich lange so behandeln. Sie wird zerbrechen ... Und offen gesagt, Dion, ich glaube nicht, daß sie so schlimm ist, wie du sie darstellst. Sie muß auch ein paar gute Eigenschaften haben, sonst hättest du sie nicht geheiratet. Vielleicht ist es noch nicht zu spät, die Dinge wieder ins Lot zu bringen.«

Moloch gab keine Antwort. Er ärgerte sich über Prigozis Bemerkungen. Was war denn los – war Prigozi total verblödet? Warum machte er, Prigozi, andauernd *ihn* verantwortlich? Hatte er nicht gerade die Unausweichlichkeit der Umstände erklärt? *Natürlich* war Blanche nicht so schlimm. Er wußte, wie stark er übertrieb. Doch wie konnte jemand in einer solchen Situation eine unparteiische Haltung bewahren? Dies war kein Kampf zwischen Nationen. Es war ein Bürgerkrieg, ein gegenseitiger Vernichtungskrieg, bei dem beide Seiten am Ende als Verlierer dastehen würden ... »Die Dinge wieder ins Lot bringen!« Er verachtete diesen Ausdruck.

»Ich weiß, daß du gelegentlich anständige Regungen hast«, sagte Prigozi. »Aber was für ein Wirrkopf du bist. Seltsam«, fuhr er fort, als spräche er zu sich selber, »wie die Intelligenz einen Menschen bei solchen Angelegenheiten, von denen doch sein Leben und sein Glück entscheidend abhängen, im Stich läßt.«

Er machte eine Pause, um das volle Gewicht seiner Worte eindringen zu lassen.

»Diese Kämpfe zwischen Mann und Frau sind kein Rätsel der Sphinx, weißt du. Du machst ein Geheimnis daraus, als sei es die Doktrin von der unbefleckten Empfängnis. Inzwischen ist da ein sehr kompliziertes Durcheinander entstanden, das kann ich dir sagen, doch ursprünglich waren es sehr banale Kränkungen ... *auf beiden Seiten.* Was du willst ist ein Mikroskop – um zu untersuchen, was unmittelbar vor deiner Nase liegt. Treib dich nicht herum, weil du Abwechslung für deine Drüsen suchst. Das endokrine System deiner Frau ist vermutlich völlig zusammengebrochen. Und deines vermutlich ebenfalls. Bilde dir nicht einen Augenblick lang ein, du könntest zu einem Psychiater gehen, der dir deine Eheprobleme löst. Wenn die ein Allheilmittel wüßten, wären die Gerichte schon lange geschlossen worden. Sie sind nicht besser als die glatzköpfigen Quacksalber, die uns ihre Haarwuchsmittel andrehen ...«

Der Anblick von Blanche, die die Straße herunter kam, beendete Prigozis Abschweifungen. Edda riß sich von der Hand ihrer Mutter los und kam auf ihren Vater zugelaufen. Er fing sie mit den Armen auf und warf sie in die Luft.

Während Moloch sein Kind herzlich umarmte, blieb es Prigozi überlassen, die Eiszapfen der Konvention mit Blanche auszutauschen.

So seltsam es klingen mag, Blanche legte Prigozi gegenüber ein herzlicheres Benehmen an den Tag, als es sonst ihre Art war. Sie wirkte so aufnahmebereit wie jemand, der gerade aus dem Türkischen Bad kommt und dem kribbelig ist vor angenehmen Schmerzen, an die er sich noch gewöhnen muß. Vielleicht war sie erleichtert, ihren Mann so früh zu Hause anzutreffen. Sie drückte ihre lauwarme Zufriedenheit durch nur leicht säuerliche Reaktionen auf Molochs und Prigozis Bemerkungen aus, die im ersten Anflug von Höflichkeit zumindest so etwas wie eine herzliche Wahrnehmung ihrer beider Existenz erkennen ließen.

Im allgemeinen langweilte sie der chinesische Charakter der Diskussionen Prigozis und Molochs: Hinweise auf Bücher, die sie nie gelesen hatte, großes Aufhebens um Theorien und Prinzipien, die sie kaum verstand. Diese langatmigen Debatten veranlaßten sie gewöhnlich dazu, die Aufrichtigkeit ihres Mannes in Zweifel zu ziehen. Wie gründlich prüfte er Prigozis Absonderungen? In ihren schlichten Ohren klang die Sprache ungestüm und ketzerisch und untergrub alles, was sie für wahr und heilig hielt. Insbesondere ihre Untersuchungen auf dem Gebiet des Sex. Die nüchternen Bekenntnisse ihres Mannes erstaunten sie und verletzten sie tief. Von kaltem Forscherdrang getrieben, ließen sie nichts aus. Wie zwei Voyeure beobachteten und registrierten sie jedes Detail, ganz gleich wie belanglos, ganz gleich wie ekelhaft persönlich es war. Ihre Gefühle waren, wenn sie sich denn mitten in diesen entsetzlichen Diskussionen überhaupt darauf einließ, denen einer Jungfrau vergleichbar, die durch das Schlüsselloch der Sexualwissenschaft untersucht wird. Niemals entschuldigte man sich während dieser Diskussionen für einen taktlosen Gedanken oder eine taktlose Äußerung. Ganz im Gegenteil, es war offensichtlich, daß ihre Weigerung, sich daran zu beteiligen, ihnen einen großartigen Vorwand bot, die diesen Diskussionen gewöhnlich eigenen törichten Quälereien sogar noch fortzusetzen. Sie hörte förmlich die Stimme ihres Mannes, der sagte: »Sag doch auch was, Blanche ... Es geht doch hier um nichts Persönliches.«

»Nichts Persönliches« – da lag der Hase im Pfeffer. Nach seiner Einschätzung war sie wohl ein Stück Holz. Ein Scheit, wenn man so will, den man ins Feuer warf, um ihre hitzigen Debatten anzufachen. Es war ekelhaft von ihnen und insbesondere von Dion, weil er, der sie doch beschützen sollte, offenbar die größte Befriedigung aus ihrem Unbehagen zog. Was den anderen anging, der war bloß ein neugieriger kleiner Jude. All dieses Gefasel über Freud und Jung, die Krankheiten von Krafft-Ebing und so weiter – waren das nicht bloß Tricks, durch die er seine eigenen schlüpfrigen Gedanken ausposaunen konnte? Es regte sie auf, daß er herumlief und ständig Leute analysierte, die er erst fünf Minuten zuvor kennengelernt hatte. Warum blieb er nicht zu Hause und übte bei seiner Frau? Was fiel ihm ein, die Nase in *ihre* Angelegenheiten zu stecken, Ärger zu machen, absurde Probleme aufzuwerfen, die dann in der Luft lagen wie der Geruch von Enthaarungsmitteln, der sich tagelang im Badezimmer hielt. Das Grinsen (wie eine leicht angeschmutzte Damenbinde), mit dem er sich verabschiedete, schien zu sagen: »Na also, ich habe euch gezeigt, was für eine Schweinerei ihr aus eurem Leben gemacht habt; versucht, es wieder in Ordnung zu bringen, wenn ihr könnt.«

Ein Besuch Prigozis war wie die Heimsuchung durch einen Wirbelsturm, der sie aus ihrer normalen Umlaufbahn warf und nach dem sie in einem Scherbenhaufen zurückbleiben und sich den gräßlichen Ungewißheiten des nächsten Tages stellen mußten. Seine Heftigkeit brachte das Gebäude ihrer Gedanken zum Einsturz, lähmte ihre Wünsche, verbog ihre Seele.

Das Ärgerlichste an diesen Possen war das Benehmen ihres Mannes, der ständig diese elende, schmutzige Kreatur verteidigte und sie zu überzeugen versuchte, daß Prigozi sich nur von den edelsten Absichten leiten ließ, daß er der einzige wahre Freund sei, den sie auf der Welt hatten. Der sie dazu überreden wollte, ihre Feindseligkeit aufzugeben ... diese gar einen Ausdruck von schlecht verhülltem Antisemitismus nannte. (Als sei er nicht selbst ein Judenhasser.) Sie hatte den Begriff ja überhaupt zum ersten Mal gehört, als Prigozi ihn ins Gespräch gebracht hatte. Was ging sie die Rasse der Juden an? Sie wollte einfach nichts mit ihnen zu tun haben, als ganzes oder einzeln. Es war ihr völlig gleichgültig, was aus ihnen wurde. Wenn sie in Palästina ein Zion errichten wollten, bitte sehr! Ihr ging es einzig und allein darum, daß sie sie in Ruhe ließen, nicht bei ihr zu Hause herumsaßen.

Es war offensichtlich, daß Blanche ihr möglichstes tat, sich diesem Eindringling gegenüber höflich zu benehmen.

»Ich nehme an, Sie bleiben zum Essen?« fragte sie. Ihr Tonfall traf genau jenen Diskant, mit dem man eine Schwiegermutter bittet, doch übers Wochenende zu bleiben.

Ein Anflug von Herzlichkeit schlich sich in Prigozis Stimme.

Klar, er würde bleiben, wenn sie es wünschte. Mit diesen Worten wollte er ausdrücken, daß sie aufrichtig sein solle. »Diese Frau hat nicht das Recht, mich so zu hassen, wie sie es tut«, sagte er sich selber. »Jawohl«, wiederholte er laut, »ich bleibe.«

Blanche drehte sich zu ihrem Mann um. »Hast du Geld?«

»Oh, machen Sie sich nicht die Mühe, meinetwegen irgend etwas einzukaufen«, protestierte Prigozi. »Ich esse, was gerade da ist, wenn es euch recht ist.«

»Das bedeutet, daß *ich* nichts essen werde«, sagte Blanche. Ihre Worte waren unverblümt und barsch.

»Ihr sagt nie, was ihr meint«, fügte sie erklärend hinzu.

»Damit meine ich nicht Sie im besonderen«, sagte sie an Prigozi gewandt, dessen verletzten Gesichtsausdruck sie bemerkte, »sondern diesen egoistischen« – sie zeigte auf ihren Mann. »Er schlägt sich den Bauch voll und fragt sich hinterher, warum wir nichts gegessen haben.« Sie bat ihren Mann, etwas Fleisch zu kaufen.

»Tut mir leid, ich bin pleite«, sagte Moloch matt.

Prigozi bot sofort an, daß er gehen und etwas besorgen würde. »Möchtest du nicht mitkommen?« fragte er.

»Nein, ich warte hier«, erwiderte Moloch. Er war in eine düstere Stimmung verfallen.

Prigozi hatte kaum die Tür hinter sich zugemacht, da platzte Blanche los.

»Warum mußt du mich immer bloßstellen? Lädst deine Freunde zum Essen ein und jagst sie hinaus, damit sie für uns etwas kaufen.«

»Ich habe ihn nicht zum Essen eingeladen. Das warst du.«

»*Ich?* Genau, wie ich es mir gedacht habe. Wenn ich ihn nicht gefragt hätte, hättest du mir vorgeworfen, ungastlich zu sein. Ich kann tun, was ich will, du findest immer Mittel und Wege, mich lächerlich zu machen.«

»Um Himmels willen, Blanche, sei vernünftig. Wie oft habe ich dir gesagt, diese Leute wollen nicht, daß man Aufhebens um sie macht? Warum hast du ihn denn überhaupt gehen lassen? Jede Wette, daß wir genug im Hause haben, um zehn Leute satt zu machen. Vermutlich hast du das getan, um ihn zu brüskieren. Ich kenne deine schmutzigen Tricks!«

Er geriet in Hitze, seine Anschuldigungen summierten sich. Er fuhr sie heftiger an.

»Glaubst du denn auch nur einen Augenblick, daß man mich so schäbig behandelt, wenn ich meine Freunde besuche? Herrgott noch mal! Jedesmal, wenn jemand hierher kommt, muß ich mich für dich entschuldigen.«

Blanche gab zu, daß sie sich nicht im geringsten für ihr Verhalten schämte. »Wenigstens«, gab sie zurück, »bin ich offen. Ich denke, deine Freunde werden das zu würdigen wissen.«

»Schau«, sagte er, »ich weiß, daß du sie nicht leiden kannst. Ich bitte dich ja nicht darum, sie zu verwöhnen. Aber ist es nötig, daß du so abweisend bist? Kannst du nicht tolerant sein? Schau dir doch mal *deine* Freunde an. Behandle ich sie so, wie du meine?«

Darauf erwiderte Blanche nichts, und zwar deshalb nicht, weil sie damit beschäftigt war, ihre Erinnerungen an sein Benehmen im Beisein ihrer Freundinnen aufzufrischen. Sie versuchte sich selbst einzureden, daß da eine gewesen sein könnte, bei der er keine Annäherungsversuche gemacht, deren Zuneigung er sich nicht erschlichen haben mochte.

Er mißverstand ihr Schweigen als Selbstbezichtigung und warf ihr, um das Maß voll zu machen, noch einen Brocken hin.

»Fragst du dich denn nicht«, sagte er, »warum ich nicht öfter nach Hause komme?«

»So ist das!« rief sie hastig aus. »Es ist also gar nicht die Arbeit, die dich festhält ...?«

»Mußt du wieder davon anfangen? Was sollen wir denn tun – den Rest des Abends die Klingen kreuzen? Du breitest doch deinen Kummer immer gerade dann aus, wenn ich einen Freund mitbringe! Meinst du denn, daß sie gern hier sitzen und sich deine Klagen anhören? Warum hörst du nicht auf damit? Außerdem glauben sie dir sowieso kein Wort.«

Blanche schlug scheppernd mit der Bratpfanne auf den Herd.

»Und warum nicht?« Ihre Stimme schwoll zu einem schrillen Kreischton an. »Warum glauben sie mir nicht?«

Er schaute sie verwundert an. Sich über eine solche Belanglosigkeit derart aufzuregen! Noch eine Minute, und sie würden wieder die Komödie der Erniedrigten und Beleidigten proben. Oder sie kamen schnell zu Ende, mit der glatten Leichtigkeit, die Tschechow in seinen Kurzgeschichten gelingt. Ein Vorfall aus der Anfangszeit ihrer Ehe fiel ihm ein ... Sie hatten zu Abend gegessen. Eine Bemerkung, die ihr mißfiel. Im Handumdrehen wälzten sie sich auf dem Boden, kämpften todernst miteinander. Fleming war bei ihnen gewesen. Er hatte nicht gewußt, was er davon halten sollte, jedoch die Geistesgegenwart besessen, ihr den Rock herunterzuziehen. Anstand und Sitte schienen ihn mehr zu beunruhigen als die Gefahr, daß ihr Schädel zerschmettert werden könnte.

Das Blitzen eines Messers, das Blanche herumschwenkte, riß ihn aus der Vergangenheit. Blanche kam mit voller Wucht auf ihn zu.

»Ich sage dir, warum sie mir nicht glauben«, zischte sie. »Weil du mich nämlich immer als Lügnerin hinstellst.«

Er wand ihr das Messer aus der Hand. Sie schaute mit starrem Blick darauf. Sie hatte den Ausdruck eines Menschen, der von einer Zwangsvorstellung versklavt worden war und sich plötzlich von ihr befreit findet.

»Um Gottes willen, Blanche, hör auf damit. Wenn du diese Dinge sagen mußt, dann sag sie später, wenn ...«

»Wenn dein Freund gegangen ist ... ich weiß.«

»Nein, daran habe ich überhaupt nicht gedacht, Blanche. Ich habe an Edda gedacht. Es ist nicht gut, weißt du, so zu sprechen, wenn sie es hören kann.«

»Ach, wirklich? Du machst mir Spaß. Wieviel Mühe du dir gibst, damit sie ja nichts Schlechtes über dich zu hören bekommt. Denkst du jemals an sie, wenn du dich nachts mit deinen Freundinnen herumtreibst?«

»Hör auf damit!« Er ging drohend auf sie zu. »Ich will das nicht hören! Du bist eine dumme Närrin, weißt du das?«

»Ach, bin ich das? Geh und schau dich mal selber an. Schau dir an, wie wahnsinnig du sein kannst.«

Er ließ sich neben ihr in den Sessel fallen und vergrub den Kopf in den Händen.

»Was ist denn los, Mama?« rief Edda aus dem Nebenzimmer, wo sie mit ihren Spielsachen gespielt hatte.

»Geh rüber und spiel eine Weile mit ihr«, sagte Blanche rasch. Sie bedauerte ihre scharfen Worte.

Ganz niedergeschlagen ging er zu dem Kind hinüber, wie ein Sünder, der sich dem Altar nähert.

»Warum streitet ihr euch denn so, Daddy?« Edda legte die Arme um seinen Hals und küßte ihn.

Er hielt sie mit einem Arm, mit der anderen Hand wischte er sich eine Träne ab. »Wir haben uns nicht gestritten«, sagte er beruhigend. »Ich hab nur mit Mutter gespielt. Wir haben Theater gespielt.«

»Ach so. Das ist lustig, Daddy. Spiel mit mir auch Theater.«

Er stellte sie sanft auf den Boden und setzte sich daneben. »Komm, Schatz, wir spielen, daß Daddy ein Pferdchen ist.« Er ging in die Hocke, so daß sie auf seinen Rücken klettern konnte. Er spürte ihre kleinen Arme um seinen Hals, die ihn würgten. Er wünschte bei Gott, jemand möge ihn *wirklich* erwürgen.

»Du sollst jeden Abend heimkommen und mit mir spielen, Daddy. Das sagt Mami auch.«

»Das mach ich auch, meine Kleine, das mach ich«, murmelte er. Er konnte sie nicht zurückhalten, die Tränen liefen ihm übers Gesicht. Er senkte den Kopf und ließ Edda mit leichten Körperdrehungen auf- und niederhüpfen, während er die Schluchzer hinunterschluckte, die ihm auf die Lippen traten.

»Ja, so ist's gut, Daddy! Weiter, weiter!« Das Kind war begeistert über die Beachtung, die es fand ... »Wie wenig sie von mir verlangt«, dachte er.

Mitten in ihrer Tollerei kam Prigozi zurück.

»Wo ist der Alte?« fragte er.

»Drin, er spielt mit Edda.«

Wenn Prigozi die Hand auf eine Stromleitung gelegt hätte, hätte er sein Erschrecken nicht wirkungsvoller ausdrücken können.

»*Aha!* Das also führt er im Schilde.« Er rieb sich in altbekannter Weise die Hände. »Spielt nun den liebevollen Papa, was?«

Blanche warf ihm einen verächtlichen Blick zu und wandte das Gesicht ab. Prigozi schlenderte hinein und versuchte sich an dem Spiel zu beteiligen. Aber Edda wollte ihn nicht dabeihaben.

»Geh weg«, rief sie. »Ich will dich nicht.«

Der Ausbruch des Kindes stoppte seinen Tatendrang. Er versuchte sich einzuschmeicheln. Seine Versuche waren erfolglos.

»Ich mag dich nicht«, wiederholte sie unbeirrt. »Geh weg.«

Moloch versuchte, sie zu ermahnen. »So spricht man aber nicht mit dem Mann, Edda.« Doch sie blieb standhaft. Es war nicht zu übersehen, daß ihr Haß echt und nicht die gewöhnliche quengelnde Widerborstigkeit eines Kindes war.

»Es ist zwecklos«, sagte Prigozi stammelnd. »Sie mag mich nicht; ich würde, wenn ich du wäre, nicht versuchen, sie zu zwingen.«

Verblüfft von der offenen Ablehnung des Kindes ging er deprimiert in die Küche zurück. »Ist es, weil ich Jude bin?« fragte er sich. Er verwarf den Gedanken sofort wieder. »Ach, sie ist doch noch ein kleines Kind.« Er ging im Geiste verschiedene Möglichkeiten durch. »Kinder sind schnell durch Häßlichkeit zu erschrecken«, sagte er sich selbst, und im nächsten Augenblick merkte er, daß er an das tragische Ende des Zwergs dachte, als dieser anläßlich des Geburtstages der kleinen Infantin zum ersten Mal in den Spiegel schaute. Vermutlich waren seine Gedanken durch den Anblick eines Spiegels, der an der Küchenwand hing, in diese Richtung gelenkt worden. Es war einer dieser unvergänglichen, wenngleich vollkommen schäbigen Gegenstände, die ihre Besitzer häufig überleben. Er war übersät mit blinden Flecken und warf ein völlig verzerrtes Bild zurück.

Prigozi stand trotzdem auf, zweifellos aufgrund seiner Scheußlichkeit von dem Spiegel angezogen, und schaute hinein, als sei es der Rand eines Kraters. Er rieb sich nachdenklich den Bart. Es war unmöglich, die Tatsache zu verleugnen, auch nicht vor sich selber, daß das, was er da erblickte, nicht das Antlitz eines Apolls war. Es war eher ein Haufen Abfall.

Kummervoll setzte er sich wieder hin und beschränkte sich darauf, nur auf Blanche zu achten, die in der Küche hantierte. Sie machte ziemlich viel Aufhebens, brachte aber nichts fertig. Auch machte sie ihrerseits keinen Versuch, ihn in ein Gespräch zu verwickeln. Eine Zeitlang tat er so, als sei er lediglich daran interessiert, mit seinen unbeholfenen Fingern herumzutrommeln, doch schon bald wurde auch dieser Vorwand von seiner zunehmenden Niedergeschlagenheit beiseitegeräumt, und er ließ sich einfach vornüber sacken; sein großer, zerzauster Kopf sank ihm nach vorn auf die Brust und rollte verzweifelt hin und her.

Blanche warf hin und wieder einen Blick in seine Richtung, doch ihr Interesse war mehr das eines Detektives, der seinen Gefangenen im Auge behält. »Ein dreckiger Jude«, sagte sie sich selbst wieder und wieder.

Hätte sie seine Gedanken lesen können, so hätte sie festgestellt, daß der Mensch Prigozi seltsamerweise dieser Meinung zustimmte.

Er hatte so aufrichtig gehofft, ein wirklicher Freund zu sein. Er hatte es gehofft, sage ich, doch seine Hoffnungen waren zunichte gemacht worden durch die Entdeckung von etwas, das er immer gewußt hatte – der Tatsache, daß er nicht mehr war als eine Mißgeburt, eine griesgrämige, verkommene Kreatur mit semitischem Blut in den Adern.

9

Während der Mahlzeit, die in eisiger Stille verlief, klingelte es an der Tür. Es war Stanley Miravski. Er begrüßte sie mit einem einzigen Wort: »Hallo.«

»Mach's dir gemütlich«, sagte Moloch.

Stanley grunzte und hielt sich kerzengerade auf dem Stuhl mit der hohen Lehne, den er vor eine Wand gestellt hatte. Er wollte den Stuhl nicht an den Tisch ziehen, vielen Dank ... er blieb gern, wo er war. »Mir geht's prima hier«, schnarrte er auf die ihm eigene schroffe Art. Sein Gebaren drückte aus, daß es den anderen vielleicht doch nicht so gut gelungen war, Ungezwungenheit zu mimen.

Trotz der Strenge seines Gesichtsausdrucks, der extremen Häßlichkeit hatte der Mann etwas Gewandtes und Fesselndes an sich. Stanley war Pole. Man brauchte nicht lange, um das herauszufinden. Es lag nicht an seinem Akzent – er hatte keinen. Seine Sprache war ein rauhes Amerikanisch mit einem deutlich hörbaren Brooklyner Einschlag. Man konnte sie sogar noch genauer bestimmen und sie als Sprache des »Vierzehnten Bezirks« bezeichnen. Für manchen klang sie possierlich, gekünstelt. Blanche hielt sie für unnachahmlich. Prigozi war davon verärgert. Ihre Nachlässigkeit weckte in ihm das Empfinden, mit einem geistig trägen Menschen zu sprechen.

»Ich hab in letzter Zeit viel gelesen«, begann Stanley. Er kam ohne einleitende Umschweife gleich auf sein Thema zu sprechen. Um es in seiner eigenen Sprache auszudrücken: Er hielt nichts davon, um den heißen Brei herumzureden. Da niemand den Versuch unternahm, einer Aussage von so persönlichem Inhalt zu widersprechen, legte er seine Mütze auf den Tisch und fuhr fort ... Irgendwie war es ziemlich schwierig zu beschreiben, was den Eindruck bei diesem Menschen vermittelte, doch er hatte das Gebaren eines spanischen Grande. Ein belebender Kontrast: die schroffe, militärische Haltung, die linke Hand fest auf das Knie gestützt, während er sich (fast ehrerbietig) zu ihnen vorbeugte, und diese verqueren Brooklynschen Solözismen, die von der Bleistiftlinie seiner Lippen sickerten. Im Halbprofil war sein Kopf eine schöne Kopie des Herzogs von Alba. Sieben Generationen Grausamkeit und Verstandeskälte waren in diese fahle Maske eingeschmolzen, deren einziger Farbtupfer eine dünne schwarze Schmierspur unter der Nase war.

Stanley war von seiner eigenen Begeisterung angesteckt. Es war ungewöhnlich, daß er lange Reden hielt, es sei denn, irgend etwas hatte seinen Spott herausgefordert; dann bearbeitete er die scharfen Ränder seiner Worte mit einem Hammer aus Gold. Doch während er weitersprach, war nicht zu übersehen, daß schon Prigozis bloße Anwesenheit sein Blut in Wallung brachte. Er schaute nur selten zu ihm hinüber, aber wenn er es tat, verzog sich sein Gesicht zu einem starren Hohnlächeln. Seine Vorfahren, geschickt im Umgang mit dem Hackebeil, an jedem Pogrom beteiligt, hatten ihm diese Charakterzüge vererbt.

»Swift, diesen Schriftsteller mußt du unbedingt mal lesen,« sagte er in seiner unnachahmlichen Gemächlichkeit zu Moloch. »Wenn du was Ironisches oder schneidende Schmähungen lesen willst –« Er hielt inne, um mit erhobenem dünnen Zeigefinger Dr. Munyan nachzuahmen ... »Der weiß, wie man das Kind beim Namen nennt. Und wenn Jonathan Swift mit der menschlichen Rasse fertig ist, dann ist nichts mehr übrig außer Kopfschuppen.«

»Kopfschuppen?« brüllte Prigozi und lachte herzlich.

»Jawohl, KOPFSCHUPPEN«, wiederholte Stanley.

Prigozi überhörte den streitlustigen Ton und lachte weiter. Es war eine Erleichterung für ihn, das Eis zu brechen.

»Sag mal, was ist denn mit diesem Rüpel los?« fragte Stanley, als Prigozis Heiterkeit immer mehr zu- statt abnahm. »Bist du sicher, daß er nicht über mich lacht, denn sonst hau ich ihm eine in die Fresse.«

Bei diesen Worten wurde Prigozi ruhiger.

Oben im Korridor läutete das Telefon. Moloch sprang auf. »Wenn es für mich ist«, sagte er, als Blanche aufstand, um das Gespräch entgegenzunehmen, »dann denk dran, daß ich krank bin. Ich darf nicht gestört werden ... Ganz gleich, wie wichtig es angeblich ist.«

Blanche kam eine Minute später wieder nach unten.

»Für dich. Sie sagen, es sei wichtig.«

»Scheiße! Hab ich dir nicht gesagt ...?«

»Ich kann doch nichts dafür. Der Mann, der da dran ist, hat gesagt, diese Mitteilung kann nur dir überbracht werden. *Sie ist streng persönlich.*«

Er lief sofort los. Vielleicht war es ja wirklich wichtig. Vielleicht hatte es ja mit dem weiblichen Geschlecht zu tun. Er rechnete fest damit, eine Frauenstimme zu hören, als er den Hörer in die Hand nahm.

»Was ist denn los?« sagte Prigozi, dem die ernste Miene auffiel, mit der Moloch zurückkehrte.

Die Frage bewirkte nur, daß dieser sich auf seinen Stuhl sinken ließ. Die drei schauten ihn gespannt an. Ein Seufzer, weder schwer noch gekünstelt, entrang sich ihm.

»Du benimmst dich, als hättest du deinen besten Freund verloren«, warf Prigozi ein.

»Er denkt sich eine Lüge aus«, sagte Blanche bitter.

Die letzte Bemerkung löste eine Reaktion aus.

»Unser guter Freund Hari Das hat den letzten Schnaufer getan!«

Ausrufe, Staunen, nervöse Erregung.

»Ja! Das ist die Neuigkeit. Ein Telegramm aus Atlantic City. Übersenden Überreste von Hari Das. Können keine Verwandten oder Landsleute lokalisieren. Reverend irgend jemand.«

»Was willst du machen?«

»Ich? Nichts.«

»Kannst du dich nicht mit seinen Freunden in Verbindung setzen ... mit seinen Hindu-Freunden?«

»Ich wüßte nicht, daß er welche hätte«, sagte Moloch.

»Es scheint dich nicht besonders zu berühren«, bemerkte Blanche.

»Berühren? Was meinst du damit? Er ist tot.«

»Na, wirst du dich nicht um seinen Leichnam kümmern?«

»Ganz bestimmt nicht. Wenn er tot ist, läßt mein Interesse an Hari Das rapide nach.«

»Habt ihr das gehört?« fragte Blanche, an die anderen gerichtet. »Und er meint es auch so. Jetzt könnt ihr mal sehen, was seine Freundschaft wert ist. Noch vor kurzer Zeit hätte er mich hinausgeworfen, um Platz zu machen für seinen Freund Hari Das.«

»Das klingt schon sehr abgebrüht, Dion«, warf Prigozi ein.

Stanley fühlte sich verpflichtet, ein oder zwei Wörtlein einzuwerfen.

»Sieht ihm ganz ähnlich, klar. Er denkt nur an sich.«

Moloch begann die Situation allmählich zu amüsieren. Woher denn das plötzliche Interesse ... *an einer Leiche?*

»Habt ihr euch alle ausgesprochen? Nur keine Scheu, laßt euren Gefühlen freien Lauf. Bevor ihr jedoch ganz zusammenbrecht, laßt mich auch einmal zu Wort kommen ... Wer hat sich um Hari gekümmert, als er noch lebte? Wer hat ihm zu essen und ein Dach über dem Kopf gegeben? Keine von euch trauernden Witwen! Ihr hattet damals nicht viel für ihn übrig ... *Du, Prigozi,* du hast oft davon geredet, daß sie sich selbst helfen sollen, diese Hindu-Bastarde. Meine mitfühlende kleine Frau hier hat ihn behandelt, als sei er ein Aasgeier ... sie hatte Angst, die Nachbarn könnten sehen, wie er sich am Rinnstein die Nase putzt. Er war ein Flegel, er lachte zu laut. Und er badete nicht oft genug, um vor ihrer königlichen Hoheit Gnade zu finden.« Er schaute sie verächtlich an ... »Plötzlich ist ein Kadaver aus ihm geworden. Und sofort Tränen, Klagen, Elogen. Können gar nicht genug für ihn tun ... *für die Leiche.* Hört zu, ihr Dummköpfe, ich schenk euch die Leiche. Amüsiert euch gut damit! Ich mag tote Körper nicht ... *sie stinken.* Ich habe nicht einmal die Absicht, einen Kranz zu kaufen, was sagt ihr dazu? Und übrigens« – er richtete den Blick auf Blanche – »wovon wollt ihr denn sein Begräbnis bezahlen?«

Blanche war verwirrt. »Also ... äh, ich wußte nicht«, stammelte sie. »Ich dachte, du könntest vielleicht etwas borgen ...«

»Das brauchst du gar nicht«, warf Prigozi ein. »Wir könnten Geld sammeln. Du willst ihn doch nicht gerade in Potter Field begraben, oder?«

»Warum denn nicht?« rief Moloch aus. »Was für eine Rolle spielt es denn, wie er begraben wird? Er ist jetzt eine größere Last als vorher. Doch die Gesellschaft zeigt mehr Einfallsreichtum, wenn es darum geht, Gerippe loszuwerden.« Er wendete sich wieder Blanche zu. »Wenn du hier irgendwo Geld hast, das du nicht brauchst, würde ich es gern borgen, um ein paar von meinen Anzügen aus dem Pfandhaus zu holen. Hari trägt einen meiner besten Anzüge auf dem Leib – oder trug. Ich nehme an, den haben sie ihm angelassen ... Na ja, ist ein Geschenk an die Würmer.«

Das plötzliche Ableben von Hari Das bewirkte, daß Stanley sich an den Grund seines Besuchs erinnerte. Er war gekommen, um sich einen Anzug zu leihen.

»Den hier möchte ich für ein paar Tage ins Pfandhaus bringen«, sagte er und faßte an den Ärmel seiner Jacke. »Unser Hausbesitzer ist ein Großkotz, und er will uns rauswerfen. Wenn ich ein paar Scheinchen auftreiben kann, können wir ihn noch für eine Woche oder so hinhalten.«

Es war für Moloch selbstverständlich, davon auszugehen, daß Stanley wieder arbeitslos war. Stanley hatte eine Vorliebe dafür, seine Stellen zu wechseln.

»Nein, so ist es nicht«, versicherte er eilfertig. »Ich hab vor kurzem ein paar Tage freigenommen, und wir sind in Rückstand geraten. Das ist alles.« Dann, als Ergänzung: »Ich wollte schreiben, versteht ihr.« Diese Neuigkeit wurde in einer Art und Weise vorgetragen, die als Entschuldigung für jedes Dilemma herhalten sollte.

Vor seinem inneren Auge sah Moloch, wie Stanley sich mit dem Schreiben abplagte. An seinen *Romanen* – das war das Etikett, mit dem Stanley seine Schreibversuche versah – feilte er gewöhnlich in der Küche. Der Waschzuber war sein Schreibtisch. Daß er seinem schöpferischen Antrieb unter solchen Bedingungen nachgehen mußte, hatte einen ganz praktischen Grund: Die liebe Familie war zu laut. Er hatte fünf Kinder, und sie waren nicht zu bändigen, es sei denn, er warf mit einem Schuh nach ihnen, was jedesmal unfehlbar einen Krach mit seiner Frau nach sich zog. Er hatte deshalb aus bitterer Erfahrung gelernt, daß es ratsamer war, sich an den erwähnten Zufluchtsort zurückzuziehen. Wenn er die rotzgrünen Wände von Miravskis Domäne betrachtete, hatte Moloch sich oft selbst gesagt, daß Stanley tatsächlich ein starkes poetisches Talent besitzen mußte, wenn er sich mit »Romanen« befaßte.

Ähnliche Gedanken beschäftigten die anderen offenbar auch.

Auf seine unbeholfene Art wollte Prigozi den schlechten Eindruck, den er einige Augenblicke zuvor gemacht hatte, ausgleichen. »Was schreiben Sie denn?« fragte er wohlwollend, aber nicht liebedienerisch.

»Nichts, was Sie interessieren könnte.«

»Woher wollen Sie das wissen?«

»Na ... das will ich Ihnen ohne Umschweife sagen. Sie haben doch was für diesen Dreiser übrig, nicht wahr?« Auf Stanleys Gesicht lag der höfliche inquisitorische Ausdruck eines Torquemada.

Prigozi war gezwungen, die Frage zu bejahen. Doch er sprach sofort weiter und relativierte sein Eingeständnis. »Ich glaube, manche Sachen von Dreiser sind reiner Journalismus, aber wenn man dann ein Buch wie *Jennie Gerhardt* aufschlägt – *das* war schon ein Meisterwerk!«

»Meisterwerk!? Sie meinen sicher *Mist!* Zufällig habe ich einmal ungefähr fünfzehn Seiten von diesem Buch gelesen. Wollen Sie wissen, was ich von Ihrem Theodore Dreiser halte? Ich habe dieses Meisterwerk der Literatur in den Abfall geworfen ... jawohl! Was haben Sie dazu zu sagen?«

Prigozis Antwort war ein ziegenähnliches Gemecker.

»Wo wir schon von Ihren meisterhaften Autoren reden«, fuhr Stanley fort, »sagen Sie ... haben Sie schon mal von Pierre Loti gehört?« Der Tonfall, mit dem er diesen Namen aussprach, hätte Prigozi warnen müssen, daß Stanley ihm da einen anbetungswürdigen Gott offerierte. Stanley hatte die schlechte Angewohnheit, Leute zu fragen, ob sie je von Soundso gehört hatten (zum Beispiel Plinius, Juvenal, Petrarca et cetera), wenn er in Wirklichkeit meinte, was halten Sie von ihnen.

Für Prigozi war Loti kein unbeschriebenes Blatt. Er fing an aufzuzählen, was er gelesen hatte. »Ja, bei *Islandfischer* dachte ich, das ist eine wunderbare Geschichte ...«

»Machen Sie sich nicht die Mühe, mir zu sagen, was *Sie* dachten. Ich sage Ihnen jetzt, was *ich* glaube.«

»Wenn es um seine Lieblingsschriftsteller geht, hält Stanley sich für eine Autorität«, warf Moloch diplomatisch ein. Er zwinkerte Prigozi bedeutsam zu.

Aber Stanley war unerbittlich.

»Du hälst den Mund« befahl er. »Ich werde diesem Eierkopf mal was von Literatur erzählen. Nicht von Journalismus – verstanden?« Er durchbohrte Prigozi mit einem strengen Blick. »Und wenn ich etwas sage, dann bleibe ich auch dabei. Ich sage bei einem Schriftsteller nicht, manche von seinen Sachen sind gut. Für mich sind seine Sachen entweder gut oder schlecht, und damit hat es sich. Wenn er nichts taugt, werf ich ihn fort. Wenn er was taugt, dann taugt er überall was. Ich glaube nicht an diese halben Sachen ... Also, zurück zu diesem Loti. Das ist allerdings ein Schriftsteller, den ich bewundere. Er rennt nicht mit einer Kodak unterm Arm herum, um jede Menge belangloser Details einzufangen. Er versucht nicht, ein neuer Zola zu sein. Und ich würde ihn nicht mit diesem Phrasendrescher Dreiser vergleichen ... oder mit diesem Klugscheißer aus der Main Street, Mr.-wie-war-noch-mal-der-Name ... Lewis, ja, Sinclair Lewis. Wer zum Teufel will seinen Schund schon lesen? Was bildet der sich denn ein, uns mit diesem langatmigen Gefasel zu kommen? Er denkt wohl, er sei ein neuer Tolstoi? Er nimmt sich selber so verdammt ernst, dieser Bursche! Jedenfalls ist Amerika kein Land, über das man schreiben kann. Hier gibt es keine Romane. Was soll man hier denn machen – sich hinsetzen und über den Achtstundentag schreiben? Also, dieser Bursche, Loti, der hat sich nicht krummgelegt, um jedes Jahr einen Bestseller herauszubringen. Er hat sich schön Zeit gelassen. Ist mit der französischen Marine rumgeschippert, hat sich die Welt angesehen, hat da und dort mit einer Frau geschlafen ... Ich sage euch, das war ein richtiger Mann. Wenn jemand heutzutage literarisch sein will, denkt der Kerl, er müsse entweder ein Penner oder ein Schwuler sein. Loti war ein Mann von Welt und ein Gentleman. Er mußte nicht in die Bibliothek gehen und recherchieren, bevor er sich hinsetzte und ein Buch schrieb. Zum Beispiel dieses Buch von ihm, das *Jerusalem* heißt. Könnten Mr. Sinclair Lewis oder Theodore Dreiser so etwas schreiben? Nee, dazu sind sie gar nicht in der Lage. Wenn die nicht über schmutzige Unterwäsche und ausgemergelte Arbeiterhände schreiben können, sind sie verloren.«

Da Stanley hier seinen Redestrom unterbrach, tauschten die anderen Blicke aus. In diesen Blicken lag eine Art schweigendes Einverständnis, so wie es manchmal bei den Mitgliedern einer Jury entsteht, was Stanley jedoch nicht aus der Fassung brachte.

»Ich wollte aber etwas anderes sagen. Es gibt ein Buch von ihm mit dem Titel *Die Entzauberten.* Ich weiß nicht, wie ihr das nennen würdet, aber ich behaupte, das ist ein herrlicher *Ro-man.*« Keinem war es bisher gelungen, Stanley davon zu überzeugen, daß es besser klang, wenn man die zweite Silbe dieses kostbaren Worts betonte.

»Ich bin ganz Ihrer Meinung«, platzte Prigozi zur Verwunderung der anderen heraus. »Es war ziemlich gut.«

»*Ziemlich* gut?« Alles Vitriol, das Stanleys Drüsen ausscheiden konnten, war in dieses Wort »ziemlich« eingeflossen. »Sie haben in Ihrem ganzen Leben noch nichts Besseres gelesen! *Ziemlich* gut! Was für ein herablassender Gimpel Sie sein können! Als nächstes werden Sie ihn wohl mit diesem französischen Juden vergleichen, mit diesem Pferdegesicht ... Wie heißt er nochmal, Dion?«

»Du meinst vermutlich Anatole France.«

»Ja, France ... das ist der Vogel. France war sein Schriftstellername. Das ist für Sie vermutlich ein guter Schriftsteller, was? So ein wundervoller Gelehrter, spreizt den lieben Tag lang seine Federn in einem Elfenbeinturm ... und versucht den Leuten weiszumachen, er sei Sozialist. Himmel, da muß ich lachen. Sein ganzes Leben lang hat der nicht einen Tag schwer gearbeitet. Eine Frau hat ihn ausgehalten – habe ich gehört. Es gibt viele Franzmänner wie ihn, die in der Literatur herumspielen, nur um die Zeit totzuschlagen.«

Prigozi hatte, während Stanley diese vernichtende Kritik von sich gab, mehrere vergebliche Versuche unternommen, eine Gabel Spaghetti herunterzuschlucken. Eine Zeitlang hatte er den Vornehmen herausgekehrt, doch als die Unterhaltung immer hektischer wurde, begannen seine Tischmanieren Symptome des Niedergangs zu zeigen. Man sah, daß er bei jedem erfolglosen Versuch, Stanleys Redestrom zu unterbrechen, auf die Angewohnheit verfiel, sich mit seinen abgebrochenen Fingernägeln den Kopf zu kratzen. Schließlich wurde er so aufgeregt, daß er einen heftigen, ihn würgenden Hustenanfall bekam. Es war reine Nervosität gepaart mit einem wilden Verlangen, sich mit beiden Beinen in den Kampf zu stürzen. Aus keinem ersichtlichen Grund spielte er nun mit seinem Taschentuch (mit dem er eifrig in der Nase herumbohrte), ohne Rücksicht darauf zu nehmen, daß es mit einem Zipfel fast seinen Teller berührte. Erst als ihm auffiel, wie Stanley darauf starrte, bemerkte er dessen Geistesabwesenheit. Als er es wieder in seine Hosentasche steckte, nahm er verwundert wahr, wie schmutzig und zerknittert es aussah.

Stanley machte keine Anstalten, seinen Ekel zu verbergen. Es war unmöglich, ihn dazu zu bewegen, mit Pierre Loti und *Die Entzauberten* fortzufahren. Er beugte sich zu Moloch hinüber. »Komm mal für einen Augenblick mit raus auf den Flur, ich muß dir etwas unter vier Augen sagen.«

Draußen flüsterte Stanley ihm ins Ohr: »Sag mal, warum jagst du diesen dreckigen Juden nicht nach Hause? Ich kann nicht reden, wenn der dabei ist. Schieb ihn ab, und wir spielen eine Partie Schach ... Und vergiß den Anzug nicht, ich brauche ihn.«

Moloch hatte nicht die leiseste Absicht, Stanleys plumper Bitte Folge zu leisten, schon deshalb nicht, weil er den unglücklichen, niedergeschlagenen Ausdruck auf Prigozis Gesicht bemerkt hatte. Genausowenig wollte er Stanley die Gelegenheit geben, seinetwegen auf die Barrikade zu gehen, wie es Stanley bei der geringsten Provokation tun würde. Er flüchtete sich also ins Reden ...

Der Sturzbach von Wörtern, den Moloch entfesselte, als er mit wilden Verrenkungen versuchte, den Anschein eines erträglichen Gleichgewichts wiederherzustellen, ähnelte mehr dem Monolog eines berauschten Hamlet als dem seichten Geplätscher eines Gastgebers, der darum bemüht ist, die auseinanderstrebenden Teile eines Tischgesprächs unter einen Hut zu bringen. Er begann in der pompösen Manier eines taktierenden Kongreßabgeordneten, der in den ersten drei Stunden seines Ausdauertests das Gesetz des inneren Zusammenhangs von Ideen in

Grund und Boden schwätzt. Blanche warf ihm hin und wieder einen anerkennenden Blick zu, wenn er eine wohlgesetzte Wendung benutzte. Es geschah so selten, daß sie ein höfliches Gespräch führten, daß sie beinahe vergessen hatte, wie gut er sprechen konnte, wenn er nur wollte. Mit fest auf Prigozi geheftetem Blick machte er einen gewissenhaften Versuch, die Dämonen des Mißtrauens auszutreiben, die, wie er sich sicher war, im fiebernden Hirn dieses Menschen hausten. Und zur gleichen Zeit machte er zahlreiche Anspielungen auf Dinge, die er und Stanley gemeinsam hatten, um so wirksam alle Tischpogrome im Keim zu ersticken, die vom Zaun zu brechen sein werter Freund sich in den Kopf gesetzt haben mochte.

Es war ein Drahtseilakt ohne Netz und ohne doppelten Boden. Mit flinken, sicheren Schritten vorzupreschen, sich blitzschnell den Weg zu bahnen, anstatt über das Gleichgewicht nachzudenken – das schien das sicherste Vorgehen zu sein. Und während er dahinstürmte, eröffnete er das Feuer (»Sind Sie bereit, Griswold?« hatte Admiral Dewey in Manila Bay gesagt) mit einer Schilderung der Qualen künstlerischer Urheberschaft, die Erinnerung an seinen psychischen Zustand am Morgen dieses Tages noch frisch und lebendig. Danach stürzte er sich, angespornt von der Erinnerung an Kirchtürme, mit hermeneutischem Eifer auf die Mysterien phallischer Anbetung; es war der Überfluß an diesen Türmen, der seine Vorstellungskraft beflügelte, als er zum erstenmal den Fuß vor die Tür gesetzt hatte, unterwegs zu einem bis dato noch nicht fest umrissenen Ziel. Den Ausdruck angemessener Verwirrung auf Prigozis Gesicht bemerkend, aber doch weiter wachsam für den Fall, daß Prigozi vielleicht versuchte, die Zügel (mit einer weitschweifigen Erklärung des Phänomens der Euphorien) an sich zu reißen, kürzte er seine Mäander ab und kehrte zurück zum Spatz in der Hand. Er hielt sich genau so lange bei dem Spatz auf, daß er Evolutionstheorien streifen konnte, die gerade en vogue waren, und einen kurzen Hinweis auf das Werk jenes berühmten Mönchs (dessen Namen er vergessen hatte) einflechten konnte, der durch Gartenwicken – so zumindest dachte er, vielleicht waren es aber auch Williamsbirnen – zu seinen Theorien gefunden hatte. Da er wußte, daß Prigozi an dieser Stelle ein paar Worte über die Experimente von Brown-Sequard würde einwerfen wollen, erwähnte er selbst den Namen und dachte, während er rasch zum nächsten Thema überging, wie geschickt er dem Schlingel den Wind aus den Segeln genommen hatte. Indes der Spatz nun in der Hand verhungerte, boten sich mehrere Alternativen dar: Er konnte weitermachen und wortreich über die verschiedenen Aspekte des Lebens, wie es in Brooklyn gelebt wurde, schwadronieren, über das Leben auf den Straßen zum Beispiel (die Myrtle Avenue: das Herzstück des alten Brooklyn); oder aber er konnte einundzwanzig Gründe dafür aufführen, warum die Verwendung von Brooklyn als Schauplatz eines Romans in ästhetischer wie in kommerzieller Hinsicht ein Fauxpas wäre. Doch an dieser Stelle (schon auf halbem Wege zu der zweiten Alternative, obwohl er noch immer mit den losen Enden von Brown-Sequard herumhantierte) war er sich nicht ganz sicher, ob sich die eine oder andere der Konfliktparteien nicht an den Titel irgendeines ausländischen Buches erinnern, ihm diesen entgegenschleudern und ihn damit aus der Bahn werfen würde. Denn inzwischen, sehen Sie, hatte er sich geschworen, das gewonnene Terrain so lange zu verteidigen, bis er guten Gewissens darauf verzichten konnte – und dann nur mit einem um seine edle Stirn gewundenen Lorbeerkranz. Doch im letzten Augenblick, nachdem er jedes

Krümelchen seiner im Zusammenhang mit Gartenwicken und Brown-Sequard aufbewahrten vermischten Gedanken erschöpft hatte, beschloß er, einen ganz anderen Kurs einzuschlagen ... Es war ja möglich, daß er seine Zuhörer langweilte. Eine Anekdote ... einen Spritzer kaltes Wasser! Er hatte keinen parat, als er den Entschluß gefaßt hatte, seine Rede zu wässern, doch als er auf das Tischtuch schaute (das Stück, das vor Prigozi lag), fiel ihm ein Vorfall aus einem russischen Märchen ein, der die Lücke füllte.

Natürlich langweilte sich niemand. Die drei waren sprachlos. Hätte er sich in einen Psychopompos verwandelt und sie alle auf einem Ausflug in die Unterwelt angeführt, sie hätten nicht mehr aus dem Häuschen sein können. Was hatte diesen seltsamen Anfall von Beredsamkeit ausgelöst? Jeder von ihnen ersann seine eigene, höchstpersönliche, plausible Erklärung. Stanley zum Beispiel war überzeugt davon, daß dies alles das Ergebnis seines im Flur geflüsterten Vorschlags war: Es war Molochs unberechenbare Art, Prigozi hinauszukomplimentieren – indem er ihn aus dem Haus redete ... Aber, um auf die Anekdote zurückzukommen. Sie war nichts anderes als eine ziemlich sinnlose, in typisch russischem Stil breit ausgewalzte Angelegenheit über einen Muschik, der ungeheuer geizig war, selbst für einen Muschik. Nachdem er das Wort »geizig« ausgesprochen hatte, fiel ihm ein, jene abschwächende Wendung, nämlich »selbst für Muschiks«, hinzuzufügen, denn in seiner Hast, sie zum Lachen zu bringen, hatte er vergessen, daß Muschiks nicht für ihren Geiz berühmt sind. Doch sein Nachsatz verhallte unbemerkt.

»Ihr findet es vielleicht absurd«, sagte er, »daß im Haus eines Bauern eine Tischdecke verwendet wird, aber so war es in dieser Geschichte, und ich gehe davon aus, daß der Autor wußte, wovon er sprach. Kurzum, es hat den Anschein, daß dieser Bauer, nachdem er sich alles mögliche überlegt hatte, wo er noch etwas einsparen könnte ...« In dieser Art und Weise ging es weiter, bis die Geschichte auf den Punkt gebracht worden war. Auf welchen Punkt? Oh, daß das Tischtuch zweifach verwendet wurde. »Stellt euch mal das Gefühl vor«, faßte er zusammen, »auf schmutzigen Tischtüchern zu schlafen, sich die ganze Nacht auf trockenen Brotkrumen zu wälzen!«

An dieser Stelle prusteten seine Zuhörer alle gleichzeitig los.

Stanley sagte unverblümt: »Ich glaube von diesem Zeug kein Wort.«

Moloch hörte sich die unterschiedlichen Einwände artig an und stach, wie ein alter Korsar, wieder in See. Zu seiner eigenen Überraschung lag ihm Unsinn über das metaphysische Interesse seines Großvaters auf der Zunge. Er verengte das Thema auf Kosmogonie. Der Großvater hatte ein paar kuriose Ansichten über den Aufbau des Universums.

Doch Stanley konnte sich nicht mehr beherrschen. »Haben wir nicht genug von diesem Geschwafel gehört?« sagte er.

Blanche schob entschlossen ihren Stuhl zurück und informierte die anderen, daß sie nun zu Bett ginge. »Ich bin sicher, ihr werdet auch ohne mich auskommen«, sagte sie frostig. »Ich kann zu einer ... äh, Kosmogonie wirklich nichts beitragen.« Sie artikulierte das Wort so deutlich, als sei es so sinntragend wie »Wortungetüm«.

Sie erlaubten ihr ohne Widerrede zu gehen. Dann ergriff Stanley wieder das Wort.

»Wo wir gerade von Philosophie sprechen« – er schaute auf sie herunter wie die Mündung eines sechsschüssigen Revolvers – »ich habe da neulich etwas über einen sonderbaren Menschen in der Zeitung gelesen. Und was für einen. Auch ein Philosoph, auf seine Art. Soviel ich verstanden habe, brüstete er sich damit, noch nie einen Menschen getötet zu haben, es sei denn, es wäre absolut notwendig gewesen. ›Ich habe jedem eine faire Chance gegeben‹, sagte er zu dem Reporter, unmittelbar bevor er die Todeszelle verließ. Es hatte jedoch den Anschein, als hätten nur wenige die Chance genutzt, von der er da sprach. Er hatte ungefähr zwölf oder dreizehn Männer kaltblütig erschossen ... Im letzten Augenblick haben sie versucht, ihm mit Religion zu kommen. Erst haben sie einen Priester auf ihn losgelassen, anschließend haben sie mit einem methodistischen Prediger aufgewartet. Doch mit dem hat dieser Kerl seine Späßchen getrieben. Er hat gesagt, sie sollen sich alle zum Teufel scheren. ›Ich bin ein Atheist mit Selbstachtung‹, sagte er zu ihnen. ›Bis jetzt habe ich Gott nicht gebraucht ... und ich schätze, da, wo ich nun hingehe, werd ich ihn auch nicht brauchen.‹ Sie haben gar nicht erst versucht, ihm mit dem schwarzen Mann im Jenseits Angst einzujagen. ›Wenn ihr irgend etwas für mich tun wollt‹, sagte er zu ihnen, ›dann kauft mir eine Corona-Corona und die neueste Zeitung.‹ Es klingt dumm, aber der Wunsch eines Sterbenden wird im allgemeinen erfüllt. Sie brachten ihm, was er wollte... Er ging ganz allein zum elektrischen Stuhl, setzte sich ruhig hin, zündete die Corona-Corona an und schaute sich die letzte Seite der Zeitung an, auf der seine Exekution als Zeichnung dargestellt war. Dann sah er sie an, als seien sie eine Bande von Geisteskranken und sagte: ›Na los ... bringt es hinter euch‹ ... Einen Kerl wie den nenne ich hartgesotten. Er ist seinen Überzeugungen treu geblieben.« Woraufhin er ein paar bissige Bemerkungen über die großen Spötter der Literatur anfügte, die auf ihrem Sterbebett bereuen und mit einem Kruzifix in der Hand sterben.

Prigozi surrte wie ein Heizlüfter. Voltaire, Ingersoll – ein halbes Dutzend Namen lagen ihm auf den Lippen.

»Ich meine das ganze Wettschießen«, sagte Stanley.

»Wenn es darum geht, ein absolut herzloser, gewissenloser Schurke zu sein, gebührt dir selbst die Krone«, warf Moloch ein.

Stanley war nicht verärgert über diese Breitseite. Er verstand diese Verkündigung als Lob.

»Angenommen, in dem, was du sagst, liegt ein Körnchen Wahrheit«, erwiderte er und konnte ein breites Grinsen nicht unterdrücken, »habe ich dir schon einmal von der Zeit erzählt, als ich auf der Marinewerft gearbeitet habe und sie mich nach Washington geschickt haben, um Minister Daniels eine Petition vorzulegen? Nein? Also, das ist eine Geschichte, die du dir anhören mußt. Wo wir von Schneid reden – davon hatte ich zu der Zeit reichlich.«

Ein ermutigender Wink, und Stanley war sofort in Fahrt.

»Das war, als sie mich auf Ellis Island gefeuert hatten. Ich sprach damals fließend Polnisch. Alles in allem war ich einigermaßen imstande, mich selbst zu ernähren. Dieser Job in der Marinewerft war das reinste Kinderspiel. Nachtarbeit: absolut nichts zu tun, außer klug dreinzuschauen. Die anderen Kerle haben die Zeit damit rumgebracht, daß sie Karten spielten, sich schmutzige Geschichten erzählten und so weiter, aber ich hatte davon schon nach kurzer Zeit die Nase voll und hab in der freien Zeit lieber ein bißchen was gekritzelt. Es war nichts besonderes, was ich da geschrieben habe, aber für mich war es eine gute Übung. Ich habe lange Briefe geschrieben, geistreiche, das kann ich schon behaupten. Zumindest haben das diese Trottel behauptet. Bevor ich sie abschickte, hab ich sie herumgereicht und allen Gelegenheit gegeben, sich kaputtzulachen.

Häufig habe ich praktischerweise vergessen, die Briefe aufzugeben ... weil sie gewöhnlich an fiktive Personen gerichtet waren. Ich setzte mich hin und schrieb über das Thema, das mich zu der Zeit gerade interessierte, und wenn ich fertig war, hab ich als Anrede einen blöden Namen hinzugesetzt: ›Lieber Frederick‹ oder ›Lieber José‹. Aus lauter Übermut hab ich mir manchmal komisch klingende Namen ausgedacht wie Moskau Fünf oder Melchior Svengali. Das war völlig egal ... es hat sowieso niemand gemerkt. Nachdem ich diesen Mumpitz eine Weile getrieben hatte ... oh, ja, ich vergaß zu erwähnen, daß ich auch geistreiche Antworten auf meine Briefe erfand – nur um das Ganze etwas plausibler zu machen. Jedenfalls war ich nach einer Weile auf der Werft ziemlich bekannt. Ich galt allgemein als recht begabter Bursche, ein bißchen exzentrisch vielleicht, aber ehrgeizig. Als ich ungefähr ein Jahr dort war – über meine Vergangenheit hielt ich natürlich hübsch den Mund –, fragten mich die anderen eines Tages, ob ich sie nicht in der Hauptstadt vertreten wollte: sie baten den Minister Daniels um eine Lohnerhöhung. Ich habe ihnen gesagt, ich würde es mir überlegen ...«

Er räusperte sich und zündete sich eine Turkish Trophy an.

»Ich dachte mir, versteht ihr, daß es diplomatischer wäre, wenn ich mich ein bißchen zierte und den Vorschlag nicht gleich annähme. Und in der Zwischenzeit, darauf kannst du deine Stiefel verwetten, begann ich eine Rede vorzubereiten, die ich vor diesem Minister Daniels halten wollte. Und tatsächlich kam doch eines Tages einer von den Leuten mit einer Liste derjenigen, die die Petition unterschrieben hatten, in mein Kabuff. ›Du bist unser Mann, Stanley‹, sagte er und gab mir einen Hundert-Dollar-Schein für die Auslagen. Ich wurde rot und stammelte, als sei ich überwältigt vor Rührung. Ich hatte natürlich damit gerechnet, daß das passieren würde. Jedenfalls hab ich den Schein in meine Hosentasche gesteckt; es war ein ganz neuer Schein, glatt und hauchdünn. Ich spüre heute noch, wie diese Banknote in meine Tasche glitt ... so leicht, und ich hab dauernd gesagt: ›Klar, ich fahre mit dem ersten Morgenzug los.‹«

»Ich kann mir schon denken, wie die Geschichte weitergeht«, sagte Moloch durchtrieben.

»Immer langsam. Du kannst dir nicht vorstellen, was passiert ist. Dies ist keine O'Henry-Geschichte. Ich werd's euch erzählen.« Er schniefte und schaute Prigozi gefallsüchtig an ... »Also, wie ich schon sagte, ich ging an jenem Abend raus aus dem Büro. Ich fühlte mich wie ein Tambourmajor. Alle Leute auf der Werft waren stehengeblieben, hatten mir die Hand geschüttelt und mir viel Glück gewünscht. Es hieß dauernd Stanley hier und Stanley dort. Man hätte denken können, ich sei Hamilkar Barka ... Natürlich war ich ganz schön aufgekratzt. Ich war damals noch ziemlich jung, und diese Reise nach Washington kam mir schon wie eine wichtige Mission vor. (Ihr wißt ja, wie Lincoln in Gettysburg zumute war.) Zumindest wußte ich, daß ich entweder mit einem Okay zurückkommen oder mich anschließend für immer zurückhalten müßte. Das Eigentümliche daran war (und das war mir erst gedämmert, als ich das Geld für die Reise angenommen hatte), wie heikel meine Mission sein würde. Ich rechnete schon damit, daß ich bis zur Tür des Ministers vordringen würde, aber was dann? Die hübsche kleine Rede, die ich vorbereitet hatte ... heiliger Bimbam! Mir wurde auf der Stelle klar, daß ich damit nichts ausrichten würde. Mir wurde plötzlich klar, daß dies die Art Rede war, die ein Schuljunge am Tag der Zeugnisausgabe halten würde. Sie war voller rhetorischer Floskeln, voller Anspielungen auf Plato, Mark Anton und Napoleon – ich weiß nicht mehr, ob ich Napoleon oder Nelson an Bord der *Bellerophon* versetzt hatte. Ich hatte sogar Pontius Pilatus untergebracht … warum, weiß ich auch nicht, aber ich hab ihn eben sehr bewundert, hab immer gedacht, daß man ihn sehr ungerecht behandelt hat … Aber das ist eine andere Geschichte. Je länger ich über diese Rede und über all die Stellen, die ich streichen mußte, nachdachte, desto deprimierter wurde ich. Als ich ein paar Blocks weit gegangen war, hatte ich nichts mehr von einem kecken Tambourmajor an mir, und mein Stolz hatte sich zum Teil schon in Luft aufgelöst. Ganz unter uns gesagt, bei mir war die Luft raus. Ich sag zu mir selber: ›Das ist was anderes, als eine hochtrabende Epistel an jemanden zu schreiben, der gar nicht existiert.‹ Nein, Daniels, der Minister, war ein Mensch aus Fleisch und Blut, und nach allem, was ich von ihm gehört hatte, war er hart im Nehmen. Mitten in meinen düsteren Vorahnungen kam ich an einer Kneipe vorüber. Kurz entschlossen drehte ich mich instinktiv um und ging durch die Pendeltür. Das war ein erstklassiger Laden! Es war wie ein Spiegelkabinett. Was für ein Lichtermeer! Und eine billige Wurlitzer, die in voller Lautstärke dröhnte … irgendein beschwipster Trunkenbold fütterte sie den ganzen Abend mit Zehnern. Ich fand die Kneipe prima, sie gab mir neuen Auftrieb. Es stellte sich heraus, daß der Barkeeper – ich darf nicht vergessen, euch von ihm zu erzählen – ein gebildeter Mann war. Später erfuhr ich, daß er in Harvard studiert hatte, obwohl er sich nicht damit brüstete. Alles in allem hatte ich was für den Kerl übrig. Seine Nase paßte mir …«

Prigozi, der sich inzwischen für Stanley erwärmte, platzte heraus: »Er war also nicht bloß ein eitler Fatzke?«

»Reden Sie nicht dazwischen. Nein, er war ein anständiger, bescheidener Knabe, der sich um seine eigenen Angelegenheiten kümmerte. Und, was wichtiger ist, er wußte, wie man einen Drink einschenkt.«

»Er hatte in Harvard studiert, sagst du?« kam von Moloch.

»Ja ... Unterbrich mich nicht, ich vergesse sonst, was ich sagen wollte.«

»Du hast von Drinks einschenken gesprochen.«

»Ja, genau ... Es war so: Anfangs habe ich mir selbst gesagt, reiß dich zusammen, Junge. Immerhin wollte ich ja bloß ein Glas oder zwei, um mich zu sammeln. Ich hatte auch bißchen eigenes Geld in der Tasche – genug für alle Drinks, die *ich* wollte –, deshalb hab ich paar kleine Bier getrunken. Für fünf Cent bekam man ein ordentliches Glas, richtige Humpen, wißt ihr. Damals bekam man für einen Fünfer noch regelrechte Eimer voll Bier ... Nachdem ich ein paar Humpen runtergespült hatte – der Barkeeper hatte mir vorgeschlagen umzusteigen –, merkte ich, daß ich nicht klarer im Kopf wurde. Der Barkeeper lud mich alle paar Minuten ein, einen mit ihm zu trinken. Ich war nicht richtig voll, nur vielleicht ein bißchen benebelt. Ich weiß jedenfalls, ich war nicht betrunken. Dieser Barkeeper – er war so verdammt höflich, ein so weltmännischer, redegewandter Knabe, ich hatte nicht das Herz, es ihm abzuschlagen. Also trank ich noch ein Glas oder zwei, oder meinetwegen auch drei oder vier, mit ihm – auf *seine* Rechnung. Und ungefähr da fällt mir wieder auf, daß neben mir ein Gespräch stattfindet. Zwei feine Stadtpinkel mit Halbgamaschen und buttergelben Handschuhen hatten angefangen, über Evolution zu palavern. Einer von ihnen studierte für das Priesteramt ... könnt ihr euch das vorstellen? Ein richtiger feiner Pinkel! Er erzählte seinem Freund, was für ein Schwindler Darwin sei, daß das alles bloß Theorie sei und auf verdammt wackeligen Beinen stünde und solche Witze. Ich sah, wie der Barkeeper die Ohren spitzte, und bald darauf seh ich, wie er sich an die Stirn tippt. ›Fragen Sie diesen Schwarzrock‹, sagte er und nickte in Richtung des Religionsstudenten, ›fragen Sie ihn, ob er schon mal von Ernst Haeckel gehört hat.‹ Er wollte sich nicht einmischen ... er hatte wohl Angst, seinen Job zu verlieren, und stachelte darum mich an: ›Los, erzählen Sie ihnen von den morphologischen Beweisen, halten Sie einen kleinen Vortrag über Embryologie‹ – und die ganze Zeit über zwinkert er mir listig zu. Ich weiß zwar nicht, was ihn zu der Annahme veranlaßte, ich sei ein Anhänger der Evolutionstheorie, aber vorgeknöpft hab ich mir die beiden trotzdem. Über Haeckel konnte ich nicht viel sagen, aus dem einfachen Grund, weil ich nicht gerade viel über ihn und seine morphologischen Beweise wußte ... *damals* jedenfalls nicht. Doch ich offerierte ihnen einen großartigen Satz über Huxley. (Ich hab damals Huxley zum Frühstück gelesen!) Na! Bevor ich mit meiner Lektion zu Ende war, waren die zwei aufgestanden und gegangen. Ich schau also den Barkeeper an, und er schaut mich an, und dann haben wir uns ausgeschüttet vor Lachen. ›Hier, trinken Sie noch eins auf Thomas Huxley‹, sagt er gutmütig und schenkt uns zwei Große ein. Die hatten wir ziemlich schnell ausgetrunken, und dann sagte ich: ›Wie wär's, wenn wir noch eines auf Ernst Haeckel trinken würden?‹ Und so ging es immer weiter. Wir tranken noch ein paar speziell auf die ›Embryologie‹ und die ›Morphologie‹, und danach hatte ich ganz schön einen geladen ... Immerhin war ich zwei Jahre lang vernünftig gewesen, hatte die ganze Zeit über keinen Tropfen angerührt. Und gerade als ich all meinen Grips brauchte – peng! bin ich rückfällig geworden. Doch das hab ich mir damals nicht sehr zu Herzen genommen. An die

Fahrt nach Washington hab ich mit keiner Silbe gedacht. Nach einer Weile hatte ich das Kleingeld, das in meiner Westentasche steckte, natürlich ausgegeben. Schließlich fischte ich den Hundert-Dollar-Schein heraus. Das war ein Gefühl! Ich zog ihn raus wie ein Mann, der das seit Jahren nicht anders gewöhnt ist. Der Barkeeper war natürlich überrascht. Wißt ihr, was er gesagt hat, als ich den Schein auf die Theke legte? Er sagte: ›Wäre es nicht besser gewesen, wenn Sie mir den bis zum Morgen in Verwahrung gegeben hätten?‹ Ziemlich anständig von ihm, was? ›Ach was‹, sag ich, ›das ist bloß bißchen Kleingeld, das ich heute nachmittag beim Pokern gewonnen hab. Wie gewonnen, so zerronnen.‹ Und ich schenkte ihm ein freundliches Lächeln … Tja, dann hat er mir in Fünfer- und Zehnerscheinen rausgegeben, und ein paar Eindollarscheine, das weiß ich noch, waren auch dabei. Für mich fühlte sich das an wie ein fettes Bündel Geld, fett genug, daß ein Pferd dran ersticken kann, wie man sagt. Wir haben noch eins auf Kosten des Hauses getrunken, und dann war ich total beduselt. Junge, hatte ich einen sitzen.«

Er zündete sich eine neue Zigarette an, eine Mecca. Die seien besser als Turkish Trophies, erklärte Stanley.

»Als ich aus der Kneipe auf die Straße trat, sah ich als erstes eine altmodische Droschke mit einem Riesen von einem Sambo oben auf dem Dingsda. Der hatte eine lange Peitsche in der Hand, mit der man glatt einen Güterwagen hätte spalten können. ›He, Bursche!‹ rief ich. ›Komm rüber! Fahr diesen Herrn hier nach Coney Island!‹ Er tat so, als hörte er mich nicht, doch ich bin hinter dem verdammten Gig hergerannt und hineingesprungen. Wie ich das geschafft hab, weiß ich auch nicht … Bloß um dieser Pfeife zu zeigen, daß ich es ernst meinte, steckte ich ein paar Hoya de Monterez oben durch die kleine Klappe und wiederholte:

›Coney Island, Sambo! ... Alle an Bord, auf ins Traumland!‹ Wir trotteten los. Ein paar Minuten später war ich fest eingeschlafen. Als ich aufwachte, war ich immer noch im Traumland. ›Das hier ist Coney Island, Boß‹, sagte der Nigger immer wieder, so als würde ich mit ihm darüber streiten ... Und das stimmte, bei Gott! Wir waren auf der Surf Avenue, und auf den Gehsteigen rannte der Pöbel hin und her. Ich gab dem Kutscher einen Fünfdollarschein und sagte ihm, das Wechselgeld könnte er behalten. Dann seh ich mich um. Mann, der Platz war ein einziges Gewimmel. Ich war immer noch angeschlagen, hatte Glupschaugen, wie man sagt. Ich fühlte mich stark und wollte der ganzen verrückten Welt mitteilen, daß sie in die Luft fliegen und verrotten kann ... Endlich angekommen, wußte ich nicht, was ich mit mir anfangen sollte. Ich schätze, ich stand eine halbe Stunde rum – vielleicht waren es aber auch nur fünf Minuten (Zeit bedeutete mir damals herzlich wenig) –, als mich eine schräge Blonde mit einem Matrosenhut am Arm faßt und sagt: ›Na, Süßer, einsam?‹ Mein erster Impuls war, ihr eins aufs Auge zu geben, doch sie redete ruhig und sanft weiter auf mich ein (und dabei war sie nichts als eine Rumtreiberin), und noch ehe ich wußte, worum es ging, schlenderten wir zusammen, Arm in Arm, als seien das unsere Flitterwochen, die Surf Avenue entlang. ›Komm, wir gehen irgendwohin und reden über das Ganze‹, schlug ich vor. Als ich sah, wie schlau die sich an mich geklammert hatte, kam es mir ziemlich riskant vor, sie mir inmitten dieser vielen Menschen gleich vom Hals zu schaffen. Man kann nie wissen, was eine Gangsterbraut wie die im Schilde führt. Vielleicht setzt sie es sich in den Kopf zu behaupten, ich hätte sie beleidigt. Ich wollte kein Risiko eingehen, nicht in diesem Zustand. Sie sagte, sie wüßte ein ruhiges, nettes kleines Lokal ganz in der Nähe, also ließ ich mich von ihr lotsen.

Zwei Minuten später saßen wir in einem schicken Café mit gedämpftem Licht und Kellnern auf Gummisohlen, die mit schweren Silbertabletts herumschwebten. Da drin war mehr Kristall, als man hätte zerschagen können. Sogar die Salzstreuer funkelten, als hätte man sie extra für uns poliert. Es dauerte nicht lange, da merkte ich, daß jemand uns eine große Flasche Wein auf den Tisch gestellt hatte, gelben Wein, der wie Champagner schmeckte. ›Wie ist der denn hierhergekommen?‹ hatte ich Grips genug zu fragen. ›Aber Schatz, den hast du doch bestellt. Meine Güte, du hast aber ein schlechtes Gedächtnis.‹ Ich hab sie natürlich kräftig und ausgiebig ausgeschimpft. ›Schlechtes Gedächtnis, Unsinn! Du bist eine elende Lügnerin!‹ schrie ich. ›Ich habe nicht einmal einen Zahnstocher bestellt!‹ ›Sachte, Schatz, sachte‹, lächelte sie. ›Du willst doch nicht rausgetragen werden, oder?‹ Ihre Worte hatten einen so gemeinen Unterton, daß ich sofort die Luft anhielt und beschloß, den guten Kumpel zu mimen – zumindest so lange, bis ich wüßte, was hier gespielt wurde. Was war schon eine Flasche Wein? Verpulverst du eben noch fünf Dollar – so sah ich die Sache. Na ja, um es kurz und bündig zu machen: Ich hab die ganzen fünfundneunzig verpulvert. Noch ein bißchen Wein, Meeresfrüchte, Champagner und Cognac, eine Kiste gute Zigarren für den Türsteher, ein paar Spielzeuge für irgendeine kranke Verwandte, die sie erwähnte, und ein bißchen Kleingeld für sie selber, damit sie am folgenden Morgen nicht verhungerte. Mann, ich hätte nie gedacht, daß man so schnell hundert Dollar ausgeben kann.

Doch das war erst der Anfang meiner Schwierigkeiten... Als ich am folgenden Morgen in mein eigenes Viertel zurückkam, hab ich mich geschämt, nach Hause zu gehen. Ich ging also in eine Kneipe an der Ecke und versuchte, mir Mut zu machen. Ich war entschlossen, nach Washington zu fahren und Minister Daniels aufzusuchen, so oder so. Doch ich wußte nicht, wie. Ich konnte mir beim besten Willen nicht vorstellen, wie ich das Fahrgeld aufbringen sollte, geschweige denn die zusätzlichen Ausgaben. Ob ihr es glaubt oder nicht, ich saß drei Tage in dieser Kneipe herum und ging in Abständen mal zu dem und mal zu dem Freund aus meiner Gegend, um mir ein paar Dollar zu leihen. Und die ganze Zeit über fragte ich mich außerdem, was meine Frau wohl denken mochte. Es wurde so schlimm, daß ich Angst bekam, einen Blick in die Zeitung zu werfen aus Furcht, da würden Schlagzeilen über mich drinstehen. Und wen sah ich am Nachmittag des dritten Tages in die Spelunke kommen? Einen Kerl von der Marinewerft. Herrgott! Ich wäre fast in Ohnmacht gefallen! ›Na, Stanley, alter Junge‹, zirpt er los, ›was zum Teufel ist denn in dich gefahren?‹ Ich muß sagen, er war noch ziemlich anständig zu mir. Ich war so beschämt, daß ich kein Wort herausbrachte. Doch dann sagte er plötzlich, ›Paß mal auf, du‹, und alle Freundlichkeit war aus seiner Stimme verschwunden. ›Du hast bis morgen früh Zeit, in den Zug zu steigen und diese Petition vorzutragen.‹ Das mußte er mir nicht zweimal sagen. Mir war klar, daß er nicht vielleicht meinte. Glaubt mir, ich wurde schnell nüchtern. Fünfzehn Minuten später war ich schon bei meiner Tante zu Hause, zwanzig Minuten später ging ich schon wieder von meiner Tante fort und hatte fünfundsiebzig Dollar in der Tasche. Ich hab mich auch nach keiner Kneipe mehr umgeschaut, das sag ich euch. Ich hab mir ein sauberes Hemd gekauft, hab mir den Anzug bügeln lassen und in der Unterhose gleich darauf gewartet und bin dann schnurstracks zum Bahnhof gegangen ... Als der Zug losfuhr, lag ich schon in meiner Koje und schlief.«

»Und was ist aus der Rede geworden?« riefen Prigozi und Moloch unisono.

»Was daraus geworden ist? Ihr hättet dabeisein müssen. Sie war natürlich völlig improvisiert, aber ich bin großartig damit angekommen. Pontius Pilatus und die *Bellerophon* und so weiter hatte ich natürlich vergessen; ich hatte alles vergessen, was ich einmal einstudiert hatte ... Als ich reinging und dem Minister sagte, wer ich sei und woher ich käme, hat er mir einen klasse Empfang bereitet. Ich muß sagen, er hat mich behandelt wie einen König. Keine Förmlichkeiten – nichts dergleichen. Als erstes hat er mir eine dicke Zigarre in die Hand gedrückt. Dann sagt er, ich soll mich setzen und es mir gemütlich machen. Ich war immer noch ein bißchen tatterig, wacklig auf den Beinen, wißt ihr, und fast ängstlich, die Zigarre in den Mund zu stecken, aus Furcht, sie könnte mir rausfallen. ›Mr. Daniels‹, fing ich an, doch er wollte nicht, daß ich gleich loslegte. Ich sollte erst eine Weile da sitzen und mit ihm plaudern. Ich schätze, wir haben über neunhundert verschiedene Themen geredet – über alles mögliche, bloß nicht über *Lohnerhöhungen.* Und als er dann sah, daß ich mich entspannt und mein Lampenfieber verloren hatte, sagte er: ›Nun, junger Mann, was hat Sie denn zu mir geführt?‹ Und als er das sagte, da hab ich ihm alles hingebretzelt – die ganze Geschichte – wie aus der Pistole geschossen: Ohne Schnörkel, ohne Gehabe und Getue, kein Feuerwerk à la Daniel Webster. Nur schlichte Dollar und Cents. Als ich fertig war, stand er auf und ergriff meine Hand (mit einer gewissen Herzlichkeit, wie ich meinte): ›Mr. Miravski‹, sagt er (komisch, daß er sich meinen Namen gemerkt hat!), ›ich möchte Sie beglückwünschen. Sie machen den Streitkräften Ehre. Ein anständiger, intelligenter junger Mann mit einem kühlen Kopf, keine Frage. Sie können sich auf mich verlassen – ich werde mich ganz bestimmt darum kümmern, daß diese Petition beachtet wird.‹ ... Ich bin mit dem nächsten Zug nach Hause gefahren, und schon bald bekamen wir, worum wir gebeten hatten ... Und damit ist die Geschichte aus!«

10

Eines lauen Abends, nachdem die anderen fort waren, unternahmen Dave und Moloch zusammen einen Streifzug durch das Viertel. Es war ungefähr sechs Uhr dreißig, und Dave klagte, er sei hungrig. Das Gefühl, in seinem Brotkorb herrsche Leere, war bei ihm nur Macht der Gewohnheit. Dave gehörte, wie wir bereits angedeutet haben, zu den Burschen, die alles pünktlich taten.

»Nur keine Aufregung«, sagte Moloch. »Wir haben jede Menge Zeit.«

»Ich weiß, aber ich will sie aus dem Kopf kriegen.«

»Was denn?«

»Die Futterfrage«, sagte Dave.

Moloch ließ sich dazu herab, ihm seinen Willen zu lassen. Denn immerhin hatte Dave ihn eingeladen.

»Ich glaube, wir werden uns großartig amüsieren«, sagte Dave kurzangebunden.

»Sag mal, wie sind denn die Puppen? Du hast mir noch kein einziges Wort über sie erzählt.«

»Erste Klasse, können Sie mir glauben«, gluckste Dave. »Ich kann das ziemlich gut beurteilen, wissen Sie.«

»Welche Nationalität?«

Dave ließ seinen Bauch hüpfen. »Fragen Sie mich was leichteres! Was spielt das für eine Rolle? Mit denen werden Sie ganz schön was erleben.«

»Prima, Dave, aber wie steht's mit der Sprache? Sprechen sie Vereinigte Staaten?«

»Da können Sie Ihr Leben drauf verwetten. So gut wie ich.«

Während Moloch über diesen glücklichen Umstand nachdachte, ging Dave nach hinten und spülte seinen Flachmann aus. Im Nu war er wieder da, strahlend vor Zufriedenheit.

»Riechen Sie mal!« Er hielt Moloch den Flachmann unter die Nase.

»Wie wär's, wenn wir uns gleich einen Kurzen genehmigen würden, Dave?«

»Ganz wie Sie wollen, D. M.«

»Guter Junge, Dave. Denk dran, daß du mich heute nicht andauernd mit Mister anredest. Wir sind alte Kumpels aus dem Straßenbahndepot. Du hast am hinteren Ende gearbeitet, ich am vorderen.«

Dave lachte meckernd. »Herrje, du denkst dir aber auch immer lustige Sachen aus«, lachte er und goß sich einen steifen Whiskey ein.

Sie spülten den Whiskey hinunter und waren guter Dinge. Dave begann Anzeichen tiefer Nachdenklichkeit zu zeigen. Man sah es an der Art, wie er die Stirn runzelte.

»Was ist denn jetzt schon wieder?« sagte Moloch.

»Ich hab bloß gerade gedacht ...«

»Ja, das hab ich gesehen.«

»Nein, im Ernst, D. M. Willst du wissen, worüber ich nachgedacht hab? Wenn wir diese Straßenbahnfahrer-und-Schaffner-Nummer durchziehen wollen, mußt du aber die großen Wörter weglassen. Weißt du, was ich meine?«

Moloch lächelte. »Das hab ich längst bedacht. Wie reden wir denn jetzt? Ist das nicht gut genug für sie?«

»Doch, klar! Das kann man der ganzen Welt auftischen«, sagte Dave und sah mehr denn je aus wie ein Ziegenbock. »Aber kannst du das durchhalten?«

»Achte nur darauf, daß der Flascheninhalt immer schön ergänzt wird und …«

»Hopplahopp, da haben wir's schon!«

»Was meinst du?«

»Du hast gerade ein Fünfzig-Cent-Wort gesagt.«

»Herrgott, wirklich? Sag mal, dir entgeht wohl nichts, wie? Gib mir einen Tritt, wenn mir nochmal sowas rausrutscht, ja.«

»Aber mal angenommen, ich bin im Nebenzimmer gerade schwer beschäftigt?«

»Daran hab ich noch gar nicht gedacht. Du bist ja ein Windhund, Dave, ehrlich. Du denkst schnell … Wie wär's mit einem zweiten Schluck?«

»Nein, warte noch. Ich will mir erst mal den Bauch vollschlagen.«

Sie standen auf und schalteten das Licht aus. Dann gingen sie um die Ecke in eine deutsche Bierkneipe, um Schweinshaxen und Sauerkraut zu essen.

»Komm, wir bestellen uns einen großen Krug Bier«, schlug Moloch vor. »Irgendwie löscht dieser Rye nicht den Durst.«

»*Du* kannst dir ja einen bestellen«, sagte Dave. »Ich kann nicht durcheinander trinken. Hat mir mein Arzt verboten.«

»Vergiß es. Trink einen auf meine Rechnung. Das eine Mal schadet es dir nichts. Du bist gesund wie ein Ochse. Na los, mach keine Fisimatenten.«

»Ich weiß, aber …« Trotzdem trank er das Bier.

Sie aßen hastig (aus Gewohnheit) und lachten viel dabei. Ein paar Krüge, und sie waren genau in der richtigen Stimmung. Dave konnte sich angesichts der Nackten an den Wänden vor Neugier gar nicht bremsen. »Ist das gute Kunst?« fragte er leise. »Nix da«, antwortete Moloch, gab es jedoch bald auf, seine Sichtweise erklären zu wollen. Warum Dave von seiner vorgefaßten Meinung abbringen?

»Was sagst du, D. M., ziehen wir weiter?«

»Ja, klar. Was sagtest du, wo sie wohnen?«

»Greenpoint.«

»Nein?! Warum hast du mir das nicht früher gesagt? Heiliger Strohsack! *Greenpoint!*«

»Was ist denn? Zu weit?«

»Nein, nein. Daran hab ich nicht gedacht. Los, gehen wir über die Brücke, bißchen frische Luft schnappen.«

»Müssen wir das?« sagte Dave mit gemischten Gefühlen.

»Warum denn nicht? Das wird dir gut tun. Du brauchst ein bißchen Bewegung.« Er packte Dave am Arm und beugte sich besorgt über ihn. »Laß mich doch nochmal deinen Bauch sehen.« Er rieb heftig über die kleine runde Kugel. »Wenn du nicht aufpaßt, Dave, wirst du eines schönen Tages den Löffel abgeben. Du wirst langsam zur Tonne, weißt du das?«

Dave war schrecklich besorgt um seine Gesundheit. Daher die Abführpillen und das Bromo-Seltzer.

»Ich versuch nur meine Verdauung in Gang zu halten«, sagte er entschuldigend.

»So so. Hast du schon mal Handball gespielt?«

»Was soll das – willst du mich umbringen?«

»Zum Teufel! Würdest du nicht lieber ins Gras beißen, als den Rest deines Lebens diesen Wanst mit dir herumzuschleppen?«

Dave verstummte und schaute fragend hoch.

»Hör mal, D. M., meinst du das ernst oder willst du mir bloß Angst einjagen?«

»Willst du wissen, was ich denke, Dave? Du solltest mit diesem Christliche-Wissenschaft-Quatsch aufhören.«

Dave sah ihn erstaunt an. Moloch redete weiter.

»Diese Abführpillen oder was zur Hölle du da nimmst, die wirken sowieso nicht mehr? Dein Darm arbeitet schon – durch Suggestion. Nimm nur ruhig weiter die Pillen, und in sechs Monaten ist er völlig lahmgelegt.«

Dave unterbrach ihn wieder. »Sei nicht so grausam, D. M. Es könnte nämlich passieren, daß ich gleich hier zusammenklappe, wenn du so weiterredest. Komm, wechseln wir das Thema.«

Sie kamen an einem United Cigar-Laden vorüber. Dave zog Moloch hinein, griff sich eine Handvoll Optimos und drückte sie Moloch in die Hand.

»Herrgott, Dave, die kann ich doch heute abend nicht alle rauchen!«

»Macht doch nichts. Steck sie ein. Man weiß nie, ob wir die nicht brauchen können.«

Moloch tat, als sei er überwältigt von dieser Großzügigkeit. Er hatte damit gerechnet, daß Dave ihn freihielt.

»Hier, rauch selber eine«, sagte er und wollte Dave eine Zigarre in den Mund schieben.

»Ist nicht drin«, sagte Dave. »Ich rauch nur Luckies ... schau dir mal meine Zähne an.«

Er ließ zwei löchrige Reihen fleckiger Fänge sehen.

»Schlimm!« bemerkte Moloch und schaute weg.

Sie gingen durch den City Hall Park. Die Bänke waren voll von Pennern, die ihre Ärsche nach einem Tag voller Trägheit und Verzweiflung ausruhten. Einige von ihnen hatten es sich mitten auf den Stufen der City Hall bequem gemacht, eine dünne Zeitungsschicht schützte ihren schwachen Rücken. Eine scharfe Brise kam vom Ozean herüber. Sie wehte einen köstlichen Geruch nach Muscheln und Schlick heran.

Moloch pulte sich in der Nase und atmete eine starke Dosis Ozon ein.

»Ich könnte heute abend glatt Fisch essen«, sagte er.

»Herrje, du hast vielleicht einen Bandwurm«, sagte Dave.

»Nein, ich hab so ein romantisches Gefühl«, antwortete er. »Das wäre mir jetzt am liebsten, Dave, mit einem Krug Bier am Ende eines Piers sitzen, ein bißchen weiter weg spielt Musik, und oben schaukeln jede Menge kleine japanische Lampions.«

»Wie kommst du denn darauf? Durch das Bier? Aber hast du bei dem süßen kleinen Bild nicht was vergessen?«

»Was denn?«

»Du hast die Schnallen doch noch nicht abgeschrieben, oder?«

Dave kratzte sich den Kopf, schob sich den Hut komisch schräg über ein Auge und setzte die Miene eines Mannes auf, der ein Kreuzworträtsel zu lösen versucht.

An der Brooklyn Bridge bestand Dave darauf, die Straßenbahn zu nehmen. Es war ein offener Wagen. Sie setzten sich nach vorn neben den Fahrer.

Dave hatte den Hut unter den Arm geklemmt. »Diese Brise ist toll, was«, sagte er, als sie zum höchsten Punkt der Brücke kamen.

Moloch spähte durch das Geflecht der Stahlarme auf das schnell dahinfließende Wasser unter ihnen, das in großen schwarzen Flecken wirbelte und strudelte. Ein kleiner Schleppkahn zog eine Reihe von Schleppern den Fluß hinauf.

»New York gibt's nur einmal, was, D. M.?«

Während Dave das fragte, sah er schon mit weit aufgerissenen Augen auf den vor ihnen liegenden Battery Park hinüber. Moloch fragte sich, welchen Eindruck dieses ehrfurchtgebietende Panorama auf Dave machen mochte. Er schaute ihn prüfend an. Dave reckte immer noch seinen kleinen wulstigen Hals und betrachtete die hoch aufragenden Spitzen, die ihre weichen Schnauzen durch den Rauch und den Dunst der friedlichen Schluchten der Stadt bohrten.

»Hast du schon mal daran gedacht, einen Brodie von der Brooklyn Bridge zu machen?« fragte Moloch.

»Kommt für mich nicht in Frage. Und du?«

»Ach, schon öfters.« Er gähnte herzhaft, sank auf seinem Platz und streckte seine Kanonenboote vorn zum Wagen heraus, womit er sich den Zorn des Fahrers zuzog.

Auf der anderen Seite stiegen sie aus und gingen zu Fuß bis Borough Hall, wo sie in eine durchgehende Linie einstiegen.

»An welcher Straße müssen wir denn aussteigen?«

»India Street, hat sie gesagt.«

»Wo ist das?«

»Keine Ahnung. Irgendwo am Ende der Strecke, hat sie gesagt.«

»Ganz schön weit.«

»Ja, was? Kannst du mir sagen, D. M., wo man für sein Geld noch so weit fahren kann wie in New York?«

»Woher willst du das schon wissen?« brummte Moloch. »Du bist doch noch nie woanders gewesen, oder?«

»Das stimmt auch wieder. Aber du müßtest es doch wissen, du bist doch viel rumgekommen.«

»Glaub mir, Dave, dies ist die beschissenste Stadt der ganzen Welt. Das merkt man erst, wenn man mal von hier wegkommt.«

Auf diese Beobachtung folgte ein langes Schweigen. Dave sah aus, als betrachtete er die Welt durch ein Kinetoskop. Plötzlich drehte er sich zu Moloch herum und setzte eine vertrauliche Miene auf.

»Ich möchte dich was fragen, D. M.«, sagte er ernst. »Ich

würd gern wissen, was ich vielleicht mal lesen sollte, um ... um ein bißchen schlauer zu werden.«

Moloch war sprachlos. Dave hätte ihn ebenso bitten können, ihm die heiligen sieben Siegel auszuhändigen. Er ließ durchblicken, daß Dave ihnen wohl einen netten Abend verderben wolle.

»Nein, ich meine es ernst«, sprach Dave weiter. »Ich möchte meine Bildung verbessern, weißt du. Ich hab schon mit zwölf angefangen zu arbeiten.«

Moloch schaute ihn skeptisch an. »Hm. Ich muß dir mal eine Frage stellen, Dave ... Was würdest du denn mit Bildung anfangen?«

»Ach, nimm mich ernst, bitte.«

»Ich nehme dich ernst«, sagte Moloch. »Weißt du denn nicht, daß Bildung überflüssig ist – wenn man es in der Welt zu was bringen will? Aber gerade deshalb willst du sie doch, oder?«

»Klar, was sollte ich denn sonst damit anfangen?«

»Genau. Und schau dir mal den Alten an, Houghton, und diesen Esel im dreizehnten Stock. Sind die gebildet?«

»Nein, das muß was anderes sein«, gab Dave widerstrebend zu. Plötzlich hellte sich seine Miene auf. »Wenn man es im Leben zu was bringen will, muß man entweder gebildet oder ein richtiger Gauner sein, D. M. Zu dem Schluß bin jedenfalls ich gekommen.« Er wollte noch weiter sprechen, doch Moloch schnitt ihm das Wort ab.

»Jetzt redest du Blödsinn, Dave.« Er versetzte ihm einen herzhaften Schlag auf den Rücken. »Dave, ich sag dir was: Wir sind zu verflucht ehrlich für diese Welt, weißt du das? Wir werden nie reich, solange wir dieses Sonntagsschulenleben führen. Sieh dir Morgan an, Rockefeller, Astor, Vanderbildt, Gould ... Was glaubst du, wodurch die reich geworden sind? Durch Sparen?«

Diese Information schien Dave beträchtlich aufzuheitern.

»Gott, ich bin froh, daß du das sagst«, sagte er. »Ich dachte schon, du denkst vielleicht, ich rede Unsinn.«

Kurz darauf fing Dave wieder an zu reden. Dieses Mal wollte er Moloch erklären, wie schwer es war, als Jude geboren zu sein.

»Vergiß es!« sagte Moloch. »Du kommst doch zurecht, oder?«

»Ja, aber ...«

»Ich will kein Aber hören. Denk dir mal was Angenehmes aus ... Du hast mir zum Beispiel noch nicht erzählt, wo du die Puppen an Land gezogen hast, die wir besuchen wollen. Wo hast du die aufgegabelt?«

»Das hab ich dir nicht erzählt? Mensch, das war lustig.« Er dachte einen Augenblick nach. »Das war ein Kinderspiel. Du hättest dabeisein müssen. Vergangene Woche war ich mal im Child's, weil ich einen Happen essen wollte. Und kaum bin ich drin, da seh ich schon ein Mädchen, das ich mal hatte ... eine, die ich vor langer Zeit im Roseland kennengelernt hatte. Sie hat da als Kellnerin gearbeitet. Ich gleich zu ihr hin und sag: ›Wie kommst *du* denn hierher?‹ ›Na ja‹, sagt sie, ›wo hast du denn die ganze Zeit gesteckt?‹ Ich hab ihr erzählt, daß ich in der Gegend arbeite. Drei Minuten später hatte ich mich schon mit ihr verabredet. Und dann hab ich an dich gedacht ... Ich hab sie gefragt, ob sie nicht 'ne Freundin mitbringen kann. ›Warum nicht?‹ sagt sie, und damit war die Sache schon geritzt.«

»Klingt großartig.«

»Nicht wahr? Gibt keine Probleme, wenn du es richtig anfängst.«

»Du sagst es.«

Der Wagen holperte über die Brücke am Wallabout

Creek. Der träge dahinfließende Strom war gesprenkelt mit schaukelnden Inseln aus schmierigem Unrat, und ein Gestank wie von sechsundneunzig toten Pferden stieg ihnen in die Nase. Dave hielt sich mit zwei Fingern die Nase zu, bis sie aus dem Gebiet heraus waren.

»Erinnert mich an alte Zeiten«, dachte Moloch laut.

Dave spitzte die Ohren und lächelte.

»Ich bin hier in dieser Gegend geboren«, gestand er.

»*Was?* Ist das dein Ernst?« Moloch packte Daves Hand und schüttelte sie herzlich. »Hol den Flachmann raus«, befahl er. »Darauf müssen wir einen trinken, Dave.«

»Was, hier?«

»Klar, oder willst du damit warten, bis wir in Greenpoint sind?«

»Ja, aber ...«

Moloch faßte in Daves Gesäßtasche und zog den Flachmann hervor. »Was sollte uns daran hindern?« Als er die Flasche hochhielt und an seinen Mund führte, erklang ein leises gurgelndes Geräusch. Dave schaute ihm fasziniert zu.

»Nun sag mal, aus welchem Teil stammst du – von der North Side?«

»Nein, von der South Side – Lee Avenue.«

»Ist das wahr? Ich bin in der North Side großgeworden ... Erinnerst du dich an Pat McCarren?«

»Ob ich mich an den erinnere? Klar, Mann.«

»Weißt du noch, wie wir uns geprügelt haben, wenn sich die beiden Banden auf den Plätzen bekriegten?«

Dave grinste über das ganze Gesicht. »Sieh dir das an.« Er tippte mit dem Finger an eine tiefe Narbe, die er über dem rechten Auge hatte. »Da hab ich eines Tages mal eine Dose abgekriegt.«

»Mensch, großartig!« brüllte Moloch. »Dann bist du auch aus dem alten Viertel. Schön!«

Sie legten einer dem anderen den Arm um die Schulter und ließen sich tiefer in ihre Sitze sinken. Eine Zeitlang sprach keiner von ihnen ein Wort. Sie saßen nur da und blickten hinaus in die Landschaften vergangener Tage. An der Broadway-Fähre nahm die Bahn eine scharfe Kurve.

»Das waren schöne Zeiten«, seufzte Moloch. »Damals war New York noch ein lockerer, schriller Vogel von einer Stadt, was, Dave?«

Dave schüttelte den Kopf. »Erinnerst du dich an den Haymarket?«

»An welchen – in Brooklyn oder in New York? Ach, zum Teufel damit. Erinnerst du dich an das Mädchen in Blau?«

»Du meinst Millie de Leon ... die im Bum aufgetreten ist? Ich würd zehn Scheine dafür geben, wenn ich sie noch mal sehen könnte. Weißt du noch, wie die Matrosen den Gang nach vorn gerannt sind, um eins von ihren Strumpfbändern aufzufangen ... weißt du das noch?«

»Bring mich nicht zum Lachen. Und Pat McCarren mit einer Visage wie ein Jesuit, der wie ein Leichenbestatter zwischen der Kneipe von Larry Carroll und dem Bum hin und her und wieder zurück stolziert ist ... Übrigens, bist du letzte Woche in der Houston Street gewesen?«

An dieser Stelle wurde die Unterhaltung ziemlich technisch. Die Varieté-Saison hatte gerade angefangen, und zwischen den beiden entspann sich eine langatmige Kontroverse über die Vorzüge der Repertoiretruppe, die im National Winter Garden gerade großen Erfolg hatte.

Schließlich verfiel Dave in trübsinniges Schweigen. Moloch zog zufrieden an seiner Zigarre. Als er wieder zu Dave schaute, hatte er den Eindruck, daß dieser bedrückt war.

Dave erklärte, daß er »denke«.

»Ich kapier nicht, D. M., warum jemand wie du überhaupt ins Varieté geht.«

Moloch hörte es sich schweigend an.

»Nicht weil du aussehen würdest wie ein Priester ... es ist wegen der Bücher, die du liest. Beides paßt nicht zusammen, verstehst du mich?«

»Klar versteh ich dich. Du meinst, ich sei dafür zu helle.«

»So was Ähnliches ... Ich hab mir das in Papier eingeschlagene Buch angesehen, das du vergangene Woche dabeigehabt hast. Ohne Wörterbuch könnte ich nicht eine Seite darin lesen, und auch dann würd ich noch nichts verstehen. Gott, war das trocken. Ich dachte, das wär ein wissenschaftliches Buch oder so etwas.«

»Ach, du meinst *Ulysses*«, sagte Moloch.

»Ja, genau. Ich konnte nicht einmal den Namen aussprechen. Warum schreibt denn jemand so ein Buch, das niemand verstehen kann – ausgenommen vielleicht ein paar gebildete Leute?«

Moloch stimmte zu, daß dies eines der Geheimnisse des Universums sei. »Aber da waren auch viele schmutzige Stellen drin. Ich glaube, diesmal hast du etwas verpaßt.«

»Ist das wahr? Warum zum Teufel bringt er dann diese vielen Zungenbrecher rein?«

»Damit Kinder die Finger davon lassen, denke ich ... Sieh doch mal raus, wir müßten doch jetzt in der Nähe der India Street sein. Das hier sieht aus wie Greenpoint.«

Moloch fing an, irgend etwas von Boccaccio und Rabelais zu erzählen. Dave bekam nur soviel mit, daß bei den beiden auch eine üppige Mischung aus Verkommenheit und Obszönität enthalten sein mußte, als er ein Straßenschild mit der Aufschrift India Street sah. Er zupfte Moloch am Ärmel. Sie stiegen aus und schauten sich um. Es sah aus wie der Rand einer polnischen Stadt.

»Was ist denn das?« rief Dave aus und zeigte auf einen Mast, der am Ende der Straße vorüberglitt.

»Na, der Fluß, Dave. Großartig, was?«

»Kann man wohl sagen. Hier brauchst du nur den Kopf aus dem Fenster zu stecken und siehst zum Frühstück die Schleppkähne vorbeifahren. Ist vielleicht gar kein so schreckliches Kaff. Frische Luft gibt's genug, bei Gott.«

Dave zog sein Adreßbuch hervor und begann die Hausnummern zu überprüfen. »Wir sind richtig«, sagte er und zog Moloch mit sich. »Vergiß nicht, mir auf dem Heimweg was über diese Bücher zu erzählen. Ich will sie lesen.«

»Gut. Vergiß nicht, mich danach zu fragen.«

Sie ermahnten sich noch mehrere Male, nichts zu vergessen. Dave fiel plötzlich wieder ein, daß er an diesem Abend Brown heißen sollte. »Nicht vergessen: *Dave Brown.*«

»In Ordnung, *Brown.* Nenn mich Morgan ... Danny Morgan.«

Dave begann wieder zu kichern.

»Was ist denn?« fragte Moloch. »Morgan ist doch ein guter irischer Name, oder nicht?«

»Klar, aber du bist kein Ire.«

»Natürlich nicht. Aber wer soll das beweisen?«

»In Ordnung, D. M., aber nicht *Danny* Morgan.«

»Warum denn nicht? Was ist denn falsch an Danny?«

»Es paßt nicht zu dir. Wart mal einen Augenblick«, bat er, »oder ich platze vor Lachen. Hör mal, D. M., wir wollen doch nicht wie zwei Hochstapler aussehen.«

»Herrgott, wieviel Aufhebens du um einen Namen machst. Was spielt das denn für eine Rolle. Wir sind doch sowieso nach fünfzehn Minuten betrunken.«

»Das ist ja alles gut und schön, aber ...«

»Aber was? Du schon wieder mit deinem Aber ...«

Dave beugte sich herüber und flüsterte: »Wir wollen doch nicht verhaftet werden.«

»*Verhaftet?*«

»Klar. Wegen Angabe falscher Namen.«

»Was? Bei ein paar Polacken? Mensch, scher dich zum Teufel. Du hast wohl Schiß gekriegt?«

»Augenblick mal, D. M. Reg dich nicht auf.« Er dämpfte die Stimme. »Ist dir klar, wo wir hier sind?« Er zwinkerte, als er das sagte. »Das hier ist ein hartes Viertel ...«

»Je härter es ist, desto besser gefällt es mir ... Paß auf, wie ich das Kreuz küsse, wenn die Party 'ne Weile im Gange ist.«

Dave zerrte Moloch heftig am Arm.

»Um Himmels willen, D. M., mach ja nicht so was. Ich möchte mit der gleichen Visage nach Hause gehen.«

Moloch lachte. »Ich mach doch nur Spaß«, sagte er. »Steh nicht so dumm rum.«

»Bist du sicher?«

»Absolut.«

»Du hast mich erschreckt. Bei dir weiß ich nie, wann du was ernst meinst und wann nicht.«

Sie kamen vor dem Haus an. Dave ging als erster die wenigen Stufen zum Haus hinauf und zündete auf dem Podest ein Streichholz an, um die Namen lesen zu können.

»Ich hab dich erschreckt, was?« sagte Moloch, während Dave der Reihe nach die Namen durchsah. Unter manchen Klingeln standen drei oder vier Namen.

»Bevor du klingelst, Dave, möchte ich dir etwas erzählen, das mir in dieser Gegend vor ungefähr zehn Jahren passiert ist ... Du willst keine Schwierigkeiten kriegen, sagst du. Also, hör zu. Eines Abends bin ich irgendwo in diesem Viertel zum Tanz gegangen ... das fällt mir jetzt gerade wieder ein. Ich hatte fürchterlich einen sitzen und ging nach draußen, um frische Luft zu schnappen. Ich sehe einen Hünen von einem Bullen auf mich zukommen, also red ich ihn freundlich an. Ich weiß nicht mehr, was ich zu ihm gesagt habe, aber dem hat es wohl nicht gefallen, wie ich mit ihm geredet habe. Vielleicht hab ich irgend etwas über Religion geschwatzt ... Jedenfalls, je mehr ich mich entschuldigen wollte, desto wütender ist er geworden. Ich hab noch nie so einen idiotischen Mistkerl gesehen. Aber so sind sie nunmal ... Jedenfalls, ehe ich mich versah, hatte er mich am Kragen gepackt und fing an, mich zu würgen. Dann holt der mit der anderen Hand aus und haut mir eine in die Fresse! Mann! Ich hab Sterne gesehen ... Das nenne ich gemein ... *hart.* Wenn wir einen von diesen Vögeln irgendwo sehen, verdrücken wir uns, kapiert?«

Dave drückte auf den Klingelknopf und bemerkte beiläufig: »Was für nette Themen du aufs Tapet bringst.«

Im nächsten Moment klickte schon der Riegel, und sie stemmten sich beide mit ihrem ganzen Gewicht gegen die Tür. Dave flüsterte Moloch noch eine letzte Ermahnung ins Ohr: das Thema Ehefrauen vermeiden.

»Versprochen«, sagte Moloch leichthin. »Wie geht's deiner übrigens?«

Dave stampfte unnötig laut auf den groben Holzstufen auf und antwortete: »Meiner Schwester geht's wieder prima ... nur noch bißchen Mandelentzündung. Kommst du, Morgan?«

»Bin dir auf den Fersen, Brown, alter Junge«, und Moloch lachte schallend.

Zwei freche Schlampen, wie Congreve sie nennen würde, lehnten über dem Geländer und trällerten fröhlich zur Begrüßung. Die Blonde war gar nicht so übel, aber die andere, die ein schwarzes Satinkleid trug, war fürchterlich. Seltsamerweise war sie es, mit der Dave das Treffen arrangiert hatte. Dave wollte gleich an Ort und Stelle die Pferde wechseln, aber Moloch war zu schnell für ihn. Er hatte die Situation sofort erfaßt, und noch ehe Dave die Gelegenheit hatte, die Karten neu zu mischen, schlang er die Arme um die Blonde, so als kenne er sie schon sein ganzes Leben lang.

»Was für ein anhänglicher Vogel der hier ist«, sagte die Blonde und drückte Moloch einen feuchten Kuß auf die Lippen. Sie hatte Gelegenheit, den Schnaps zu riechen. »He! wo hast du den denn her?«

Er zeigte auf Dave. Dave war unverhohlen beunruhigt. Während sie ihre Mäntel auf das Bett legten – sie wurden ohne Zögern gebeten, es sich bequem zu machen –, teilte er mit leichtem Unterton mit, daß bei den Mädchen eine Verwechslung vorläge. »Du hast die falsche erwischt, D. M.«

»Ganz im Gegenteil. Du meinst, *du* hast die schlechte Ware erwischt. Versuch ja nicht, noch mal umzutauschen.« Ohne es zu merken, hob er die Stimme.

»Nicht so laut«, sagte Dave warnend. »Du bearbeitest sie eine Weile, und danach wechseln wir.«

»Nicht, solange ich nüchtern bin, Dave.«

Die beiden Hennen kamen ihnen ins Schlafzimmer nach.

»Sagt mal, worüber streitet ihr Jungs euch denn?«

»Er wollte, daß ich ihm verspreche, ihn auch bestimmt früh nach Hause zu bringen«, gestand Moloch.

»Keine Chance!« flötete die Häßliche in dem schwarzen Satinkleid und schlang die Arme fest um Dave.

»Was ist denn los?«, sagte die Blonde, die ein wenig mehr Grips hatte als die andere. »Wartet seine Frau nicht auf ihn?«

Dave schaute seinen Begleiter flehentlich an.

»Auf den da?« sagte Moloch. »Auf den wartet ein halbes Dutzend Frauen. Er ist ein richtiger Scheich, was, *Brown?*«

Dave bot der Blonden den Flachmann an. Sie legte den

Kopf zurück, trank einen großen Schluck und reichte die Flasche danach ihrer Freundin hinüber, die schon wie eine Bananenstaude auf Daves Schoß saß.

»Bin ich zu schwer, Kleiner?« fragte sie.

Dave zog hinter ihrem Rücken eine säuerliche Grimasse. »Nein, du bist leicht wie eine Feder«, sagte er.

Jemand schlug vor, das Grammophon anzustellen. Moloch half der Blonden, die Kurbel zu drehen. Er beugte sich von hinten über sie und brach ihr fast den Rücken.

»He, du!« schrie sie. »Schieb ab! Was denkst du denn, was ich bin, ein Pferd?«

Er entschuldigte sich mit so höflichen Worten, daß sie verblüfft war.

»Wie war das letzte Wort?«

»Das war das französische Wort für *sehr chic.*« Er lächelte sie freundlich an.

»Sprichst du auch Polnisch?«

»Nein, bloß Französisch, und manchmal Englisch.«

»Hör auf mit deinen Witzen.«

Er packte sie grob und begann zu tanzen. Dave saß daneben, als sei ein Grabstein auf ihn gestürzt, der ihn zermalmt hatte. Nur zu sehen, wie Moloch die Blonde herumwirbelte, erregte ihn schon.

»Was hat dein Freund denn?« fragte die Blonde.

»Wahrscheinlich ist er schon betrunken«, sagte Moloch.

»Ich hol ihn da schon raus«, sagte sie und befreite sich aus der Umarmung.

Von der Schallplatte erklang knirschend der »St. Louis Blues«. Im Nu stand die große Blonde vor Dave, bewegte die Füße kaum von der Stelle, ihren übrigen Körper dafür aber umso mehr. Mit nach oben verdrehten Augen, wackelnden Schultern und leicht gebeugten Knien brachte sie in einem trägen, unverhohlen obszönen Tanz alle Muskeln ihres Körpers zum Zucken. Dave riß die Augen auf, bis sie groß wie Untertassen waren. Sie schnipste unter seiner Nase mit den Fingern, zog sich den Rock ein wenig höher und ging zu einem langsamen und gleichmäßigen Kreisen über, das Dave wie einen Schlag in die Magengrube traf.

»Nehmt sie weg«, rief er, schlug sich die Hand vor die Augen und schaute zwischen den gespreizten Fingern hindurch.

»Woher hat sie denn diese Geschmeidigkeit?« wollte Moloch wissen, der sie beobachtete, als sei sie ein Seehund im Zirkus. Dave wagte vorzuschlagen, daß sie sie dem Geschäftsführer des National Winter Garden vorstellen sollten.

»Diesem Drecksladen?« sagte sie verächtlich.

Dann baute sie sich vor Moloch auf, der sich eine Zigarre aus der Hosentasche genommen hatte und sich die Vorführung geruhsam anschauen wollte.

»Willst du noch mehr sehen?« fragte sie.

»Klar«, sagte er, »aber zeig uns diesmal was wirklich Freches«, und er schaute beifallheischend zu Dave hinüber.

»So was zum Beispiel?« Sie vollführte ein paar arabische Bauchtanzbewegungen.

»Süße, bitte tu das nicht«, flehte Dave. »Oh, bitte.«

Moloch zündete sich ungerührt seine Zigarre an und begann ihr den Rauch ins Gesicht zu blasen, während sie weiter ihre Hüften kreisen und schwingen ließ.

Als sie fertig war, sagte er: »Nicht schlecht, Kindchen, nicht schlecht.«

»Wie kann er nur so ruhig dasitzen?« sagte Dave. Er zeigte auf seinen Freund, der weiter an seiner Zigarre paffte, als sei das Sechs-Tage-Fahrradrennen für eine Essenspause unterbrochen worden.

»Für die schönen Augenblicke des Lebens ist doch nichts besser als eine Zigarre«, dachte Moloch laut und schnipste die Asche beim Sprechen lässig auf den Teppich.

»Was ist der denn?« fragte die Blonde. »Reporter?«

»Nein, er handelt mit Drogen«, sagte Dave.

»Na, dann gute Nacht«, tönten die beiden Frauen im Chor.

Die kleine Feier hatte den Hautgout, der den letzten Tagen des Römischen Reiches anhaftete. Es war kaum zu glauben, daß zwei dämliche Polacken eine solche ausgelassene Atmosphäre schaffen konnten. Wenn sie nicht gerade tanzten oder sich in einer Ecke betasteten oder am Kaminsims lehnten, erzählten sie sich schmutzige Geschichten. Hier erwies sich Daves angeborene Schlüpfrigkeit als Vorteil. Hin und wieder gab sogar die Blonde ein Zeichen, daß es ihr zuviel wurde. Niemand errötete, denn dafür war keine Zeit. Es geschah alles zu schnell. Und als der Flachmann leer war, stellten die zwei frechen Schlampen ihre Sportlichkeit unter Beweis, indem sie einen Kasten Kümmel aus dem Keller heraufschleppten.

Ab und zu flötete Moloch: »He, Brown, müßten wir nicht mal daran denken, uns wieder zum Depot auf den Weg zu machen?«

Als die Frauen betrunken und rührselig geworden waren, begannen die Schweinereien sie zu langweilen, und sie schwenkten ins Romantische um. Die Blonde verlangte, jemand solle etwas aufsagen, »was Anständiges«.

Moloch gehorchte sofort, indem er einen Handstand machte und die Füße an die Wand lehnte. In dieser lächerlichen Haltung überkam es ihn plötzlich, die ersten Zeilen der *Aeneis* von Vergil zu intonieren ... »*Arma virumque cano*« usw. usw., ungefähr zehn Zeilen. An dieser Stelle verlor er den Faden und ging mit echter poetischer Freiheit zu der magischen Zeile *»Rari nantes in gurgite vasto«* über. Entzückt darüber, wiederholte er die letzten beiden Worte *»gurgite vasto«*, *»gurgite vasto«* – so lange, bis die Blonde schrie, er solle wieder auftauchen.

Dave lümmelte auf einem Sofa und versuchte wie ein Bernhardiner, mit heraushängender Zunge, das sonore Grollen von Vergils *gurgite vasto* zu imitieren, was ihm jedoch nicht recht gelang. Die Häßliche im schwarzen Satinkleid bereitete diesem Latinisieren dadurch ein Ende, daß sie ihn mit Selterswasser bespritzte. Darüber lachten alle, nur Dave nicht. Er dachte daran, was seine Frau wohl sagen würde, wenn sie ihn so patschnaß sehen würde.

Da niemand seine Gedanken lesen konnte, plätscherte das Gespräch weiter, als wäre er nicht mit Selterswasser bespritzt worden.

Ließ sich die Häßliche in dem schwarzen Satinkleid vernehmen: »Welche Sprache hast du denn da gesprochen – Spanisch oder vielleicht Griechisch?«

»Nein«, erwiderte Moloch, »das war bloß bißchen Tagalog, das ich mal auf den Philippinen aufgeschnappt hab. Das hat dir gefallen, was?«

»Ich find's besser, wenn ich die Wörter verstehen kann.«

»Nein, stimmt nicht, Kindchen. Poesie ist besser, wenn man die Wörter nicht versteht.«

Die Blonde hatte sämtliches Interesse an Poesie verloren. Sie wollte Moloch unbedingt dazu bewegen, daß er sich neben sie auf die Liege legte. »Nimm mich in die Arme, Kleiner, und quetsch mir die Eingeweide aus dem Leib«, bat sie.

»Ich kann nicht, Süße, ich habe Hunger, ehrlich. Kannst du nicht ein paar Sandwiches auftreiben?«

Bei der Erwähnung von Essen begann Dave zu kichern, und er überlegte, ob er Molochs Taktlosigkeit dadurch überspielen sollte, daß er das Problem der Bandwürmer zur Sprache brachte. Aber die Blonde war nicht aus der Ruhe zu bringen. Daves Boß hatte es ihr angetan, und sie würde nicht zulassen, daß sich ein paar Sandwiches zwischen sie und das Objekt ihrer Zuneigung schoben.

Während die litauische Fehlgeburt in der Küche die Brote zurechtmachte, wurden Moloch und Dave mit einer improvisierten Darbietung unterhalten, die die vorzügliche Muskelbeherrschung der Blonden unter Beweis stellte. Dave, der wie eine Gummipuppe auf dem Sofa thronte, labte sich so lange gierig an dem Anblick, bis er, über die Maßen verzweifelt über Molochs Gleichmut, spontan aufsprang, den weißen Schenkel der Blonden wie eine Truthahnkeule packte und seine gelben Zähne hineingrub. Das Mädchen schrie vor Entsetzen auf. Dave jaulte auf, fiel ihr zu Füßen und flehte um Vergebung.

Moloch lachte schallend und versetzte Dave einen kräftigen Stoß mit dem Fuß, der ihn auf den Rücken warf. Dave sah aus wie eine umgedrehte Schildkröte. Seine Augen waren blutunterlaufen und starr vor Entsetzen. Er hatte noch nie zuvor eine Frau gebissen.

»Steh auf, du dreckiger kleiner Nichtsnutz«, schrie Moloch, der so tat, als sei er zornig auf ihn. »Das ist doch keine Billy-Sunday-Show«, fügte er wütend hinzu und zerrte Dave auf die Beine. »Jetzt entschuldige dich bei der Dame.«

Dave fragte sich, ob er mit einer bloßen Entschuldigung durchkäme. Die Blonde war sichtlich beeindruckt von seiner Ernsthaftigkeit, obwohl es ein paar Gläser Kümmel dauerte, bis sie ihr Gleichgewicht wiedergefunden hatte. Die Episode wurde schließlich aber doch vergessen, und schon bald saßen sie heiter und unbeschwert in der Küche, umgeben von schmierigen grünen Wänden, und kauten fröhlich auf Kaviarsandwiches und eingelegtem Hering herum.

Nach dem dritten Sandwich seufzte die Blonde und bemerkte, daß ihr der Appetit vergangen sei. Eine höfliche Frage nach dem Grund dieses bedauerlichen Umstands ergab, daß sie an jenem Abend auf dem Heimweg Augenzeugin eines erschreckenden Vorfalls geworden war. Anscheinend hatte ein Mann, ein sichtlich respektabler, gut gekleideter Herr, plötzlich den Entschluß gefaßt, Selbstmord zu begehen ... direkt vor ihren Augen. Genau in dem Augenblick, in dem der U-Bahn-Zug in die Haltestelle eingefahren war, war er vom Bahnsteig gesprungen und unter den Rädern gelandet. Er wurde zu Brei zerquetscht. Später fand man seinen Kopf, der ein paar Meter von seinem plattgewalzten Körper entfernt lag. Sie war den Anblick zerschmetterter Köpfe nicht gewöhnt.

»Ich finde das schrecklich«, sagte sie, sich in eine Raserei hineinsteigernd. »Sich vorzustellen, daß er das direkt vor meinen Augen getan hat. Ich kann keinen Bissen essen, wenn ich daran denke. Mir ist der Appetit vergangen.«

Moloch sprach ihr sein Mitgefühl aus. »Dieser Grobian, er hätte ruhig taktvoller sein können ... was für eine Vorstellung, Kirschsirup aus sich zu machen, bevor mein kleiner Schatz zu Abend gegessen hat. Ich bin verdammt froh, daß er sich den Kopf abgerissen hat, dieser Nichtsnutz. Er hatte sowieso keinen Verstand.«

Die Frauen schauten einander erstaunt an, unsicher, ob sie lachen oder sich empören sollten. Dave sprang jedoch mit einer brandneuen Nummer aus dem Olympic ein. Einem lustigen kleinen Scherz über ein Weihnachtsfest, bei dem jemand anstelle einer Lavallière-Krawatte ein wunderschönes neues Gebiß bekommen hatte.

Danach spürte Dave, wie ihn Lust auf ein Lied überkam.

Er schlug vor, daß sie es mit einem kleinen mehrstimmigen Gesang versuchen sollten. Der enthauptete Körper auf den U-Bahn-Schienen war vergessen, und das war gut so, denn er hätte das Quartett verdorben.

Dave hatte eine komische Falsettstimme. Die Mädchen hielten sie für hübsch. »Los, singen wir ›Sweet Genevieve‹«, schlug Moloch vor. Es war ihm furzegal, was sie sangen, solange nur alle glücklich waren. »Sollten wir uns vielleicht vorher mit einem kleinen Kümmel den Hals ölen?« Er füllte die Gläser und kniff die Blonde freundschaftlich unter dem Tisch.

»Dieses Lied kennen wir nicht«, sagte sie, stand auf und schlang die Arme um Molochs Hals. »Wie wär's mit ›Meet Me Tonight in Dreamland‹?«

Dave trällerte los, zaghaft und mit zitternder Stimme. Die Mädchen gackerten ein wenig, doch nur vor Aufregung. Einen Augenblick später steckten sie schon die Köpfe zusammen und jodelten in tödlichem Ernst:

»Where love's sweet dreams come true, ooh, ooh ...« Als es Zeit war für die zweite Strophe, freuten sich alle sehr, daß sie auf der gleichen Note geendet hatten. Dieses Mal eröffnete die Blonde den Gesang mit einem schauerlichen Gejaule, das tiefe Trauer ausdrücken sollte. Ihre Polypen gaben der tiefen Trauer Vibrato.

Gott weiß, wie lange dieses mehrstimmige Singen noch weitergegangen wäre, doch nach dem fünften Versuch klopfte jemand an die Tür und forderte sie mit barscher Stimme auf, alle miteinander in den Fluß zu springen. Die Blonde war dafür, solche Unhöflichkeit zu ignorieren, doch Dave protestierte, er habe die Absicht, mit der gleichen Visage nach Hause zu gehen. Seine Buhlin wurde schließlich hysterisch vor Lachen, und sie verzichteten schließlich ganz und gar auf »Mammy Jinny's Jubilee«.

Während einer kurzen Pause, in der die Mädchen sich entschuldigten, um zur Toilette zu gehen, die sich am anderen Ende des Korridors befand, flehte Dave Moloch an, es für diesmal gut sein zu lassen.

Als die Mädchen zurückkamen, entschuldigten sich Dave und Moloch ebenfalls und machten sich auf die Suche nach der Toilette. »Wird ein schwerer Tag morgen«, sagte Dave, um das Eis zu brechen. Er wußte, sie würden nur verdammt wenig Zeit haben, um sich von den beiden Frauen loszureißen.

Die Blonde klammerte sich an Moloch. »Ach, nein. Geh doch jetzt nicht«, bat sie. »Du kannst über Nacht bleiben, Junge, niemand wird dich hinauswerfen.«

»Er muß gehen«, warf Dave ernst ein.

»Das stimmt, Kindchen. Wir müssen in ein paar Stunden wieder im Depot sein«, sagte Moloch grinsend, während er sich dem wilden Griff der Blonden zu entwinden versuchte.

»Kleiner, wir beide haben uns doch auch gut amüsiert«, jammerte die andere.

»Ich gehe wirklich nicht gern, meine Damen, aber wir müssen«, wiederholte Dave.

Die Mädchen gingen ihnen bis vor die Haustür nach, und dort blieben sie noch eine Weile im Dunkeln gegen die Klingelknöpfe gedrückt stehen.

»Himmel, die standen ja unter Dampf«, rief Dave aus, als sie ins Freie traten. »Sieh dir nur mal meinen Kragen an, D. M., ich bin pitschnaß.«

»Aber du hast dich doch prima amüsiert, oder nicht?«

Dave grunzte und fummelte an seinem Schlips herum, als wolle er wenigstens zum Teil wieder gesellschaftsfähig aussehen.

»Die Blonde war nicht von Pappe«, bemerkte Moloch, als sie die Straße zur Straßenbahn entlangschlenderten.

»Sie hätte eigentlich mir zugestanden, D. M.«

»Tja, du weißt ja nun, wo du sie findest. Ich hab genug von ihr gesehen.«

Ein paar Minuten später kam eine Fernbahn. Diesmal setzten sie sich in die hintere Bankreihe. Gleich darauf begann Dave in seinem zitternden Falsett: »Meet me tonight in dreamland, under the silvery moon, meet me tonight ...«

Plötzlich hielt er inne und schlug Moloch aufs Knie.

»War das nicht lustig, als der Kerl an die Tür hämmerte und uns anbrüllte?«

»Daß das lustig war, hat man dir aber nicht angesehen«, gab Moloch zurück.

»Ich dachte, jetzt wären Prügel fällig.«

Dave hatte nicht vergessen, nach den Büchern zu fragen. Er fing damit an, daß er sich nach Shakespeare erkundigte. »Mir hat jemand gesagt, in seinen Stücken wären jede Menge schmutzige Stellen drin. Stimmt das, D. M.?«

»Ja, mit Mord ist Shakespeare durchgekommen. Dir würde er aber nicht gefallen.«

Die letzte Bemerkung überhörte Dave. »Komisch«, sagte er, »in *Julius Cäsar* hab ich gar keine harten Sachen gefunden.«

Moloch versprach Dave, ihn irgendwann einmal in die Bibliothek in der 42. Straße mitzunehmen und ihm zu zeigen, was ihm entgangen war.

»Ich würd mein Augenlicht dafür geben, wenn ich die wirklich guten Sachen lesen könnte, D. M.«

Moloch hielt das für großartig von Dave. »Ich mach schon noch einen Gelehrten aus dir, kleiner Schmutzfink.«

»Und was ist mit der Bibel, D. M.?«

»Ich zeig dir auch die Bibel.«

»Sie werfen uns nicht raus, wenn wir nach der Bibel fragen?«

»Quatsch! Wie kommst du denn auf die Idee? Sag ihnen, daß du Forschungsarbeiten machst.«

Dave war immer noch nicht ganz beruhigt über diesen Vorschlag. Er äußerte den Gedanken, daß sie ihn als Juden identifizieren und Verdacht schöpfen könnten.

»Nun mach mal halblang, Dave. Du hast das Recht, die Bibel zu lesen. Du bist Bürger dieses Landes.«

»Ich dachte, man muß vielleicht Katholik oder Protestant sein.«

Sogar Dave mußte lachen, als er diesen Satz ausgesprochen hatte.

Religion schien Dave zu faszinieren. Er wollte wissen, wie viele Religionen es auf der Welt gäbe und welche die beste, die liberalste, sei.

»Die eine ist ungefähr so schlimm wie die andere«, gestand Moloch. Plötzlich fuhr er Dave scharf an und sagte: »Sag mal, mir kommt allmählich der Verdacht, daß du Atheist bist? Weißt du denn gar nichts über deine eigene Religion?«

»Nur das, was mir der Rabbi sagt. Er bringt mich ins Bett.«

»Du bist mir ja einer. Ich wette, du gehst bloß einmal im Jahr in die Synagoge.«

»Ach, was«, sagte Dave. »Das ist zu langweilig. Ich geh lieber ins Kino. Wenn ich es nicht den Alten zuliebe täte, würde ich nicht einmal zum Jom Kippur gehen. Jetzt weißt du, was ich von der Religion halte.«

Moloch schalt ihn noch eine Weile wegen seines fehlenden Glaubens, und plötzlich brach es aus Dave heraus. »Was spielt es schon für eine Rolle? Wer weiß denn, was mit uns passiert, wenn wir abkratzen? Diese Typen wissen doch auch nicht mehr darüber als wir. Hab ich nicht recht?«

»Wen meinst du mit diesen Typen?«

»Na, die Rabbis, du weißt schon, die Schmierbärte, die Matzen. Woher wissen die denn diese Sachen über das Jenseits? Das ist doch nichts als Schmu, wenn du mich fragst.«

»Du bist ja doch nicht ganz so übel, Dave.«

Dave grinste und zündete sich eine Zigarre an. Er hatte keine Luckies mehr. Eine Zeitlang fuhren sie schweigend dahin. Moloch setzte seinen Hut ab, um die frische Brise zu genießen.

»Ist dir klar, daß dir die Haare ausgehen?« bemerkte Dave.

Moloch rieb sich über den Kopf, um die Bemerkung wegzuwischen.

»Ich weiß, wie man das aufhalten kann, D. M. Du wirst das vielleicht komisch finden, aber ich glaube fest daran.«

»Ich wette, du redest von Glover's Krätze-Tinktur.«

»Nein, es ist ein altes norwegisches Hausmittel, von dem mir mal jemand erzählt hat. In seiner Familie wurde es jahrelang benutzt, und du hättest mal das volle Haar sehen sollen, das der hatte.«

»Na, spuck es schon aus.«

Dave erläuterte, daß es sich nicht um Kerosinöl oder Taubenfett oder irgend etwas ähnliches handelte. Nur um schlichten gekochten Urin. (Er sagte nicht Urin ... er verwendete einen gebräuchlicheren angelsächsischen Ausdruck.)

»Also, das ist mir ganz neu, Dave. Und wie erklärt er sich die Wirkung?«

»Ich weiß im Moment nicht mehr, was er über Haarausfall gesagt hat. Er sagte, dafür sei es auch gut. Er sprach damals über Rheumatismus. Denn Rheumatismus, weißt du, kommt angeblich davon, daß man zuviel Harnsäure im Blut hat. Und Urin besteht zu neunzig Prozent oder so aus Harnsäure. Ich erinnere mich nicht mehr genau. Jedenfalls, wenn man die Harnsäure äußerlich anwendet, beeinflußt das die Harnsäure innerlich. Es ist wie bei einer doppelten Verneinung, verstehst du. Man löscht das andere aus … so wie Elektrizität.«

»Das ist mir inzwischen klar. Die nächste Frage ist, Dave, wo kriegen wir Harnsäure her? Du besitzt nicht zufällig Harnsäure, für die du keine Verwendung hast, oder doch?«

Dave räusperte sich und wurde rot wie eine Rübe. Moloch summte »Sweet Genevieve«. Es wurde Zeit für Dave auszusteigen.

»Bist du früh da?« fragte Dave, als er schon auf dem Trittbrett stand.

»Klar, wie immer.«

»Bitte, D. M., versuch, früh zu kommen. Der Alte ruft bestimmt morgen früh an. Er hat letzte Woche dreimal nach dir gefragt.«

»Was hast du ihm gesagt?«

»Ich hab ihm genau das gesagt, was du mir aufgetragen hast: daß du gerade hinten bist.«

»Jedesmal?«

»Ja. Ach, das hab ich vergessen, dir zu sagen. Das letztemal, als er anrief und ich ihm sagte, was du mir gesagt hast, da hat er gesagt: ›Machen Sie doch Mr. Moloch den Vorschlag, seinen Schreibtisch gleich in der Toilette aufzustellen.‹ Und dann hat er eingehängt.«

»In Ordnung, Dave. Bis morgen, in alter Frische.«

Dave sprang ab. »Es wird ja gleich hell«, schrie er, als die Straßenbahn anfuhr.

11

Als er sich neben der kataleptischen Gestalt seiner Frau zur Ruhe gelegt hatte, versank Dion Moloch sofort fünf Faden tief in ein prachtvolles Meer der Bewußtlosigkeit.

Sein Schlaf war von einer Güte, wie wir sie nur in der fesselnden Tiefe eines Vollrauschs erleben. Es begann mit dem alptraumhaften Verlust des Gleichgewichts, der ihn von einer schwindelerregenden Klippe in die warmen Gewässer des Karibischen Meeres schleuderte. Die Wellen schlugen über ihm zusammen, erstickten ihn jedoch nicht. Er spürte, wie er in großen Spiralen, die keinen Anfang hatten und in der Ewigkeit zu enden versprachen, hinunter, hinunter, hinunter gewirbelt wurde.

Während dieses nicht enden wollenden Sturzes entfaltete sich vor seinen Augen das bestürzende und bezaubernde Panorama des Meereslebens. Gewaltige Meeresdrachen von legendärer Erhabenheit glitten mit schimmernden Körpern durch das im grünen Wasser pulverisierte Sonnenlicht; riesige Kaktuspflanzen mit gräßlichen, wie abgetrennt wirkenden Wurzeln glitten vorüber, gefolgt von schwammartigen Korallengewächsen in seltsamen Färbungen, einige düster wie Ochsenblut, andere in leuchtendem Zinnoberrot oder blassem Lavendelblau. In diesem aquatischen Gewimmel tummelten sich Myriaden von mikroskopisch kleinen Lebewesen, Gnomen und Kobolden gleich, die in Blasen wie eine Wolke von kosmischem Staub im Schweif eines Kometen nach oben glitten.

Die vorüberziehenden Landschaften wurden allmählich von einem Nebel verschluckt, der ihn an Debussys unaufgelöste Akkorde und an seine machtvollen Harmonien erinnerte. Das Tosen in seinen Ohren war von getragenen, grünen Melodien abgelöst worden; er nahm das Beben der Erde wahr, sah in gespensterhaften Dunst gehüllte Pappeln und Birken, die sich unter der zarten Liebkosung einer vom Land herüberwehenden Brise sanft neigten.

Verstohlen zogen die Dunstschwaden davon, und er sah sich durch einen geheimnisvollen Wald streifen, der von schreienden Affen und Vögeln in tropischem Federkleid bevölkert war. Zu seiner Verblüffung entdeckte er einen Köcher voller Pfeile an seinem Gürtel und einen riesigen goldenen Bogen über seiner Schulter.

Als er immer tiefer in den Wald vorstieß, wurde die Musik noch himmlischer, das Licht noch goldener und die Erde unter seinen Füßen zu einem Teppich aus weichen, blutroten Blättern und Zweigen in gebranntem Orange. Überwältigt von der atemberaubenden Schönheit, die ihn umgab, schwanden ihm die Sinne. Als er erwachte, war der Wald verschwunden, und seinem benebelten Kopf kam es so vor, als stünde er vor einem blassen, hoch aufragenden Gemälde, das eine schlichte Schäferszene von klassischer Schönheit darstellte. Vor einem Wandbild, wie es uns Puvis de Chavannes aus der würdevollen, seraphischen Leere seines Traumlebens geschenkt hatte. Die gedämpften, düsteren Gespenster der Leinwand bewegten sich mit einer gemessenen, traumverlorenen Eleganz, die unsere linkischen irdischen Bewegungen grotesk erscheinen ließ. Ohne recht zu wissen, was er tat, trat er in das Bild hinein und folgte einem stillen Pfad, der nach hinten in den zurückweichenden Horizont führte. Eine Frau mit breiten Hüften in einer griechischen Robe, die eine Fayence-Urne auf dem Kopf trug, schritt auf den Turm eines Schlosses zu, das hinter dem Kamm eines sanften Hügels nur undeutlich zu sehen war. Er ging den sich wiegenden Hüften nach, bis sie in einer Senke hinter dem fernen Hügel seinen Blicken entschwand.

Dort angekommen, stellte er bestürzt fest, daß er die Jungfrau aus den Augen verloren hatte. Doch er wurde durch einen noch rätselhafteren Anblick entschädigt. Es war, als sei er am äußersten Ende der bewohnbaren Erde angelangt, in jener magischen Randzone der alten Welt, in der alle Geheimnisse und Schrecken und alle Düsterkeit des Universums aufbewahrt sind und die des bramarbasierenden Abenteurers harrt, der ungestüm in sie eindränge.

Über ihm und um ihn herum befand sich ein riesiges eingezäuntes Stück Land, dessen Grenzen er nur erahnen konnte. Vor ihm erhoben sich die Mauern eines alten Märchenschlosses, dessen Schutzwälle mit Speerspitzen gespickt waren. Wimpel, durchwirkt mit wundersamen diabolischen Mustern, flatterten unheilverkündend über den krenelierten Zinnen. Aus den vom Krieg gezeichneten Portalen des Schlosses warfen ihm feuerschluckende Ungeheuer von widerwärtiger Lasterhaftigkeit lüsterne Blicke zu. Ein ekelerregendes Pilzgewächs überwucherte die breiten Wege, die aus den entsetzlichen Portalen herausführten. Die düsteren Fensterflügel waren bespritzt vom Kot riesiger Aasvögel, die einen widerlichen Geruch von Verwesung verströmten.

Doch was ihm die größte Furcht einflößte und ihn am meisten faszinierte, waren die schaurigen Farben des Schlosses. Es war ein Rot, aber eines, wie er noch keins gesehen hatte. Die Mauern, denen er am nächsten stand, hatten eine warme, blutähnliche Färbung, den Ton von Korpuskeln, wie sie üppig aus einer Schnittwunde hervortraten. Und doch war es nicht ganz genau diese Farbe, sondern vielmehr so, als sei sie mit einer dicken Schicht Tonerde vermischt worden, die dem Stein den fleischigen Glanz einer Lasur verliehen habe.

Hinter den Grenzwällen ragten noch spektakulärere Brüstungen und Zinnen, Mauertürme und Spitzen empor, und jede weiter hinten liegende Reihe war in einen anderen Farbton des mörderischen Safts getaucht, bis es seinen schreckgeweiteten Augen so schien, als sei das gesamte Spektakel die Orgie eines Schlächters, eine Phantasie Caracallas, triefend vor Blut und Exkrementen.

Aus Furcht, die Sinne könnten ihm schwinden, wandte er für einen Augenblick den Blick ab; und als er mit zitternden Lidern wieder hinschaute, hatte der Vordergrund etwas von seinem abscheulichen Reiz verloren. Anstelle des giftigen Pilzes und der grindigen Geierkadaver erblickte er ein üppiges Mosaik aus Ebenholz- und Zimtbäumen, beschattet von dunkelpurpurfarbenen Panoplien, von denen Kaskaden von Kirschblüten herabregneten und sich in bauschender Fülle über den gesprenkelten Hof legten. Ein paar Meter von dort entfernt, wo er sich befand, stand eine prachtvolle, mit üppigen Vorhängen und Kissen aus feinster Gaze geschmückte Couch. Auf dieser ruhte lässig seine Frau, als erwarte sie sein Kommen ... Es war nicht die Blanche, die er in- und auswendig kannte, obwohl ihr kleiner Mund ihm sofort bekannt vorkam. Hoffnungsvoll wartete er auf ein dummes Tschip-tschip. Statt dessen drang aus ihrem säulenschlanken Hals ein Schwall von kontraalten Tönen, die das Blut in seinen Schläfen pochen ließen und ihn übermütig machten vor jugendlichem Wahnsinn. Erst in diesem Augenblick nahm er ihre Nacktheit war, die vage Pracht ihrer Lenden und ihres Busens.

Er beugte sich über sie, um sie in seinen Armen zu tragen, wich jedoch entsetzt zurück beim Anblick einer graubraunen Spinne, die über ihre Brust kroch. Seine Furcht belustigte sie, und sie hob noch einmal zu einer tief vibrierenden Melodie an, die ihn bezauberte. Doch der Anblick der widerlichen Spinne, die über ihren schimmernden weißen Leib kroch und nicht zerquetscht wurde, erfüllte ihn mit Abscheu, und er rannte wie ein Besessener auf die Mauern des Schlosses zu …

Als er an den abweisenden, bedrohlichen, von grotesken Skarabäen überkrusteten Toren ankam, geschah etwas Sonderbares. Die gewaltigen rostigen Scharniere ächzten und stöhnten, und wie durch Zauberhand öffneten sich die hohen Tore und ließen ihn ein.

Hinter den Portalen führte ein schmaler Pfad geradewegs zu einer Wendeltreppe, die sich schwindelerregend um einen rot glühenden Turm wand. Hastig eilte er die eisernen Stufen hinauf und wurde immer ängstlicher und atemloser, während er verzweifelt in die Höhe stieg und das Ende der Treppe doch nie zu erreichen schien. Als er schließlich meinte, das Herz müsse ihm zerspringen vor Anstrengung, war er an der Spitze angelangt. Doch die Wälle und Zinnen, die Fensterflügel und Türme des geheimnisvollen Schlosses befanden sich nicht mehr unter ihm. Eine schwarze, vulkanische Leere breitete sich aus, eine von unzähligen, bodenlos tiefen Klüften durchfurchte Wüste. Hier waren keine Bäume und kein pflanzliches Leben zu sehen. Versteinerte Gliedmaßen, ungeheuer groß, von funkelnden mineralischen Krebsen wie mit Karbunkeln überzogen, reckten sich gleichmütig in dieser brackigen Ödnis. Bei genauerem Hinsehen entdeckte er erstaunt und dann erschreckt, daß in dieser phantasmagorischen Wüste doch ein Funken Leben existierte. Es war ein schleimiges, kriechendes Schlangenleben, das sich selbst genügte, indem es sich in riesigen Windungen um die versteinerten Überreste des Waldes schlang.

Dann hatte er plötzlich das Vorgefühl, daß der hoch aufragende Turm, den er in panischer Angst bestiegen hatte, an seinen Fundamenten einknickte und er und diese immense Turmspitze taumelnd über dem Abgrund der verödeten Landschaft hingen, jeden Augenblick der Gefahr ausgesetzt, hinabzustürzen und zerschmettert zu werden. Nach einer Weile wurde die tiefe Stille gebrochen. Ganz schwach ertönte der Klang einer Stimme – einer menschlichen Stimme. Vielleicht war es Blanche, die ihn noch einmal mit ihrem kehligen Trällern lockte. Für einen Augenblick vergaß er die bedrohliche Nähe des Abgrunds, vergaß die schuppigen Reptilien, die mit schweren Lidern auf seinen sicheren Fall warteten. Als hinge seine Rettung davon ab, spannte er jeden Nerv an, um die Laute dieser fernen menschlichen Stimme einzufangen. Plötzlich erklang sie noch einmal mit einem sonderbar stöhnenden Ton und erstarb dann rasch, so als sei sie tief unten im schwefeligen Abgrund dieser schleimigen Leere erstickt worden. Der Grund unter seinen Füßen schlingerte heftig, beschrieb weit ausgereifte Bögen, die auf rätselhafte Weise gerade in dem Augenblick aufhörten, als das Unvermeidliche unausweichlich schien. Die Stimmen waren deutlicher zu hören. Es waren menschliche Stimmen – so menschlich wie das Heulen von Hyänen. Schrille, wahnsinnige Schreie, Flüche und Beschimpfungen, die ihm das Blut in den Adern gerinnen ließen ... das peinigende, schreckensschwere Gelächter der Wahnsinnigen.

Und dann gab die Brüstung, an der er lehnte, nach. Er wurde hinausgeschleudert in den Raum, wurde mit meteorischer Geschwindigkeit in das kreischende Bedlam katapultiert. Lepröse Krallen und mit Grünspan überzogene Klauen griffen nach ihm und zogen ihm das zarte Fleisch von den Knochen, während er, einer Ohnmacht nahe, seinen Flug fortsetzte. Hinab, hinab, hinab stürzte er, sein schöner, zerbrechlicher Körper ein widerlich tropfender Kadaver von zerfetztem Fleisch. Seine Knochen fühlten sich an, als seien sie von Einhörnern zermalmt worden.

Und nun raste er nicht mehr mit furchterregender Geschwindigkeit durch die unendliche Leere, sondern stürzte an einem paraffingetränkten Hang hinab, der auf gewaltigen, zu einem unentwirrbaren Gitter verflochtenen Säulen aus menschlichem Fleisch ruhte. Diese Rutschbahn, das konnte er sehen, endete im gähnenden Maul eines enthaupteten Ogers, der in wilder Vorfreude auf den Leckerbissen mit den Zähnen mahlte. Nur noch ein paar Hundert Meter weiter, und der grausam klaffende Schlund würde sich zum letzten Male öffnen. Noch eine Sekunde, und er würde von diesen furchterregenden, spitzen Fängen verschlungen ... würden die monströsen Kiefer seine abgenagten Knochen zu Staub zermahlen.

Doch in der Sekunde seines Untergangs nieste das Ungeheuer. Die Explosion löschte das Universum aus.

12

Ein zwölfstündiger Schlaf hatte die Spuren der vorausgegangenen Nacht getilgt. Moloch fand in der obersten Schublade seines Schreibtisches einen Zettel. Er war von seiner neuen Sekretärin, Valeska.

Im Büro wimmelte es von jungen Männern, die auf ein Einstellungsgespräch warteten. Der Tag versprach wieder einmal, mörderisch zu werden. Er warf einen ungeduldigen Blick auf den Zettel, legte ihn geistesabwesend beiseite und schaute in das Meer von Gesichtern, das vor ihm wogte. Sie erinnerten ihn an eine Abart sonderbarer Meerestiere, die mit ihren ruhelos an den Wänden des Wasserbeckens entlangstreichenden Mäulern die Besucher des Aquariums belustigten und erbauten. Halb dachte er an die Antwort, die er geben mußte, und halb an das arithmetische Problem, wie er die auf der Schiefertafel entstandenen Vakanzen füllen sollte. Er war furchtbar spät im Büro angetreten, und die Meute hinter der Abtrennung war ungeduldig. Er las den Zettel noch einmal.

»Ich verlange von dir, daß du dein Versprechen heute abend einhältst. Du mußt mich irgendwohin ausführen – es ist mir egal, wohin, aber *heute* abend ...«

»Später, Valeska ... später«, bat er.

Valeska war verärgert.

»Tust du es?« fragte sie hastig.

»Ich bin nicht sicher«, murmelte er. Ein verstörter Ausdruck erschien auf seinem Gesicht.

Seine Verstörung war wohlbegründet. Erst diesen Morgen hatte er Blanche versprochen, Geld aufzutreiben, damit sie eine Abtreibung vornehmen lassen konnte. Er hatte nicht die leiseste Ahnung, wann er dieses Versprechen gegeben hatte und wie er das Geld auftreiben sollte. Ganz gleich, an wen er dachte, es schien hoffnungslos. Schulden, kleine und große, alte und neue, begegneten ihm auf Schritt und Tritt. Es gab keine Menschenseele, die er übersehen hatte. Er zog ein Adreßbuch hervor und blätterte es durch; neben jedem Namen standen Zahlen. Sie variierten von zwei bis zu dreihundert Dollar. Die letztgenannten, aus drei Ziffern bestehenden Beträge, betrachte er nicht mehr als Schulden. Eine Schuld war eine Verpflichtung, die man irgendwann zu begleichen beabsichtigte.

Um die Mitte des Nachmittags nahm Valeska sich die Freiheit, das Thema des Zettels anzuschneiden.

»Hör zu, Dion«, sagte sie mit sonderbarer Entschlossenheit, »du *kannst* mich heute abend einfach nicht versetzen. Es ist mir egal, was du dir vorgenommen hast, aber du gehst mit *mir* aus.«

»Aber, Valeska« – er beugte sich soweit nach vorn, wie er konnte und murmelte: »Können wir es nicht auf morgen verschieben? Ich muß mich heute abend um etwas *sehr* wichtiges kümmern.«

Valeska weigerte sich, den Gedanken in Erwägung zu ziehen.

»Sag mir, worum es geht«, flüsterte sie. »Vielleicht fällt mir ja ein Ausweg ein.«

»Das würde nichts nützen«, erwiderte er und sah verstörter aus denn je. Er schaute sie noch einmal an und fragte sich verblüfft, ob sie irgendwie helfen konnte. Sie konnte nur auf eine Weise helfen, das wußte er nur zu gut.

Sie sah ihn sonderbar ermutigend an. »Du brauchst vor mir nichts zu verheimlichen, Dion. Kann ich dir helfen? Was beunruhigt dich?«

Er erzählte ihr die ganze Geschichte – stockend, sich mehrmals entschuldigend und hin und wieder errötend wie ein Schuljunge. Sie war anscheinend weder überrascht noch gekränkt.

»Brauchst du das Geld sofort?«

Er griff nach dem Stohhalm, den sie ihm hinhielt. »Absolut!« erwiderte er.

Er schaute sie so aufrichtig an, daß sie nicht eine Sekunde zweifelte. »Wenn das so ist ... wieviel?« fragte sie.

Er verstellte sich noch mehr, doch diesmal nicht mit Erfolg – so dachte er wenigstens.

»Du willst doch nicht sagen, daß du ... äh, du es für mich besorgen willst?«

»Wieviel?« wiederholte sie. Ihre Stimme war ein wenig schroffer geworden.

»Mindestens einhundert ... schätze ich.« Er hatte keine genaue Vorstellung, wieviel benötigt wurde. Als er Blanche hoch und heilig versprochen hatte, das Geld aufzutreiben, hatte er nicht die leiseste Hoffnung gehabt, sein Versprechen halten zu können. Und nun schienen ihm einhundert Dollar eine vernünftige Summe zu sein. Es war eine runde Zahl, und als sie ihm über die Lippen ging, hörte sie sich an, als sei das die eben angemessene Summe für ein Honorar. Zweifellos konnte es auch für weniger erledigt werden, doch man erwartete hoffentlich nicht von ihm, ein Fachmann auf diesem Gebiet zu sein. Beim letztenmal hatte Blanche alles selbst erledigt. Er hatte nie erfahren, was sie bezahlt hatte. Er erinnerte sich nur daran, daß sie zuversichtlich gewesen war. Entschlossen unterdrückte er jeden weiteren Gedanken in dieser Richtung. Es hinterließ in seinem Mund einen schlechten Geschmack. Der bloße Gedanke an die gemeinen Schlächter in der Henry Street brachte sein Blut in Wallung …

Valeska bereitete diesen Überlegungen ein Ende.

»Komm um sechs, und ich gebe dir das Geld. Du gibst es sobald wie möglich zurück. Ich werde warten. Einhundert kann ich entbehren … aber keinen Cent mehr. Trotzdem brauchst du nicht zu denken, daß du das Geld sofort zurückgeben mußt. Wenn ich es brauche, werde ich dich danach fragen.«

Er wollte ihr gerade überschwenglich danken, doch der Blick, den sie ihm zuwarf, hielt ihn von seinem Vorhaben ab.

»Denk nur nicht, daß ich den guten Samariter spiele«, sagte sie höhnisch. »Wir wollen gar nicht heucheln.«

Als sie gegangen war, versuchte er sich seiner Arbeit zu widmen. Fragen drängten sich ihm auf. Er fragte sich, wo sie das Geld auftreiben wollte. »Heute abend, heute abend!« Was zum Teufel hatte das alles zu bedeuten?

»Herrgott«, murmelte er vor sich hin, »ich hoffe, der Alte kriegt nicht Wind davon.« Und wer würde die Kosten dieser kleinen Eskapade tragen? »Ach was«, sagte er sich selbst, »darüber brauche ich mir wohl keine Sorgen zu machen. Wenn sie so leicht einhundert Dollar auftreiben kann, kann sie auch noch ein paar mehr auftreiben.«

Er wußte, es würde nicht schwierig für ihn sein, von Blanche wegzukommen. Wenn er ihr erst einmal das Geld gezeigt hatte, konnte er tun, was er wollte. Doch was zum Teufel wollte Valeska von ihm? Das beschäftigte ihn am meisten …

In einem Tanzlokal in Harlem spielten sie den »Circassian Walnut Waltz«. Ebenholzfarbene Riesen in prachtvollem

Grün klammerten sich an blasse, magere, in einem Gewölk aus Spitzen und Perlen schwebende Dinger. Der Saal war ein einziger großer Spiegel aus Banjo-Augen, die in Schlehenlikör schwammen.

Moloch und Valeska saßen aneinandergedrängt an einem der vielen zusammengezwängten Tische. Ein großartiger, barbarischer Jazz betäubte ihre Ohren. Sie wurden so dicht aneinandergequetscht, daß Valeska ihre Knie nur im Schraubstock seiner muskulösen Beine bewegen konnte. Sturzbäche regensatter Melodien wurden von den kraftvollen epileptischen Gestalten auf dem Podest entfesselt. Die trägen, benommenen Paare auf der Tanzfläche strömten ein sonderbares Aroma aus, eine Vereinigung aus Kampfer und Patschuli. Klänge wie tiefe Wunden sprudelten über ihnen in Quellen aus Drachenblut.

Valeska zeigte auf den ersten Bläser, einen hypnotisierenden topasgelben Clown. Ihr Busen bebte, ihre Schultern zuckten zu den frostigen, dumpfen Geräuschen, die vom Schlagzeug widerhallten.

»Möchtest du noch etwas trinken?« Moloch war selber in Ekstase.

»Hol Gin«, bat sie ihn. »Ich kann deinen scheußlichen Fusel nicht trinken.« Sie steckte ihm unter dem Tisch einen Geldschein zu.

Sie saßen wie gebannt da, konnten den Blick nicht von der seltsamen Gestalt wenden, die die sich wiegende Gruppe auf dem Podest dirigierte. Er kehrte bei seinen Männern nicht den Großmogul heraus, dieser Bandleader, nicht den Maestro steifer Konzertsäle, der blasiert den Taktstock schwang. Er war vielmehr ein glatter, geschmierter Dynamo, der den empfindenden Äther mit zuckenden violetten Strahlen von Ekstase auflud. Seine Augen hatten die moosige Lasur zweier Austern in der geöffneten Muschelschale. In eine braune gefleckte Haut gehüllt, wie eine starke Zigarre; ein Mumbo-Jumbo in einem Galaanzug. Mit einem lyrischen Lächeln.

»Bittere Musik, die sich rächt«, sagte Moloch glucksend.

»Mir gefällt's, mir gefällt's!« platzte Valeska mit geziemender Begeisterung heraus.

Ein Nigger, der sich in Tanzschritten bewegte, brachte den Gin, und als er die Getränke ausschenkte, bewegten sich die Füße weiter, scharrten und kratzten im Takt der Musik.

Valeska schaute Moloch mit unverhohlener Bewunderung an, die Lippen leicht geöffnet, appetitlich anzusehen, warm wie die Spitze Ceylons. Irgend jemand hatte einmal von einer großen Tragödin gesagt, sie habe Augen wie ein träge flackerndes Feuer. So waren Valeskas Augen auch. Sie trug ein blaßgelbes, beinahe durchsichtiges Kleid; es paßte zu dem leichten Bronzeton ihrer Haut. Es stand ihr ausgezeichnet, und sie wußte das.

»Ich möchte heute abend tun, was mir gefällt«, sagte sie und drückte die auf ihrem wie ein Brenneisen glühenden Knie liegende Hand. »Du hast mir nicht erzählt, was war, als du heute abend nach Hause gekommen bist.« Sie zog einen Flunsch, als sei sie über seine Gedankenlosigkeit verärgert.

»Du hast mir ja noch keine Gelegenheit dazu gegeben! Gott, du siehst hinreißend aus, weißt du das?«

»Sag das nochmal!« Sie drückte seine Hand noch einmal. Er spürte, wie ihre Beine zwischen seinen zitterten. »Also, erzähl mal«, sagte sie, als sei nichts gewesen, »hat Blanche nicht wissen wollen, wo das Geld herkommt?«

Er lächelte nichtssagend. »Natürlich!«

»Und, was hat sie gesagt? Laß es dir doch nicht so aus der Nase ziehen.«

»Ach, ich hab ihr wieder eins von meinen siebenundfünfzig Lügenmärchen aufgetischt.« Er rundete den Satz mit einem großen Schluck Gin ab, bei dem sich sein Gesicht zu einer Grimasse verzog. Valeskas Fröhlichkeit schien sich in Luft auflösen zu wollen. »Ich vermute, die werde ich eines Tages auch alle zu hören kriegen«, fügte sie mit schwermütigem Unterton hinzu.

Er genoß die Atmosphäre des Lokals so sehr, daß er sich von ihrer schwermütigen Stimmung nicht den Abend verderben lassen wollte. Frauen redeten immer über das Ende. Es war später noch genug Zeit, diesem Thema nachzugehen. In diesem Augenblick – schaute er sie zärtlich an, hob das Glas noch einmal an die Lippen und betrachtete über ihren Kopf hinweg die farbenfrohe Menge auf der Tanzfläche, die sich in grotesken Umarmungen aneinander schmiegten. Sie wurden von einem wirren Knäuel glitzernder Menschen herumgeschubst und -geschoben. Die sinnliche Flut brandete gegen die wackeligen Tische, die einen Kordon um die Tanzfläche bildeten. Der Parfumgestank und die Wucht der barbarischen Musik peitschten sie beinahe einander in die Arme.

»Komm tanzen«, flüsterte er heiser.

Sie schloß die Augen und erlaubte ihm, sie wie ein Bündel Halme, die sich im Sturm neigen, zu zerdrücken. Er flüsterte ihr etwas ins Ohr, immer wieder. Die Worte tröpfelten auf ihre Ohren wie ein Strom aus flüssigem Feuer. Welche Barrieren auch zwischen ihnen existiert haben mochten, sie wurden wie Spreu verweht ... Sie drehten sich inmitten eines wilden Mobs, dem der Firnis der Anständigkeit an der Eingangstür abgerissen worden war. Über dem rauhen Getöse lagen drückend schwerer Posaunenschleim und das libidinöse Kreischen der Saxophone. »Halt mich fest«, flüsterte Valeska, »nimm mich in den

Arm, zerquetsch mich ...« Ihre Bitten klangen wie das Jaulen einer verzweifelten Hündin.

Hier und da sah man ein paar weiße Gesichter, in Seide gehüllte Frauen mit schimmernden Armen und Hälsen, Männer in Dinner-Jacketts – nur ein feiner Niesel von bleichen Gesichtern in einer Grotte von Schwarzen mit erwartungsvoll großen Augen. Dunkle Glieder und dunkle Körper blitzten auf, erstarrten für einen Augenblick und blitzten wieder auf in einem angeheizten Ritual exzentrischer Gesten. Mit leichten, sylphidenhaften Handbewegungen beschwor der Dirigent ein Schmettern schwindelerregender Fanfaren: Drehorgelklänge, Orchestrionetüden, Okarinasoli. Die säuerlichen, samtigen Töne der Klarinette gingen in einem klangvollen Schniefen unter. Der Jazz erhob seine anonyme, animalische Stimme.

Der Tanz endete spektakulär mit einem letzten disharmonischen Jaulen. Valeska und Moloch setzten sich, tranken einen Schluck und starrten einander wie gebannt an. Plötzlich wurde das Licht gedämpft, und eine stämmige Mulattin in einem safrangelben Trikot erschien.

»Sie hat die sublime Größe einer Mörderin«, rief Valeska und zitierte, um von Moloch gelobt zu werden, die Worte eines unsterblichen Franzosen. Ihre Augen blitzten, ihr ganzer Körper barst schier vor ungezügelter Phantasie. Sie lehnten sich zurück und schauten dieser »Mörderin« mit dem Blasebalg aus Blech zu, die an jedem Tisch eine kurze Weile stehenblieb, ihr Kunststück vorführte und dann weiterging.

Mah daddy rocks me with one steady roll;
Der ain't no slippin' when he once takes hol' ...

Begleitet von ein paar aufreizenden Bewegungen, wiederholte sie diesen Vers an jedem einzelnen überladenen Tisch und streckte die Hand aus wie ein Drehorgelspieler. Valeska zog, noch ehe sie bei ihnen war, einen Geldschein aus der Tasche. Das safrangelbe Trikot bewegte sich in grellem Scheinwerferlicht, während die »Mörderin« von Tisch zu Tisch zog, ihre Darbietung wiederholte und sich Geldscheine in den schlaffen Busen schob. Dazu stießen die Epileptiker auf dem Podium ohne Unterlaß eine explosive Mischung aus hämmernden Rhythmen aus, die die chemische Zusammensetzung des Bluts veränderten. Mit nervösen, kantigen Bewegungen ergossen sie einen prachtvollen kontrapunktischen Mäander, wie unverständliche Theoreme über gewässerte Seide. Wie Edelsteine funkelnde Akkorde, die aufeinander folgten wie das unablässige Trommeln eines Tamtam, entfesselte Windböen und verwehende Klänge, duftige Wolken aus geblümter Seide, dekolletierte Skelette, robuste, athletische, vor Saft und Blut strotzende Glieder. Auf dem Höhepunkt der Raserei glimmte Wut wie dunkle heiße Kohlen in ihren Augen, und in den Höhlen ihrer geöffneten Münder pochte das dicke Blut.

Die Darbietung der Mulattin endete mit einem Spagat unter papageienblauem Licht.

»Du hättest mich schon früher einmal hierher bringen müssen«, flüsterte Valeska keuchend. Einander jagende Gefühle überschwemmten sie. Der billige Gin sickerte durch ihre Eingeweide. Sie stand lichterloh in Flammen.

Sie ließ den Blick über die tosenden Menschen wandern. Er siedete vor rückhaltloser Bewunderung.

»Sie sind wirklich, nicht wahr?« sagte sie erregt.

»Wirklich?« wiederholte Moloch. »Und ob! Keine Neurosen, keine Hemmungen, nichts dergleichen.« Es kam ihm so vor, als habe er selbst verdammt wenige.

Valeska hatte eine andere Antwort erwartet. »Ich meine, findest du sie anziehend?« fragte sie. »Könntest du sie lieben – die da drüben zum Beispiel?« Sie zeigte auf eine Frau mit goldbrauner Haut, glattem Haar und scharf geschnittenen Zügen, die in den Armen eines wild aussehenden Kraftprotzes lag.

»*Er* scheint sie anziehend zu finden.«

Offensichtlich war Moloch nicht bereit, sich festzulegen. Valeska hatte ein Thema angeschnitten, das ihm nicht ganz neu war. Er hatte auf der Straße schon Negerinnen hinterhergeschaut, und zwar nicht unbedingt nur hellhäutigen, die ihm verführerischer – zumindest einige davon – schienen als jede weiße Frau, die er sich vorstellen konnte. Gelegentlich war er ihnen sogar gefolgt und hatte sich gefragt, ob er genügend Mut aufbrächte, sie in ein Gespräch zu verwickeln.

Ihm wurde klar, daß Valeskas Begeisterung nicht bloß Ausdruck hohler Schwärmerei war. Sie war sich des dunklen Bluts, das in ihren Adern floß, vollkommen bewußt. Zuweilen bedrückte sie das ein wenig, und dann zog sie sich zurück wie eine Aussätzige, oder aber sie fragte ihn, wenn er dies am wenigsten erwartete (wenn sie mit einem Bus fuhren oder in einem Lokal tanzten), ob er sich ihrer nicht ein bißchen schämte.

Ihre ungewöhnliche Heftigkeit, dieses eigenartige Gemisch aus Jubel, wildem Stolz und ostentativer Zuneigung, verursachte ihm ein gewisses Unbehagen. Er schaute ihr direkt in die Augen, als sie ihn weiter beschuldigte, nicht mehr wie sonst offen zu sprechen. Ihre Augen glühten; ihre Blicke waren ihren Worten voraus und entflammten seine Sinne, machten ihn krank vor Begierde.

Was hatte sie vor – wollte sie ihm eine Szene machen? Sprach der billige Fusel aus ihr, oder hatte sie ihn bewußt an diesen Ort geschleppt, um ihr innerstes Ich zu offenbaren? Sie hatte ganz schön viel getankt. Er hoffte, sie würde sich nicht bis zur Besinnungslosigkeit betrinken ... nicht in diesem Eldorado der Lust.

Ein neuer Komödiant hatte die Bühne betreten. »Hör dir das an, Valeska.« Während er sprach, sah er, wie der Kraftprotz mit der Frau, die Valeska ihm gezeigt hatte, Valeska lüsterne Blicke zuwarf. Er nickte in Richtung des verliebten Paares und flüsterte: »Du hast da drüben einen Verehrer.«

Inzwischen krähte der Sänger:

»Ah wouldn't be where Ah am,
Feelin' lak Ah am,
Doin' what Ah am,
Ef you hadn't gone away ...«

Als der Sänger sein Lied beendet hatte, nickte Moloch noch einmal in Richtung des Kraftprotzes und sagte: »Wollen wir ihn nicht rüber rufen, was hältst du davon?«

»Großartig!« antwortete sie. »Und du tanzt mit seiner Frau, ja?«

Die Musik setzte mit einem Schlag von karbolischer Schroffheit ein. Er taumelte inmitten der umherwirbelnden Gestalten in einem Balken kobaltblauen Lichts. In der Mitte der Tanzfläche stand ein Äthiopier mit einem roten Pullover. Er fungierte als Zeremonienmeister. Seine Nasenflügel, die die Farbe von Kalbsbraten hatten, waren geweitet und bebten. Seine Ohren waren geschwollen wie die Haut eines Frankfurter Würstchens. Mit bösem Funkeln betrachtete er die stinkenden, strammen, prickelnden Leiber, die aus allen Richtungen an ihm vorüberzogen.

Moloch hielt den Blick auf Valeska geheftet. Hin und wieder warf er einen verstohlenen Blick auf das dunkelhäutige Geschöpf, dessen Körper sich mit der Unpersönlichkeit eines Büstenhalters, der den ehrfurchtgebietenden Busen einer Kurtisane umschloß, an ihn schmiegte. Zwei Streifen

Rouge überzogen das tiefe Zimtbraun ihrer Wangen. Wenn sie sich bewegte, anmutig und kraftvoll wie eine Tigerin, begleitete das Klappern ihres ordinären Schmucks ihre wilden Gesten.

»Bist du nervös, Liebling?« fragte sie und steigerte die konvulsivischen Bewegungen ihrer Hüften.

Moloch vergaß Valeska völlig. Er hatte ein trockenes, unbeschreibliches Gefühl auf der Zunge; seine Schläfen pochten wie wild. Er verschränkte seine Hände an ihrem Rücken und bemühte sich, die unbekümmerte Freiheit seiner primitiveren Gleichgesinnten nachzuahmen. »Deine Hände sind heiß, Liebling«, murmelte sie und drückte ihre Wange leicht an seine. Diese schlichte Geste brachte ihn so vollkommen aus der Fassung, daß er seine motorischen Fähigkeiten einbüßte. Er stand still und drückte sie an sich, preßte die Lippen an ihren duftenden Hals. *Daran war nichts Abstoßendes.* Der Duft ihres Körpers versetzte ihn in Hochstimmung. Das warme Blut kribbelte in seinen Adern und verlieh ihm die trügerische Kraft eines Hengstes.

»Du mußt dich bewegen, Schatz«, drang die Stimme des in seinen Armen keuchenden Wesens zu ihm durch. Aus dem Augenwinkel betrachtete sie den Rausschmeißer in dem roten Pullover.

Sie tanzten näher an die Voodoo-Zauberer auf dem Podium heran. Ein Aufschrei des Blechs, wie die Angst eines kleinen Kinds, jammerte MAM-MA ... MAM-MA! Die schamlose Dreistigkeit des Kornetts schlug ihm an die Ohren und jagte ihm Schauer den Rücken hinunter. Von der Posaune erschallten verzweifelte, höhnische Glissandi, bei denen er den stählernen Griff, mit dem sich seine Hände um die flatternde Gestalt schlossen, noch verstärkte. Sie schaute hoch zu ihm und sang mit brennenden Lippen:

»Not in the first night, baby
An' mebbe not a-tall!«

Mitten hinein zwischen die stinkenden und glänzenden, mit quichottischen Schatten getüpfelten Gestalten und wieder aus ihnen hervorwirbelnd, schob er sie brutal vor sich her. Der ohrenbetäubende, prasselnde Hagel der Streicher fegte sie in einen Limbo unmäßiger Lust. Von Zeit zu Zeit, in atemlosen Interludien, beugten sich die Musiker über den Rand der Plattform, die Vollmonde ihrer Gesichter runzlig und faltig von breitem Hindernislaufgrinsen; brüske Strahlen von Kreosot ergossen sich über die Köpfe der sich drehenden Tänzer.

»Na, wie war das?« fragte Valeska zitternd und atemlos, als er sich wieder zu ihr an den Tisch setzte.

»Wie nichts, was je existiert hat.« Er wischte sich die Schweißtropfen von der Stirn.

»Möchtest du es noch einmal probieren?«

»Zum Teufel, nein!« stammelte er. »Ich wüßte nicht mehr, wer oder was ich bin.« Er schlug vor zu gehen.

Sie blieben trotzdem. Sie blieben, bis das letzte Horn zum letzten Mal gewiehert hatte. Als die Lichter erloschen, erloschen sie über einer pandämonischen Szenerie.

»Ich habe keine Ahnung, wie spät es ist«, sagte er, als er Valeska zur Garderobe führte. Ihm war gerade eingefallen, daß seine Frau innerhalb der nächsten Stunden einen wichtigen Termin beim Arzt hatte. Vielleicht erwartete sie, daß er sie begleitete.

Valeska sang vor sich hin, stolperte über die ganze Tanzfläche, nahm nur ihre angenehmen Empfindungen wahr. Er faßte sie am Arm, nicht zu sanft, und schaute auf ihre Uhr. In diesem Augenblick kam die Sängerin in dem safrangelben Trikot auf sie zu. Sie war voller Gin und voller Gesang. Sie begann zu summen:

Ah looked at the clock, and the clock struck six;
Ah said, Now daddy, do you know any more tricks?«

Er hörte geduldig zu, legte Valeska einen Schal über die Schultern und begann sie die Treppe hinaufzutragen. Valeska klammerte sich an ihn, als sei er ein Feuerwehrmann, er sie aus den Flammen rettet. »Liebe mich, oh, Dion, liebe mich«, flüsterte sie und küßte ihn mit einer Glut, der zu entsprechen er unmöglich imstande war. Ein paar Schwarze gingen grinsend auf der Treppe an ihnen vorüber, gratulierten ihnen schweigend, glücklich, weil sie selber glücklich waren.

Am Bordstein stand eine Reihe von Droschken. Es war eine alltägliche Morgendämmerung in Harlem: ein Streifenmuster aus schmuddeliger Tristesse und den Simsen der Häuser. Eine Schar von ausgestopften Puppen, manche weiß, manche braun, manche schwarz wie die königliche Hure der Apokalypse, trat hinaus auf die kalkweißen Straßen von Bedlam. Sie taumelten am Rinnstein, aneinander klebend wie ein Satz Karten, die auf ein neues Spiel warteten. Dachte Moloch: »Ich gegen die laminierte Karo-Dame, die wie ein Bündel von Karbunkeln unter der blauen Bogenlampe funkelt ... oder diese große venerische Blume im Knopfloch der Pik-As, auf deren Visage so wunderschöne Damaszenerrosen ausbrechen!«

Als sie einen letzten Blick aus dem Droschkenfenster warfen, kam der Groß-bin-ich mit seiner Hemdbrust-Hierarchie heraus und marschierte mit nach außen gestellten Füßen die Straße hinab. Mr. Mumbo-Jumbo (im Abendanzug und mit Zelluloid-Kragen) ging im Rhythmus des »Malariasümpfe-Blues« nach Hause. Unter dem rechten Arm trug er einen schwarzen Sarg. Darin lag ein Atemzug der Geißeln Ägyptens.

13

Und es kam einer von den sieben Engeln, die die sieben Schalen hatten, redete zu mir und sprach: Komm, ich will dir zeigen das Gericht über die große Hure, die an vielen Wassern sitzt; mit der die Könige auf Erden Hurerei getrieben haben; und die auf Erden wohnen, sind betrunken geworden von dem Wein ihrer Hurerei. Und er brachte mich im Geist in die Wüste.

Das Café Royal an der Second Avenue ist ein unbedeutender Similistein im Schoß einer großen Hure. Männer und Frauen tummeln sich hier wie Schmeißfliegen. Wenn es ein gojisches Etablissement wäre, wären die Kellner nicht so stolz auf ihre bekleckerten Schürzen; sie würden ab und zu eine Pause einlegen, um sich zu rasieren und zu baden. Doch wenn die versammelte Gemeinde weniger wie die Nachkommenschaft von Maden und die Kellner mehr wie Unbefleckte wären, dann wäre es nicht das Café Royal. Deswegen atmen die großen Literaten von Amerika das Aroma dieses Orts in tiefen Zügen ein und vergießen ihren Samen in seinen üppigen Dung.

Abraham Lincoln sagte in Gettysburg: »Es ist durchaus richtig und angebracht, daß wir, die Lebenden, das tun ...« Ohne sich einen Deut darum zu scheren, was Abraham Lincoln in Gettysburg sagte, fanden sich Prigozi und Moloch wie verabredet zum Rendezvous im Sägemehl kurz unter der Gürtellinie ein. Sie waren ganz schön voll, als sie sich trafen. Und das war ebenfalls durchaus richtig und angebracht. Denn sie waren gekommen, um einen Teil ihres Grams der Erinnerung an die Toten zu widmen.

Prigozi war bedrückt. Seine Augen waren zwei dünne Kerzen, die in einer Krypta brannten. Er sprach mit gebrochener Stimme, die aus den Eingeweiden der Erde heraufdrang. Wenn er lachte (was er gelegentlich tat, um die auf ihm lastende Düsternis abzuschütteln), klang der Widerhall wie das stoßweise Quieksen einer Sau, der die Kehle durchgeschnitten wird.

»Du verlierst den Verstand«, sagte Moloch.

Prigozi grinste verlegen hinter seinen Ahura-Mazda-Höhlen hervor.

»Hör mal, Sid, du mußt härter werden. Hörst du mich, du mußt härter werden!«

Ein mattes Lächeln illuminierte den kadaverhaften Ausdruck. Der Mann sah aus, als wolle er kotzen, könne aber nicht. Sein Hirn arbeitete wie ein Dynamo. Ganz gleich, wieviel er trank, es schnurrte ununterbrochen weiter, häufte Vorstellungen übereinander, Vorstellungen, die ihn morgen und am nächsten Tag und am Tag darauf verfolgen würden.

Um vier Uhr nachmittags des gleichen Tages war seine Frau bei einer Geburt gestorben. Stundenlang hatte er vor dem Operationszimmer gestanden und die Strafen vernommen, die die Ärzte ihr hatten zuteil werden lassen. Die unablässigen spitzen Schreie hatten besser als Worte gesagt, daß dort drin ein Mord geschah.

Er wußte, hinter den schweren Türen waren kalte, muskulöse Männer in langen weißen Kitteln und verstümmelten ihren Körper. Er wußte, sie arbeiteten schweigend und schnell, mit blitzenden Instrumenten, die von ihrem zitternden weißen Körper verschluckt wurden.

Ein großgewachsener junger Mann mit einer Brille beugte sich über die reglose Gestalt von Sarah Prigozi, seine blutbeschmierten Fäuste bewegten sich mit verbissenem Eifer, um das in der engen Wiege des Beckens gefangengehaltene Bündel verdrehten Fleisches herauszuziehen. Die hingestreckte Gestalt leistete keinen Widerstand. Auf die Schreie war ein langanhaltendes Stöhnen gefolgt, das mit wahnsinniger Monotonie lauter und leiser wurde.

Schließlich hörte das Stöhnen auf. Das war das Ende, sagte Prigozi sich selber.

Das war es auch. Der Kampf war vorüber. Das gestaltlose, zerquetschte Fruchtfleisch fiel heraus. Still sammelten die Schwestern die Instrumente ein. Sie waren in ein leuchtendes rotes Glühen getaucht.

Prigozi ließ die Leichen seiner Lieben in dem Krankenhaus, wo sie gewaschen, in Holzwolle verpackt und für einen langen Schlaf zurechtgelegt wurden.

Beim Verlassen des Krankenhauses sagte er seltsam gefaßt zu sich selber, daß er erst wenige Stunden zuvor ein gesundes, blühendes, lebendiges Wesen dorthin gebracht hatte, das sie gegen zwei tote eingetauscht hatten: ein großes und ein kleines. Das kleine hatte nicht einmal Ähnlichkeit mit einem Leichnam ... Darauf also, so sagte er sich selber, lief die Kunst der Geburtshilfe hinaus!

»Ich bin erst zusammengebrochen«, erklärte er Moloch, »als ich nach Hause kam und die leere Wohnung sah. Da bekam ich einen Knacks. Himmel, ich bin ganz verrückt geworden. Ich wollte zurückgehen und die Ärzte umbringen. Doch ich bin nur auf die Straße gerannt und hab mir die Lungen aus dem Leib geschrien.«

Er schaute sich hilflos um mit dem Blick eines Mannes, der nichts sieht als die Wände seiner Zelle und der von dem

Gedanken gequält wird, daß er in sechzig Stunden und fünfundzwanzig Minuten an einen Stuhl geschnallt wird und dem eine Dosis Balsamierflüssigkeit verabreicht wird.

Moloch begann ein neues Glas einzuschenken, besann sich und legte mitfühlend die Hand auf Prigozis Ärmel.

Prigozi platzte los: »Komm, benimm dich normal. Du kannst doch sowieso nichts machen. Laß uns hierbleiben und reden. Ruf ein paar von diesen jüdischen Mistkerlen rüber, wenn du willst, und zupf sie am Bart.« Mechanisch hämmerte er mit den Fäusten auf die Tischplatte; seine Stimme wurde schrill und dann heiser.

»Wir müssen irgend etwas tun, eine andere Möglichkeit gibt es nicht!« Er hämmerte immer noch mit den Fäusten. Die Knöchel waren rot und geschwollen.

Seine Heftigkeit erweckte die Aufmerksamkeit eines älteren Herrn mit einem Spitzbart, der an einem entfernten Tisch saß. Der Herr verließ seine Begleiter und kam herüber.

Er schaute Prigozi durchdringend an. »Meine Güte! Was ist denn mit Ihnen passiert?« rief er aus.

»Das ist Dr. Elfenbein«, sagte Prigozi mit lebloser Stimme.

Moloch stand auf und betrachtete den Störenfried. »Sie verschwinden besser ... hauen Sie ab!« rief er.

»Er ist in Ordnung«, sagte Prigozi. »Er ist ein Freund von mir. Er ist kein Arzt – er ist Zahnarzt.«

Er sprach diese Worte, ohne hochzusehen. Zusammengesunken wie ein Sack Kartoffeln saß er da und hämmerte immer noch mit den Fäusten.

Dr. Elfenbein warf den beiden einen hastigen Blick zu und machte Anstalten, sich zurückzuziehen. Eine Gruppe von Varieté-Schauspielern am Nachbartisch beobachtete dies alles genau. Die Vorstellung war für sie wie eine Probe.

Prigozi kam nun schwankend auf die Beine. Er legte die Arme um Dr. Elfenbeins Schultern und schob ihn sacht zu einem Stuhl.

»Es ist alles in Ordnung, und wir möchten, daß Sie bleiben und Spaß an der Begräbnisfeier haben«, krächzte er.

»Begräbnisfeier?« Dr. Elfenbein versuchte aufzustehen.

»Setzen Sie sich!« schrie Moloch. »Er sagt doch, er möchte, daß Sie bleiben.«

»Erzähl du ihm von den beiden Leichen, Dion. In seinem ganzen Leben hat er noch keine Leiche gesehen ... Erzähl ihm von den Instrumenten.«

»Klar, sofort«, sagte Moloch, »wenn du dich danach besser fühlst.«

Dr. Elfenbein gab seinem Erstaunen und seiner Bestürzung deutlich Ausdruck. Moloch runzelte ernst die Stirn. Noch einmal heftete der Zahnarzt seinen Blick auf Prigozi. Er sah in ein ertrinkendes Augenpaar. Dicke Schuppenkrümel säumten den Mantelkragen des Mannes. Dreck hatte ihm die Haare verklebt.

Prigozi schaute mit glasigem Blick direkt durch Dr. Elfenbein und durch die Hauswand des Cafés hindurch. Er sah eine in Lettern aus Feuer gemeißelte Grabinschrift.

Moloch rief den Kellner und bestellte ein großes Festmahl. Dr. Elfenbein wehrte sich und sagte, er wolle nichts essen. Moloch bestand darauf.

»Das ist Sids Feier, und Sie müssen mit uns essen. Nach dem Begräbnis kommt das Essen.«

Das Begräbnis hatte selbstverständlich noch nicht stattgefunden, aber dennoch stellten die beiden es immer wieder als ein Ereignis der Vergangenheit dar.

Dr. Elfenbein lächelte ängstlich, als Moloch einen Schwall gemeiner Beschimpfungen über Prigozi ausgoß, die mit lutherischen Friedhöfen zu tun hatten.

»Sie müssen wissen, Doc«, sagte Moloch vertraulich, als er merkte, daß Prigozi so aufnahmefähig war wie ein Grabstein, »meine Verwandten haben immer darauf bestanden, den Lutherischen Friedhof zu benutzten, weil ... na ja, erstens war es in der Familie so Brauch, und zweitens war es nicht so teuer. Und in einer ganz in der Nähe gelegenen Brauerei wurde wunderbares Essen und wunderbare Getränke serviert, daran erinnere ich mich genau.«

Er trank ein paar Schlucke schales Vichy, um sich die Kehle anzufeuchten.

»Meine Verwandten, von denen ich sprach, haben die Bedeutung des Sprichworts sehr gut verstanden, das da lautet: ›Der Mensch arbeitet nur für seinen Mund!‹ Und darum aßen und tranken sie, wenn sie sich leergeweint hatten. Ich war damals noch klein, und mir fiel es zu, das Bier auszutrinken, das sie in ihren Gläsern übriggelassen hatten. Es hatte einen schalen, blechernen Geschmack, aber ich war zu jung, um ein Kenner zu sein. Ich hab es trotzdem ausgeschleckt ...«

Dr. Elfenbein hörte stoisch zu. Er hatte das Gefühl, einen Geisteskranken vor sich zu haben, wenn man von dessen Gesichtsausdruck schließen konnte.

»Nach ein paar Gläsern kam das Gespräch jedesmal wieder auf den Leichnam zurück. Ich muß sagen, daß sie immer gut über die Toten sprachen. ›Der arme alte Kerl‹, sagte jemand, ›er hat es besser getroffen als wir.‹ Und wie zum Beweis dafür trank nach diesen Worten irgend jemand einen großen Schluck. So ging es weiter, Doc – wegfuttern und runterspülen –, bis jemand plötzlich zu singen anfing, eins von diesen trübsinnigen, sentimentalen Liedchen, die die Deutschen en masse singen.«

Er begann »The German Fifth« zu summen ... »When we march we don't stand still ...« Dann beugte er sich nach vorn und strahlte vor Freude bei der Erinnerung an diese herzlichen, gemütlichen Begräbnisfeiern Tür an Tür mit dem Friedhof, sozusagen. Er hatte den grimmigen Spitzbart des Arztes schon fast im Mund. Und wirklich hatte der Doktor den vagen Verdacht, daß Moloch beginnen könnte, auf seinem Bart herumzukauen. Er war ein geisteskranker Teufel, dieser redselige Goi.

Trotzdem gelang es Dr. Elfenbein, Haltung zu bewahren.

»Ihre Beerdigungen haben Ihnen also Freude gemacht?« sagte er, weil ihm keine passende Bemerkung einfiel.

»Aber ja, Doc! Ich konnte nie verstehen, warum Leute nicht gern zu Beerdigungen gehen. Mich bedrücken Beerdigungen nie. Meine eigene natürlich, aber das ist etwas anderes. Ho-ho. ›Der Herr gibt, und der Herr nimmt.‹ Das ist ein fairer Handel, nicht? Klar ist er das.«

In diesem Augenblick kam der Kellner mit einem Tablett voller Speisen zurück.

»Wer soll denn das alles essen?« rief Prigozi aus. Er war verblüfft über die Ausmaße dieses Banketts.

»Habe ich nicht gerade erklärt, was zu einer Beerdigung dazugehört? Schaufel es runter, dann fühlst du dich besser. Sitzt nicht da wie ein armer Rabbi, der weder eine Gemeinde noch Schlachthäuser hat!«

Dr. Elfenbein fuhr zusammen. Er mochte solche Anspielungen nicht. Es war absolut nicht nötig, Schlachthäuser zu erwähnen. Er dachte, Molochs Denkweise sei ebenso ekelhaft wie Schweinefleisch. Gleichzeitig entfiel ihm, daß er am anderen Tisch gerade eine Mahlzeit verzehrt hatte, und er machte sich über die Speisen her – wie ein Priester über das Tabernakel.

Moloch schwadronierte ununterbrochen weiter. Seine Themen waren allesamt deprimierend; und doch brachte er es fertig, ihnen einen komischen Beiklang zu geben. Prigozi tat, als belustige ihn die Situation, weil man sich über das Leben nur noch belustigen konnte.

Nach einer Weile hielt es Dr. Elfenbein, an den der überwiegende Teil des Gesprächs gerichtet war, für angebracht, Protest anzumelden. Er fühlte sich entschieden unwohl. Moloch hatte gerade eine regelrechte Litanei von Beschimpfungen hergebetet und war nun dazu übergegangen, auf den Juden herumzuhacken. Dr. Elfenbein wollte nicht dabei sein, wenn ein Tumult losbrach.

»Mein lieber Herr«, rief er aus, »sind diese Ausdrücke nicht ein wenig zu scharf?«

»Mein lieber Herr«, kam die spöttische Antwort, »ein Redakteur hat das gleiche mal zu mir gesagt, nachdem er mein Manuskript gelesen hatte.

»›Geehrter Herr‹, hab ich ihm geantwortet, ›Ihre Worte sind eine Beleidigung. *Ein wenig zu scharf?* Lieber Freund, wir reden hier nicht über Mostrich.‹«

In dieser Fasson fuhr Moloch fort. Prigozi spitzte die Ohren. Er war froh, daß der Doktor es mal zu hören bekam. Er verabscheute diese Itzigs, die sich durch die Pflege eines Bartes ein würdevolles Aussehen zu geben versuchten. Sie sollten sich lieber an die Arbeit machen und ihren Verstand pflegen.

Just in dem Augenblick schnappte er Molochs Worte auf.

»Hören Sie, Doc«, sagte dieser gerade, »wenn nur zwei Menschen in den Vereinigten Staaten über diese Scheißkerle so denken würden wie ich, gäbe es einen Aufstand. Zum Teufel, wir haben kein Temperament! Wie können wir weiter mit diesen Leuten zusammenleben und passiv bleiben? Wir sollten uns mit einer Rasierklinge ans Werk machen ... ein paar Scheibchen von dieser saftigen Ehrbarkeit abschneiden. Nun, was sagen Sie dazu, was sagen Sie?«

Dr. Elfenbein versuchte, mit einem Kopfschütteln Ja und Nein auf einmal zu sagen.

»Ich beginne, Ihre ausgefallenen Ansichten zu verstehen. Sie sind ein Mann der Literatur, verstehe.«

»Literatur! Das ist ein lausiges Wort, zu einem Mann gesprochen.«

Dr. Elfenbein fiel ein, daß er Gefühle hatte und daß diese Gefühle verletzt worden waren – ja, geschmäht.

»Sie könnten«, sagte er leise, »etwas Rücksicht nehmen auf den Gast, den Sie an Ihren Tisch eingeladen haben.«

Moloch hielt dies für einen höchst blutleeren Ausdruck verletzter Gefühle. Es hatte ihn nach einem Faustschlag ins Gesicht gelüstet. Nach alledem aber begann er Mitleid mit der Zielscheibe seines Spotts zu empfinden. Er wünschte, er wäre an jemanden mit mehr Mumm in den Knochen geraten. Er war auf ein deftiges Gerangel unter den Tischen, auf einen Mund voller Sägespäne und auf ein paar gebrochene Knochen aus gewesen ... Er fragte sich, ob Prigozi imstande wäre, einen Streit vom Zaun zu brechen. Wenn Prigozi der Meinung war, es tue ihm gut, war er bereit, dem Doktor einen Schlag zu verpassen.

Die Situation wurde durch den dramatischen Auftritt einer sehr attraktiven jungen Dame gerettet, die offenbar jeder gern sehen und von der jeder gern gesehen werden wollte. Einige standen von ihren Stühlen auf und liefen auf sie zu, um sie zu begrüßen; andere winkten und sprachen sie mit ihrem Namen an.

Moloch schnappte den Namen auf: Naomi. Ein schöner Name, dachte er. Auch ein schönes Geschöpf.

Sie schickte ihre Bewunderer fort wie Kuriere und kam direkt auf ihren Tisch zugelaufen, wo sie ihre Arme um Prigozis Schultern legte.

»Du Armer«, murmelte sie – ein bißchen zu betont,

dachte Moloch, »Was kann ich sagen?« Ihre Beileidsworte gingen im Klappern des Geschirrs und in dem Radau, den die Schauspieler an ihrem Tisch veranstalteten, unter.

Was er von ihrer Stimme aufschnappte, klang für Molochs Ohren hinreißend. Er musterte sie von Kopf bis Fuß. Prigozi war sofort darauf erpicht, die junge Dame vorzustellen.

»Eine alte Flamme«, sagte er, und eine tiefe Röte überzog sein Gesicht und verstärkte dessen Häßlichkeit. Er zog einen Stuhl heran und bat das Mädchen, sich neben ihn zu setzen. Sie begannen eine harmlose Unterhaltung, die hauptsächlich von Naomi bestritten wurde. Die anderen beiden schauten zu, begnügten sich damit, zuzuhören und waren bezaubert von ihrer dunklen Stimme und ihren temperamentvollen Gesten.

Als sie alle herkömmlichen Gedanken geäußert hatte, die der Anlaß ihrer Meinung nach zu erfordern schien, hörte sie plötzlich auf zu sprechen. Niemand wußte, was er sagen sollte. Die Stille wurde peinlich.

»Vielleicht störe ich«, sagte sie.

»Keineswegs«, antworten die anderen einstimmig.

»Ihr beiden«, sagte Naomi wie eine vollkommene Kokotte, »ihr *seht entsetzlich aus.*«

So schlicht und banal die Bemerkung auch war, Moloch fühlte sich sofort geschmeichelt. In solch eine mitfühlende Beobachtung eingeschlossen zu sein, war eine Auszeichnung. Er konnte sich nicht vorstellen, wie Prigozi sie aufnehmen würde ... *»Alte Flamme?«* Ach, was! Unmöglich!

Daß Naomi Jüdin war, stand außer Frage, doch sie war ein Typ, dem Moloch bisher nur selten begegnet war, und ganz bestimmt nicht mit diesem Liebreiz, niemals mit solchen ausgeprägten feinen Zügen. Sie wirkte eher wie eine Orientalin als eine Jüdin, eher wie eine Ägypterin als eine

Semitin. Rasch bereit, sie zu idealisieren, dachte er sie sich als exotische Nachfahrin der alten alexandrinischen Welt, als Ausgestoßene mit rabenschwarzem Haar, bewandert in der Weisheit des Aphrodite-Kults, aufgewachsen in einer fremden, geheimnisträchtigen und von Leidenschaft gesättigten Sprache.

Ihr Charme hatte eine solche Wirkung auf Prigozi, daß er seine Sprechweise änderte. Er redete nun so, als hätte er den Mund voller Murmeln. Er glaubte, dies verbessere seine Aussprache. Niemand sonst gewann diesen Eindruck.

Stimmen sprachen zu Prigozi. Über die Bibel (die einen umfangreichen Teil des Gesprächs ausgemacht hatte) oder über christliche Wahnsinnige oder Dichter wie Stanley, der endlos über den Prediger Salomo fabulieren konnte, hatten sie allerdings nichts zu sagen. Die Stimmen in ihm waren züngelnde Flammen. »Es ist besser zu heiraten, als zu brennen«, wimmerten sie.

Er warf verstohlene Blicke auf Naomi. Ihr Mund war reif wie eine Kirsche, ihre Augen schwarz wie Kohle. Ihre zarten Gliedmaßen barsten vor Kaft. Schauer jagten über seinen Rücken, wenn er sich vorstellte, daß Naomi neben ihm lag, ihn tröstete, um ihn weinte ... In Gedanken hatte er eine solche Entfernung zurückgelegt, daß er Ekel vor sich empfand.

Naomi behielt die anderen beiden im Auge, während sie mit Dr. Elfenbein ein sich träge dahinschleppendes Gespräch führte. Seine Existenz wurde fast nicht mehr zur Kenntnis genommen; er war wie ein Gemüse, das, wie man weiß, im Garten wächst, an das man jedoch erst denkt, wenn es Zeit ist, es mit der Wurzel auszureißen.

Von Zeit zu Zeit kamen Männer an den Tisch, mischten sich solange ein, bis sie ihr Lächeln gewannen oder ein vages Versprechen aus ihr herausholten. Naomi war wie eine Hirschkuh, die in eine Falle gegangen war und die mit pochendem Herzen auf das Scheppern der Zimbeln und das Bellen der Hunde wartete. Die Blicke, die ihr zugeworfen wurden, waren Speere, die auf ihr Herz zielten. Sie wußte nicht, wie sie ihre hungrigen Verehrer beschwichtigen sollte.

Bald darauf entschuldigte Prigozi sich und verließ eilig den Tisch. Moloch folgte ihm. Sie gingen eine Treppe hinunter zur Toilette. Moloch glaubte, gesehen zu haben, wie Naomi ihn anstarrte. Ihre Blicke flehten ihn an, rasch zurückzukommen – dies jedenfalls dachte er.

In der Toilette drehte Prigozi sich um und schaute seinen Gefährten aus traurigen, eingesunkenen Augen an.

Er kam sofort zur Sache.

»Du willst sie haben, stimmt's?«

Moloch war ein wenig erstaunt.

»Na los, nimm sie dir, aber … aber sag ihr nicht, wieviel du dir aus ihr machst, wenn ich dabei bin.« Seine Stimme klang unsicher. »Hörst du mich?« wiederholte er, näher an Moloch herantretend. »Sag es ihr nicht, wenn ich dabei bin … ich könnte das nicht ertragen.«

Moloch versuchte, Desinteresse zu heucheln. Er sprach von Naomis Reizen, als begutachte er eine Marmorstatue.

Prigozi schaute finster und unheilverkündend drein.

»Das kannst du mir nicht antun, Dion. Ich will sie nicht, hast du verstanden? Du hast eine Chance … geh und nimm sie dir, bevor ich meine Meinung ändere.«

»Du deine Meinung ändern?«

»Hör zu! Ich sagte, du hast eine Chance. Also hast du sie auch, aber sie ist gering. Vergiß nicht, in ihren Augen bist du ein Goi. Besser das Eisen schmieden, solange es heiß ist.«

»Was zum Teufel will er denn damit sagen?« dachte Moloch und wußte, daß ein Goi immer fünf Stufen tiefer stand, wenn er mit einem Angehörigen der auserwählten Rasse sprach.

»Verdammt!« platzte er heraus. »Ich habe große Lust, dort rein zu gehen und sie dir vor der Nase wegzuschnappen – nur zum Beweis, daß ich es schaffe.«

»Genau das sollst du ja auch tun. Ein besseres Mädchen als Naomi findest du nicht.« Prigozi tat einen tiefen Seufzer.

»Hör mal, Sid, was hat das alles zu bedeuten? Was hast du vor? Irgend etwas an der Sache ist doch faul.«

»Tja, was bedeutet es denn deiner Meinung nach?« antwortete Prigozi einlenkend. »Denkst du etwa, daß *ich* sie will, ja?«

»Das fragst du mich nun schon zum zweiten Mal. Was hast du denn? Glotz mich nicht so an!«

Prigozi zögerte. War es der Mühe wert, diesem Goi irgend etwas zu erklären? In mancher Hinsicht war Moloch genau wie all die anderen Gojim.

»Ich möchte, daß du dir die Niggerin vom Hals schaffst, mit der du herumrennst. Bist du nun zufrieden?« verkündete er.

»Die Niggerin? Gütiger Himmel, hat er nichts anderes im Kopf?« dachte Moloch. Er lächelte milde. Wenn er sich keine anderen Sorgen machte, warum ließ er dann mit Naomi nicht locker? Was veranlaßte ihn, so zu reden?

Prigozi konnte seine Gedanken lesen. Im Grunde war er ihm sogar einen ganzen Straßenzug voraus. »Soll er sich ruhig mal den Kopf zerbrechen«, dachte er. Dann sagte er laut:

»Wie um alles in der Welt soll denn aus dir mal etwas werden, wenn dir andauernd diese Mulattin an den Rockschößen hängt? Weißt du nicht, daß ich über dich nachgedacht habe? Ich glaube, du bist verrückt genug, Valeska zu heiraten. Mann, du bist jetzt schon in den Klauen einer Teufelin – ist das nicht schlimm genug? Was willst du denn erst anfangen, wenn du eine Schwarze zu Hause hast? Du bist dann ausgestoßen, ist dir das klar? Du wirst keine Freunde mehr haben, verstehst du? Niemanden ... niemanden.«

Diese Rede belustigte Moloch so sehr, daß er in ein schallendes Gelächter ausbrach.

»Du regst dich über Kleinigkeiten auf, Sid. Wer sagt denn, daß ich mit Valeska durchbrenne?«

Prigozis Miene verriet heftiges Mißtrauen.

»Also, hör mir mal zu«, sprach Moloch weiter. »Valeska hat mir erst neulich gesagt, wenn ich mal nicht wüßte, wohin ich mit jemandem gehen kann, dann könnte ich *ihre Wohnung benutzen* ... Hast du das kapiert? Hört sich das so an, als würde ich mit ihr durchbrennen?«

Nun war es an Prigozi, unmäßig zu lachen.

»Versuch das doch mal einen Abend ... versuch es einfach. Ha-ha-ha! Mach, probier's! Aus Valeskas Wohnung bringst du kein Weib mehr lebend heraus. Du kriegst die Kehle durchgeschnitten, so wahr ich hier stehe. Herrgott, du mußt ein richtiger Simpel sein, wenn du alles glaubst, was sie dir sagt. Hat man so etwas je gehört?«

Er lachte noch herzlicher. Tränen traten ihm in die Augen.

»Ach, Schluß damit!« sagte Moloch. »Gehen wir nach oben und bringen wir Naomi fort von hier. Dieser Laden ist völlig verwanzt.«

Vor ungefähr fünfzig Jahren entdeckte ein französischer Archäologe in der Innenstadt von Jerusalem einen der wenigen Überreste aus dem ersten Tempel des Herrn. Die

Reliquie, die Clermont Ganneau gefunden hatte, war eine Aufschrift auf dem Pfosten der Balustrade, die den zweiten Teil des heiligen Vierecks umgab. Sie lautete:

»Kein Ungläubiger soll dieses Tor durchqueren, bei Strafe des Todes.«

Dieses prachtvolle, ehrwürdige Gebäude, das auf Veranlassung Salomons errichtet worden war und das, wie behauptet wurde, seit jeher von großer Bedeutung für die Freimaurer gewesen ist, bestand, soweit wir wissen, vierhundert Jahre lang. Nebukadnezar, der Babylonier, zerstörte es bis auf die Grundmauern und nahm die Juden in Babylon in Gefangenschaft. H.G. Wells, der von diesem historischen Ereignis berichtet, fügt hinzu: »... und machte aus ihnen ein kultiviertes und zivilisiertes Volk.«

Umgeben von unechten Nachfahren der babylonischen Gefangenschaft saß Naomi am Tisch, in ein goldenes Schweigen gehüllt, das auf ihren zarten Trommelfellen lastete wie ein purpurnes geflügeltes Roß. Ihre Gestalt wies eine entfernte Ähnlichkeit mit jenen wunderschönen byzantinischen Motten in Seide und Pelzen auf, die überraschend aus den stinkenden Fluren der Hester und der Forsyth Street heraustraten.

Draußen hielt ein kleines Auto mit einer neunköpfigen Familie am Bordstein. Die Mutter, die ein Kind stillte, schlang sich hastig eine verfärbte Brust über die Schulter. Es war eine Riesenbrust voller Brei. Ein enormes Euter, wie ein Mehlsack.

Die ganze Familie kam hereingeströmt. Spitzen aus Madeira und Cluny wischten über Brezeln und Bockwurststücke. Alaska-Seehunde fegten mit pathetischen Gesten Sägemehlklümpchen zusammen, die mit Spucke und Salamischalen vermischt waren. Satinkleider, die wie ein offener Landauer geschnitten waren, machten ein raschelndes

Geräusch, als sie gegen Tische und Stühle stießen. Mitleiderregende alte Männer, Schnürsenkel- und Bleistiftverkäufer, schlurften wie Gelähmte durch das Gewimmel schnatternder Kormorane. Den gleichen krebsartigen Gang kann man freitags abends beobachten, wenn sie sich, gram- und leidgebeugt, von Lähmungen geschüttelt, in den Zug der Menschen einreihen, der in die Synagoge strömt. An diesem Tag der Woche, an dem sich das Volk Israels in Klagen ergeht und in seinem Bart von der Bundeslade träumt, die nie gefunden worden ist, öffnet sich die gesamte East Side wie eine schwärende Wunde, die von Maden der Verderbtheit wimmelt.

»Wahrlich«, dachte Moloch und weidete seinen Blick an diesem Guanofeld aus Sybariten, »wenn die Deutschen die Chinesen Europas sind, dann sind diese erbärmlichen Wichte die Läuse und Zecken der Menschheit.«

Er fragte sich, was Naomi mit diesem Abschaum zu tun hatte, der wie aufgeblasener Blumenkohl um sie herumschwirrte. Was verband sie mit diesen übelriechenden Menschenmassen, die wie Faulschlammgas aus den Untergrundbahnen ausgestoßen wurden, die wie besiegte Truppen einer Armee von den Schlachtfeldern der Not heimkehrten?

Naomis zarte Hand, die wie eine Erscheinung auf Molochs Arm lag, ließ ihn noch einen weiteren Menschen wahrnehmen, der mit von der Partie war.

Dieser Mensch hatte das traurige jüdische Gesicht eines Mystagogen. Er war ein Schriftsteller von zweifelhaftem Ruf, der für Zeitungen jiddische Märchen schrieb. Die Müßiggänger, die das Café Royal frequentierten, gaben sich bei einer Flasche Selterswasser und einem Teller Pastrami den Anschein, an seinen Scherzen Gefallen zu finden.

Dieser Mann war ein Nervenbündel. Seine Hände waren ständig in Bewegung und wischten den Schweiß von seiner Nase und seiner Stirn ab. Er schwitzte immerzu. Auch sein Geist befand sich ständig in Wallung. Moloch mußte immer wieder auf seine Finger schauen. Dies waren nicht die weichen Knubbelfinger eines Schneiders (wie sie Dr. Elfenbein vorzuweisen hatte), die Moloch unangenehm an weißen Schweineschmalz erinnerten. Ganz im Gegenteil, es waren feste, spatenförmige Langfinger, die das Leben hart zu packen und ihm seinen schmutzigen Hals umzudrehen versprachen.

Dieser Witzbold, dessen Märchen so platt wie seine Fingerspitzen und so lächerlich wie sein grinsender Schädel waren, war schwungvoll und munter wie ein in einem billigen Museum baumelndes Skelett. Er lachte, wenn es keinen Grund zu lachen gab, und wenn er eine Anekdote oder eine seiner zahlreichen Geschichten erzählte, senkte sich die Finsternis Ägyptens über seine Stirn.

Dieser zum Totlachen komische Kadaver, der jede Nacht mit einem der Klassiker *(Don Quichotte* oder *Huckleberry Finn)* zu Bett ging, zappelte in den Fängen einer verhängnisvollen Leidenschaft. Zwischen fünf und sieben Uhr abends verfaßte er Liebesgedichte. Er schrieb sie weder für die Tagespresse noch für Buchverleger, sondern um sich selbst über die Narrheit seiner Leidenschaft hinwegzutrösten. Er wartete jeden Abend, bis Naomi sich in ihr Zimmer zurückgezogen hatte, das nur einen Steinwurf weit vom Royal entfernt war. Dann schlich er auf Zehenspitzen bis zum Treppenabsatz vor ihrer Tür und schob ein Gedicht unten durch. Manchmal legte er eine Blume hin, die über Nacht verwelkte und ihren Duft verströmte. Diese Geschenke wurden niemals auch nur mit einem Wort erwähnt. Voller Wehmut las Naomi die Gedichte, angerührt von der Psalmodie seines hebräischen Herzens, doch nicht imstande, das Geheimnis seiner Häßlichkeit zu enträtseln.

Diese gorgonenhafte Kreatur, deren Liebe wie der Seufzer war, den Kolossus bei Sonnenaufgang in Memnon tat, erweckte Molochs Interesse als Elektriker. Wer konnte vermuten, daß er, wenn er seine entsetzliche Faust in die Gedärme des Talmud bohrte oder wie ein Proselyt an den heiligen Rockschößen Mohammeds hing, die Absicht hegte, dadurch das Gesicht seiner Geliebten mit den Spitzen seiner starren Flügel zu streicheln?

Seine Begeisterung war wie das Grummeln eines Wolkenbruchs. Er konnte mit gleichem Elan über die Architektur der Alhambra, das Wesen der Götzenanbetung, die Topographie des antiken Theben oder den Kommunismus bei den Inkas schwatzen. Bei Erwähnung des Namens Moses Maimonides verfiel er in eine Rhapsodie über die Errungenschaften des zwölften Jahrhunderts. Er zählte die Titel bestimmter Originalaufsätze dieses großen Weisen auf, so zum Beispiel: »Über die Bisse giftiger Tiere«, »Über Asthma«, »Über Naturgeschichte«, »Über Hämorrhoiden« und so weiter.

Seine Einbildungskraft war wie die Wanderung des Skarabäus durch den Darmkanal, der, während er sich tage- und nächtelang ohne Unterlaß gütlich tut, zur gleichen Zeit unablässig das Band seiner Exkrete abwickelt zur Erinnerung an die abdominalen Wunderdinge, die er in seinem Tempel aus Dung vollbringt. Seine rabbinischen Metaphern atmeten die Trübheit von Perlen. Wenn er an die Wahrheit der Epistemologie rührte, erzitterte und funkelte alles. Finster und grauenhaft für den, der es mitansah, flatterte seine Seele wie ein länglicher Geist, der in einer Fata Morgana den Blicken entschwindet.

Inzwischen hatte Prigozi plötzlich sein Interesse für eine Zeitung entdeckt, die jemand auf dem Stuhl neben ihm liegen gelassen hatte. Unter einer auffälligen Illustration auf Seite fünfzehn las er das Folgende:

»Seit dem Anbeginn der Welt ist es eine anerkannte Pflicht des Menschen, daß er seinen Toten die Ehre erweist und seinen aufrichtigen Gefühlen und seiner Treue angemessenen Ausdruck verleiht, indem er ihnen eine geeignete, dem Brauch der Zeit gemäße Ruhestätte zur Verfügung stellt.

Es ist ein tröstlicher Gedanke, sofern Tröstung überhaupt möglich ist, zu wissen, daß man alles in seiner Macht Stehende getan hat, um die letzte Ruhestätte derer, die vor einem selbst gegangen sind, zu einem schönen und schmerzlindernden Anblick für die Lebenden zu machen, die dorthin kommen, um ihrer zu gedenken.

So wie Nationen ihre berühmten Toten ehren, indem sie ein bleibendes Denkmal errichten, auf daß ihre Namen auf alle Zeit im Gedächtnis bleiben, so können auch Sie ebensoviel für Ihre geliebten Toten tun, und zwar auf der Höhe der Zeit; andere Methoden gehören vergangenen Zeiten an.

Die Direktoren dieser humanitären Bewegung bitten Sie persönlich, den diesem Artikel beigefügten Kupon auszuschneiden und ihn an die unten angegebene Adresse einzusenden, woraufhin Sie ein wunderschön illustriertes Buch erhalten werden, das dieses großartige und eindrucksvolle Bauwerk beschreibt und Sie in die Lage versetzen wird, sich eine vollständige, umfassende Vorstellung von seinen Ausmaßen zu machen.

Verwechseln Sie Mausoleum nicht mit Einäscherung. Der Leichnam Ihres geliebten Angehörigen wird nicht vom Feuer verzehrt, sondern in einem schneeweißen Fach versiegelt, so wie es in den schönsten Grabstellen oder Familiengrüften Tradition ist. Die Kosten hierfür sind nicht höher als die für eine gewöhnliche Grabstelle. Die Mausoleumsbestattung befindet sich auf der Höhe der Zeit, ist so hygienisch wie die Einäscherung und so seelenvoll wie ein Friedhof. Ein Mausoleum bietet eine wunderschöne Ruhestätte und ein dauerhaftes Denkmal für die Toten und ist eine vernünftige und praktische Form der Bestattung.

Es bietet einen Platz, an dem Familien und Freunde Seite an Seite in einem schneeweißen Fach, oberirdisch und daher trocken und geschützt, liegen können, in das weder Wasser noch Dampf oder Schimmel eindringen können. DAS MAUSOLEUM BESEITIGT DIE SCHRECKEN DES GRABES UND VERWANDELT DAS ENDE IN EINES DER TRÖSTUNG UND DER SCHÖNHEIT.

Dieses Bauwerk, geheiligt durch seine Erinnerungen, wird niemals entweiht, wie es bei aufgegebenen Friedhöfen so häufig geschieht. Dieses Mausoleum ist keiner bestimmten Konfession vorbehalten, sondern für alle Glaubensbekenntnisse und Religionen offen. Denjenigen von Ihnen, die die Einäscherung bevorzugen, können wir einige sehr hübsche Nischen zum Aufstellen von Urnen anbieten.

Das Mausoleum wird architektonisch ansprechend und großzügig angelegt sein; bestehend aus Granit, Marmor und Bronze, wird es so sicher und beständig sein wie die Pyramiden von Ägypten.

Sie müssen zugeben, daß der Tod letztendlich alle besiegt, und Sie wollen doch Ihre Familie nicht ohne die schützende Hülle einer Kiste oder eines Kastens in die Erde lassen, doch wenn Sie eine Kiste oder einen Kasten verwenden, heißt das nicht viel mehr, als sie der Erde völlig ungeschützt zu übergeben.

WENN SIE DEN GELIEBTEN MENSCHEN INS MAUSOLEUM GEBEN, KÖNNEN SIE SICHER SEIN, DASS ER IM TROCKENEN RUHT.

Sie haben zwei Möglichkeiten zur Auswahl. Die eine heißt Tod in der Dunkelheit, Tod in den Tiefen, den Blick ständig nach unten gerichtet, ins nasse Grab. Die andere heißt Tod im Licht, Tod in Sonne und Helle, Tod in der Hoffnung auf Auferstehung.«

Prigozi faltete die Zeitung zusammen und schob sie in seine Manteltasche. Ein grauenerregendes, schallendes Gelächter brach von seinen Lippen.

Naomi und Moloch wechselten bedeutungsvolle Blicke. Der Dichter entschuldigte sich und brach zu einem Spaziergang auf.

Prigozi war leicht zum Gehen zu überreden. Auf dem Heimweg blieben sie vor einigen schwach beleuchteten Schaufenstern stehen. Ein Schild in einem Drugstore mit der Aufschrift »Zentralstelle für Arzneien, Bruchbänder und Krücken« erregte Prigozis Aufmerksamkeit. Er war ganz begeistert davon.

»Davon möchte ich ein Faksimile«, schrie er, sprang vor dem Schaufenster herum und klatschte in die Hände wie ein Kind, das nach billigem Flitter verlangt.

Vor seiner Tür angekommen, wandte er sich zu Moloch um.

»Du bringst Naomi nach Hause, aber merk dir, fahr ja nicht U-Bahn mit ihr. Dort schneit es Chlorkalk. Pst!« (Er legte einen Finger vor die Lippen.) »Damit halten sie die Dummen und die Gierigen fern! Pst!«

Moloch geleitete Naomi schweigend durch die Second Avenue. Von Prigozi bis zu ihrem Haus war es nur ein paar Minuten zu gehen. Er wollte sofort zu Prigozi zurückkehren.

Sie kamen noch einmal an dem gleichen russischen Buchladen mit dem Foto von Dostojewski im Schaufenster vorüber. Es war ein regelrechter Christus, wiedergeboren im Körper eines Muschiks. Tränen rannen ihm träge aus den Augenhöhlen. Moloch tippte an seinen Hut, eine Geste, die, obwohl flink und unauffällig, Naomis Blicken jedoch nicht entging.

Das möblierte Zimmer, das Naomi ihr Zuhause nannte, befand sich im dritten Stock eines alten Backsteinhauses, über dem Restaurant »Europa«. Der Küchengeruch drang durch die Flure.

Er sagte ihr an der Haustür gute Nacht und drückte ihr herzlich die Hand. Sie erlaubte ihrer Hand, in seiner zu ruhen. Während sie dort standen, ging John Dos Passos' junger Mond über Weehawken auf.

Naomi hatte ihm das Versprechen entlockt, sie bald anzurufen.

»Wenn du kommst«, sagte sie, »klopf leise an.«

Moloch eilte nun mit raschen Schritten in die Richtung, aus der er gekommen war. »Klopf leise an«, sprach er vor sich hin und sah bereits, wie sein Schatten ihre Schwelle überquerte. Er fragte sich, ob Prigozi sich in der Zwischenzeit die Kehle durchgeschnitten hatte. Diese Überlegung hielt ihn nicht davon ab, sich vorzunehmen, am nächsten Tag einen Kragen zu kaufen, damit er vorzeigbar wurde. Daraufhin betrat er eine Telefonzelle. Jedesmal, wenn er eine gute Ausrede parat hatte, rief er Blanche an.

Blanche klang verschlafen und verärgert.

»Ich muß bei ihm bleiben«, sagte er zum wiederholten Male. »Tut mir leid, daß ich dich geweckt habe.«

»Du hättest nicht anzurufen brauchen«, ertönte Blanches Stimme. »Wir kommen auch ohne dich zurecht.« Und damit hängte sie ein.

»Da hörst du es«, sagte er zu sich selber, als sei er das rechtschaffenste Individuum auf zwei Beinen, »für sie ist das nur wieder eine faule Ausrede. Der Teufel soll sie holen! Soll sie doch denken, was sie will.«

Als er sich der Straßenkreuzung näherte, ging der Koloß von Memnon an ihm vorüber. Sein Kinn ruhte auf seiner Hemdbrust. Seine Totschläger-Fäuste hatte er in seinen Manteltaschen vergraben: die eine erwürgte den Bullen Asis, die andere schleuderte dem Gott Osiris Verwünschungen entgegen. Sein Schnurrbart war feucht vor Kölnisch-Wasser.

Moloch blieb abrupt stehen und drehte sich um. Sein Blick wanderte über den Geheimnisvollen. Er wartete und schaute. Die Gestalt schritt unbeirrt auf ihre Bestimmung zu. Sie wurde von einem Vorraum über dem Restaurant »Europa« verschluckt.

Moloch ging mit äußerster Vorsicht ein paar Schritte zurück und bezog, ein paar Meter von der Treppe entfernt in der Dunkelheit eines tiefen Schattens, Posten.

»Wir geben diesem Windhund ein paar Minuten Zeit, wieder aufzutauchen«, beschloß er, »dann gehen wir der Sache auf den Grund.«

Eine lächerliche Geschichte, die er Naomi in dem Café erzählen wollte, in letzter Minute aber dann doch nicht erzählt hatte, fiel ihm wieder ein. Hatte er vollkommen den Verstand verloren? Es gab Dinge, für die man sich entschuldigen konnte – wenn man beispielsweise an Spitzbärten gezogen hatte –, aber diese Geschichte ...! Er seufzte vor Erleichterung tief auf.

Was hatte der Heilige Geist da oben so lange zu schaffen? Hatten sie ein Stelldichein?

Aber nein ... der Dichter trat aus der Vorhalle. Vorsichtig setzte er einen Fuß vor den anderen, schlich leise, sehr,

sehr leise die Steintreppe hinab. Er beschmierte die Balustrade mit dem Schweiß seiner feuchten Hände. In der Dunkelheit hatte seine Gestalt das Aussehen einer amorphen Masse in klobigen Steinschuhen. Wenn man an einem nebeligen Abend plötzlich einmal auf die massige Gestalt des *Balzac* von Rodin stieße, würde man eine eigenartige Ähnlichkeit zwischen diesen beiden Menschen entdecken. Diejenigen, die den *Balzac* noch niemals unter den angegebenen Umständen gesehen hatten, äußerten häufig, daß er einer zerknüllten jiddischen Zeitung ähnele. (Warum einer »jiddischen« Zeitung?) Zweifellos aus dem gleichen Grunde, weswegen die Leute auch von einem »schönen Sonntagvormittag« sprechen und damit vermutlich meinen, daß der siebte Tag der Woche, wenn er tatsächlich schön *ist*, schöner ist als alle anderen Wochentage.

Moloch blieb unbemerkt stehen, während der andere die Treppe hinabstieg, ausgelöscht von dem samtigen Schatten der langen Treppenflucht. Er sah zu, wie die Gestalt hinausging und sich verlor, so wie ein Gespenst auf einer verdunkelten Bühne auftritt, nur um rasch seitlich in den Kulissen zu verschwinden. Sein Geist öffnete sich für eine dieser seltsamen Episode angemessene Erklärung. Er stieß nur auf hohe, leere Wände.

Und dann geschah etwas Sonderbares. Der Koloß von Memnon verschwand vollkommen aus seinen Gedanken, und vielleicht ging er für den Bruchteil einer Sekunde in der ihm umgebenden Welt auf. In einem träumerischen Zustand sah er sich selbst als kräftiges, für sein Alter zu großes Kind, das an einem Lutscher leckte. Seine Haut war sehr hell, und er hatte hübsche, flachsblonde Locken. Unter dem Arm trug er ein schönes Testament mit Goldschnitt, das in prächtiges Pergament eingebunden war. Er saß im Glockenturm der alten presbyterianischen Kirche und sprach wie ein Automat die Verse des dreiundzwanzigsten Psalms vor sich hin.

Aber warum murmelten die vielen Menschen dort unten und reckten ihm ihre schweren Fäuste entgegen? Er bekam schreckliche Angst. Der Lutscher fiel ihm aus dem Mund, schlug mit einem hallenden Schlag auf dem Boden auf und zersprang in Stücke wie eine Kristalluhr. Panik erfaßte ihn, als die Menge näher an ihn herandrängte und drohte, ihn und den Glockenturm umzustürzen.

Plötzlich erschien ein Engel am Himmel und stieß wie ein Habicht zu ihm herab. Mit gewaltigem Flügelschlagen trug ihn der Engel in die Lüfte, hinauf in die azurnen Weiten des Himmels. Als er sich soweit von seinem Schrecken erholt hatte, daß er dem Engel ins Gesicht schauen konnte, entdeckte er, daß es kein gojischer Engel war. Der Engel sah Prigozi verdammt ähnlich, nur daß er keine Geschwülste, keine Brille und keine Mitesser hatte ... Von wem stammt das Wort, daß man sich unmöglich einen häßlichen Engel vorstellen kann? Egal, wer es auch immer war, er hat gelogen!

Dion Moloch faßte den Entschluß, den Donjon zu erstürmen. Er stand vor Naomis Tür und klopfte leise an. Ihm wurde nicht geantwortet. Er klopfte noch einmal, sehr leise. Er spürte etwas Glattes und Glitschiges unter den Füßen. Jemand machte sich am Türriegel zu schaffen. Die Tür wurde geöffnet, doch nur ganz wenig, einen winzigen Spalt breit, und er hörte sie flüstern: »Wer ist da?«

Beim Klang ihrer aus der Dunkelheit dringenden Stimme erzitterte sein Inneres förmlich. Er stemmte sich mit seinem vollen Gewicht gegen die Tür und drängte in das Zimmer. Ihre angsterfüllte Gestalt war in der Mitte des kleinen Raums nur schemenhaft zu sehen. »Ich bin's, Dion Moloch«, flüsterte er heiser, umfaßte sie und preßte seinen

Mund auf ihren. Sie leistete keinen Widerstand; ihr Kopf sank zurück, ihr Körper war völlig entspannt. So standen sie mehrere Minuten lang; er ließ sie los und schloß die Tür. Er verriegelte sie sorgfältig, zog den Schlüssel ab und legte ihn auf die Frisierkommode.

Sie stand immer noch in der Mitte des Raums, trug ein dünnes Nachthemd und hatte die Arme vor der Brust verschränkt in der Haltung einer Märtyrerin, die im Begriff ist, auf den Scheiterhaufen zu steigen. Er packte sie wieder und wiederholte seine Avancen. Sie sprach kein Wort, sondern überließ sich ihm wie in Trance.

»Hast du mich erwartet?« fragte er schließlich keuchend.

Er hatte sie aus einem tiefen Schlummer geweckt. Sie habe von einer Frau in einem weißen Kleid geträumt, erzählte sie, die mit einem Krug zu einem Brunnen ging. Der Brunnen war furchterregend tief, und als sie in die Tiefe hinabschaute, sah die Frau den Widerschein des Mondes, eines sichelförmigen, zunehmenden Mondes, auf dem Opale schimmerten. »Ich habe noch geträumt, als ich zur Tür ging«, sagte sie zuletzt.

»Und jetzt«, fragte er, »träumst du jetzt auch?«

Sie legte sich auf ein schmales Bett, und ihr herrlicher Körper wurde vom Straßenlicht enthüllt, das sich unsicher den Weg bis durch die gelbe Jalousie hindurch bahnte. Eine Decke über ihren hingestreckten Körper breitend, kniete er neben dem Bett nieder und umarmte sie. Bei der Berührung seiner warmen Hand, die leicht über ihren Körper glitt, zitterte sie und klammerte sich an ihn. Er legte sich neben sie, Leib an Leib, und bebte vor ekstatischen Schauern ... »Naomi, Naomi«, flüsterte er in der Dunkelheit ...

Das kurze Delirium einer sie umfangenden vollkommenen Stille wurde durch ein lautes Pochen an der Tür beendet. Sie hörten, wie eine Stimme »Naomi!« rief.

Sofort legte sie ihm die Hand auf den Mund und flehte ihn, in panischem Schrecken flüsternd, an, still zu sein. »Rühr dich nicht!« bat sie. Der Duft ihres Atems stieg ihm in die Nase, vermischte sich mit seinem Blut und ergriff vollständig Besitz von ihm. Sie hielten einander fest umklammert, wagten kaum zu atmen.

»Naomi, Naomi!« rief die Stimme. »Um Himmels willen, öffne die Tür. Ich bin es. Bitte, bitte ... ich werde dir nicht weh tun.«

Es gab keinen Zweifel daran, wessen Stimme das war. Moloch fuhr zusammen, ein Gefühl von Schrecken und Mitleid erfaßte ihn. Naomi hielt ihm immer noch mit der Hand den Mund zu. Er hörte, wie ihr Herz schlug.

Inzwischen sprach die Stimme flehend weiter ... einen regelrechten Sermon flehentlicher Bitten, angestimmt mit tiefer, jaulender Stimme, die jeden Augenblick in Schluchzen oder in wildes Gelächter ausbrechen konnte.

»Naomi, sag irgend etwas, lieg nicht wie eine Tote da. Sprich mit mir ... sprich mit mir. Ich werde verrückt!«

Die Stimme verfiel in ein weibisches Kauderwelsch. Plötzlich erbebte die Tür, als sei ein schwerer Gegenstand dagegen geworfen worden. Daraufhin erklang Stöhnen – ein klägliches, widerliches Stöhnen, das sie mit Schrecken erfüllte.

Moloch war von dem Gedanken beherrscht, daß Prigozi zusammengesunken vor der Tür lag. Er krümmte und wand sich bei der Vorstellung. Naomi klammerte sich mit aller Kraft an ihm fest.

»Bitte, geh nicht«, flüsterte sie. Ihre Stimme verstummte vor Angst.

»Aber vielleicht ist er verletzt ...«

Der Gedanke, daß Prigozi ausgerechnet hierher gekommen sein könnte, um sich zu zerstören, erfüllte Moloch mit Entsetzen. Vor seinem inneren Auge sah er sich selbst, wie er in der Morgendämmerung über einen kalten Körper stolperte ... und ihn nicht beachtete, als sei es der Körper eines ermordeten Verbrechers ... Und die vielen Fragen, die Blanche stellen würde! All ihre widerlichen Verdächtigungen ...

Naomi versuchte, ihn zu beruhigen. Sie küßte ihn leidenschaftlich, strich ihm übers Haar, streichelte ihn und flüsterte ihre Liebe in Worten, die ihm die Ohren verbrannten. Doch er war unempfänglich. Prigozi konnte ebensogut bei ihnen im Bett liegen, zwischen ihnen, das kummervolle Gesicht nach oben gerichtet, und den Mond anheulen.

»Niemand wird von uns erfahren, Naomi. Laß ihn nicht dort liegen. Das ist schrecklich. Laß mich zu ihm gehen ...« Er protestierte vergebens. Sie ließ ihn nicht aufstehen.

»Nein, nein, nein!« wimmerte sie. »Du mußt hier bleiben. Er wird nicht sterben. Du wirst sehen – er geht wieder weg ... *So etwas* würde er nicht tun.« Sie drückte ihren Kopf an seine Brust, um nicht den düsteren Schatten der Leiche sehen zu müssen.

Moloch dachte angestrengt nach. »Wenn man nur wüßte, was mit ihm geschehen ist. Vielleicht tut er ja nur so. Aber er kann das doch unmöglich nur spielen.« Er dachte den Gedanken weiter, filterte jedes Quentchen Trost daraus, das er vielleicht enthielt ... Einerseits, fragte er sich selbst, woher wollte er denn wissen, ob Prigozi ihm nicht gefolgt war? Wenn er andererseits aber verzweifelt war, wenn er es sich vielleicht in den Kopf gesetzt hatte, ihn, Moloch, zu suchen, wäre es dann nicht einleuchtend, daß er zuerst hierher gekommen war? Er dachte an das Gespräch auf der Toilette zurück und wie sonderbar sich Prigozi danach verhalten hatte. All dieser verrückte Unsinn auf der Straße, als sie ihn nach Hause gebracht hatten – es war doch ganz einfach! Der Bursche täuschte alles nur vor, damit er sich wieder zurückzöge. Prigozi konnte ja nicht gut sagen: »Hör mal, Dion, ich habe meine Meinung über Naomi geändert. Ich will nicht, daß du sie nimmst.« Es war einfacher, eine List anzuwenden, wenn er ihn fortlocken wollte.

»Donnerwetter! Ich hab's!« murmelte er und sprang ruckartig auf. Naomi setzte sich ebenfalls auf und sah ihn bestürzt an.

»Zum Teufel mit ihm!« rief er aus. »Soll er doch dort liegen!« Er zeigte voller Schadenfreude auf die Tür, als stelle sie eine wirksame Barriere gegen Gnome und Kobolde dar. Genau in diesem Augenblick blitzte ein von einem schwachen Licht erleuchtetes weißliches Rechteck in dem Spalt unter der Tür auf. Er legte den Arm auf Naomi und zeigte auf den Gegenstand. Auf dem weißen Blatt war ein dunkler, ungleichmäßiger Fleck, als sei ein Blutstropfen darauf geronnen. Naomi erschrak, war verblüfft, und schließlich konnte sie ihre Neugier nicht mehr zügeln und stahl sich leise aus dem Bett und ging auf Zehenspitzen zur Tür. Sie beugte sich nach vorn, um den Gegenstand genauer zu betrachten. Moloch hielt den Blick auf den Fleck geheftet.

Sie trat dicht vor ihn und hielt ihm ein Stück eines Briefs vor die Augen. Der dunkle Fleck war nicht mehr zu sehen. Zwischen Daumen und Zeigefinger hielt sie das Blütenblatt einer Rose.

Sie legten sich flach auf den Bauch und hielten das Blatt Papier in das schwache Licht, das durch die Jalousien ins Zimmer sicherte. Schon beim ersten Anblick der verzerrten Schriftzüge war Moloch entsetzt. Nicht daß er etwa die

Handschrift erkannt hätte. Ein solches Gekritzel zu entziffern war unmöglich. Er hatte solche Schriftzüge schon früher gesehen – bei Schwachsinnigen und Irren. Seine Überlegungen wurden durch das Geräusch unterbrochen, mit dem Prigozis schwerer Körper an der Tür entlangstrich. Sie waren verblüfft. Sie schauten einander zweifelnd an. Einen Augenblick später hörten sie schwere, feste Tritte. Sie hörten, wie die Holzstufen unter dem festen, rachsüchtigen Tritt knarrten.

Naomi seufzte erleichtert auf. »Er war es!« rief sie aus.

»Natürlich war er es!« Moloch hielt inne. »Ach, zum Teufel!« dachte er. »Konnte sie denn glauben, daß es jemand anders war?«

Er schaute sie fragend an. Naomi blickte ihn weiter mit dem gleichen eindeutig erleichterten Ausdruck an.

»Siehst du, ich hab dir gesagt, du sollst dir keine Sorgen machen.« Sie fragte sich, warum er sie so eindringlich musterte.

Moloch nahm noch einmal das Blatt Papier in die Hand und untersuchte es gründlich. Dann gab er es ihr zu lesen. Naomi warf nur einen kurzen Blick darauf.

»Könnte er das geschrieben haben?« fragte sie.

»Er muß es im Dunkeln geschrieben haben. Schau mal, wie die Buchstaben verlaufen – kreuz und quer. Ganz bestimmt hat er es geschrieben. Und zwar, als er auf dem Boden lag und uns mit seinem Unsinn einen Schrecken eingejagt hat. Ein schlauer Teufel ist er schon, dieser Vogel.«

»Aber ich verstehe nicht, was da steht«, rief Naomi und schaute noch einmal auf das Blatt.

»Dumme Gans! Das ist ein Spruch aus der Bibel.«

»Dann lies ihn mir mal vor.«

»Mene mene tekel u-parsin!« Er zog die Augenbrauen in die Höhe.

»Weißt du, was das bedeutet? Du hast gesagt, du hättest es erkannt.«

»Na klar. Das ist die Inschrift auf der Wand, die Daniel während des Fests bei König Belsazar sah.«

»Aber was bedeutet sie?«

»Ach, die Suppe ist versalzen oder so etwas Ähnliches.«

»Sieh mal an!« sagte Naomi. »Er muß den Verstand verloren haben.«

»Du sagst es!«

Sie legten sich hin, um ein paar Stunden zu schlafen.

»Weißt du, Kindchen«, sagte Moloch leise, nachdem sie sich eng aneinander gekuschelt hatten, »du solltest wirklich mal die Bibel lesen. Ganz im Ernst. Das ist ein wunderbares Buch. Da ist alles drin: Liebe, Haß, Furcht, Neid, Bosheit, Lust, Gier, Mord ... alles, was die Welt zusammenhält.«

»Was für seltsame Gedanken!« dachte Naomi laut.

»Und vor allem«, sprach er weiter, »lies den Prediger Salomo.«

Schweigen.

»Naomi, was ist? Hörst du mir zu?«

Naomi war in den Abgrund der Hölle gefallen.

14

Wann immer das den Astrologen als »große Konjunktion« bekannte Phänomen auftrat, wurde dieser pockennarbige Planet zum Schauplatz sonderbarer und außerordentlicher Ereignisse. Die Große Amerikanische Telegraphengesellschaft zum Beispiel reagierte auf dieses seltene Vorkommnis gewöhnlich damit, daß sie einen Bonus an ihre Angestellten auszahlte.

Und so kam es dazu, daß Dion Moloch sich eines Abends auf dem Cooper Square befand und mehrere hundert Dollar in der Tasche hatte. Er hätte sich ein extra Hemd oder eine neue Krawatte kaufen können, oder er hätte, wie die meisten verheirateten Männer der Telegraphengesellschaft, mit einem Strauß Rosen nach Hause zu seiner Frau eilen, ihr die Hand halten und die halbe Nacht mit ihr aufbleiben und Anzeigen für Häuser in den Vorstädten studieren können.

Doch er tat nichts von alldem. Er ließ das Geld in seiner rechten Hosentasche und rührte es nicht an. Er hatte andere Pläne. Als er das Gesicht dem North River zuwandte, wen sah er da auf sich zukommen, wenn nicht seinen lieben Freund Randolph Scott.

»Na, du alter Nichtsnutz!« schrie Randy und strahlte herzlich.

Sie tauschten die üblichen Begrüßungsworte alter Freunde aus, die sich aus den Augen verloren hatten und sich dessen ein wenig schämen.

»Ich wünschte, du hättest vor ein paar Stunden bei mir sein können«, sagte Randy. »Pfui! Ich habe etwas gesehen, da ist mir das Herz im Leibe gefroren.«

Moloch war neugierig. Randy konnte durch die unterschiedlichsten Phänomene aus der Fassung gebracht werden. Manchmal überwältigte ihn der Anblick eines alten Gebäudes, das abgerissen wurde, und wenn es schon spät am Abend war und ein Bettler ihn ansprach, ging er heulend nach Hause. Seine neueste Empörung betraf angerichtetes Rindfleisch.

Randy hörte mitten in seiner Erzählung auf zu sprechen.

»Bist du schon einmal stehengeblieben, um dir ein dekoriertes Schwein anzusehen?«

Er verzog das Gesicht zu einer Grimasse des Ekels.

»Huh! Vor kurzem hab ich eins in einem Schaufenster hängen sehen. Mann, das hättest du sehen sollen! *Alles Talg!* Verwandeln wir uns auch so in Talg?«

Moloch johlte auf.

»Das also beunruhigt dich – *Talg?*« Er johlte noch ein wenig weiter.

Randy schaute verärgert drein. »Ich verstehe nicht, was daran so lustig sein soll. Stell dich mal irgendwann vor einen Fleischerladen. Schau dir fünfzehn Minuten lang tote Schweine an. Gott, dieses eine war bloß fett, und der Anus war einfach ein breites, tiefes Loch, das man mit einem Messer weggesäbelt hatte.«

»Und du bist beunruhigt darüber, wie du aussehen wirst, wenn du tot bist, ist es das? Glaub mir, Randy, du wirst nicht halb so gut aussehen, das kann ich dir sagen.«

Randy zögerte einen Augenblick. Er schlug sich mit einem Gedanken herum.

»Nö-ö-ö«, sagte er gedehnt. »Es ist mir scheißegal, was sie mit mir machen, wenn ich tot bin. Ich denke nur gerade daran, was wir alle andauernd mit uns herumtragen – Fettklumpen und Knorpel, blaue und lila Adern, einen Magen, eine Galle, Nieren, eine Schnur Gedärme ... und dieses häßliche verfluchte Skelett! Mann!« Er klatschte sich hörbar ins Gesicht. Es war eine mittelalterliche Geste, häufig ausgeführt bei der Lektüre von Jeremia.

Um das Maß voll zu machen, versetzte Moloch ihm einen kräftigen Hieb. Randy hustete verlegen – einer dieser gekünstelten Theaterhusten, der den Missetäter mit dem Ausfluß seines eigenen Kummers durchtränkt.

»Es ist nicht das Alter, das dir zu schaffen macht«, sagte Moloch herzlich, »sondern nur eine leichte Nervenschwäche, du armer alter Schmutzfink. Wenn du ein bißchen mehr Poesie im Leib hättest, könntest du mit dieser nervösen Empfindlichkeit herrliche Sachen ausspucken. Die Deutschen würden dich zum Helden machen.« Er versetzte Randy einen festen Rippenstoß.

»›Mann und Frau gehen durch die Krebsstation‹! Wie würde dir das als Titel gefallen?«

»Hakt's bei dir aus?« sagte Randy. Trotzdem besserte sich seine Stimmung erheblich. Für ihn war Krebs beinahe so spannend wie Wahnsinn.

Es war ein herrlicher Abend für morbide Erkundigungen. Sepiafarbene Wolken rissen den Himmel in Fetzen. Das »L« von Sixth Avenue und Central Park ächzte unter dem Gewicht der menschlichen Fracht; es war eine menschliche Fracht, ganz recht, denn ein Frachtstück war vom anderen durch dicke Zeitungen getrennt.

Nun erhob Randy die Stimme über den Verkehrslärm und brüllte seinem Freund, angefeuert von der Leidenschaft eines Druiden, ins Ohr:

»Genau in dieser Minute kratzen Tausende von Menschen ab und bitten den Allmächtigen um Vergebung. Die

Erde ist erfüllt von Stöhnen und Wehklagen. Kinder werden bei Geburtswehen ihren Müttern entrissen, Schiffe versinken auf dem Meer, während die Menge sicher und gemütlich zu Hause sitzt und sich im Radio Konzerte anhört. Zerstörung und Elend überall – das ist alles, was ich sehe.«

Moloch formte seine Hände zu einer Trompete und legte sie Randy ans Ohr.

»Und ich sehe Liebhaber mit ihren Geliebten und Ehemänner mit den Frauen anderer Männer ins Bett gehen und sich unter den Laken aneinander schmiegen ... in Honolulu, Kopenhagen, Sansibar, Istanbul, Nagasaki, Moskau, Dubuque, Hoboken. Sie sind überall um uns herum, Randy ... *überall!* Wenn wir nur in diesem Augenblick die Mauern niederreißen könnten, oder?«

»Du hast gewonnen«, rief Randy aus. »Ich wußte, daß wir früher oder später darauf kommen würden.«

Er legte die Arme um seinen Freund und leckte ihn mit blutunterlaufenen Augen. Das Universum, das noch einen Augenblick zuvor ein in purpurrotem Blut schwimmender Schlachthof gewesen war, wurde wieder zu einem Gemischtwarenladen. (Für Randolph Scott!)

Randolph Scott hatte einmal in einer Börsenzeitschrift gelesen, daß das Licht sich mit hoher Geschwindigkeit bewegt, bevor es beim menschlichen Denken ankommt. Bei der Erwähnung jener Liebhaber, die durch dieses Netz von Längen- und Breitengraden hindurch ins Bett steigen, bewegten sich seine Gedanken so schnell, daß er meinte, die Wissenschaftler hätten einen Fehler gemacht, als sie berechneten, mit welcher Geschwindigkeit sich das Licht pro Sekunde bewegt. Es war absolut lächerlich, keine Frage, aber nachdem er nacheinander Königinnen, adlige Witwen, Dienstmädchen und alle Koryphäen aus den Folies

Bergères geschändet hatte, war sein Hirn so trocken wie die innere Schale einer Navelorange.

»Behalt das für dich«, verkündete Randy, »aber ich hab letztens ein paar gute Weiber aufgetan. Du solltest dir ein Auto kaufen, weißt du das?«

»Ja«, sagte der andere und dachte an Roxane, die Tochter des Königs von Samarkand, der im Nebel der Jahrhunderte die Sinne schwanden.

»Hast du immer noch ein Notizbuch?« erlaubte sich Moloch zu fragen.

»Ein Notizbuch? Wofür brauche ich denn ein Notizbuch?«

»Telefonnummern.«

»Telefonnummern? Bei den Mengen, in denen diese Flittchen herumlaufen? Bleib mal ein paar Minuten hier stehen; ich besorg dir im Nu eine ...«

»Moment, Randy! Nicht jetzt.«

»Warum? Was hast du denn vor?«

»Komm mit mir. Ich gebe einen aus ... Wein, Spaghetti, Zigarren, alles, was du willst.«

»Was ist denn plötzlich in dich gefahren? Hast du zu viel Geld?«

»Nein, zum Teufel! Ich zahl nur ein paar alte Schulden zurück.«

»Sei doch nicht dumm! Bezahl sie nur zur Hälfte und bring den Rest zur Bank. Und komm jetzt, ich weiß, wo wir was aufgabeln können.«

»Geht nicht. Du kommst mit mir. Ich spendiere heute abend ein Festessen. Hier, gleich hier die Straße runter. Kommst du?« rief Moloch.

Randy schien schon fast einwilligen zu wollen, zögerte jedoch plötzlich und blieb dann wie angewurzelt stehen.

»Sind Frauen mit dabei?«

»Nein.«
»Keine Frauen?«
»Nein, hab ich doch schon gesagt.«
»Na, dann mach's gut.«
»Mach's gut.«
Keiner von beiden drehte sich um.

Um acht Uhr fünfzehn, pünktlich wie eine Zwanzigstes Jahrhundert GmbH, fuhren Dion Moloch und seine dreizehn zufriedengestellten Gläubiger in drei gelben Taxis Richtung Süden und Osten. Vierzehn Theaterkarten mit den Platznummern A2, A4 und so weiter steckten in seiner Westentasche wie weiland die Fotos der Soubretten aus dem Sweet Caporal, die die jungen Männer in den Tagen, als Admiral Dewey gen Manila Bay segelte, zu sammeln pflegten.

An der Kirche St. Marks-on-the-Bowerie biegt die Flotille in den Judean Way ein. Die etwas verschlafen wirkende St. Marks-Kirche wird zu einem frommen Gemischtwarenladen. Überall Buchstaben wie Musik. Überall schwarzer Schnee, verlauste Perücken, aufgerollte Bärte.

ACHTUNG! GEBRAUCHTWAREN!
SO GUT WIE NEU!
VERBILLIGTE TARIFE!
PREISNACHLÄSSE WIE NOCH NIE!
RÄUMUNGSVERKAUF

Kauft, kauft, kauft! Die Armut spaziert in Pelzmänteln umher; Streichholzverkäufer mit dicken Juwelen im Bankschließfach. Sparbücher in zerschlissenen Hosen versteckt. Türkische Bäder, russische Bäder, Sitzbäder, öffentliche Bäder, Bäder, Bäder, Bäder – doch keine Sauberkeit.

Schilder, Anschläge, Plakate, elektrisch beleuchtete Auslagen: die schmackhaft gemachte, modisch aufgeputzte, geile, duftende Welt. Schmutziges Leinen, Polypen, Schleimhautentzündung. Eine Eruption von Pickeln, Mitessern, Warzen und Geschwülsten.

Ein Planet, auf dem das Unterste zuoberst gekehrt wird beim Wühlen nach Lappalien. Eine schmierige Weste, dieser Judean Way, über dem fetten Wanst der Metropole.

Als nächstes: Kinotheater, Kliniken, Tanzpaläste, Tabernakel. Der Geist von Jacob Gordin stapft durch die bluttränkte Tundra von Sibirien. Natascha Rambova in einem Anachronismus von Laura Jean Libby ... *Parisian Love* mit Clara Bow.

Und danach: »Brückenbauarbeiten, vernünftige Preise«. Die Rumänische Rotisserie kitzelt die kühl gelagerten Überreste Leo Tolstois mit den leisen Klängen eines Cymbalons. Renovierte Mietskasernen in saubere weiße Fassaden verwandelt, funkelnd von pädagogischer Distinguiertheit, strotzend vor amorphen Pelzfabrikanten und ihren blökenden, wassersüchtigen Gemahlinnen.

Die Messrs. Hinterbacke, Hängebacke und Ränzlein stiften eine morganatische Ehe zwischen Mme. Bertha Kalich und dem Schachclub von der Second Avenue. Frank Merrill in *The Speed King* ... *The Golden Cocoon* ... *Infatuation* ... die Kirche Aller Nationen mit russischen Schriftzeichen über der Tür.

In Feuersäulen, die die Manhattan Business School jeden Abend um sieben in einem Flammenmeer zu verschlingen drohen:

THE NATIONAL WINTER GARDEN

Aus einem Witz zu einem internationalen Institut! Eine zwerchfellerschütternde *Burleske* in neun Erschütterungen. Die Orthographie noch unprätentiös: wie in der guten alten Zeit.

HALT!!!

Wenden wir uns Walter Paters *Renaissance* zu. Dem Kapitel über Botticelli.

»Neben diesen Großen gibt es eine gewisse Anzahl von Künstlern mit einem ganz eigenständigen Talent, durch das sie uns eine besondere Art von Genuß bereiten, die wir anderswo nicht finden ...«

Wir wollen künftig schweigen über dieses Konglomerat aus Bedlamisten, über dieses Potpourri aus Zuhältern, Möpsen und Profanierungen, über diese Melange aus Sybariten und Kormoranen. Kein Wort mehr über Akne, Schleimhautentzündung, Ekzeme. Streicht das Koscher-Schild durch. Diese Dinge sind Anathema für die amerikanische Öffentlichkeit. Außerdem, befinden wir uns denn nicht bereits vor der Kirche von St. Augustin, versuchen, uns in die lange Schlange der Kartenkäufer einzureihen, die sich wie der Darm von der Second Avenue bis zur Bowery und wieder zurück schlängelt?

Ein großes Schild ist unter dem beleuchteten Kreuz angeschlagen: PARKEN VERBOTEN. Doch die Kirchenältesten aus der Houston Street glauben schon lange nicht mehr an Schilder.

Der dünne Pfarrherr der episkopalischen Kirche steht auf den Stufen von St. Augustin und fragt sich, ob die Rettung wirklich von den Juden kommt. Die Kirche ist so populär wie ein Stadtrat ohne Geld.

Die Schlange bewegt sich wie ein Korkenzieher, der in

den Hals einer Flasche gedreht wird. Jede Menge Zeit, die Reklametafeln zu lesen; jede Menge Zeit, Prinzessin Lolos anatomische Modulation zu studieren. Immer ein gutes Programm im National Winter Garden. Immer eine stattliche Fülle freizügiger Photographien. Drei orientalische Tänzerinnen mit Perlenschnüren. Soubretten mit Hasenohren. Hal Rathbun und seine Schar der Rosenknospen. Dion Moloch und seine Flottille angesäuselter Gläubiger. Alle sind glücklich. »Frag Daddy, er weiß es!«

Ein Wagen mit Wahlwerbung rollt vorüber, die Dampforgel voll aufgedreht. Auf dem Fahrersitz sitzt eine lebensgroße Puppe in einer Sträflingsuniform. Die Worte eines populären Lieds wehen heraus.

»DURCH SCHIECHTE SCILAVERIM ZUM ELEKTRISCHEN STUHL.«

Angelsachsen würden das den »Sold der Sünde« nennen.

Die Menschenschlange teilt sich, um die mit 124 Kaninchenfellen behängte dralle Primadonna durchzulassen. Sie kommt mit Trippelschritten in koketten Schuhen mit hohen roten Hacken einher.

»Laßt die Dame durch!«

In der Halle pumpen zwei Lastenaufzüge mit Gittertüren die Menschenmassen hinauf in den Saal. Die Türen gleiten so geräuschlos auf, wie Muskatnüsse über gemahlenes Glas kratzen. Tschikoschs, krank vor Vorfreude, werden wie Kraut und Rüben ausgeladen. Uniformierte Saalwächter sind zur Hand und fassen, fassen, fassen zu ... Sie sind schüchtern wie korrupte Politiker.

Moloch wird mit einem Richter verwechselt und ist gezwungen, dem Platzanweiser ein Trinkgeld zu geben. Er schart seine Spießgesellen um sich mit dem Gehabe eines von Elba zurückkehrenden Napoleon. Wie der Korse, bar allen Ehrgeizes, bewegt er sich allein kraft seiner Bestimmung. Die Zuschauer schlucken es wie jede Menge angesammelten Rotz.

Ein siedendes Inferno rauchumhüllter Lampen ist der Orchestergraben. Stehplatzkarteninhaber noch in drei Reihen hinter der Stelle, wo Z sein sollte, für Zebra. Die Minsky-Brüder träumen hinter dem Kassenschalter davon, in der nächsten Saison noch eine vierte Stehplatzreihe zu verkaufen. Das träumen sie allabendlich zehn Monate im Jahr.

Pathé-Nachrichten blitzen monoton auf. Wintersport in St. Moritz; Al Smith posiert als Zeitungsjunge; die Oberammergauer bereiten sich auf die *Passionsspiele* vor; die Rote Armee, das Schreckgespenst der ganzen Welt, marschiert am Kreml vorüber; die Schönen der guten Gesellschaft spielen für wohltätige Zwecke König Ödipus; Chowchows aus dem Temperenzverein sonnen sich in überheizten Villen; badende Schönheiten auf Flößen, überzeugt, daß Atlantic City ein Mekka ist ...

Inzwischen stößt die gekalkte Koloratursängerin das schmutzige Fenster ihrer Garderobe auf und blickt über die Dächer und Kirchtürme, die sich endlos um sie herum ausdehnen. Sie ist benommen. Sie debattiert darüber, ob sie das Vogellied aus *Pagliacci* singen oder mit dem nächsten Zug nach Allentown, Pennsylvania, zurückfahren soll. New York ist ein dreckiges Loch. Sogar der Schnee ist schmutzig. Und Signor Gatti-Casazza ist ein im Allerheiligsten eines von Rosenduft durchtränkten Labyrinths verborgener Minotaurus.

Eine Varieté-Primadonna hat nur wenige Tränen, und sie sind auch nicht so teuer. Tränen, teuer oder nicht, werden gewöhnlich hinter einem Asbestvorhang verborgen. Und auf dem Asbestvorhang, in goldenen Lettern eingestickt, steht folgendes Epitaph:

Ihr Madonnen mit den traurigen Augen und dem menschlichen Normalgewicht, setzt euch nach hinten! Wenn ihr weinen müßt, weint dort, wo es die Minsky-Brüder nicht sehen. Shakespeare hatte doch recht – »Die Show ist die Hauptsache!« Hinterher ... aber das ist eine andere Geschichte. Schneiden Sie sich die Gurgel durch, wenn Sie mögen.

Ist dies das Fegefeuer, oder träumen wir? Bim-bam-bum-rums-wums! Der Vorhang erhebt sich vor einem Zipferlaken-Chor mit bierseligen Stimmen und ungewaschenen Hälsen. (Die bereits erwähnten Rosenknospen!) Verwelkte, mit Mehltau bestäubte Rosen vom Misthaufen. Ein ganzer Sack voll angeschlagenem Zinngeschirr und gesprungenen Tassen. Formen wie verrostete Mülltonnen. Alle zappeln um ihr Leben. Vier Scheine pro Tag und ein sicherer Job. (Die Firmenleitung ersucht euch, liebe Rosenknospen, euch nach Kräften darum zu bemühen, nicht die als Epigastrium, Nabel und Hypogastrium bekannten Regionen des Bauchs in Falten zu legen.)

Eine unter Fettsucht leidende wasserstoffgebleichte Blondine Jahrgang 1888 wackelt wie wild mit den Hüften: Vorderansicht, Seitenansicht, Rückenansicht. Die Rückenansicht – immens! Saftige Fettschichten klatschen gegeneinander wie die Flut an ein Fährschiff ... *Neunte Zugabe!* Sie bleibt wie angewurzelt stehen und setzt mit der Selbstbeherrschung eines Yogi, ganz langsam, bedächtig und mitleidlos, jene Bereiche der menschlichen Anatomie in Bewegung, von denen gilt: je weniger man über sie spricht, desto besser. Zum 669. Male lehnt der Orchesterleiter die angebotenen Fleischbatzen ab. Ganz vorn Richter, Bankangestellte, Pfandleiher, Männer, die mit Hacke und

Schaufel umgehen – alle damit beschäftigt, Austern zu schlürfen.

Noch mehr Trommelwirbel im Zweivierteltakt aus Richtung Falltür und als Grundbaß ein gedämpftes Brüllen wie die röchelnden letzten Augenblicke eines Brontosauriers. Donnernder Applaus, der von der Blechzunge des Orchesters aufgeschleckt wird.

Dann – der Tanz beginnt! Die Freude kennt wirklich keine Grenzen, ist nicht in Worte zu fassen und war nicht vorherzusehen. Noch mehr Bauchtanz, noch mehr Hüftschwung. In fünfundzwanzig Raten Gesang und Tanz, bloß um eine hübsche kleine Hure von der Grand Street auszuziehen. Ein Dreikartentrick. Ein Medley aus Witzen. Ein Defilee von Spukgestalten, begleitet von johlendem Gelächter: Dr. Jekyll und Mr. Hyde à la Rube Goldberg. (Keiner vermutet, daß Ben Ami auf Englisch irgendwo im Tenderloin spielt.)

Plötzlich blechernes Scheppern der Zymbeln. Eine Decke aus vollkommener Dunkelheit, und dann ein kaltes blaues Licht in Verein mit seltsamen, exotischen Melodien von den Holzbläsern.

Cleo! Der Liebling der Götter!
Oh, Mann!

Izzy, der Gott des oberen Rangs mit dem Flaum des jungen Mannes, mit der Verderbtheit der Pubertät, umklammert mit klammen Händen das kalte Eisengeländer. Izzy kann die Finger nicht von der blutroten Rose lassen, die von Cleos Gürtel herunterhängt. Eines Tages wird sie diese Rose verlieren! Eines Tages wird Izzy da sein, wenn das geschieht.

Sie, Cleo, kommt jetzt aus den Seitenkulissen. Zuerst ein

Arm, sich schlängelnd, geschmeidig, gefolgt von einem Bein aus dem Parthenon, und danach ihr Kopf, ausdrucksvoll wie eine Zwiebel. Izzy schaut wie gebannt auf ihren samtenen Torso. Er schwillt und wogt wie eine Welle auf dem grünen Ozean. Izzys Stirn ist eine in Schweiß gebadete Champagnerflasche.

Nackt und wollüstig bewegt sich Cleo wie ein Gespenst in violettem Licht. Sie ist hundertmal strahlender, lebendiger als jeder Traum. Die Luft ist durchtränkt mit dem Parfum ihrer Achselhöhlen. Izzy möchte schreien. Er erstickt an der in seinem grünen Körper geschmolzenen Flüssigkeit. Er streckt zwei dürre Arme vor. Er umarmt sie. Er bringt sie zu sich und zerquetscht sie, wie eine Boa Constrictor. Die Sehnen seiner Muskeln sind zu einem Flickenteppich verzerrt. Er stöhnt vor Trunkenheit. Sein Mund ist weit geöffnet, die Zunge klebt ihm am Gaumen. Jede Pore, jede Zelle seines dürren, verdorbenen Körpers öffnet sich, um den Saft des ambrosischen Pollens aufzunehmen. Musik, Fleisch, Weihrauch: Ein Kaleidoskop wogender Leidenschaften blitzt vor ihm auf. Weiter so, und Izzy dreht durch. Dieser Irrsinn ist zu ausgesprochen ausgesprochen ...

Und die ganze Zeit zuckt nicht ein Muskel in Cleos Gesicht.

Ganz plötzlich, wie das Austreten von ansteckendem Eiter, erschallt ein frenetisches Crescendo aus dem Orchestergraben. Alles an Cleo, von ihren üppigen Brüsten bis zu den schimmernden Schenkeln, flammt mit spasmischer Wucht auf. Sogar die Mollusken im Zuschauerraum erzittern und keuchen angesichts dieses großen Hoppla, das den Torso mit krampfartigem Furor erfaßt, die Spinnweben von ihm abschüttelt und mit vulkanischen Zuckungen abflaut.

Als die Lichter aufblitzen, flieht Cleo und zieht ihre Eisenspäne in die Kulissen. Die Rosenknospen, keineswegs entmutigt von dieser Darbietung, stehen an der Rampe und wackeln heftig. Ein wildes Gerenne zu den Latrinen hebt an.

Moloch und seine Kumpane überbrücken die Pause, indem sie auf den Feuerleitern stehen und durch die Garderobenfenster spähen. Die Jalousien sind hochgezogen und die Fenster halb offen. Jemand schreit: »Da ist Cleo!« Aber es ist nicht Cleo! *»Das ist eine andere Schlampe!«*

Die Gespräche auf der Feuerleiter und in den Latrinen haben viel gemein mit jenen, die Tag für Tag in den Büros von Börsenmaklern, bei Friseuren und in politischen Clubs geführt werden. Die bedeutenden (!) weiblichen Mitglieder der Truppe werden sorgfältig ausgesiebt und bewertet und anschließend nach diesem oder jenem Merkmal eingestuft ... hauptsächlich nach *jenem.*

Nach der Pause wird ein Liedtext auf der Leinwand eingeblendet. Alle singen: »In Life's December, When Love Is an Ember«. Im Schutze der Dunkelheit machen sich die Platzanweiser mit Spritzpistolen ans Werk. Nun riecht das gesamte Gebäude wie ein Pissoir.

Der Vorhang erhebt sich vor einer einzelnen Gestalt, die den karierten Anzug eines Schäfers trägt. Das ist der Stichwortgeber für den Komiker. Er ist würdevoll und gelassen. Er überbringt eine Mitteilung der Geschäftsleitung. In der Pose eines Poeten, der sich anschickt, einen Prolog in die Gebärmutter des Jenseits zu schleudern, hält er sich mit gelenkigen, vor Juwelen strotzenden Fingern den Strohhut vor das Zwerchfell. »In der nächsten Woche werden wir mit Hilfe unseres unnachahmlichen Komikers Hal Rathburn einen Sketch der Extraklasse mit dem Titel ›Pussy Café‹ auf die Bühne bringen.«

Moloch, der diesen Scherz seit dem Jahre 1905 schon zum soundsovielten Male gehört hat, ist so in Gedanken versunken, daß der restliche Teil der Show völlig an ihm vorüberrauscht.

Er fummelt in seinen leeren Taschen. Das Bündel Geld ist verschwunden. Wenn er den Herolden glauben könnte, die jeden Sonntag auf der Kanzel stehen und über das Jenseits labern, sollte er leichten Sinnes sein. Er ist schuldenfrei. Doch er ist nicht leichten Sinnes. Er ist sauer. Seine Schulden zu begleichen ist nicht dasselbe wie seine Laster über Bord zu werfen ... Er faßt den Entschluß, das Theater zu verlassen und die Bande sitzen zu lassen. Zum Teufel! Er schuldet ihnen nichts ...

Sich in den Gestank der East Side stürzend, überließ er sich den Gedanken, die ihm bei der Betrachtung der weißhaarigen Matrone aus der Toilette gekommen waren. Das Alter hatte ihr eine Gebärmuttersenkung eingebracht. Er fragte sich, worüber sie wohl nachdachte, während sie umgeben von den Gerüchen der Desinfektionsmittel und der Woolworth-Parfums in dem Schaukelstuhl saß. Waren denn alle Frauen aus dem Chor krank? Er dachte an Randy und seinen Talgkomplex. Eine schöne Frage: »Verwandeln wir uns alle in Talg?« In Hal Rathburns Rosenknospen steckte jede Menge Talg – ja, wirklich. Wenn man das ganze überschüssige Fett nahm und es zu einer Kugel zusammenrollte, hatte man so viel, daß eine Hausfrau ein ganzes Jahr damit braten konnte. Wie wär's mit menschlichem Fett? Stellen Sie sich vor, ein Faß Fett, Menschenfett, das man bei Hochzeiten, Festessen, Strandpicknicks usw. ständig anzapfen kann ... Einer der Witze von Hal Rathburn lauerte am Vordereingang seines Hirns: »Die Kanalratte und ich«. Dieser Ausdruck hatte kein Gramm Fett an sich. Stellen Sie sich den Gouverneur von

South Carolina vor, der über seinen Freund, den Gouverneur von North Carolina, spricht und sagt: »Die Kanalratte und ich.« … Liebäugelte man mit solchen Ideen, dann könnte das Hirn auch gleich auf einen Rummelplatz gehen und in der Psychiatrie enden.

Lenkte man seine Schritte in Richtung Delancy Street Bridge, dann war das, als sei man mit den Jukes und den Kallikaks, der prototypischen Armut, unterwegs. Wäscheleinen und Feuerleitern waren nur in den Hirnen von Dichtern und ultramodernen Malern Stoffe für Symphonien. Was für ein banales Melodrama! Reginald Pierpoint Rockefeller, der Schurke, gegen das VOLK dieser Vereinigten Staaten, die Sanftmütigen und Erniedrigten, die Enterbten, die tapferen Vogelfreien. Ein Arzt wird bei diesem Anblick leicht an den Krieg zwischen einander bekämpfenden Armeen von Mikroben denken, mit menschlichen Körpern als Schlachtfeld und der Pestilenz als Sprengstoff. Für ihn gibt es hier nur ein Mittel: LYSOL.

Dion Moloch spürte einen Ansturm von Empfindungen. An vorderster Stelle dabei der Juckreiz, der manchmal entsteht, wenn man nackt auf trockenen Brotkrumen liegt.

Gordon Craig hatte sich einmal Ibsens *Rosmersholm* vorgenommen und ihm eine spirituelle Dimension gegeben. Dion Moloch hatte das Gefühl, als habe er seine Seele im National Winter Garden abgegeben und liefere nun seine Knochen in einem Leichenhaus ab. Er versuchte sich Cleos priapische Andacht zu vergegenwärtigen. Es funktionierte nicht. Die Straßen wimmelten von Maden, die Luft war erfüllt von Würmern. Hier fehlte eine Nase, dort stach ein Auge hervor wie ein Abszeß. Mißbildungen trotteten vorüber, wäßrig, gallig, schief und umnachtet. Er trat beiseite, um einen Schwachsinnigen vorbeizulassen. Ein Ausdruck von verklumptem Hafermehl lag auf dem Gesicht dieses zu groß gewachsenen Fötus. Moloch erschauerte. »Eine Axt!« schrie er, »eine Axt!«

Er kam zur Williamsburg Bridge.

Eine scharfe Windböe vom Meer stach ihn in die Wange. Mit tiefen Zügen saugte er das Ozon in seinen Organismus ein. Auf dem Fußweg war die Brücke menschenleer. Sie sah grau und hygienisch rein aus. Dies entsprach seinen eigenen Gedanken. »Am Morgen«, dachte er laut nach, »werden übelriechende Wogen von Fleisch heranrollen und diesen Brückenbogen überspülen; die schönen Stahlgurte werden ächzen und stöhnen vor Aas, der ganze Bau wird wimmeln vor menschlichem Ungeziefer, wird vor Knoblauch triefen und vor Geschäftigkeit singen.«

Auf der anderen Seite der Brücke wartete der alte vierzehnte Bezirk darauf, ihn zu begrüßen. Nacht und Sterne hatten sich über das alte Viertel gesenkt; es war geschmückt mit Melancholie. In der Jugendzeit konnte das eigene Zuhause zwar schäbig und einschnürend sein, aber niemals melancholisch. Seine Gedanken waren nun ein Strudel von Erinnerungen. Willy Maine hatte ihm einen Derwischtanz vorgeführt. »Der verrückte Willy Maine.« Ein großer, schlaksiger, glupschäugiger Junge mit dem Gehirn einer Kaulquappe, der sonntags vormittags, wenn die Leute zur Kirche gegangen waren, auf einen Schuppen kletterte und sich im Unterhemd zeigte. Eine durch und durch animalische Darbietung, die die Nachbarn entsetzte. »Arschloch, Arschloch!« war das einzige Wort, das der verrückte Willy Maine aussprechen konnte. Dort blieb er, auf dem über das Farbengeschäft hinausragenden Schuppendach, mitgerissen von seiner obszönen Einlage, bis seine Eltern aus der Kirche nach Hause kamen. Die Straßenjungen kreischten hysterisch vor Schadenfreude. Hinterhältig stopften sie diesem Affen verfaulte Bananen in den

Mund. Der verrückte Willy Maine schlang sie hinunter, als wären es gefüllte Trüffel. Später bekam er ganz altmodische Bauchschmerzen und schrie aus vollen Lungen: »Arschloch! Arschloch!«

Sonntagvormittags blühte der alte vierzehnte Bezirk auf wie ein Blumentopf aus Paines Sortiment von Feuerwerkskörpern. Um neun Uhr fing an der Ecke von Driggs Avenue und North First Street der Spaß an. Willy Maine war nicht die einzige Vorstellung. Silverstein, der Schneider, kam prinzipiell in Hemdsärmeln aus seiner schäbigen kleinen Behausung gekrochen; die Hosenträger baumelten ihm zwischen den Beinen, und er trug ein Paar frischgebügelte Hosen über dem Arm, die er Daly, dem Fischmann, brachte. Vielleicht schlich Johny Paul mit einem großen Wasserkrug, den er unter der Sonntagszeitung versteckt hatte, in die Kneipe an der Ecke des Fillmore Place. Wenn Johnny wieder herauskam, wischte er sich den Schaum von den Lippen – so vorsichtig, als schöpfe er Edelsteine in eine Schatulle. Bald würde Pater O'Toole angetrippelt kommen, noch ein bißchen verschlafen nach dem Tanzvergnügen vom Abend zuvor. »Guten Morgen, Mrs. Gorman«, sagt er und reißt die verklebten Lider auf. »Guten Morgen, Pater«, sagt Mrs. Gorman sehr ehrerbietig. Die Unterhosen ihres Mannes hängen im Hof auf der Wäscheleine. »Es ist eine Sünde, ohne Unterhosen zur Messe zu gehen«, schreit der treu ergebene Ehemann aus dem Klappbett. »Jawohl, und es ist eine noch größere Sünde, am Sonntagmorgen noch im Bett zu liegen«, schreit Mrs. Gorman zurück, die in ihren Hauspantinen herumschlurft und den Nachbarn mit ihrem irisch eingefärbten Geplapper auf die Nerven geht.

Um zehn Uhr sind die politischen Agitatoren in vollem Sonntagsstaat auf der Straße, und William Jennings Bryan weiß genau, daß er der nächste Präsident ist. Mike Pirosso steht auf dem Dach und scheucht seine Tauben mit einem Stück Fahnentuch beiseite, das er an einen langen Stab gebunden hat. Wenn er nicht die Tauben hätte, um die er sich kümmern muß, würde er an seinem Obststand, wo er den ganzen Tag und den Abend steht, verrückt werden ... Früher kam ein Mann damit aus, zur Erholung nur Tauben zu haben. Er brauchte nicht ins Kino zu gehen oder mit einem Blechauto umherzufahren und sich dabei den Hals zu brechen. Verflixt! Was, wenn er sich am Sonntag einen Krug Bier holte? Danach ging es ihm gut. Danach fühlte er sich wie ein Mann mit Gemeinschaftssinn, ein Mann, der die Demokraten wählen konnte.

Moloch hatte auf seinem Spaziergang die South Side noch nicht hinter sich gelassen. Er marschierte schnurstracks auf die Driggs Avenue zu. Seine Gedanken flogen ihm voraus wie eine motorisierte Polizeistaffel, die einem Umzug auf gummibereiften Wagen begleitete. Narbenübersät und prahlerisch ragte das Novelty Theatre in die Höhe. Er grüße im Namen von Topsy und Denman Thompson. Corse Payton war erst später in sein Leben eingetreten, und nicht im Novelty. Der zehn-zwanzig-dreißig-Gott war jetzt nur noch eine schwache Erinnerung. Er erinnerte sich, daß er ihn zum letzten Mal in der Bar des Wolcott Hotel, in der 31. Straße in der Nähe der Fifth Avenue (ein wenig abgelegen für dieses Matinee-Idol), gesehen hatte; er trank einen heißen Grog, um seine Leberzellen anzuregen. Corse Payton war stets unerschütterlich von einer Sache überzeugt: daß Shakespeare das größte Genie war, das je gelebt hat. Zum Beweis dafür rezitierte er zu jeder Tages- und Nachtzeit Polonius' Rat an Laertes.

Corse Payton, Larry Carroll, Pat McCarren: das beste Kleeblatt, das je im Knopfloch eines Williamsburger

Gehrocks steckte. Wenn auch nur einer aus dieser Dreifaltigkeit die Durchgangsstraße entlangspazierte, herrschte dort Leben. Erst Jahre später wurden die North Side und die South Side von Motten zerfressen. Doch damals hatten Männer wie der alte Martin ihre Blütezeit. Professor Martin, wenn's recht ist! Professor der Schabenkunde. Nager- und Schabenentweser in den besten Hotels New Yorks. Arbeitete im Alleingang, nur mit zwei Frettchen und einer Kreation von Pulvern, die er selbst erfunden hatte. Wenn der Professor auf der Driggs Avenue angetorkelt kam, Münzen verstreute, seine rote Nase in der untergehenden Sonne funkelte, wußte man, daß Gott eine Lösung für die asiatische Heimsuchung gefunden hatte. Professor Martin war ein großer Mann in einer Welt, in der es vor Nagern strotzte. Er verlangte einen hohen Preis. Er hatte auch etwas von einem Aufschneider, doch das Geld saß ihm locker. In Bars gab er ein Vermögen aus. Wenn er von Zigarren sprach, sagte er: »Gestern habe ich dreitausendfünfhundert Havannas gekauft, für zweihundert Dollar das Tausend.« Samstagsabends erzählte er von ganzen Frachtladungen von Havannas, da bekam er Rabatt, kaufte aber nur die Mindestmenge. Sie können Ihren letzten Dollar verwetten, daß es im vierzehnten Bezirk keine Geizhälse gab ... ein paar Holländer vielleicht ausgenommen. Und, wie jedermann lächelnd zugab, konnten die Deutschen die Iren nur bei einer Gelegenheit überholen: am St. Patrick-Day, wenn die Band den Umzug anführte.

Moloch durchquerte das Viertel von einer Ecke bis zur anderen. Die North First Street war einfach ein abgehalfterter Schauspieler. Kein Fünkchen Leben. Nicht einmal ein Schild mit der Aufschrift »Erregung öffentlichen Ärgernisses verboten!«, wie Sauer es an seinem Haus hängen hatte. Moloch stand da und spähte in den Keller von

Sauers altem Laden. Der vertraute Ledergeruch stieg ihm wieder in die Nase ... sonderbare, große Lederstücke, die wie schlummernde Angorakaninchen zusammengerollt auf dem Ladentisch lagen.

Er setzte sich vor Miss O'Melios Haus auf den Bordstein und saugte gierig jede Einzelheit des roten Backsteinhauses auf der gegenüberliegenden Seite in sich ein. Im obersten Stockwerk befanden sich die Fenster, die er jeden Freitag, gleich nachdem die Schule aus war, geputzt hatte. Was für eine Arbeit! Alle Kinder konnten ihn von der Straße aus sehen ... der kleine Liebling, der für Mama die Fenster putzte. Aus den obersten Dachfenstern konnte er einmal, das war lange her, auf das niedrige Dach von Miss O'Melio schauen, wo sie ihre Horde streunender Katzen fütterte. Alle Katzen aus ganz Williamsburg versammelten sich zur Fütterungszeit auf jenem Dach. Wer hatte ihr nur diesen Floh ins Ohr gesetzt? Passierte das einer Frau, wenn sie keinen Mann bekam?

Unter diesem Katzenhospiz wohnte der Tierarzt. In Dr. Kinney's Etablissement war immer etwas los. An manchen Tagen roch die ganze Straße nach Jodoform. Moloch sah vor seinem inneren Auge ganz deutlich ein Pferd vor sich, das unmittelbar hinter dem niedrigen Tordurchgang am Boden angepflockt war; ein Mann saß auf den Schultern des Tiers und hielt ihm einen großen Stoffetzen vor die Nase. Als Moloch älter geworden war und ins College ging, wurde ihm klar, daß die Operationen, die er in Dr. Kinneys Praxis beobachtet hatte, Kastrationen waren. Dies dämmerte ihm eines Tages, als er dasaß und eine Vorlesung über Spinoza hörte ... »Ein Pferd«, dachte er, »kennt nicht die Philosophie des Verzichts. Wenn ein Pferd verschnitten ist, sind seine Freuden und Leiden gezählt. Danach interessiert es sich nur noch für Hafer ... ganze Haferbüschel.«

Tja, und wofür interessierte *er* sich im Augenblick? Ins Bett zu kommen und sich für die Ewigkeit vorzubereiten? Er schnitt eine Grimasse, stand auf, streckte sich und schaute hinauf zum Dach von Miss O'Melio. Dort war nicht einmal der Schatten einer Katze zu sehen. Nachdem die Williamsburg Bridge geöffnet worden war und der Exodus begann, schämten sich sogar die Katzen, in dem alten Viertel zu bleiben.

Mißmutig trottete er weiter, ließ sich Zeit. Das Schlafen konnte ihm gestohlen bleiben. Seine Illusionen waren in ein kleines Bündel Papier mit der Aufschrift »Zerbrechlich!« eingeschlagen – aber das war natürlich nicht wörtlich gemeint. Gedanken an Blanche lauerten in Sichtweite; sie erhoben sich, diese Gedanken, in gebührender Entfernung – so wie sich Trauergäste verhalten, wenn sie schließlich den furchtbaren Schmerz derer begreifen, die gleich mitansehen müssen, wie der Körper ihres geliebten Menschen in das tiefe Loch hinabgelassen wird. Hinab, hinab, hinab in die schleimige Grube, hinab in die ewige Dunkelheit und Zersetzung, hinab zu den Würmern.

Nicht etwa, daß er das Gefühl hätte, sein Leben verpfuscht zu haben. Es war vielmehr so, daß das Leben ihn verpfuscht hatte ... »Wer da glaubt und getauft wird, der wird selig werden.« ... Die Bibel für dich! Was hatte die Taufe damit zu tun? Mit gleichem Recht konnte man verfügen: »Nur für Vegetarier.« Und wie verhielt es sich mit den Maden? Wo quittierten sie ihr Leben? Oder hatten Maden keine Seele? Was für eine Seele würde der verrückte Willy Maine an der Golden Gate Bridge abliefern? Vielleicht gab es im Himmel Abteile wie in den Fernzügen – Erste, Zweite und Dritte Klasse. »Stehplätze für Knoblauchesser auf der Plattform!«

Er ging an der alten presbyterianischen Schule vorüber.

Als Kind hatte er den dreiundzwanzigsten Psalm auswendig lernen müssen (er war schon ein bißchen ausgeleiert, dieser Psalm), und als er ihn konnte, hatte er ihn dem weißhaarigen Priester aufsagen müssen. Der Priester benutzte ein Hörrohr, damit ihm nur ja keines der Worte entging, die er schon rückwärts kannte ... »Lahme werden gehen, Taube werden hören.« (Betrunkene und Dirnen werden gründlich gebadet.) Der Gedanke daran, daß dieser dumme alte Pfaffe mit seiner dämlichen Trompete Kapriolen veranstaltete, versetzte Señor Moloch in Rage: »Runter mit der Trompete«, schrie er in der Hoffnung, daß seine Stimme über das Tal des Todes hinausschallen würde, »und sag mir, ob die Straßen mit Gold gepflastert sind.«

Dumm, mitten in der Nacht solche Sachen zu sagen, wo Williamsburg so still war, Pat McCarren gestorben und begraben und Larry Carrolls Kneipe wie ein Leichenschauhaus aussah. Doch er hatte die verrückte Idee, diesen vertrockneten Hundertjährigen mit der Ohrtrompete zu fragen, was denn mit all den toten Pferden geschähe, die mit geschwollenen Bäuchen in ihrem eigenen Kot mitten auf der Straße lagen, bis der Wagen vorbeikam und die aufgeblähten Kadaver wegschaffte ... Wenn ein Pferd schwoll, stank es. (Schlimmer als ein toter Senator.) Es war gleichgültig, ob es einmal ein Rennpferd oder vor einen Brauereiwagen gespannt gewesen war. Zum Schluß stanken sie alle ...

Da gab es Teves, den Bestattungsunternehmer. Moloch war erst einen Augenblick zuvor an seinem Geschäft vorübergegangen. Ein netter, stiller kleiner Laden gleich neben einer chinesischen Wäscherei. Teves war immer für ein Binokelspiel zu haben, wartete immer auf neue Leichen ... auf neue Bestellungen sozusagen. Manchmal störten sie

Teves, wenn er gerade gute Karten hatte. Trotzdem ärgerte er sich nie darüber. Bei einer Runde Binokel konnte man viele Male gute Karten haben. Man konnte doch nicht erwarten, daß er ungerührt sitzenbleiben und wie Jesus sagen würde: »Laßt die Toten ihre Toten begraben.« Jemand mußte ständig verfügbar sein, um sie unter die Erde zu bringen. Sonst wäre der Gestank unerträglich geworden.

An der Bridge Plaza borgte sich Moloch von einem Zeitungsjungen ein Fünfcentstück. Der Junge fragte ihn weder nach seinem Namen noch nach seiner Adresse, und Moloch versprach ihm auch nicht, ihm die fünf Cents in Briefmarken wieder zurückzuschicken.

Er fuhr mit einem Zug mit der Zielangabe »Cypress Hills« in Richtung Broadway und setzte sich, um seine Erinnerungen wiederzukäuen. Es war eine lange Fahrt, und er mußte zweimal umsteigen. Das Umsteigen verlief ohne Zwischenfälle. Beim zweiten Mal geriet er in einen leeren Wagen und fand einen Stapel liegengelassener Zeitungen. Er nahm sich die *Morning World.*

Er hatte es sich zur Gewohnheit gemacht, morgens einen Blick auf die Anzeigenseiten zu werfen, weil die Zeitungen manchmal die Stellenangebote der Großen Amerikanischen Telegraphengesellschaft zu drucken vergaßen. Natürlich erhielten sie bei solchen Versehen jedesmal eine Rückerstattung, aber was hatten sie von einer Rückerstattung, wenn ihnen die Bewerber um eine Stelle als »Telegrammbote, 16 bis 21 Jahre alt, Stücklohn, guter Verdienst, in Einzelfällen bis zu $25 Dollar« fehlten?

Wie gewöhnlich überflog er die Seiten. Die Anzeige war in Ordnung. Das verhieß für den nächsten Morgen reiche Ernte. Er würde sie abfertigen wie ... *Aber was war das?*

MÄNNER!
BRAUCHT IHR EIN
PAAR TAUSEND DOLLAR?

Wenn das Jahr sich wieder auf die Urlaubszeit zubewegt, überkommt manche von uns hin und wieder das Gefühl, einen Rip van Winkle einzulegen, bis alles vorbei ist. Das kommt vom schmalen Bankkonto. Zu Weihnachten etwas zu schenken ist wunderbar ... wenn sie etwas zu verschenken haben. Wenn Sie vielleicht gerade dieses Jahr ein paar Tausend Dollar zusätzlich brauchen, ganz gleich, ob Sie

Ingenieur Vorarbeiter Expedient
Geschäftsmann im Ruhestand
Gewerkschaftsführer Superintendent

sind, ganz gleich, aus welcher Branche Sie kommen, wenn Sie in den nächsten Monaten eine schöne Stange Geld verdienen wollen, dann bewerben Sie sich per Brief oder Postkarte.

XYZ, Welt, Downtown

»Lieber Mr. XYZ«, diktierte Moloch im Schlaf, »Ihre einnehmende Aufforderung in der heutigen (gestrigen) Ausgabe der *World* könnte mich fast zu der Annahme verleiten, daß es doch einen Weihnachtsmann gibt. Wer von uns hat nicht zur Weihnachtszeit unter seinem zu schmalen Bankkonto gelitten? Bis ich Ihren freundlichen Fingerzeig in der Morgenzeitung las, war ich stark mit dem Problem beschäftigt, welchen Schlafmittels ich mich bedienen soll, um den Winterschlaf herbeizuführen, den Sie so euphemistisch als ›Rip van Winkle‹ bezeichnet haben. Nun freut es mich zu erfahren, daß ich lediglich die Kosten für eine Postkarte aufwenden muß, damit mir das Geheimnis enthüllt wird, wie ich diese periodisch auftretende Peinlichkeit umgehen kann.

Sie fragen völlig zu Recht, OB ICH EIN PAAR TAUSEND DOLLAR ZUSÄTZLICH BRAUCHE. Ich brauche sie nicht zusätzlich, ich brauche sie grundsätzlich. Tatsache ist, um es ganz deutlich auszudrücken – warum sollten wir voreinander etwas verbergen? –, daß ich auf ganz traditionelle Weise eingestehen muß, ein paar Tausend Dollar pro Jahr regelmäßig würden mich der aufreibenden Tortur entheben, Sie um Informationen über den einen oder anderen hirnrissigen Plan zum Verkauf von Weihnachtskarten oder seidenen Strumpfwaren zu bitten.

Ich bin leider noch nie Geschäftsmann im Ruhestand oder Gewerkschaftsführer oder Expedient gewesen. Meine bisherige berufliche Erfahrung läßt sich notgedrungen unter der allumfassenden Überschrift ›&Co.‹ zusammenfassen. Zweifellos sind Sie scharfsinnig genug, daraus zu schließen, ob ich für das Unternehmen geeignet bin, in meiner Freizeit ein paar Tausend Schekel zu kassieren.

Falls ja, lassen Sie mich bitte wissen, wann Sie mir einen Termin für ein Bewerbungsgespräch einräumen können. Bis Weihnachten sind es nicht einmal mehr neunzig Tage, und die Vorstellung, daß ich in der letzten Minute (am Weihnachtsabend) mit mageren sieben- oder achthundert in der Börse auf dem Trockenen sitzen könnte, gefällt mir gar nicht.

Mit den besten Wünschen für Überfluß in dieser Welt und in der nächsten,

Dion Moloch, Esquire
oder
Mr. Dion Moloch
oder
Ganz Einfach Dion Moloch.«

15

Die Gelassenheit, die Moloch neuerdings an den Tag legt, erweist sich für seine Gattin als Quell der Verwunderung und Verunsicherung. Diese Ausgeglichenheit, diese Lebensbejahung sozusagen, kann Blanche unglücklicherweise nur dem Erscheinen eines neuen Sterns am Firmament seines Ehebrecherhirns zuschreiben.

Wie können wir die Veränderung, die er über sich kommen spürte, am besten darstellen? Ganz gewiß war es keine moralische Läuterung. Am einfachsten läßt es sich vielleicht so ausdrücken, daß seine Seele sich zu Wort gemeldet hatte; sie war für ihn keine faßbare Einheit mehr, die seinen Körper bewohnte und diesen bei seinem Tode verließ. Diese seine Seele begann plötzlich eine apostolische Dimension anzunehmen. Sie forderte Aufmerksamkeit, wie eine Pflanze.

Das Buch, das zu schreiben er sich selbst gelobt hatte, war beendet. Das Manuskript lag nun in einer Schublade in Mr. Twilligers Rollschreibtisch. Es sollte eine gewisse Zeit dort ruhen, bis dieses Individuum es in seiner Freizeit durchgehen konnte. Weder Twilliger noch Moloch ahnten zu jener Zeit, daß dieses schlichte Dokument nur wenige Tage darauf als Vorwand für die Entlassung des vormaligen Personalchefs Dion Moloch dienen könnte. Unsere Erzählung bringt uns jedoch nicht so weit. Wir haben mit Dion Moloch auf Stellensuche und als zeitweiliger Untermieter im Haushalt der Miravskis nichts zu schaffen.

Bezeichnend für Molochs veränderte Haltung ist sein völliges Stillschweigen über das andere Geschlecht. Es ist Blanche unmöglich, seine Motive zu erahnen. Wenn sie ihn zu diesem Thema befragt hätte, wäre es vielleicht kein so großes Rätsel gewesen. Valeska war, unmittelbar nachdem der Präsident der Gesellschaft Wind davon bekommen hatte, daß sie keine reinblütige Kaukasierin war, auf einen bedeutenden Posten in Havannah versetzt worden. Woher der Präsident diese delikate Information bezogen hatte, ist eine andere Geschichte; hier genügt es anzudeuten, daß Mr. Twilligers Chefschneider weiterhin unter Beweis stellte, daß er sein Geld wert war. Was Marcelle angeht, nun ja – Moloch begann zu begreifen, daß sie niemals mehr gewesen war als eine verdorbene Jungfrau. Ihre Jungfräulichkeit stank, wie die Leiche von Pater Zossima. In bezug auf Marcelles Jungfräulichkeit stellte Blanche natürlich eine vollkommene Interessenlosigkeit zur Schau. Womöglich hatte sie über die Jungfräulichkeit der jungen Dame nie in einem streng analytischen Sinne nachgedacht. Und man kann bezweifeln, ob ein solcher Ausdruck – »verdorbene Jungfräulichkeit« – für Blanche je mehr als eine vage literarische Konnotation hätte.

Die verstockte Bitterkeit der Frau, ihr mißmutiger Trotz, die stille, unterdrückte Wut, deren kraftvolle Häme ihn schon in die Verzweiflung getrieben haben könnte – alles das ertrug er nun mit gelassener, undurchdringlicher Miene. Er hatte sich vor kurzem angewöhnt, mit dunklen Worten von seinem spirituellen Zustand oder seiner spirituellen Verfassung zu sprechen. Blanche betrachtete diesen enigmatischen Unsinn als religiöse Karikatur. Sie feuerte Pfeile ätzenden Spottes auf ihn ab. Nicht etwa, daß Moloch, wie es manche Männer tun, die vor der Welt den Märtyrer herauskehren, einen demonstrativen Gleichmut zur Schau gestellt hätte. In seinem Verhalten war nichts von Leiden oder von einer bewußt willentlichen Duldsamkeit. Er war einfach besessen von einer phantastischen Überschwenglichkeit.

In diesem Zustand der Begeisterung kam er eines Abends nach Hause und fand sein Essen auf dem Herd. Blanche war nicht da. Unbeteiligt betrachtete er die für ihn aufgehobene Mahlzeit. Nach einer Weile klopfte es, und die Frau aus dem Stockwerk über ihnen steckte den Kopf zur Tür herein. Sie war gekommen, um ihm zu sagen, daß Blanche ins Theater gegangen war.

Er lächelte die Frau zärtlich an. So, war sie das? Er schien außer sich vor Freude über diese Mitteilung. Hatte Blanche sich *Androkles und der Löwe* ansehen wollen? Nein? Er nannte ein zweites Stück. Dieses auch nicht? Die Frau sagte noch einmal, daß sie nicht die leiseste Ahnung habe, wohin Blanche gegangen war. Na, was machte das schon. Er würde ihr einen Strauß Blumen kaufen gehen. Wollte sich die gute Frau nicht für einen Augenblick setzen und ein Glas Portwein mit ihm trinken? Es war doch immer gut, für solche Gelegenheiten ein bißchen Portwein im Haus zu haben ... Geradezu ideal, nicht? Hatte sie an diesem Abend schon einmal den Mond angeschaut? Warum fällt den Leuten mit konstanter Hartnäckigkeit immer wieder grüner Käse ein, wenn sie vom Mond sprechen? Er sah doch eher wie ein malvenfarbener Krummsäbel aus, wenn sie seine Meinung hören wollte. Hatte sie jemals über den Mond nachgedacht – das heißt, in daktylischen Hexametern?

Die Frau hörte ihm zu, als sei er eine zerbrochene Fensterlade, die gegen eine Steinwand schlug. Sie hatte eine ganz andere Tonart erwartet. Wenn ein Beruhigungsmittel notwendig gewesen wäre, hätte sie schon die eine oder andere kleine Flunkerei in petto gehabt.

»Das Zuhause eines Mannes ist doch sein Palast, was? Gott, dieses Essen riecht einladend. Ich hätte ›das Zuhause eines englischen Mannes‹ sagen sollen. Kommen Sie nur herein. Bleiben Sie nicht in der Tür stehen. Sie fürchten sich doch nicht vor mir, oder? Wie wär's mit ein bißchen Wein ... oder ein wenig Konfitüre?«

Die alte Vettel schüttelte das ehrwürdige, zerzauste Haupt.

»Na ja, wie Sie wollen«, sagte er und machte sich über das Essen her.

Hastig beendete er die Mahlzeit. Die Flasche, die er gefunden hatte, stand ungeöffnet auf dem Tisch. »Trinke fest«, sagte der Dichter, »oder du kostest nicht von der pierischen Quelle.« Er ging auf Samtpfoten ins Wohnzimmer. Die Unordnung, die ihn dort empfing, war eine philosophische. Sie erinnerte ihn an ein Kapitel aus *Creative Evolution*. Gewöhnlich dachte er bei diesem Zimmer an einen Vogelkäfig, in dem seine angetrunkenen Besucher ihre Zigarettenstummel und ihre *Streuselkuchen*-Krümel loswurden. Aber nun dachte er: »Nur ein Deutscher kann sich über Unaufgeräumtheit ärgern.« Er setzte sich ans Klavier und schlug ein Bein über das andere. Mit dem linken Fuß auf dem rechten Pedal spielte er die ersten Takte von Stojowskis »Love Song«. Seine Technik war eingerostet. Er stellte die Beine nebeneinander und begann mit Czernys Übungen zur Fingerfertigkeit. »Pah!« murmelte er niedergeschlagen. »Das Leben ist zu kostbar, um es mit Übungen zu verschwenden.« Es war sowieso zu spät, um je noch Musiker zu werden. Er wünschte, jemand hätte ihm ein gröberes Musikinstrument beigebracht. Irgendwo hatte er von Künstlern im Quartier Latin gelesen, die in ihre kalten Mansarden zurückkehrten und ihren Hunger mit dem Akkordeon stillten ... Vermutlich Zeichner!

Er stand auf und ließ sich in einem tiefen Polstersessel ohne Armlehne nieder. Dachte Blanche jemals an die Assoziationen, die mit diesem Stuhl verbunden waren? fragte er sich selbst. Offen gesagt, hatte er selbst drei Jahre lang nicht an diesen Stuhl gedacht. Er gehörte zu einer anderen Epoche – der Epoche, die man junge Liebe nennt. Die Ehe zersetzt die Liebe, wie Essig Perlen zersetzt. (Kleopatra löste einmal ihre Perlen auf, weil sie ein Vermögen schlucken wollte.) Ein sentimentales Lied aus Laubschers Biergarten kam ihmn in den Sinn: »Es war so schön gewesen« ... Probieren Sie das mal auf Ihrem Klavier, wenn der Wüstensand kalt wird.

Seine Finger spielten mit den ausgefransten Rändern eines ungerahmten Bildes. Es war eine Kreidezeichnung auf Karton. Die Ecken waren schmierig und speckig, wie ein oft benutzter Satz Karten. Das Bild hatte so lange an einer Stelle gehangen, daß es beinahe seine Bedeutung verloren hatte. Doch nun schien es ihm eine wunderbare Studie zu sein – ein überzeugender Ausdruck der Freude der Künstlerin. In der Stille, die über dem Zimmer lag, fing das Bild an zu tanzen. Das Zimmer wirkte, wie immer, trist. Wenn überhaupt, dann noch ein wenig trister, schmutziger. Doch der Friede in seinem Herzen veränderte alles.

Die junge Frau, die diese Skizze gezeichnet hatte, war tot. Sie hatte sich so ausgiebig an der Trunkenheit des Lebens gelabt, daß sie sich plötzlich eines Tages umbrachte. Sie hatte sich aus reiner Freude umgebracht. Es ist heutzutage modern, sich über solche Geschichten lustig zu machen. Man sagt: »So etwas tun Menschen nicht ... aus Freude!« Oder irgendein »Klugscheißer«, wie Stanley es ausdrücken würde, erwähnt den Namen Dostojewski – als würden wir nur in der russischen Literatur, nur im Kreise der epileptoiden Genies, einem solchen – wie sollen wir es nennen? – *Wagemut* begegnen. Milka jedoch hatte genau das gleiche getan. Er drehte die Zeichnung um. Auf die Rückseite hatte sie gekritzelt: *»Forsan et haec olim meminisse iuvabit.«* So dachte sie über alles. Wohin sie auch ging, sie hinterließ als ihr Siegel und Motto dieses Zitat von Cäsars großkotzigstem Künstler. Vielleicht ist es ungebührlich, dies zu erwähnen, doch so war es – sie hatte ihren Namenszug einmal sogar auf ein Toilettenbecken geschrieben. Das Geräusch des gurgelnden Wassers, das durch die Rohre rauschte – auch diesem hatte sie den Stempel ihrer Billigung aufdrücken müssen ... dieses *»Forsan et haec olim meminisse iuvabit.«* Ein großartiges Mädchen, diese Milka.

Er betrachtete das Werk genauer. Es steckte ein Übermaß von Lebendigkeit darin. Er nahm es unter die Lupe, als würde er es jetzt zum ersten Mal anschauen ...

Es stellte einen in der Hocke sitzenden weiblichen Akt mit nilgrünem Haar dar. Die Zwischenräume, die zwischen den Berührungsstellen ihrer Arme und Beine gebildet wurden, waren als schwarze Dreiecke, manche gleichschenklig, manche schiefwinklig, umrissen worden. Das Dreieck, das sogar einem flüchtigen Beobachter sofort auffallen mußte, war ein gewagtes, schiefwinkliges, in dessen Fläche die Künstlerin ihre Initialen eingefügt hatte. Der Rohstoff für diesen Akt war zum überwiegenden Teil nicht mehr als blanker Karton. Mit dem Kreidestift waren die aufgesetzten Lichter und die leuchtenden Schatten ihrer Umrisse sehr salopp schraffiert worden; die Künstlerin teilte offensichtlich die Auffassung Mallarmés, dessen Diktum es war, daß »benennen zerstören ist, andeuten schaffen«. Wenn man diese unschuldigen Aufhellungen genauer betrachtete, traten phantastische Formen zutage: die drohende Gestalt einer Kobra, die sich über den rechten Unterarm schlängelte; ein Pinguin, der leichthin über das Schienbein des linken Beins gezeichnet war, eine Achillesferse (Milka bestand darauf, daß er *Achilles* heißen mußte) auf der deutlich sichtbaren Brust, der großen Brust einer Amazone, die wie in Marmor gehauen wirkte. Die Brustwarze dieser Brust war ein hellroter Blutstropfen. Dies war, ausgenommen vielleicht die Lippen, die hellste Stelle der gesamten Komposition. Trotz der Eisenbahnkurven ihrer Hockstellung wies die Bildfigur ein größeres Maß gerader Linien auf, als sich der menschliche Körper brüsten kann. In einer solchen Linie war der Rücken der rechten Hand dargestellt, auf der ganz bequem ein Kartentablett hätte ruhen können, nur hatte Milka es für angebracht gehalten, die Hand auf einer Kumuluswolke ruhen zu lassen, durch die eine Wildgans flog. Milka hatte darauf beharrt, daß es eine Wildgans sei, obwohl sie so konventionell dargestellt war und so starr wirkte, daß alle Welt sagte, sie habe Ähnlichkeit mit einem gebratenen Truthahn. Aber wie dem auch sei, wenn der Künstler eine Wildgans gesehen hat, muß es auch eine Wildgans gewesen sein ... Dem Leser dürfte inzwischen klargeworden sein, daß Milka unbeeinflußt von akademischen Kanons arbeitete ... Unsicherheit drückte sich ansonsten häufig durch die Freiheiten aus, die sich Milka beim rechten Knie des Akts genommen hatte. Das Knie war der Vorstellungskraft geopfert worden, bedingt durch die enorme Länge des Oberschenkels, der in den engen Grenzen seines Kartonrahmens verkrampft gewirkt hätte. Wurde Milka dieser Entheiligung wegen ins Gebet genommen, dann erwiderte sie in ihrer reizenden Art, daß nur ein Meister dem Knie einer Jungfrau Gerechtigkeit widerfahren lassen könne. Aber der Akt hatte doch gewiß zwei Knie? Absolut! (Milka hatte ihr Sujet doch nicht von der Coney Island-Monster-

Show übernommen!) Doch das zweite Knie war von einer riesigen Hängebrust verdeckt, verstehen Sie – und zwar sehr gekonnt –, die Gefahr lief, sich für immer in einen Katarakt geronnenen Bluts zu verwandeln ... Es gab nur einen anderen Gegenstand im Vordergrund, der der Erwähnung wert gewesen wäre. Für seine Existenz gab es keinen anderen Grund als den Willen der Künstlerin. Was es war, kann nur gemutmaßt werden. Milka stilisierte es zu einer Geranie *ohne Blumentopf.* Sie hatte nie einfach Geranie gesagt. Es war stets eine Geranie *ohne Blumentopf,* als müsse der Benennung eines unsichtbaren Gegenstands eine mystische Bedeutung beigemessen werden. Es klang ganz so, als sagte jemand: »Beethoven ohne Hut«.

Mal angenommen, sie hätten die Angewohnheit, ihren Stock in eine bestimmte Ecke des Büros zu stellen, und dann kommen Sie eines Tages einmal geistesabwesend, wie ein Korrekturleser, hereinspaziert und stellen ihn in den Spucknapf. Die gleiche Unregelmäßigkeit war bei dieser Amazonenbrust zu beobachten. Sie war so aufdringlich wie eine Hasenscharte ... Während Moloch sich mit ganzer Kraft darauf konzentrierte, flogen seine Gedanken zu einer anderen Amazone zurück ... einer drallen Amazone *mit zwei Brüsten* namens Cora. Es gab einmal eine Zeit, da wäre seine Seele gerettet worden, wenn er Cora besessen hätte.

Aber Cora ist nicht im Bild ...

»Kann ein Mann allein durch Denken auch nur eine Elle mehr an Format gewinnen?« Darüber grübelte er nach, als stünden diese Worte ihm in zwölf Zoll großen Goudy-Lettern vor Augen.

»Was hülfe es dem Menschen, gewönne er die ganze Welt und nähme doch Schaden an seiner Seele?« Freilich, auch darüber grübelte er nach.

Wenn ein Mann tiefe Gefühle entwickelt, ist er geneigt, sich die Bibel zu Kopfe steigen zu lassen, ist er geneigt zu vergessen, daß die Liebe, die seine Frau für ihn empfindet, ein Kessel voller Haß ist, den sie Tag für Tag mit Freude über seinem Kopf ausleert. Worauf lief es bei der Liebe – ihrer *beider* Liebe – hinaus? Auf nicht weniger als einen furchtbaren Antagonismus, der solche Ausmaße angenommen hatte, daß er eher dem berühmten Darwinschen Kampf als einem Bett aus Rosen ähnelte. Wenn seine Frau ihn umarmte, dann nur, um zu fragen: »An wen erinnere ich dich jetzt?« Wenn er sie vertraulich berührte, wie ein Ehemann es tut, richtete sie ihre Stacheln auf und sagte: »Du denkst nur an Sex.«

In seinem religiösen Gefühlsüberschwang war ein großer Teil der Bitterkeit aus seiner Seele herausgetropft. Wenn ein Mensch auf einem Auge das Sehvermögen verliert, gleicht das zweite Auge diesen Mangel aus ... kompensiert ihn, wie wir sagen. Genauso war es bei diesen beiden. Was er an Kraft zu hassen verlor, lieferte Blanche. Längst stand er morgens nicht mehr auf, ein altmodisches Nachthemd am Leib, und tanzte wie ein Verrückter um sie herum. Es war abstoßend wahr, daß er in der Vergangenheit sehr oft den Grobian und Narren herausgekehrt hatte. Es war ebenso wahr, daß er dies mit der eindeutigen Absicht getan hatte, sie zu ärgern. Um seiner Frau diesen niederschmetternden eiskalten Blick auszutreiben, war er, in der Vergangenheit, zu jedem böswilligen Scherz imstande gewesen. Besser, sie vor Wut rasen zu sehen, als der kalten, bohrenden Feindseligkeit der Frau standhalten zu müssen. Von einer unerklärlichen, teuflischen Besessenheit gepackt, hatte er manchmal seiner Frau gegenübergestanden, obszöne Grimassen geschnitten und sie mit gemeinen Beschimpfungen gepeinigt, unter denen sie sich krümmte und erbleichte. Warum? Um sie dazu zu treiben, sich wie ein menschliches Wesen zu benehmen. Er hatte sie, falls nötig, regelrecht besudelt, um diese »Reaktion« hervorzurufen, von der Prigozi immer sprach. Denn er hatte sich bereits zu dem Glauben durchgerungen, verstehen Sie, daß er es mit pathologischer Abnormalität zu tun hatte. Er klassifizierte dieses Verhalten nicht; es genügte ihm, sie eine »kranke Seele« zu nennen. Blanche ihrerseits stellte ihre eigenen Diagnosen. Sie benutzte das Wort »sexuell überaktiv«. Ganz gleich, worum es bei einer Auseinandersetzung ging, ganz gleich, welche Wendung der Streit nahm, Blanche beendete ihn jedesmal damit, daß sie ihn »sexuell überaktiv« nannte. Sie schleuderte ihm die Wendung entgegen, als sei sie ein rotglühender Schürhaken. Später, wenn er Zeit zum Nachdenken hatte und seine Aufmerksamkeit darauf richten konnte, ihr Verhalten zu analysieren, fand er Schutz hinter solchen Wendungen wie »bösartige Schlampe«, »angeborener Puritanismus« etc. Und von allen Gebrechen, die ein Erbteil der Menschheit waren, war der Puritanismus das schlimmste – das konnte er schwören. Dieser Seelenzustand hatte etwas Aussätziges an sich. Bei seinem Wüten stieg einem ein Gestank in die Nase ...

Doch dieses Verhalten, all die schamlosen, bösen Gedanken, die er bei der geringsten Provokation herbeirufen konnte, waren an diesem Abend wie weggewischt. Er konnte es kaum erwarten, daß Blanche auftauchte. Niemals wieder sollte sie unter einer seiner Teufeleien leiden – nicht einmal, wenn sie ihn verhöhnte und peinigte. Er dachte voller Abscheu an sein grausames, sinnloses Verhalten zurück. »Bei Gott!« schwor er sich. »Dieser Wahnsinn muß ein Ende haben.«

Kaleidoskopartig ließ er den stürmischen Verlauf ihrer

Ehe an sich vorüberziehen. Ihn beschlich die Überzeugung, daß es seine Schuld gewesen war, ganz allein seine. Während er einen Streit nach dem anderen in seinem Geiste Revue passieren ließ, konnte er bei jedem einzelnen den Finger auf den wunden Punkt legen ... und das war *er selbst.*

Oh, wenn Blanche doch jetzt hereinkäme, in diesem Augenblick, damit er all ihren Haß, all ihre tiefe Empörung beiseitefegen und sich ihr zu Füßen werfen könnte. »Blanche«, murmelte er laut, »Blanche, mein armer kleiner Liebling, ich bin es, der Schuld hat, ich, ich, ich.«

In diesem Augenblick sah er sich als neuen Raskolnikow, als neuen Mörder, der auf die Worte Sonjas wartete. »Geh zum Marktplatz und knie vor dem Volke nieder. Geh und bekenne deine Sünden. Sprich auf dem öffentlichen Platz zu Gott; bete auf Knien zu ihm, damit jedermann es hören kann ...« Er fiel auf die Knie. Er flehte den Allmächtigen an. Kein rotznasiger Muschik hatte je inbrünstiger gebetet. Seine Gebete waren in die Strähnen ihres Haars verwoben, in die Buchstaben ihres Namens.

Und noch während er da kniete, öffnete sich langsam die Tür. Blanche stand dort und hörte zu.

Zuerst war sie versucht zu lachen. Noch nie hatte sie etwas Groteskeres gesehen als diese Gestalt, als diesen ihren obszönen Bettgefährten, der da in einer ehrfürchtigen Haltung kauerte. Sie hatte das schamlose Verlangen, aus vollem Halse zu lachen – ein boshaftes, höhnisches Lachen, bei dem ihm das Mark in den Knochen gefrieren sollte. Doch das Gebetsgebrabbel aus seinem blasphemischen Mund, die Flut ernster Wörter, ganz anders als der Spötter, den sie kannte, brachte sie zum Schweigen. Sie hörte den Klang ihres Namens, wie sie ihn nie zuvor gehört hatte. Einen Augenblick lang war sie berührt; fast wäre ihr Haß vor dieser glühend heißen Frömmigkeit geschmolzen. Doch genau in dem Moment, als sie, überwältigt von diesem Beispiel der Aufrichtigkeit, im Begriff war, sich ihm zu Füßen zu werfen und ihre so heftig zurückgehaltene Zuneigung zu offenbaren, schlich sich ein morbider, giftiger Verdacht in ihre Gedanken ein. Mit blendender Helligkeit zuckte ihr die Idee durch den Kopf, daß er ... jawohl, daß er *eifersüchtig* war.

Das Wissen, daß er sie liebte, verstärkte ihre Bitterkeit. Die in ihr keimende Zuversicht wurde erstickt unter den hohen Wogen der Empörung, die in ihr aufstiegen und sie spontan dazu drängten, auch noch den letzten Tropfen Knechtschaft aus ihm herauszupressen ... Bis zu diesem Zeitpunkt waren seine Eifersüchteleien die trägen, unbeständigen Feuer eines rachsüchtigen Geistes gewesen. Sie waren von kurzer Dauer und gossen Öl in die Flammen der Zwietracht. Noch nie hatte sie einen solchen Akt der Reue gesehen ... der umso überzeugender war, als er mit ihrem Eintreffen ja nicht gerechnet hatte. War es denn so? Sie gönnte sich eine flüchtige Verblüffung, so als wollte sie aus seinem früheren Verhalten auf den Grund für diese erbärmliche Kapitulation schließen.

Als er spürte, daß sie im Zimmer war, überkam ihn, ganz gegen seinen Willen, ein Schauer. Er hatte sich vorgenommen, wenn dieser Augenblick gekommen war, sich ihr zu Füßen zu werfen ... und seinen Gefühlen freien Lauf zu lassen. Wenn die Tür sich öffnete und das Wunder seiner Erlösung ihn zerrisse, dann, so hatte er sich vorgestellt, würden all die aufgestauten Qualen seines schändlichen Verhaltens überfließen und sie mit einem glanzvollen Schwall von Worten überfluten. Nun standen sie sich von Angesicht zu Angesicht gegenüber, und jeder von ihnen versuchte den Schleier zu durchdringen, der sie trennte.

Sie war stumm, undurchdringlich, unerreichbar. Und trotzdem jagte eine Leidenschaft durch ihr Blut, ergriff Besitz von ihrem Herzen und sprang mit der Schnelligkeit einer Flutwelle zur Feste ihrer Lippen. Ein wehmütiger Zug erschien zwischen ihren Augen, wie ein tief hängender Nebel, der gegen zwei Bogenlampen drückte. Sie hatte vergessen, daß ihre Seele auf dem Prokrustesbett ihrer Ehe in Stücke geschlagen worden war; sie spürte nur einen sich sammelnden Schmerz, der sie mit eisernem Griff packte und sie mit Stöhnen aushöhlte.

Moloch war an diesem Morgen mit dem Bild einer hoffnungslosen Schlampe von seiner Frau weggegangen. Ihr winziger Cupidomund, den er flüchtig geküßt hatte, hatte ausgesehen wie eine Fallgrube voller unsichtbarer Drähte und Rollen, die sich in einem mechanischen Rhythmus öffneten und schlossen, der ihn faszinierte und zugleich abstieß. Wenn das Scharnier sich bewegte und die Falltür aufging, sah er die ausgespannten Glühfäden ihrer geranienfarbenen Zunge. Sie wackelte wie der Schwanz eines Pudels, ihre Zunge. Sie hörte nie auf zu wackeln. Wenn die Falle aufging, fiel die Zunge heraus und leckte an der vollen Oberlippe oder kroch reptilienartig über den Zaun ihrer perlweißen Backenzähne. Just an diesem Morgen hatte er den wahnsinnigen Impuls niedergekämpft, sie anzuspringen und ihr das verdammte Ding aus dem Mund zu beißen.

Nun stand er da und schaute hoffnungslos auf die zuckenden Mundwinkel ihrer geschürzten Lippen. Er rechnete damit, daß ihre Lippen aufklappen und eine geheimnisvolle Sprache ausstoßen werde. Sie klappten nicht auf. Sie teilten sich süß zu diesen Worten:

»Jim Daly ist in die Stadt gekommen. Ich komme gerade von ihm. Wir haben den Abend zusammen verbracht.«

»Dann bist du also gar nicht im Theater gewesen?« Mit offenem Mund, sprachlos, stand er da.

Sie äußerte ihre Überraschung darüber, daß diese Neuigkeit ihn so mitnahm. Wenn der angekündigte Messias endlich die lange versprochene Ankunft auf der Erde wahrgemacht hätte, hätte ihn das nicht mehr mitgenommen.

»Bist du ... *gekränkt?*« fragte sie.

Er schüttelte langsam, bekümmert den Kopf. Er war so betäubt, daß er nicht eine Silbe herausbrachte.

Sie sprach in leichtem Plauderton weiter. »Ich hätte ihn ja hierher mitgebracht, aber er mußte mit dem Mitternachtszug wieder abfahren. Er läßt dich herzlich grüßen. Es war nur ein kurzer Besuch ... um zu sehen, wie wir miteinander auskommen, hat er gesagt.« Sie machte eine Pause. »Weißt du was, er benimmt sich, als könne er nicht glauben, daß ich immer noch mit dir verheiratet bin. Er wartet wohl immer noch auf mich ...« Sie machte wieder eine Pause, um die Wirkung ihrer Worte abzuwarten. Hatte sie genug gesagt?

»Der arme Jim«, sagte er plötzlich. »Ich kann nicht anders, ich hab ihn gern. Er war ein feiner Kerl ... Ihn hättest du nehmen sollen, Blanche.«

Ein unfrohes Lachen rollte aus ihrem winzigen Cupidomund.

»Schade, daß du daran nicht früher gedacht hast. Genau die richtige Zeit, um mir zu sagen, was für einen Fehler ich gemacht habe.«

Er begann wieder zu sprechen. Sie schaute ihn voller Erstaunen an.

»Erinnerst du dich noch an die Nacht, die wir im Claridge Hotel verbrachten ... eine Woche vor unserer Hochzeit? Erinnerst du dich, daß du vom Hotel aus deine Tante angerufen hast? Weißt du noch, daß sie dir sagte, Jim sei nach New York unterwegs, um dich zu sehen ... daß ein Telegramm für dich angekommen sei?«

»Ja, ja«, sagte sie und schaute ihn bestürzt an. »Ich erinnere mich an alles ... sehr genau, an *alles*. Ich bin den ganzen Tag in dem Hotel geblieben, und Jim hat mich dort besucht.«

»Er war in einer sehr wichtigen Angelegenheit zu dir gekommen, nicht wahr?«

Blanche zögerte. »Ja-a«, stammelte sie.

Moloch drang tiefer in sie. Er rief ihr die Ereignisse ins Gedächtnis, die auf dieses Treffen gefolgt waren, ihr kleines Essen im Café Bousquet, das Gespräch, das sie geführt hatten, wie Jim und er einander sofort sympathisch gewesen waren, das Sonderbare dieser gegenseitigen Bewunderung.

Blanche wurde ungeduldig. »Ja, das weiß ich alles. Was soll das?«

»Nun ja, nachdem ich dich an jenem Abend nach Hause gebracht hatte und du mir gesagt hattest, daß du Jims Heiratsantrag abgelehnt hattest, fuhr ich wieder ins Claridge zurück und bin mit Jim ins Bett gegangen.«

»Was?« sagte sie keuchend. »Davon hast du mir nie etwas gesagt.«

Er schenkte diesem Ausruf keine Beachtung.

»Ja, ich bin zu deinem Liebhaber zurückgegangen und habe ihm alles erzählt. Ich war so gerührt, daß ich ihm angeboten habe, mich zurückzuziehen, damit er dich haben kann.«

»Du hast ihm alles erzählt?« schrie sie und überhörte den Rest seiner Mitteilung. »Gott, dafür verabscheue ich dich! Wer hat dir das Recht gegeben, so etwas zu tun? Du gemeiner Kerl! Die Vorstellung, daß du ihn so gequält hast ...«

Moloch lächelte. »Ich glaube nicht, daß ihn das gequält hat. Es hat ihm gefallen – ich meine, das Dramatische der Szene. Er war sehr von mir eingenommen. Wirklich, wir haben uns richtig angefreundet – und nur, weil ich so gehandelt habe, glaube ich. Klar, das war eine richtige Alphonse-und-Gaston-Szene. Wir haben die ganze Nacht kein Auge zugetan.«

»Du hast das für einen tollen Scherz gehalten, nicht?« Ihre Stimme war wieder hart und bitter geworden.

»Nein«, erwiderte er sofort. »Natürlich, heute wirkt das ein wenig lächerlich. Doch damals war es sehr wirklich, sehr tragisch, *für uns beide*. Du darfst nicht vergessen, daß wir beide wirklich in dich verliebt waren ... damals.« (Es tat ihm leid, daß er das »damals« ausgesprochen hatte.) »Für mich war das kein leichter Entschluß, dich aufzugeben. Aber einmal war ich imstande, von mir selbst und meinen egoistischen Wünschen abzusehen. Vielleicht konnte ich seinen Schmerz verstehen und teilen, weil ich dich selbst so sehr wollte. Ich bin sicher, daß er meine Motive verstanden hat. Ihm wurde klar, daß das nicht einfach nur Schauspielerei war ... Was wirst du sagen, wenn ich dir erzählte, daß wir Tränen über dich vergossen haben? Wir haben da gelegen wie zwei Schulmädchen und von dir geschwärmt, deine Schönheit gepriesen, den Reiz deines Charakters bewundert, um dich geweint, als seiest du eine verlorene Prinzessin ...«

»Und meine Figur ... meine schönen Brüste ... was hatte Jim dazu zu sagen?«

»Deine Figur? Deine Brüste?« Er schaute sie verwirrt an. Und wurde sich gleichzeitig bewußt, daß sich ihre Figur verändert hatte ... zum Schlechteren.

»Ja«, sagte Blanche, »ich meine meinen Körper ... wenn ihr doch über *alles* gesprochen habt.«

Er war verblüfft. Er wußte nicht, ob er die Frage stellen sollte oder nicht.

»Du meinst«, begann er zögernd, zurückhaltend, »du meinst, daß du gedacht hast, ich hätte ihm erzählt ...«

»Warum denn nicht? Du hast doch vor einem Augenblick gesagt, daß du ihm alles erzählt hast.«

»Blanche«, sagte er und senkte seine Stimme, »willst du damit sagen, du glaubst, ich hätte erzählt –? Daß du mich dessen schon damals für fähig gehalten hast ...?« Es war unmöglich, dies herauszubringen.

»Oh, Gott!« rief sie aus. »Wie kann ich dir denn glauben? Du lügst mich doch ständig an ... Bist du sicher, Dion? Weißt du es genau?«

Er ließ den Kopf hängen. Er schämte sich für sie, für sich selbst, für die ganze gottverfluchte Liebe und dafür, wohin sie sie gebracht hatte.

Blanche kam aus einem plötzlichen Impuls heraus zu ihm herüber. Sie ließ den Kopf in seinen Schoß sinken und bat ihn, ihr zu verzeihen. Ihr wurde nun klar, daß sie sich geirrt hatte ... Er sagte nichts. Er ließ sie reden. Blanche klammerte sich an ihn. Sie flüsterte ihm einen Schwall seltsamer, zärtlicher Worte ins Ohr. Dies war eine neue Art von Freude für sie. Er strich ihre Haare nach vorn und vergrub seine Lippen in der weichen seidigen Masse, die ihr Gesicht bedeckte.

Endlich sprach er. Seine Stimme war weich und eindringlich.

»Heute abend, mein Liebling ... was hast du Jim gesagt?«

»Nicht jetzt«, bat sie. »Frag mich nicht jetzt. Es hat sich nichts geändert.«

»Aber was denkst du ... über Jim, meine ich?«

Sie sackte in seinen Armen zusammen und schloß die

Augen, damit er die Tränen nicht sah, die ihr über die Wangen rannen. »Ich ... ich weiß nicht, was ich denken soll«, flüsterte sie.

Er bedrängte sie nicht weiter. Ihre Glieder wurden von heftigen Zuckungen geschüttelt. So erzittert die Erde, wenn Büffel, verrückt vor Angst, losstürmen ...

Sanft wischte er ihr die Haarsträhne von der Stirn und drückte ihr seine zärtlichen Lippen auf die Augenlider. Ihr heißer Atem, wie der Duft von Sandelholz, ließ ihn durch einen schwindelerregenden Strudel taumeln. Das Zimmer war ein pompejisches Fresko aus Klang und Raum. Durch jede Pore und jeden Spalt seiner zitternden Haut drang das Elixier ihrer Adern und machte ihn trunken. Draußen, in der Nacht, übersäte ein Wirbel funkelnder Lichtpunkte die teure Kuppel eines verheerten Universums. Seine Gedanken, sprudelnd wie ein Geysir, flohen zitternd in die Nacht. »Nur Liebe, nur Liebe«, sagte er sich selbst immer wieder, wie gelähmt angesichts ihres schwellenden Leibs, der sich hob und senkte wie ein Meer.

»Dann liebst du mich also, Dion?« Ihre Stimme war ein zerrissener Schleier.

Er antwortete mit gesenktem Blick, geblendet vom milchigen Weiß ihrer Schenkel.

Irgendwo in Afrika rauschten die Affenbrotbäume in dem scharfen Nachtwind. Eine Woge der Leidenschaft verschlang ihn, wie ein Spahi in einem Samum gefangen ist.

Die Maske, mit der sie der Welt gegenübertrat, fiel von ihr ab wie ein Schleier, den sich eine Mohammedanerin vom Gesicht zieht, damit ihr Liebhaber es sehen kann. Ihr Körper wurde zu einem lieblichen, heiligen Gefäß, zu dem, was er einmal gewesen war. Die schwungvollen Linien wogten in samtenem Auf und Ab. Die Haut war kühl und faßte sich keusch an. Sie erinnerte ihn an eine mit Edelsteinsplittern besetzte kretische Urne, deren Henkel aus seltenem Elfenbein geschnitzt waren.

All die Lügen, die Heucheleien, die Niederträchtigkeit seiner Vergangenheit wurden durch Blanches Liebe in ein Evangelium der Hingabe verwandelt. Die ausgedörrten Treulosigkeiten, wie unfruchtbarer Boden, auf dem sie gemeinsam gekämpft und gehungert hatten, versprach unter den Bächen dieser wiedererwachten Leidenschaft zu erblühen und zu gedeihen. Tief unten im üppigen Unterboden der Liebe trieb die Hoffnung Wurzeln.

Ein bleicher Finger Licht drang von oben in das Zimmer. Sie zogen sich in gespanntem Schweigen aus, schüchtern und bedrückt von der schweren Düsternis, in der das Zimmer zu schweben schien. In dem dunklen ehelichen Lehm, den sie wiederentdeckt hatten, breiteten sich ihre Wünsche aus und trugen Früchte. Heiße Tränen rannen über das Weiß seines Fleisches und streichelten ihn. Es waren Blanches Tränen. Sie brannten sich in die Lymphe und in das Gewebe seines Organismus ein, bis sie erkannt wurden als die ehebrecherischen Gespenster vergessener Lieben …

Er hatte Frauen gekannt, deren dunkle Augen wie Niagarafälle der Reue waren, wenn sie unter der Bettdecke lagen. Manche waren von einer starren Schönheit, die einen die Sinne betäubenden Gifthauch verströmte. Manche fielen ihm in die Arme wie Marmorgöttinnen, die von ihren Podesten gestürzt werden. Die Erschütterungen ihres Sturzes erregten sie. Manche duckten sich wie Nonnen unter dem Zwielicht ihrer Roben, ergaben sich ohnmächtig der Entheiligung seiner Berührung. Manche stanken geradezu vor Leidenschaft und flüsterten flammende Worte, von denen ein schwefeliger Schimmer zurückblieb … Keine war wie die andere.

Er spürte, wie seine Frau ihn fester umfing, bis ihm schien, als seien sie aneinandergeschmiedet. Blanches Ängste, all ihre Tränen und Hoffnungen lösten sich auf in einem gewaltigen Aufbäumen der Leidenschaft. Der herbstliche Gleichklang, in dem die berstenden Dissonanzen ihres Lebens schlugen, verschmolz den Aufruhr in ihren Herzen.

16

Nach dem Mahlstrom unterirdischer Leidenschaften, der diese zwei Menschen unter sich begrub, lagen ihre Körper am folgenden Morgen wie verstreutes Strandgut auf dem Bett. Moloch sauste zur Arbeit, ohne die erschöpfte Gestalt seiner Frau zu stören. Sie blieb hingestreckt liegen, das ovale Gesicht verloren in einer Wildnis aus Haaren, die Lippen mit einem erwartungsvollen Ausdruck leicht geöffnet.

Was war gewonnen? fragte er sich selbst. Sollte dies der Beginn eines neuen Lebens sein? Die Antwort darauf blieb in einem vagen, wirren Schweigen des Fleischs verschollen. Er fühlte sich wie jemand, der von Trommelfeuern umzingelt war, dessen Seele buchstäblich versengt worden war und der sich nun, narbig und verdorrt, unter dem Uniformrock seiner Haut zusammenrollte.

Sie ist nicht das Stück Holz, mit dem ich zusammenzuleben glaubte, entschied er. Die Idee, sie mit einem Stück Holz gleichzusetzen, faszinierte ihn. Er fragte sich, ob Jim Daly sie die Nacht zuvor sehr hölzern gefunden hatte. Das war ein böser Gedanke, und er versuchte ihn zu unterdrücken, doch ganz gleich, woran er dachte, er war gefesselt von der Vorstellung, daß an ihrer plötzlich entflammten Glut irgend etwas ungewöhnlich, wenn nicht gar verdächtig war. Er versuchte, sich den Verlauf des Gesprächs zu vergegenwärtigen, das ihrer Versöhnung vorausgegangen war, doch seine Erinnerung an die Worte war nichts als weiße Asche, die pulverig und opak war und sich kühl anfühlte.

Die Annäherung, die sie erreicht hatten, befand sich nicht ganz auf der Höhe des Gefühls eines seelischen Gleichklangs, den er sich ausgemalt hatte, den er sah. Noch einmal kniete er vor dem Sessel mit den tiefen Kissen, betend um den Augenblick, in dem Blanche nach Hause kommen und seine ungestümen Erklärungen entfesseln würde. Er hatte mit einem einstudierten Schweigen gerechnet, mit einem vernichtenden Blick und einem Ausdruck von Zweifel, ja sogar Verwirrung. Doch er war in keiner Weise vorbereitet auf die Vision von Schönheit, die über ihn gekommen war. Diese Vision stieg mit all ihren trügerischen Verlockungen noch einmal vor ihm auf; sie breitete ihre Flügel um ihn und warf ihn zu Boden. Der üppige Lehm, in dem sie sich gewälzt hatten, klebte noch an seinem Körper. Er erzitterte ekstatisch und machte eine unfreiwillige Bewegung, um die süßlichen Erdbröckchen abzuschütteln ... Keine war wie die andere ... Er hatte manche gekannt, die wie marmorne Göttinnen von ihren Podesten stürzten.

In einer irgendwie verwirrten Geistesverfassung kehrte er an diesem Abend eine Dreiviertelstunde früher als gewöhnlich nach Hause zurück. Blanche war ganz versunken in der Aufregung, das Zimmer mit ihrer knochenbrecherischen Pyrotechnk in ein Inferno zu verwandeln. Er setzte sich auf die Couch und lauschte dem Massaker des »Liebestraums«.

Da sie die stillen Verwünschungen spürte, die ihr Gatte sich gewöhnlich für solche Kompositionen vorbehielt, gab sie ihre Anstrengungen auf und begann Stojowskis »Love Song« zu klimpern. Stanley hatte einmal gesagt, es müßte Blanche gesetzlich verboten werden, dieses Sakrileg zu begehen. Stanleys polnisches Ohr war nur für eine schmale Bandbreite musikalischer Kompositionen empfänglich, doch innerhalb dieser Grenzen war sein Urteil präzise und unbestechlich. Ob es daran lag, daß sie kein Gespür für den slawischen Lyrizismus hatte, oder ob eine angeborene Sterilität die Ursache war, fest stand jedenfalls, daß sie im Reich der Empfindungen, der Zärtlichkeit, der Leidenschaft vollkommen verloren war. Bei den dreschflegelartigen Hieben, mit denen sie auf das Instrument einhämmerte, zuckte jeder Nerv seines Körpers vor Schmerz zusammen. Sie fand Gefallen daran, eine bestimmte Passage zu wiederholen, sie in ihre Grundtakte aufzusplittern, jeden einzelnen Akkord und jedes Arpeggio zu sezieren. Sie teilte ihre Stockhiebe mit dem methodischen, sinnlosen Ticken eines Metronoms aus. Jeder Ton war eine frische Wunde. Moloch vergrub den Kopf in den Kissen, um dieses scheußliche Geklimper zu ersticken.

Als er so lag, die Augen geschlossen und die Ohren halb zugehalten, bedrängte ihn noch einmal die Vorstellung der trügerischen Lockungen ihres Fleisches. Er dachte daran, wie er sie am Morgen verlassen hatte, schweigend und erschöpft, mit halb geöffneten Lippen daliegend. Im Büro hatte er, vertieft in die banalen Routineverrichtungen, dieses frische Bild vergessen. Daher freute es ihn, bei seiner unerwarteten Heimkehr zu sehen, daß sie sich wie eine erfahrene Kokotte herausgeputzt hatte. All den nichtigen Details, die mit ihrer persönlichen Erscheinung zu tun hatten, der Wahl ihrer Kleidung, dem Glanz ihrer Nägel, der Frisur, die sie sich gemacht hatte, hatte sie plötzlich (fast wie durch ein Wunder) Aufmerksamkeit geschenkt. Diese übermäßige Putzsucht ging sogar so weit, daß sie das Wohnzimmer einschloß, das bis dato immer ein Triumph künstlerischer Vernachlässigung gewesen war. Der Raum verströmte nun den friedlichen, weihevollen Charme des Heiligtums einer Jungfrau. Die angenehmen Empfindungen, die diese vollständige Verwandlung hervorrief, wurden durch die erfolglose Mixtur ihrer Waschbrettaktivitäten zunichte gemacht. Die bloße Erwähnung des Namens Liszt genügte, um ihn an die Vergnügungen des Karussells, das schwachsinnige Gedröhn der Dampforgel, *déjeuner sur l'herbe* mit Frankfurter Würstchen und Ameisen denken zu lassen.

Die Melodien dieser beiden Ausdrucksformen der Liebe überlagerten einander, als seien sie zwei Schnellzüge, die in aufeinanderfolgenden Träumen zusammenstießen. Sie wurden untrennbar miteinander verwoben und bildeten ein großes kontrapunktisches Motiv, das seinen gereizten Rezeptoren unmerklich ein Zeichen einbrannten.

Die Gesichter, die sie an den Abendbrottisch mitbrachten, waren wie zwei ausgebrannte Krater. Sie weckten sich mehrmals gegenseitig auf, um eine Schüssel mit Gemüse hinüberzureichen und schale Bemerkungen zum Duft des Tees oder über das Wetter zu machen. Er meinte in ihren Augen eine Erklärung zu lesen, daß die Kapitulation der vergangenen Nacht lediglich ein Waffenstillstand war.

Die Wirklichkeit, die sie an den Tisch zerrte, machte ihm eine größere Unwirklichkeit bewußt, die unter der Oberfläche existierte. Diese unsichtbare Störung schwamm durch das Zimmer wie die unter dem Wasserspiegel liegende Masse eines Eisbergs, der von unbekannten nördlichen Strömungen auf Kurs gehalten wurde.

Er machte mehrfach Anstalten, eine Flut von kleinen Wortwechseln auszulösen. Blanche verweigerte sich diesen Nötigungen. Schließlich gelang es ihm, eine höfliche, unaufrichtige Frage über ihre Mutter herauszubringen. Er wagte es nur selten, sich auf dieses Terrain zu begeben.

Aus irgendeinem Grund hatte Blanche Gespräche über »Mutter« mit einem Tabu belegt. Jedenfalls aber wurde diese Person in ein oder zwei Tagen erwartet.

Das Wort »Mutter« wirkte wie ein angemessener Blitzableiter für die elektrische Störung, die sich in Kürze entladen sollte.

»Wie ich sehe, hältst du das für ein aufregendes Thema.« Es war Blanche, die das Feuer eröffnete.

»Aufregend ... aufregend? Das ist wohl kaum das richtige Wort, Blanche. Ich verstehe dich nicht.« Er wußte, daß er sich auf dünnem Eis befand. Was zum Teufel brütete sie jetzt schon wieder aus? »Du weißt, ich habe deine Mutter immer gern gehabt«, sagte er laut, als wollte er sie mit diesen harmlosen Worten davon überzeugen, daß er lediglich eine harmlose Feststellung wiederholte.

»Ich weiß, wie sehr. Na ja, sie wird schon bald hier sein ... du wirst nicht enttäuscht werden.«

»Blanche, was hat das zu bedeuten?« Seine Stimme verriet eine zunehmende Verunsicherung. Schön! Sie würden also in kürzester Zeit wieder damit anfangen – mit Hammer und Zange.

Da sie nichts erwiderte, sprach er weiter. Es war unbedingt nötig, daß er sich verteidigte, ganz gleich, aus welcher Richtung der Angriff kam. Er wartete darauf, »das Weiß in ihren Augen« zu sehen.

»Du hast also nicht die leiseste Ahnung, worum es mir geht? Du sitzt da, als erwartetest du, daß ich dir ein hübsches kleines Märchen erzähle.« Sie hielt für einen Augenblick inne. Dann, agitato: »Warum bist du heute so zeitig nach Hause gekommen? Du hast gedacht, sie wäre schon da, nicht? Konntest es nicht erwarten, daß sie kommt.«

Er wiederholte den letzten Satz wie einen Refrain. Er funkelte sie wütend an. »Heraus damit!« brüllte er. »Red nicht dauernd um den heißen Brei herum. Dauernd diese verfluchten Unterstellungen.«

»Ho-ho! *Unterstellungen?* Das gefällt mir. Du bist gereizt, was? Denkst vielleicht, ich reime mir irgend etwas zusammen?«

»Ich glaube, du bist imstande, dir alles mögliche zusammenzureimen.« Er achtete nicht mehr auf das, was er sagte. Er war völlig außer sich.

Sie wehrte ihn immer wieder ab, quälte ihn mit kleinen Stichen, summte umher wie ein Insekt. Ihre Worte prasselten regelrecht auf ihn ein. Nicht so sehr das, was sie sagte – die hinter jeder Bemerkung lauernden Bedeutungen verwundeten ihn und machten ihn hilflos.

»Du denkst, du könntest jeden Abend fortlaufen und mich hier alleinlassen, und wenn du dann deinen Hals voll hast und dein Gewissen dich plagt, glaubst du, du kannst nach Hause kommen, und ich warte hier wie eine vernachlässigte Geliebte, die dir in den Schoß fällt für ein Lächeln oder für ein zärtliches Wort.«

Dieser Satz, in unveränderlichem Tonfall gesprochen, nahm ihr erst einmal den Atem.

»Was hat alles das mit deiner Mutter zu tun?« fragte er und gewann wieder Haltung. (Ein Fehler, das »Mutter«-Thema neu zu beleben. Ihm wurde klar, daß es im Augenblick nicht zur Debatte stand.)

»Das wirst du schon merken«, zischte sie. »Es ist höchste Zeit, daß du mal über einige Dinge informiert wirst …«

»Hör mal«, platzte er heraus, »was soll das denn schon wieder heißen?«

Er bemerkte, daß sie innehielt, sogar trotz ihrer Wut offensichtlich zögerte auszusprechen, was sie wurmte. Als sie ihre Gefühle so weit im Zaum hatte und ihre Gedanken so formulieren konnte, daß sie so etwas wie einen Zusammenhang aufwiesen, sprach sie weiter. Anfangs hörte er ungläubig zu. Eine geschickte Abschweifung, die die Richtung ihres Angriffs verdunkelte, hätte ihn beinahe davon überzeugt, daß er nichts zu befürchten hatte, daß sie ihr Ziel aus den Augen verloren hatte. Doch gerade, als er wieder festen Boden unter den Füßen zu haben meinte, überkam ihn eine heftige Unruhe, und er wurde von der Vorahnung einer drohenden Katastrophe überwältigt. »Sie führt mich an der Nase herum«, sagte er zu sich selbst, »sie führt mich direkt an den Rand des Abgrunds.« Und genau das tat sie auch. Er kannte jeden Zentimeter des Weges, den sie einschlugen.*»Aber wie in Gottes Namen hatte sie das so lange zurückhalten können? War es denn möglich, daß sie es die ganze Zeit über gewußt und diese schrecklichen Täuschungsmanöver aufrechterhalten hat?«* Einen Augenblick lang hegte er den Verdacht, daß sie ein heimliches Wissen nur vortäuschte und daß diese Folter vorsätzlich ersonnen worden war zu dem Zweck, ihn sich winden und drehen zu lassen, bis er selber die Wahrheit ausplauderte ... Doch diese Vermutung war flasch. Es war offensichtlich, daß sie alles wußte. Sie war nur zu gut im Bilde.

Das Tableau, das sie von ihm widerspiegelte, war von so monströser Gestalt, daß – nun, wo die Wahrheit heraus war, schenkte er ihr keine Beachtung mehr; sein Verstand hatte Mühe, zu den Grenzen vorzustoßen, an denen diese beispiellose Verdorbenheit ihr Ende fand ... »Meine eigene Mutter – das muß man sich einmal vorstellen!« Die Wendung steckte in seinem Hirn wie das Beil eines Mörders. Seine Gedanken rasten vorwärts und rückwärts über jede Einzelheit, die mit den unglücklichen Umständen, die sie gerade berichtet hatte, in Zusammenhang standen. Er suchte vergeblich nach einer Krume der Rechtfertigung.

Er durchwühlte sein Herz, prüfte sein Gewissen. Es gab nichts, woran er sich klammern konnte, absolut nichts.

Und doch war da dieses Zipfelchen, sollten die Leute doch reden, was sie wollten ... Diese Frau, Blanches Mutter – hatte sie je die Rolle einer Mutter gespielt? War es nicht gerade das, was ihn dazu ermutigt hatte, sie mit frevlerischem Blick anzuschauen?

Um zu verstehen, was in Molochs Kopf vor sich ging, müssen wir für eine Weile diese eheliche Szene am Eßtisch vergessen. Wir wollen zu den Wurzeln dieser Mißstimmung zurückgehen ...

Zunächst einmal, als Moloch Blanche heiratete, wurde wenig gesprochen über die Trägerin dieses Titels: Mutter. Blanche hatte unter der Fuchtel einer unverheirateten Tante gelebt. Ein Jahr war vergangen, und eines Tages hatten die zwei den Entschluß gefaßt, eine verspätete Hochzeitsreise zu machen. Blanche hatte ihre Eltern als fröhliches, in die Jahre gekommenes Pärchen beschrieben, das in einem ein wenig abgelegenen Nest irgendwo in Delaware ein stereotypes Leben führte. Sie hatte sie seit ihrer Kindheit nur ein halbes Dutzend Mal besucht. Sie freuten sich darauf, ein paar geruhsame Tage mit diesen fremden Menschen zu verbringen, die Blanche zur Welt gebracht hatten.

Sie hatten kaum achtundvierzig Stunden unter dem elterlichen Dach verbracht, als Molochs vorgefaßtes Bild über die Mutter bereits erschüttert war. Er war nicht auf den Dorfklatsch angewiesen, um festzustellen, daß diese Frau in mittleren Jahren, die ihre Tochter so liebevoll begrüßt hatte, Stadtgespräch war. Wohin sie auch ging, die Leute drehten sich um und starrten sie an ... Der Vater führte ebenfalls ein sonderbares Leben. Er tauchte zu den Mahlzeiten auf, sprach über seine Arbeit oder über die neuesten politischen Gerüchte und verschwand wieder. Moloch versuchte sich so gut es ging ein Bild von der Situation zu machen und kam zu dem Schluß, daß diese liebenden Eltern bei einem offenen Zweckbündnis angelangt waren und dem anderen erlaubten, seiner oder ihrer Wege zu gehen, und ansonsten keine Fragen stellten. Zwischen ihnen war nicht einmal ein Hauch von Feindseligkeit. Was immer der Inhalt der Abmachung war, sie war seit langem getroffen, und der Kompromiß, den sie zweifellos darstellte, schien reibungslos zu funktionieren ... Dieser gepflegte, adrette kleine Mann, dessen Alter niemand erraten konnte, war sicherlich kein schlechter Kerl. Unmittelbar nach ihrer Ankunft hatte er großen Gefallen an seinem Schwiegersohn gefunden und keine Zeit verloren, ihn seinem Freundeskreis vorzustellen. Manchmal begleitete Blanche sie, und dann strahlte der adrette kleine Vater geradezu, so stolz war er, mit seiner Tochter und ihrem vernünftigen jungen Mann gesehen zu werden.

Blanche hatte für das Verhalten ihrer Mutter keine Erklärung. Sobald das Mittagessen vorüber war, beschäftigte diese sich ausgiebig und sorgfältig mit ihrer Toilette. Moloch merkte bald, daß er während dieses Vorgangs zu trödeln begann und vorgab, in ein Buch vertieft zu sein. Wenn Blanche Vorkehrungen traf, sich den Blicken der Öffentlichkeit zu stellen, hatte dies nie seine Aufmerksamkeit geweckt. Und Blanche hatte ja auch nie gelernt, ein Ritual aus dieser Kunst zu machen, genausowenig wie sie je den Anschein erweckt hatte, auch nur den zehnten Teil jener Befriedigung und Freude daraus zu ziehen, die ihre Mutter atmete, wenn die Aufgabe vollendet war. Noch niemals zuvor waren ihm die Feinheiten des Frisierens, die Nuancen in der Kunst des Parfümierens, die Geheimnisse des Bades so deutlich bewußt geworden. Mit der Zeit sah er den Ergebnissen dieser ausgiebigen Pflege immer erwartungsvoller entgegen und strich, wenn die »Stunde der Hoffnung« gekommen war, um das Haus wie ein mondsüchtiges Kalb. Blanche erkannte natürlich schnell dieses Festmahl der Sinne. Da sie seine neue Angewohnheit jedoch nicht übersehen konnte, verbarg sie ihr Unbehagen dadurch, daß sie sich während dieser Tortur in ihrem Zimmer einschloß.

»Benimmt sie sich denn immer so?« hatte die Mutter eines Tages gefragt, als Blanche sich beleidigt in ihr Zimmer zurückgezogen hatte.

»Mehr oder weniger ja«, hatte er geseufzt.

»Ihr solltet ausgehen und euch amüsieren. Man lebt nur einmal, weißt du.«

Sie stand in einem schimmernden Negligé vor ihm und achtete nicht auf die gierigen Blicke, die an ihrem kräftigen Körper leckten. Ihm schoß der Gedanke durch den Kopf, daß sie in ihm keinen Mann sah. Was war er in ihren Augen – nur ein unreifer Junge? Oder langweilte er sie? (In seinen düstersten Augenblicken war er imstande, sich einzureden, daß Blanche einen früh ergrauten Greis aus ihm gemacht hatte.)

So wurde es für ihn zu einer entscheidenden Frage, ob diese Frau ihn für gänzlich unattraktiv hielt. Er faßte den Entschluß, dies herauszufinden …

Es war Blanche, die eines Tages geäußert hatte, daß die Frau etwas »Rätselhaftes« an sich habe. (Blanche bezeichnete ihre Mutter häufig als »die Frau«.) »Ich kann das nicht finden«, hatte er erwidert, nachdem er für Blanche die unterschiedlichen Bestandteile zusammengefaßt hatte, die die Persönlichkeit dieser Frau ausmachten.

Was er sah, war einfach und offensichtlich genug. Die Frau war eine Circe, wenngleich noch unbesungen von einem Homer. Derer gab es viele im Lande, nur daß die Leute sie erst erkannten, wenn ihre Infamien in zwanzig Zentimeter großen Schlagzeilen herausgeschrien wurden. Sie war der Typ, den man in einer griechischen Sage, zwischen den Buchdeckeln eines Bandes von D'Annunzio oder in einem Opus von Wagner begegnen könnte. Man hätte ihr sogar in einem Bordell des achtzehnten Jahrhunderts begegnen können. Ein Zuhause hat sie nicht; lediglich ein Rendezvous. Ihr Alter ist Mythos; sie ist weder jugendlich noch ältlich. Ihre Züge haben den Glanz und den Reiz alter Ruinen, die weicher und runder geworden sind unter der Hand der Zeit. Die Nasenflügel, fein gefurcht und eine betörende Arabeske beschreibend, deuteten, wenn sie bebten, leise Höhlen der Lust an. Der Kopf, leicht geneigt und umrahmt vom lüsternen Zwielicht des Boudoirs, stellt ein prachtvolles Chiaroscuro dar. Ganz vage deutet sich vielleicht ein künftiges Guadelupe-Kinn an.

Unerbittlich in die Mitte gerückt, wie eine vor Lust lodernde Zither, ist der weit geöffnete rote Schlund. Die Künstlerin in ihr fixiert ihn mit atemberaubender zinnoberroter Schmiere. Ihre lockeren, sinnlichen Lippen sind nie völlig geschlossen. Sie sind nur dazu da, den Durst von Männern zu stillen; sie selbst darben weiter, bleiben ausgedörrt. Eine Odaliske der Dämmerung obendrein, deren Torso sich wie eine Düne erhebt. Rundungen wie die verdrehten Nocturnes von Michelangelo ... ganz gewiß nicht die bösen, ungeheuerlichen Kurven eines Utamaro. Etwas, das von Praxiteles begonnen wurde und das zu vollenden den Modernen obliegt.

Wirkt diese Circe *rätselhaft?*

Egal, der Fehler, den Moloch beging, war, dem Gesang der Sirene zu lauschen. Er drang aus dem Badezimmer und berührte ihn so, daß weder Blicke noch abstrakte Dinge die Kräfte zum Verstummen bringen konnten, die in seinen Lenden verborgen lagen. Die Zeremonie fand jeden Tag zur gleichen Stunde statt. Er mußte nur ihren vom Regen zertrümmerten Melodien lauschen – und er war verloren.

Es waren die seltsamsten Flitterwochen, die er je verbracht hatte. Mit einer Braut war er abgereist, und entdeckt hatte er einen Sukkubus. Und nun, nach all den Jahren des Schweigens, erfuhr er, daß seine Frau alles wußte.

Woher wußte sie es? Diese Frage stellte er ihr nicht. Doch wenn er über das Schauspiel dieser entrüsteten Kreatur namens »Ehefrau« nachdachte, die es fertigbrachte, während all der Jahre ihres Ehelebens nachtein und nachtaus neben ihm zu liegen, die bei der Geburt ihres Kindes bis an die Schwelle des Grabes gehen konnte und noch immer nicht den Mund aufmachte, dann revoltierte seine Seele. In all dem Groll und all den Verdächtigungen, die sie während der Jahre ihres gemeinsamen Lebens aufgehäuft hatte, sah er nicht mehr als die Perfidie eines giftigen Reptils. Wozu, das wollte er wissen, wozu nur konnte sie dieses schleimige Geheimnis aus der Vergangenheit ihrer Ehe bewahrt haben?

Er stand mit ernster Miene vom Tisch auf und fragte höhnisch, was sie noch in petto habe.

»Was sollte ich denn noch wissen?« sagte sie kläglich.

Er schwankte einen Augenblick lang. Dann sagte er mit fester Stimme: »Wieviel kannst du aushalten?«

Die Grobheit dieser Bemerkung brachte sie aus der Fassung. Sie legte die Arme auf den Tisch und vergrub darin ihre Schluchzer.

Als er es nicht länger aushielt, ging er zu ihr hinüber und legte tröstend die Arme um sie. Der Tisch wackelte unter ihrem Kummer. Nur einmal, als sie beinahe einen Nervenzusammenbruch gehabt hatte (aus Angst vor dem Gebären), hatte er sie so weinen sehen. Es hatte etwas Tierisches, es erinnerte ihn an ein quiekendes Kalb im Schlachthaus, wenn es zum ersten Mal frisch vergossenes Blut schnuppert.

Er schämte sich dafür, was die Nachbarn denken mochten. »Hör auf, bitte, ich bitte dich«, sagte er wieder und wieder, streichelte ihr übers Haar und kniete zuletzt neben ihr nieder. Die Sanftheit seiner Stimme schien ihre Tränen nur noch mehr zu lösen. Neue Staubecken von Gefühlen wurden angezapft; ihr ganzer Körper bebte und sackte zusammen, bis der Schmerz des Weinens ihn gefühllos machte. Er stand auf und wartete stoisch auf die Erschöpfung, die, wie er wußte, folgen würde. Er begann über die Situation zu philosophieren.

Inzwischen gelang es ihr, zwischen Hicksern und Stöhnen, ein paar Worte einzuwerfen. Ihre Äußerungen wiederholten sich. Es waren hauptsächlich Fragen, gerichtet an eine ferne und unerschütterliche Gottheit.

»Oh, Gott!« jammerte sie. »Was habe ich getan, was *könnte* ich tun, um dies zu verdienen?«

Er beschwor sie, sich zu beherrschen. »Du bist hysterisch, Blanche.«

»Oh, warum muß ich so gedemütigt werden ... immerzu, immerzu, immerzu? Bin ich denn nicht eine gute Mutter gewesen, habe ich denn nicht immer zu dir gehalten?«

»Natürlich, Blanche ... natürlich. Ist ja gut, ist ja gut ...«, flüsterte er besänftigend.

Sie schrie wieder los: »Das sagst du nur so, ich weiß es. Du würdest alles sagen, nur damit ich aufhöre.« Sie vergoß neue Ströme von Tränen. Er stand reglos wie ein Stein da, wartete, wartete, bis sie versiegen würde.

Während er neben der zusammengesunkenen Gestalt

seiner Frau stand, geriet er ins Träumen. Bei der geringsten Berührung erbebte ihr Körper, schnappte sie nach Luft und brach zusammen. Sonderbare Gedanken gingen ihm durch den Kopf. Dieser Mann zum Beispiel, Jim Daly, der sich vor Liebe zu Blanche verzehrte – wie hätte er die Dinge angepackt? Hätte er die Karre ebenfalls in den Dreck gefahren? War es nicht unausweichlich, daß diese und jene Situation eintreten mußte, wenn man mit einer solchen Frau verheiratet war? Jim Daly verzehrte sich vermutlich vor Gram, weil er diese Frau, Blanche, nicht haben konnte. Höchstwahrscheinlich befand sich ein zweiter Mann, in North Dakota, in der gleichen verzweifelten Lage. Die beiden litten Höllenqualen über den Verlust dieses imaginären Wesens. Ja – *imaginär?* Existierten denn die Frauen, nach denen sie sich sehnten, überhaupt? Wo war diese Frau? Ganz bestimmt war es doch nicht diese erbärmliche, vor Kummer verrückte, in Tränen aufgelöste Person, die wie eine vergewaltigte Jungfrau über dem Tisch hing?

Nach allem, was er wußte, sehnte sie sich ebenfalls nach ihnen. Er konnte nicht sagen, wer ihr Favorit war. Vermutlich wollte sie sie beide. Im Grunde hegte er den Verdacht, daß sie nicht wußte, wen sie wollte oder *was* sie wollte. Sie lebte ebenfalls mit imaginären Wesen, mit Liebhabern, die sich beim ersten Hauch von Realität zu mythischen Ungeheuern verflüchtigten. Er wünschte bei Gott, daß sie wenigstens für eine kleine Weile den Platz mit ihm tauschten. Es war vollkommener Unsinn, eine Frau in den Himmel zu heben, wenn man absolut nichts von ihr wußte ...

Er dachte an den Brief, den Prigozi ihm beim Tod seiner Frau geschickt hatte. Die Worte hatten sich in sein Gedächtnis eingegraben ... »Seit dem ersten Tage, an dem ich dich traf, habe ich dich als einen Freund betrachtet. Und das bedeutet für mich nur eines: daß nichts, was du von mir verlangen könntest, zuviel wäre, daß du frei bist, nein, mehr als frei, zu kommen und ungefragt zu nehmen, was ich zu geben habe ... daß kein Gedanke dir verborgen bleiben soll und kein Geheimnis vor dir bewahrt.« Und alle Taten dieses phantastischen Menschen, zu dem er eine so starke Zuneigung gefaßt hatte, bewiesen lediglich, daß dies keine leeren Behauptungen waren. Hier war jemand, den er nicht geheiratet hatte, den er gelegentlich sogar gemein übervorteilt, den er verhöhnt und gekränkt hatte; doch das kleine Wort »Freundschaft« hatte ihn gelehrt, nobel und großzügig zu sein. Und für Blanche war dieser Mann, den er Freund nannte, nicht mehr als ein widerlicher kleiner Jude, dem es gefiel, seine Nase in anderer Leute Angelegenheiten zu stecken.

Er gab es auf, über alles das nachzudenken. Es war sinnlos, mit Blanche reden zu wollen. Sie hatte ihren Standpunkt, und er hatte seinen. Für ihn war das Leben ein Abenteuer, ein erbärmliches vielleicht, aber doch immerhin ein Abenteuer. Was sie anlangte, sie kroch auf dem Bauch durchs Leben. Kein Wunder, daß sie sich fürchtete und abgestoßen war. Für sie konnte es niemals etwas anderes sein als eine kriechende, stinkende Angelegenheit.

17

»... In Sofia fing ich mit dem an, was du den ›Trick der Weißen‹ nennst. Du darfst aber nicht denken, daß ich das nur aus Spaß an der Sache getan habe oder weil ich von Natur aus pervers wäre, aber hier auf dem Balkan sind die Gefühle, die man derlei Dingen entgegenbringt, völlig anders. Hier steigt man in der Achtung der Leute, wenn man sich eine berüchtigte und heißbegehrte ›große Kokotte‹ hält oder wenn man am Spieltisch sitzt und phlegmatisch seinen Gewinn kassiert und noch phlegmatischer zusieht, wie das eigene Geld von einem anderen kassiert wird. Gerade in Sofia bin ich richtig in Schwung gekommen, als ich mir für ein paar Wochen die berüchtigste Frau von hier, die sie ›la seule grande cocotte de Sofia‹ nennen, als Begleiterin genommen habe. Mit ihr bin ich an die vornehmen Badeorte gefahren et cetera. Dann hab ich sie fallen lassen und mir die Primadonna von der hiesigen Königlichen Oper genommen. Nach drei Monaten dieser Art von Leben hatte ich gerade den richtigen Ruf als Lebemann erworben, um in der öffentlichen Meinung Gnade zu finden, die, wie ich dir bereits geschrieben habe, ganz anders ist als die öffentliche Meinung in den USA. Ich habe das Gefühl, daß ich mich zurückziehen und wieder ein vernünftiges Leben führen kann.

Ich erzähle dir all diese Einzelheiten, um dir zu zeigen, wie es möglich ist, daß ich, der ich noch vor wenigen Jahren mit einem Bündel von Telegrammen in der Hand und herausgeputzt wie ein Zirkuspferd die Straßen und Hausnummern in der Umgebung des Flatiron Building abgesucht habe, es mir erlauben kann, Opernprimadonnen auszuführen. Am Samstagabend hatte ich nur einen Wunsch, nämlich, daß du neben mir hättest sitzen können ...

Der Boß will am fünfzehnten wieder in Rumänien sein, weil er zur Krönung des Königs und der Königin von Rumänien eingeladen ist. Ich werde an diesem Festakt ebenfalls teilnehmen und so zum dritten Mal Gelegenheit haben, alte Bekanntschaften aufzufrischen. Ich habe hier ein bezauberndes rumänisches Mädchen gefunden, das den größten Teil meiner Freizeit beansprucht ...

Meine Eindrücke von meinem Heimatland waren, wie du feststellen konntest, nicht sehr präzise. Das einzige, das ich dir schreiben kann, ist, daß ich das Gefühl hatte, in einem großen Dorf zu sein. Nachdem ich das geschäftige, lärmende New York verlassen habe, wirkt die Ruhe einer Stadt wie Den Haag oder Scheveningen geradezu einschläfernd ...«

Moloch knüllte den Brief zusammen und steckte ihn wieder in die Tasche. Er hatte ihn zum dritten Mal zu lesen begonnen. Der Brief war sechsundzwanzig Seiten lang, behandelte vier Kontinente, neun Frauen, drei königliche Familien, Botschafter und Potentaten in Hülle und Fülle, zahllose Viertel Champagner, Koksträume, Kamelritte und zwei Geschlechtskrankheiten. Aber Moloch konnte sich einfach nicht dafür erwärmen. Die Eskapaden seines alten Freunds Jacques Dun bewegten ihn nicht. Wenn die Börse in die Luft flöge, würde ihn das ebensowenig aufregen. Er lief wie im Koma umher.

Blanche war an diesem Morgen zeitig aufgestanden, hatte ihm das Frühstück gemacht (sehr ungewöhnlich!) und ihm, als er gerade im Begriff war zu gehen, in gelassenem Tonfall mitgeteilt, daß sie bald weggehen würde. Sie weigerte sich zu sagen, für wie lange. »Ich habe noch keine endgültigen Pläne«, verkündete sie. »Ich habe das alles nur satt ... Ich möchte irgendwohin fahren und über alles nachdenken.«

Am Nachmittag ging sie mit dem Kind fort. Auf einem Zettel forderte sie ihn auf, die Möbel einzustellen. Sie könne unmöglich sagen, hatte sie geschrieben, wie lange sie fortbliebe. Vielleicht käme sie auch gar nicht zurück. Sie hatte keine Postanschrift hinterlassen, obwohl sie höchstwahrscheinlich wußte, wohin sie ging.

Das merkwürdigste an diesem Abschied war, daß er ihn nicht übermäßig verbitterte. Als Ehemann hatte er vielleicht das Recht, ein wenig Groll zu empfinden. Er empfand keinen. An jenem Abend kam er nach Hause, ging mechanisch in der Wohnung umher und kam, nachdem er mehrmals ihren Zettel gelesen hatte, zu dem Entschluß, daß sie als menschliches Wesen das Recht auf ihr eigenes Experiment hatte, wenn es das war, was sie gerade tat. Der Verlust des Kindes ging ihm am meisten zu Herzen. Ihm wurde nun mehr denn je klar, wie zärtlich er an der Kleinen hing. Was, wenn er sie niemals wiedersehen würde?

Er wartete einen Tag oder zwei ab, bevor er selber etwas unternahm, hoffte, Blanche würde ihre Meinung ändern. Er hielt ständig Ausschau nach dem Briefträger. Wenn es läutete, rannte er zur Tür und rechnete damit, die beiden dort mit offenen Armen stehen zu sehen ... Drei Tage vergingen; dann vier, fünf ... Noch immer kein Wort von Blanche.

Wo zum Teufel war sie, und was hatte sie mit der Kleinen vor? So behandelte man doch keinen erwachsenen Mann! Wenn sie jemand anderen kennengelernt hatte und noch einmal ganz von vorn anfangen wollte, warum ließ sie ihn das dann nicht wissen? Er würde ihr gute Gesundheit bescheinigen. Aber dieses verdammte auf die Folter spannen! Himmel, sie wäre verrückt genug, das Kind zu nehmen und von einer Brücke zu springen ... die beiden konnten schon auf dem Grund eines Flusses liegen!

Er war langsam so weit, sich die Haare auszuraufen.

Er nahm ihren Vorschlag an und stellte die Möbel unter. Er versuchte, sich zusammenzunehmen. Vielleicht verabreichte sie ihm nur eine Kostprobe seiner eigenen Medizin ... Tagsüber, wenn er bis über beide Ohren in der Arbeit steckte, war es leichter, sie aus seinen Gedanken zu vertreiben, aber abends, wenn er vollkommen ungebunden war und sich mit anderen Frauen hätte amüsieren können, versank er in melancholische Grübeleien.

Er dachte verdammt oft an die beiden ...

Am zehnten Tag erhielt er einen Brief. Sie schrieb ihm aus einer kleinen Stadt in Massachusetts, um ihm mitzuteilen, daß es ihnen beiden gut ginge und daß sie gern etwas von ihm hören wollten. Der Brief enthielt gegen Ende einen mitleiderregenden kleinen Wink der Art, daß ihr das Geld ausginge ... sie wollte ihn nicht unumwunden um Hilfe bitten, doch wenn er ihr etwas schicken würde, wäre sie ihm dankbar. Er lief sofort zum Telegraphenamt und kabelte ihr eine ordentliche Stange Geld; danach setzte er sich hin und schrieb ihr einen zehn Seiten langen Brief. Den Brief schickte er per Eilboten.

Drei Tage später erhielt er einen zweiten Brief, in dem ihm für seine große Güte gedankt und er gedrängt wurde, weiter zu schreiben. Sie sagte nichts darüber, wie es weitergehen sollte. Kein Wort über irgendwelche Pläne. Durch all ihre Briefe schien sich eine Art ruhige Zufriedenheit zu ziehen. Sie schrieb wie ein Genesender nach langer Krankheit.

»Na schön«, dachte er, »laß es so weiterlaufen. Sie muß bei sich selbst Inventur machen ... innerlich wieder in Ordnung kommen.«

Bei seinen eigenen Briefen achtete er sorgfältig auf seine Wortwahl, um nicht ungebührlich Einfluß auszuüben. Er versuchte, die Angelegenheit taktvoll zu behandeln und alles zu vermeiden, was nach Ausübung von Druck aussehen könnte. Es wäre völliger Unsinn, überlegte er, sie nun zu bitten, das eine oder das andere zu tun. »Achte auf deine Gesundheit«, schrieb er. »Amüsier dich gut ... Vielleicht bin ich ein großer Narr gewesen.«

Das Thema Liebe berührte er sehr vorsichtig, aber wenn sie auch nur einen Funken Verstand hatte, konnte sie zwischen den Zeilen lesen, daß er sie nun regelrecht anbetete. Tatsache war, daß er während des Urlaubs seiner Frau ein ganz anderer Mann geworden war. Er würdigte andere Frauen keines Blickes mehr. Zur Mittagszeit ging er durch die Straßen, schaute in Schaufenster und fragte sich, was er ihr schicken konnte, was sie besonders anspräche. Mehrere Male schickte er telegraphisch Blumen. Er schickte ihr auch Bücher und Süßigkeiten und Artikel, die er aus New Yorker Zeitungen ausgeschnitten hatte und von denen er annahm, daß sie sie interessierten ... Auf diese Art und Weise kamen sie einander näher, als sie es zu Hause gewesen wären, wenn sie nebeneinander lagen und ihre Gedanken tausend Meilen weit vom anderen entfernt waren.

In dieser Manier ging es ungefähr zwei Monate lang weiter, und noch immer schrieb Blanche nichts von Rückkehr. Es war kein anderer da, das meinte er genau zu spüren. Mittlerweile waren die Briefe, die zwischen ihnen hin und her gingen, deutlicher geworden. Blanche gab sich keine Mühe mehr, ihre Zuneigung zu verbergen; ihre Briefe waren randvoll von Liebe, obwohl sie immer auch einen Hauch von Traurigkeit verströmten, den er in seiner Begeisterung ihrer Einsamkeit zuschrieb. Hin und wieder, wenn er unter einer düsteren Stimmung litt, setzte er sich hin und schickte ihr einen glühenden Liebesbrief, doch im nächsten Brief schwächte er seine leidenschaftlichen Schwüre bereits wieder ab, indem er sich selbst auf ganz allgemeine Themen beschränkte oder sich besorgt nach ihrem Befinden erkundigte.

Dann erhielt er eines Tages einen großen, bauchigen Umschlag. (Warum nur legen Menschen, wenn sie verliebt sind, so außerordentlich großen Wert auf dicke Briefe?) Er riß den Umschlag gierig auf. Ein kleiner Stapel von Photographien kam herausgeflattert und ergoß sich über den Schreibtisch. Er ergriff sie mit zitternden Händen. Nun gab es für ihn kein Halten mehr. Sein Entschluß war gefaßt ... Es war gegen zehn Uhr an einem Samstagvormittag. Er lief in sein möbliertes Zimmer und packte schwitzend seine Tasche. Dann fuhr er mit dem Taxi zum Bahnhof und kaufte sich eine Fahrkarte. An der ersten Station schickte er ein Telegramm, daß er unterwegs sei ...

»Wir sind in diese Welt gekommen, um sie hinzunehmen, nicht bloß, um sie zu kennen. Durch Wissen werden wir vielleicht mächtig, Vollkommenheit aber erreichen wir durch Mitgefühl.« Den Worten des Dichters – er hatte Tagores Prosa immer als etwas in sich Schönes gesehen – haftete für seine geschärften Sinne nun eine mystische Bedeutung an, die ihre Flüchtigkeit hinter einer Maske von Tiefe und Feierlichkeit verbarg. »Wir sind in diese Welt gekommen, um sie hinzunehmen!« Was für eine klare, noble Sehweise. Das Böse und die Häßlichkeit des Lebens schienen weit hinter ihm. Wenn ein Mensch die Bedeutsamkeit dieses Gedankens erfassen, sich an ihm festhalten konnte wie an einem Ruder, auf welch vernünftigem Kurs könnte er dann durch die rauhen Wasser des Lebens steuern! Er klappte den Prosaband zu und starrte mit leerem Blick auf das vorüberziehende Panorama. Die Bäche, die Bäume, die tristen Mühlenstädte, die versteppten, vertrockneten Gesichter des Neuengland-Milieus – dies alles waren die faden Bestandteile einer Welt, über die man nicht in Begeisterung geraten konnte. Seine Lider schlossen sich instinktiv vor den raunenden Realitäten der ihn umgebenden Welt. Es war eine lebendige Welt, eine Welt der Zwietracht und der Trauer, eine verdrehte Welt, die der heiteren Logik des Philosophen, der Würde und des Pathos des Dichters und der Sicherheit und Unverwundbarkeit des Herzens des Betrachters spottete.

Der Zug raste weiter durch die erbärmlichen Ländereien der Pilgerväter, vor denen er die Augen verschlossen hatte. Hände, die er nicht sah, griffen monoton nach Webstühlen und Leisten; Frauen mit schlaffen Brüsten warteten in schmutzigen Hütten auf das Trillern der Pfeife, damit sie den Lebensfaden wieder aufnehmen konnten; schmalgesichtige Yankees mit harten Fäusten schufteten sich auf kleinen, steinigen Kartoffeläckern krumm, ihre Seelen so verzogen und verbogen wie die karge Erde, die sie nährte; blutleere alte Jungfern leckten sich die Spucke von den plappernden Lippen, klebrig vor Klatsch, krebszerfressen vor Haß und Neid; Dorfpfarrer, borniert und beschränkt wie die engen Grenzen ihrer Welt, erhoben ihre dürren, frommen Hände über der Lasterhaftigkeit eines Volks von Sündern.

Irgendwo inmitten dieser kulturellen Trockenfäule warteten eine Mutter und ein Kind auf ihn. Eine Geliebte streckte die Arme aus, ihre Brüste prall vor Verlangen. Er sah ihr entblößtes und blutendes Herz, wie den religiösen

Schmuck auf einer Jungfrau aus Alabaster. »Liebster Junge«, hatte sie geschrieben, »du bist so voller Jugend, bist so gut zu mir ... du bedeutest mir viel, viel mehr, als du je wissen kannst. Ich möchte dich so gern glücklich machen. Ich möchte dir so gern beweisen, wie tief die Gefühle sind, die ich für dich habe – aber ich kann nicht! Ich möchte dich immer nur für mich haben, aber wenn ich dich nicht haben kann – nun, dann wird mein Glück darin bestehen, *dich* glücklich zu sehen. Du lieber, guter Junge – wie ich dich liebe!«

Der Nachmittag wehte durch das Zugfenster herein und berührte seine zuckenden Lider mit goldenden Zauberstäben. Die königlichen Abgesandten des Herrn winkten seinem Geist zu; sie baten ihn, die Augen zu öffnen und das Schauspiel des Bodens zu begrüßen. In diesem Augenblick schien er selbst nur ein unendlich kleines Teilchen des Universums zu sein, das durch den wegelosen Raum wirbelte. Er schlug das Buch auf, das auf seinem Schoß lag. Ein einziger Abschnitt genügte bereits. Es war unmöglich weiterzulesen ...

»Die Prosodie der Sterne kann man in einem Klassenzimmer durch ein Diagramm veranschaulichen, doch die Poesie der Sterne besteht in der schweigenden Begegnung von Seele und Seele, im Zusammenfluß von Licht und Dunkel, wo das Unendliche dem Endlichen einen Kuß auf die Stirn drückt, wo wir die Musik des ›Groß-bin-ich‹ vernehmen, die sich in endlosen Harmonien durch die zahllosen Rohrpfeifen aus der großen Orgel der Schöpfung schält.«

Das tiefe, bituminöse Schnaufen der Lokomotive war der Widerhall einer donnernden Himmelsmusik, die die Stadt und ihre schläfrigen Bewohner wiegte. Er klammerte sich begeistert an den gepolsterten Sitz, als die tropfenden stählernen Flanken des Ungeheuers sich den Weg durch die Ränder der kleinen Stadt in Massachusetts fraßen. Das Gemurmel, das aus dem Eisenbahnwagen aufstieg, klang in seinen Ohren wie die zarten, blutenden Töne eines friedlichen Vergessenseins. Sein eingemummtes Fleisch dämpfte das Dröhnen frenetischer Trompetenstöße. Seine Seele war ein gebrochener Schatten, der über einem Abgrund tanzte ...

Drei Tage und drei Nächte lang feierten sie die Vermählung des Fleisches. Am vierten Tag konnte er seine Rückkehr nicht mehr aufschieben. Er war überglücklich vor Freude, seine Seele war befreit und schwang sich auf. Die kleine Edda stand wackelig auf ihren kleinen nackten Füßen und lispelte mit dünnem Stimmchen: »Auf Wiedersehen, Daddy.« Während seiner Abwesenheit hatte Blanche ihr eine Menge hübscher Dinge beigebracht, die sie nun sagen konnte. In der Nacht seiner Ankunft hatten sie sich gemeinsam über ihr Bett gebeugt und den kostbaren gurgelnden Lauten zugehört, die aus ihrer müden kleinen Kehle drangen. Es waren Laute, denen kein Vater widerstehen konnte. Wie stolz er über dieses kleine Bündel Mensch war, und ein Schleier trat ihm vor die Augen. Was im Leben kam dem hier schon gleich? »Entschuldige bitte«, sagte er zu Blanche und rannte ins Badezimmer, um sein Schluchzen zu verbergen.

Nun sagte er Blanche Lebewohl, ihre Herzen in Frieden und Liebe vereint. Sie klammerte sich an ihn und zog ihn für ein letztes Siegel der Zuneigung in den Hauseingang zurück. Sie flüsterte ihm etwas ins Ohr. Er errötete. Dann schloß sich leise hinter ihm die Tür, wie ein Vorhang, der sich vor einem verstummten, weinenden Publikum senkt ... Seine Fingerspitzen pochten vor Erinnerung an ihr brennendes Fleisch.

Als er eine kurze Strecke gefahren war, öffnete er seine Tasche, um eine Kleinigkeit herauszunehmen, und entdeckte zu seiner großen Überraschung ein Geschenk von Blanche. Es war ein kleiner Band von Hamsun mit dem Titel *Victoria.* Auf das Vorsatzblatt hatte Blanche diesen Satz geschrieben:

»Ich bin eine Groteske, geschrieben auf ein altes Eichenblatt, das ein Sturm im Spätwinter ausgespuckt hat.«

Er verschlang die grausam schöne Erzählung in einem Zug. Dieser Berserker mit dem Herz eines Strindberg und der Innigkeit eines Dostojewski schnitt ihm in sein gutes Herz. Er las die letzten Seiten noch einmal. Was für ein Zeugnis vereitelter Liebe, dieser letzte Brief Victorias!

»Lieber Johannes«, schrieb sie, »wenn Sie diesen Brief lesen, bin ich tot ... Lieber Gott, Sie sollten wissen, wie ich Sie geliebt habe, Johannes.

Ich konnte es Ihnen nicht zeigen, es hat sich mir so vieles in den Weg gelegt, vor allen anderen Dingen meine eigene Natur ... Wenn ich jetzt wieder gesund würde, dann wäre ich gewiß nie wieder böse gegen Sie, Johannes. Wie habe ich darüber nachgedacht und geweint! Ach, ich würde hinausgehen und alle Steine auf der Straße streicheln und an jeder Treppenstufe, an der ich vorbeikäme, anhalten und ihr danken und gut gegen alle sein ... Mein Leben ist so ungelebt, für niemand habe ich etwas tun können, und dieses verfehlte Leben soll jetzt enden ... Heute dachte ich auch: Was würden Sie wohl denken, wenn ich eines Tages auf der Straße schön gekleidet gerade auf Sie zukäme und nichts Verletzendes mehr sagen würde, sondern Ihnen eine Rose gäbe, die ich schon vorher gekauft haben könnte? ... Ja, Johannes, ich habe Sie geliebt, in meinem ganzen Leben nur Sie geliebt. Victoria ist es, die dieses schreibt, und Gott liest es über meine Schulter ...«

Wieder und wieder dachte er über das herzzerreißende Schauspiel nach, das überall auf der Welt aufgeführt wurde, wo Mann und Frau zusammenkamen und die mitleiderregenden, tränenschweren Worte flüsterten, die sie zerschmetterten und aufrichteten und vor Gott dem Allmächtigen erhoben. Er saß hilflos da, blind vor Tränen, machte sich auf seinem Platz in der Ecke am Fenster klein. Er weinte um sich selbst, um Blanche, um Johannes, um die ganze Welt ... um alle, die vom Wahnsinn der Liebe befallen sind oder je befallen werden. Das Bedürfnis, mit Blanche zu sprechen, nach ihr zu rufen, auf die Knie zu sinken und seine Liebe hinauszuschreien, packte ihn an der Kehle.

Mittlerweile saß Blanche in einem kleinen Zimmer in einer erbärmlichen Stadt in Massachusetts; sie war wie betäubt von einem unbeschriebenen, tränennassen Blatt Papier. Der Stift lag in ihrer Hand, wartete, daß ihre Tränen trockneten. Sie konnte nicht hören, wie er seine Liebe hinausschrie ... er war schon so weit entfernt, und die Erde war so voll von Stöhnen und Klagen.

Als Dion Moloch in jener Nacht in seinem freudlosen Zimmer eintraf, stand sein Hirn in Flammen. Er war entschlossen, seinem Vagabundenleben ein Ende zu setzen, seine törichte Rolle abzustreifen und in unbekannte Gewässer vorzustoßen. Er sprach laut vor sich hin. »Was ist aus meinem Leben geworden?« Mit geballten Fäusten murmelte er weiter vor sich hin. »Tu etwas – ganz gleich, wie verrückt, ganz gleich, wie entsetzlich! Sprich zur Welt: beantworte Leben mit Leben. Mach dich auf ... befrei dich aus den Klauen einer bequemen Existenz ...«

Es war unumgänglich, daß er seine Gedanken jemandem mitteilte. Mit fieberhafter Hast setzte er sich und brachte seine wirren Gedanken zu Papier. Er adressierte sie an seine Frau.

»Liebe Victoria«, kritzelte er. »Was hast du mit mir gemacht? Ich bin nackt und verloren in einem Pinienwald. Mein Herz ist ein Ostermorgen. Was für entsetzliche, schöne Dinge geschehen in meinem Innern! Schwarze Bäche von Schmerz fließen aus den offenen Wunden meines Herzens, die deine Liebe erst vor wenigen Stunden ausgebrannt hat. Diese Welt ist meine Welt, mein Jagdrevier. Ich muß frei herumlaufen, mit verrücktem Herzen, brüllend vor Schmerz und Ekstase, mit gesenkten Hörnern angreifen, die Barrikaden, die mich einengen und unterdrücken, aufreißen. Ich muß Raum haben, um mich auszudehnen ... riesige, stille Räume, in die ich einbrechen kann, damit meine Stimme bis zu den äußersten Grenzen erschallt und die unsichtbaren Mauern dieses grausamen Universums erschüttern kann. Ich muß etwas tun, liebe Blanche, liebe *Victoria* ... Als Rädchen im Getriebe kann ich nicht mehr weitermachen. Ich flehe dich an, mir zu helfen, mich vor dieser täglichen Erniedrigung zu retten.

Erst jetzt ist mir aufgegangen, was das Leben bereithalten kann. Ich fühle, wie alles Leben in mir aufsteht und Halleluja ruft!

Ich bin es, dein Mann, der dies schreibt. Nicht Johannes. Ja, ich habe deine Worte auf dem Vorsatzblatt gelesen ... ›Etwas, das ein Sturm im Spätwinter ausgespuckt hat.‹ Ich denke aber lieber an die Seite 32, auf der es heißt:

›Ach, die Liebe macht des Menschen Herz zu einem Pilzgarten, einem üppigen und unverschämten Garten, in dem geheimnisvolle und freche Pilze ihre Köpfe recken.‹«

18

Eine dürre, kahle Eiche mit schwarzen und purpurnen Zweigen warf einen kühnen, grotesken Schatten an eine angrenzende Mauer. Moloch dachte an Schachfiguren, die er im Museum gesehen hatte, stolze Jakuten mit Pferden wie dieser verrückte Schatten.

Er war in sein Zimmer zurückgekehrt, nachdem er den Brief an seine Frau aufgegeben hatte, und schaute nun müßig aus dem Fenster und überlegte, wie er sich die kurze Zeit der Langeweile vor dem Zubettgehen vertreiben könnte. Die tiefe Stille lastete auf ihm und trieb seine Gedanken in sonderbare Gefilde. So dachte er zum Beispiel an die asketischen Andachten der Mönche in den Klöstern buddhistischer Lamas im Himalaya, wo es seit Jahrhunderten in diesen Einsiedeleien Brauch ist, mitten in der Nacht aufzustehen und stellvertretend für alle, die schlafen, zu beten, so daß die Männer und Frauen in der ganzen Welt, wenn sie morgens erwachen, gereinigt sind und den Tag mit reinen, freundlichen und tapferen Gedanken beginnen können. Er dachte auch an das vom Unglück verfolgte Genie Gauguin, der mitten in seiner Laufbahn gezwungen war, schmähliche Reklamebilder auf die Mauern des Gare du Nord zu kleistern. Gauguin hatte einmal gesagt: »Die Aufgabe des Künstlers besteht darin, die Würde des Lebens zu bejahen.« Also gut, er war bereit, vorwärtszuschreiten und sich den Hals zu brechen, um die Würde des Lebens zu bejahen.

Die Würde des Lebens! Die majestätische Wendung beschwor ein Bewußtsein von vagen Ahnungen, denen der Ausdruck durch Worte für immer versagt bleiben mußte. Die Worte waren wie Fäden, die das Greifbare vom Ungreifbaren trennten. Sie schufen die Vorstellung von einer sinnlichen Welt, einer Welt jenseits des Sagbaren und Analysierbaren, weder vermittels des Intellekts als Ganzem noch vermittels der Sinne.

Ihn überkam ein unerklärliches und überwältigendes Verlangen, ins Hafenviertel zu laufen und unter dem baufälligen Hebewerk, dessen gesplitterte Glieder herabhingen und sich nach dem kalten Wasser des Flusses ausstreckten, auf die Knie zu sinken. Er wollte noch im gleichen Augenblick an die Stelle versetzt werden, damit er in ehrfürchtigem Staunen den Blick heben konnte zu den düsteren Mäandern der Brooklyn Bridge, zu dieser hoch in der Luft gespreizten Hand eines Titans, über die mit gedämpftem Knirschen und mit dem monotonen Sprudeln eines Ozeans aus Mineralwasser eine Prozession der Seitenansichten von Wagen hin und her pendelt. Er wollte die Lichter der Brücke sehen, die mit kaltem Gleißen leuchteten und phantastische Naphthalinstrahlen auf das schwellende Gezeitenwasser tief unter ihr warfen.

Wieder und wieder hatte er sich in mitternächtlicher Stimmung zum Rand des Wassers geschlichen, um seine Nerven und Adern aufzureißen und die grausame Herrlichkeit dieses dunklen Nachtstücks einzulassen. Nun türmte es sich für den flüchtigen Bruchteil einer Sekunde (in dem eine Welt entstehen und wieder vergehen kann) vor seinem inneren Auge auf, Ungetüm und Schatten, ein gezackter Papp-Megalith, der in einer unheimlichen, trügerischen Gestalt dahintrieb. Türme aus Stahl und Stein ragten in die Höhe – Meeresgestalten, die im Mondfeuer und in der Gischt funkelten und von ihren Firsten und Turmspitzen ihren Meeresfund aus Chrysopras, Chalzedon und Sardonyx abschüttelten. Ein träger, myriadengestaltiger Traumdämon wand sich in Meeresgischt und Sternenschimmer, spie verzerrte Klumpen von Blut und Schlamm in die blauschwarze Gruft über ihm.

Und mitten in diesem Paroxysmus jagten seine Gedanken plötzlich zurück und führten ihm das Bild von Hari Das vor Augen, der auf dem Abstellgleis lag, sein schöner brauner Körper kalt und steif, vollgepumpt mit Einbalsamierflüssigkeit. Die kalten reglosen Lippen hatten sich einst gebrüstet: »Mein größter Stolz ist es, nicht auf festem Grund zu stehen; das Prinzip meiner Philosophie ist das höchste Prinzip des Universums, das Prinzip der Prinzipienlosigkeit ... Ich kann kühn behaupten, daß mein Organismus flüssig ist, gasförmig, und verdunsten kann.«

Hari, der verstand es zu lachen! Wie war es nur möglich, daß ein Mensch so herzlich lachen konnte? Eine Geschichte fiel ihm ein, die er Hari einmal erzählt hatte – sie handelte von einer Leiche. Wie es schien, hatte der Bestattungsunternehmer den Leichnam ausgekleidet, jedoch die Socken vergessen. Stellen Sie sich mal vor, einen Mann mit schmutzigen Socken unter die Erde bringen! Vielleicht hatten sie Hari – er war ja bloß ein Nigger – ohne ein sauberes Seidentaschentuch in der Brusttasche aufgebahrt ...

Mitternacht. Der letzte Akt des *Kirschgarten* für die Fulton-Fähre. Abgetakelte Wracks dösen an samtenen Helligen. Sind fertig mit der See, bitten um Zersetzung. Das Fährhaus, in den Schatten verrottend, noch trostloser, noch gräßlicher als Cäsars ausgeweideter Leichnam.

Weiter hinten, oben am Quai, lümmelte die *Troubadour.* Sie ist gerade aus Curaçao eingetroffen, zehntausend Sack

Kaffee im Laderaum. Ihr Rumpf ist purpurrot gestrichen, und um ihren vibrierenden weißen Bauch windet sich ein azurnes Band. Trosse und Kabel ketten ihren schimmernden Bug an verkupferte Poller, die den Pier und das Quai tüpfeln. Hastig hin und her laufende Trupps von Schauermännern befördern die duftende Fracht in die prall gefüllten Bäuche der nur einen Steinwurf entfernten Speicher. In gespenstischer Höhe über dem hockend, was die Schiffe ausgespien haben, sind Prüfer eifrig damit beschäftigt, kaufmännische Rechnungen auszustellen. Kolonnen von kurzen Lastkraftwagen zockeln in kalziumblauem Licht über glitschige, gesplitterte Planken. Auf der Werft wimmelt es von Kränen, Handwinden, Ballen, taumelnden Gestalten in blauen Arbeitsanzügen, dickbäuchigen Fässern, Drehkränen, Masten und Rahnocken. Eine wirbelnde, gurgelnde Flutwelle mit hohem Kamm überzieht die moosigen Flanken der Piers mit glitzernden Lachen kohlgrünen Wassers. Die stechenden Gerüche von Teer und Seegras beißen in den Lungen. Die *Troubadour* ächzt und knirscht, wenn sie sich an dem Holzdeck reibt wie ein brünstiger Eber. Wasserdicht und unnahbar flattert der Union Jack, Symbol für Macht und Gier der Werftratte, und straft die schreiende Stille der Mitternacht Lügen.

Durch Molochs türkisblauen Gedankenreigen fährt das abgehackte Schnaufen einer Lokomotive. Von weit entfernten Orten erschallt geheimnisvoller Gesang, der dem steinernen Delirium auf der gegenüberliegenden Uferseite Paroli bietet. Seine nomadisierenden Phantasien pendeln zwischen den Phantomhorizonten des britischen Weltreichs und den Bedingungen seiner Existenz hin und her, die ihm nun mehr denn je wie ein vibrierender Damm erscheint, der Traum an Traum knüpft. Seine Selbstgespräche werden durch primitive, von Mastbäumen und Auslegern gebildete Winkel hindurchgepreßt, nur um an monströsen, mit falschen Gesichtern gepflasterten Skeletten aus Stahl und Zement plattgedrückt zu werden. Eine angenehme Empfindung breitet sich in seiner Magengrube aus, während er dem Schlingern und Absacken der *Troubadour* zuschaut. Das Wasser sendet volle, saftige Klänge aus – besser als ein Dauerlutscher. Der über die Ufer getretene Fluß rauscht vorüber, dampfend und stampfend, zur See drängend und brandend ... Hier kommt man zur Ruhe, wie an den Wassern von Babylon. Hier liegen goldene Handelsschiffe vertäut, große, schlurfende Schiffe, billig wie Woolworth-Flitter; ihre Eingeweide schäumen vor ranzigem Heizer-Fleisch. Am Morgen legen sie vom Ufer ab mit Kurs auf Valparaiso, Singapur, Sumatra, Rangun und Mosambik ... Und dahinter, sich still und hell in die Nacht erhebend, die dünnen, zehntausendfach klimpernden Paläste der Geldgräber. Gewaltige, schwindelerregende Türme, die sich in den Schoß der Nacht bohren.

Mehr als all die betörenden, unausweichlichen Wahrheiten des Jenseits ist der unaussprechliche Reiz der Schlaftrunkenheit. Die niedrigen, uralten Gebäude, die am Ufer hockten, waren in eine dichte, mit Händen greifbare Finsternis gehüllt. Ihr würdevolles Troglodytendasein, ihre lehrreiche philosophische Gelassenheit – die ganze Leichenhallenherrlichkeit faszinierte und fesselte ihn. Er hatte das Gefühl, auf einem wehmütigen Katafalk davongetragen zu werden in einen purpurschwarzen, tief poetischen Tod. Froschtuten und Sirenen am großen schwarzen Schlund des Flusses.

»Wenn man doch nur fortkäme!«

Er wird gepeinigt von imaginären Ängsten vor dem Morgen. Die Mitternacht trägt einen Überzieher, der die grausame Akromegalie des Alters bedeckt ...

Die Docks hinter sich lassend, schlenderte Moloch durch eine zwischen hohen Mauern eingezwängte Straße, die sich wie ein Canyon unterhalb der Terrassen von Columbia Heights eingeschnitten hat. Hier war die Stille noch unheilvoller, noch tiefer. Eine großartige Gegend, um erdolcht zu werden. Er ging aus Vorsicht mitten auf der Straße, fasziniert von den eigenartigen eisernen Sternen auf den Friedhofsmauern der Lagerhäuser. Den Lagerhäusern gegenüber standen zerfallene Hütten und eine Reihe von Kneipen, die mit Brettern vernagelt waren.

Es gab einmal eine Zeit, da öffneten sich die Schwingtüren leicht, und genagelte Schuhe zermahlten das gelbe Sägemehl wie Pollenkörner. Bis an den Rand gefüllte Bierkrüge hinterließen funkelnde, tellergroße Ringe auf den glatten, mahagonifarben gebeizten Bartresen. Affen mit behaarter Brust, die sich im Roten Meer so verbrannt hatten, daß sie wie Auberginen glänzten, tauchten ihre borstigen Schnurrbärte in den kühlen, seifigen Schaum. Mit schlangengleicher Geschmeidigkeit ließen sie ihre Muskeln spielen, und die Luft brannte von ihren stinkenden, groben Flüchen.

Aber was soll's, diese Tage sind gezählt und von schlechten Gerüchen befreit. Der süßliche Gestank der Zechgelage ist verflogen wie Schweißgeruch. Es gibt keine guten alten betrunkenen Rumtreiber mehr, über die man schwärmen könnte. Das Hafenviertel ist so sauber wie ein Hahnentritt und so verdrießlich wie das Grab. Jetzt ist es hier sicher wie eine patentierte Arznei.

Trübsinnig wandte sich Dion Moloch von dieser verlassenen Straße ab, die einst mit Kneipen und verrückten Spelunken verziert war. Über ihm lagen die trübsinnigen Villen der Reichen. Darin hausten, beschützt vor dem Fieber und dem Sturm des Lebens, Tattergreise, deren Stolz sie immer noch davon abhielt, sich auf den Friedhof zu scheren, wohin sie gehörten.

Von einer magischen Treppenflucht auf diesen entschwindenden Hinterhof von Brooklyn hinabsehend, warf Moloch noch einmal einen Blick über den Scherbenhaufen, der sich vor ihm auftürmte.

Was war es, dieser großartige Ausblick von der Terrasse? Was offenbarte er? Einen Abfallhaufen, übersät mit verrosteten Büchsenöffnern, zusammengebrochenen Kinderwagen, weggeworfenen Badewannen, schmierigen Jalousien, altertümlichen Koffern, Schubkarren, Abflußrohren, Kupferkesseln, Muskatnußraspeln – und angebissenen Gebäckstücken in Tiergestalt.

Nachwort

Und der HERR redete mit Mose und sprach: Sage zu den Israeliten: Wer unter den Israeliten oder den Fremdlingen in Israel eins seiner Kinder dem Moloch gibt, der soll des Todes sterben; das Volk des Landes soll ihn steinigen … Ich will mein Antlitz gegen diesen Menschen kehren und gegen sein Geschlecht und will ihn und alle, die wie er mit dem Moloch Abgötterei getrieben haben, aus ihrem Volk ausrotten.

Levitikus 20:1–5

Der Beginn des Jahres 1927, des vielleicht bewegtesten Jahres seines langen und bewegten Lebens, fand Henry Miller in einer Kellerwohnung in der Henry Street in Brooklyn Heights, die er sich mit seiner zweiten Frau June und deren lesbischer Geliebten Jean teilte. June hatte Henry dazu überredet, seinen Job aufzugeben, um seiner Bestimmung zu folgen und Schriftsteller zu werden, doch er tat nicht viel mehr, als »wie ein Fremder«, wie er später schrieb, in der düsteren Wohnung herumzusitzen. Dank Jeans künstlerischer Bemühungen waren die schmuddeligen Wände der Kellerwohnung mit Wandbildern bemalt, und die Decke war violett angestrichen. In die Mitte der Küche hatten sie den »Ausgußtisch« gestellt, an dem sie sich Marathonwortgefechte lieferten. Miller, der Sohn einer zwanghaft pingeligen Mutter, beschrieb die Umstände, in denen er lebte, später so:

Betten den ganzen Tag ungemacht; häufig stiegen wir mit den Schuhen hinein; Laken zerwühlt. Schmutzige Hemden dienten als Handtücher ... Geschirr in der Badewanne gespült, die verdreckt war, mit schwarzem Schmutzrand. Badezimmer immer kalt wie ein Eisschrank ... Die Jalousien immer heruntergelassen, die Fenster niemals geputzt, Atmosphäre wie in einer Gruft. Boden ständig mit Gipsbrocken übersät, mit Werkzeugen, Farben, Büchern, Zigarettenstummeln, Abfall, schmutzigen Tellern und Töpfen. Jean läuft den ganzen Tag im Overall herum. June, immer halbnackt, klagt über die Kälte.

In jenem Winter verheizten sie Stühle und anderes Mobiliar im Kamin.

Das Geld war immer knapp. Jean, die Männerkleidung und zwei linke Schuhe trug, begann Puppen herzustellen und nahm später auch Totenmasken in ihre Produktion auf. Als der Verkauf dieser Gegenstände die nötigen Haushaltskosten nicht deckte, versuchte sie, ihren Körper für medizinische Experimente zur Verfügung zu stellen. Jean und June nahmen danach begeistert Henrys Idee auf, Blut zu spenden, waren jedoch enttäuscht, als man sie wegen Anämie abwies.

Über diese unternehmerischen Aktivitäten hinaus trugen die beiden Frauen zur Finanzierung des Haushalts hauptsächlich durch »Goldgraben« im großen Stil bei und frequentierten, was in Millers Worten »nichts als Spelunken und Lasterhöhlen, nichts als Päderasten, Lesbierinnen, Zuhälter, Huren, faulen Zimt und Zauber jeder Art« waren. June brachte Männer in die winzige Wohnung mit und unterhielt sie, während Henry frierend in einem kleinen Schuppen hinter dem Haus saß und auf die munteren Geräusche horchte, die durch die dünnen Wände drangen.

Junes Benehmen war schon immer sonderbar gewesen, und sie hatte stets die Nacht zum Tag gemacht, doch während sie immer tiefer in das Leben einer eindeutig zwielichtigen Bohème und in die Unterwelt eintauchte, schien sie geradezu verrückt zu werden. Eines Abends gestand June, nachdem sie sich tagelang übergeben hatte, daß sie Drogen nahm.

In dieser grellen und unhygienischen Welt wie in der Falle sitzend, pleite und von der Kälte gepeinigt, hin- und hergerissen zwischen Liebe und Eifersucht, seine Männlichkeit aus allen Richtungen bedroht, zeigte Henry, kaum überraschend, wenig Drang zum Schreiben. Seine Tage verbrachte er auf der Straße und in Spielhallen, Flüsterkneipen und Varietélokalen, wo er Leute anbettelte. Im April besorgte ein alter Freund, den Millers Eltern ihm stets als Vorbild vorhielten, Jimmy Pasta, Miller einen Job bei der Parkverwaltung, und dies hatte eine belebende Wirkung auf ihn, gab es doch seinem ansonsten turbulenten und erniedrigenden Leben ein wenig Ordnung und Anständigkeit zurück. Eine Woche später jedoch wurde sein zwischenzeitlicher Seelenfrieden erschüttert, als er nach Hause zurückkam und feststellen mußte, daß June und Jean gemeinsam nach Paris durchgebrannt waren. Vor Wut heulend, zertrümmerte er den Rest des noch in der Wohnung vorhandenen Mobiliars.

Mittellos und gedemütigt zog Miller wieder einmal zu seiner dominanten Mutter und seinem schwächlichen Vater. Zwei Monate später aber war June bereits zurückgekehrt, ohne ihre Geliebte, und die Millers gingen wieder als Mann und Frau ihren Geschäften nach. June bestand darauf, daß sie in eine elegante Wohnung – die sie sich kaum leisten konnten – in der Clinton Avenue in Brooklyn, einem Stadtviertel mit luxuriösen Villen und roten Sandsteingebäuden, zogen. Sie bestand auch darauf, daß Henry unverzüglich seine Stellung aufgab – um zu schreiben. Es war an einem Schreibtisch in der behaglichen Wohnung in der Clinton Avenue mit Blick auf einen schönen Garten mit zwei Bäumen, wo Henry an *Moloch* zu schreiben begann. Die seltsamen Verhältnisse, die die Entstehung des Buchs begleiteten, schufen alles andere als ideale Arbeitsbedingungen.

June hatte so viel Geld zusammengekratzt, daß sie in Greenwich Village eine Kellerkneipe eröffnen konnten, die sie Roman Tavern nannten. Es war nicht der erste Ausflug der Millers in das Nachtclub-Gewerbe. Zwei Jahre zuvor hatten sie, aufbauend auf Junes reichem Erfahrungsschatz als »Hosteß«, in der Perry Street eine kleine, im Kellergeschoß liegende Bar betrieben, in der es außer Schwarzmarkt-Gin und der Gesellschaft von June nichts zu kaufen gab. Die Roman Tavern funktionierte nach ähnlichem Muster und warf ähnlich wenig Profit ab. Hier lernte June einen Mann aus der Pelzbranche kennen, der sich selbst nur »Pop« nannte. Unter seinem Patronat sollte *Moloch* geschrieben werden.

June war es gelungen, Pop davon zu überzeugen, daß sie ein aufstrebendes literarisches Talent sei, und er willigte ein, ihr eine wöchentliche Unterstützung zu zahlen, damit sie einen Roman schreiben könne. Er machte nur zur Bedingung, daß sie ihm wöchentlich einige fertige Seiten zeigte und bereit war, mit ihm über die Tücken des kreativen Schaffensprozesses zu diskutieren.

Tatsächlich schreiben sollte diesen Roman natürlich Miller, und June wollte die Verbindung zu Pop aufrechterhalten. Das ungewöhnliche Arrangement hatte seine literarischen und emotionalen Fallstricke. Auf Bestellung zu schreiben war nicht Millers Stärke, und er hatte bereits erlebt, welche Schwierigkeiten es ihm machte, als er Geschichten für Zeitschriften mit Titeln wie *Breezy Stories, Droll Stories, True Story* und *True Confessions* zu schreiben versuchte. Zudem war es für einen Schriftsteller, der das »männliche Schreiben« eines Tages in den Rang eines persönlichen Kreuzzugs erheben sollte, keine leichte Aufgabe, einen ganzen Roman hindurch eine Stimme, die ja Junes Stimme sein sollte, beizubehalten. Miller schrieb später einmal: »Jedesmal, wenn ich mich hinsetzte, um eine Seite (für Pop) zu schreiben, brachte ich meine Kleidung in Ordnung, bürstete mir das Haar glatt und puderte mir die Nase.« Was die Angelegenheit weiter komplizierte, war, daß Miller durchaus die offensichtliche Möglichkeit der Beziehung zwischen June und ihrem Patron erkannte. Während der ganzen Zeit hatte er den Verdacht, daß sich seine Frau von Pop »nichts schenken ließ und das auch von Anfang an nicht getan hatte«.

Trotzdem ließ Miller sich auf das Projekt ein. Das Schreiben war anstrengend, und das wöchentliche Seitenpensum belastete ihn. Doch die Regelmäßigkeit der Arbeit vermittelte dem angehenden Schriftsteller ein neues Gefühl für Disziplin, und er war hocherfreut, als er entdeckte, daß das fertige Manuskript einen Umfang von fast vierhundert Schreibmaschinenseiten hatte. Noch wichtiger war, daß es Pop, dem einzigen Leser, so gut gefiel, daß er der vermeintlichen Autorin June als Bonus eine Reise nach Paris bezahlte und sie mit Geld für einen neunmonatigen Aufenthalt ausstattete.

Über das Niveau von Pops literarischem Geschmack und über sein kritisches Urteilsvermögen können wir nur spekulieren, doch der Roman, den Miller in seinem Auftrag schrieb, läßt vom heutigen kritischen Standpunkt gesehen viel zu wünschen übrig. *Moloch* ist interessant als Millersches Frühwerk und als ein erster Versuch eines extrem autobiographischen Schriftstellers mit autobiographischer Literatur. Doch seine Prosa ist sprunghaft und holprig, fast durchgängig gestelzt und schwerfällig, und die Stimme des Erzählers ist uneinheitlich und häufig aufdringlich. Und doch hat *Moloch* einige verblüffende Qualitäten.

Die Geschichte, die Miller in *Moloch* erzählt, basiert auf seinen Jahren bei der Western Union und auf dem Scheitern seiner ersten Ehe. Einige der interessanteren Passagen des Romans beschäftigen sich mit den alltäglichen Vorgängen bei der Telegraphengesellschaft. Miller bekleidete eine Position von bescheidener Bedeutung in der Park Row-Zweigstelle in Lower Manhattan. (In seinen späteren Romanen und in Äußerungen über sein Leben stellte er seinen Job als den eines »Personalchefs« dar, doch wir sollten nicht vergessen, daß die Western Union ein Unternehmen war, dessen Angestellte Anteilseigner waren, und daß es zum Aufgabenbereich eines jeden Beschäftigten der Western Union, der nicht Bote war, gehörte, Personal einzustellen.) Millers Aufgabe bestand darin, zu einem Zeitpunkt, als die Gesellschaft gewaltige Umstrukturierungsprobleme zu bewältigen hatte, Boten einzustellen und zu entlassen, und sein Arbeitstag verlief hektisch.

Dion Moloch, der Protagonist und autobiographische Held des Romans, wird dargestellt als das Idol aller, mit denen er in Berührung kommt: Die Boten verehren ihn, Untergebene suchen seinen Umgang und seinen Rat, ehemalige Angestellte schreiben ihm lange und bewundernde Briefe, Frauen begehren ihn. In Wirklichkeit fischte Miller als Personalchef auch ein wenig im Trüben: Schamlos steckte er das für die Boten vorgesehene Fahrgeld in die eigene Tasche und bezahlte damit seine Mittagsmahlzeiten, und endlos stellte er den ihm untergebenen Sekretärinnen und Botinnen nach. (Einer seiner Kollegen, Mike Rivise, der als O'Rourke in *Wendekreis des Steinbocks* erscheint, schrieb später ein nur wenig beachtetes Buch mit dem Titel *Inside Western Union* und berichtet darin, daß Miller ein fauler und schludriger Angestellter war.)

Molochs erotische Streifzüge, die ausführlich im Roman geschildert werden, tragen nicht dazu bei, seine brüchige Ehe mit Blanche, einer Figur, die Millers erster Frau Beatrice nachempfunden ist, zu kitten. Er beschreibt die Situation des Ehepaars als »im Watt des Ehestands gestrandet«. Ihr gemeinsames Leben wird als permanentes Gezänk dargestellt.

Doch der bei weitem hervorstechendste thematische Aspekt in *Moloch* ist sein allgegenwärtiger und häufig virulenter Antisemitismus. Ende der zwanziger Jahre ging Miller daran, systematisch eine antisemitische »Philosophie« zu entwickeln, und wählte sich Nietzsche, Herbert Spencer, Spengler und Hilaire Belloc als geistige Leitbilder. Er betrieb »Feldforschung« in der Lower East Side und in seiner alten Brooklyner Wohngegend Williamsburg, die er für heruntergekommen, schmutzig und von Juden beherrscht hielt.

Doch wie viele Zwangsvorstellungen Millers waren seine Gefühle Juden gegenüber zwiespältig. Im Buch verurteilt Moloch Blanche, seine Frau, und Stanley, seinen Freund, wegen ihres Antisemitismus. Und es gibt viele Passagen, in denen Miller mit unverhüllter Bewunderung von Juden spricht, wenn er beispielsweise die Intelligenz und Unabhängigkeit jüdischer Frauen herausstreicht und verkündet, daß sie nichtjüdischen Frauen eindeutig überlegen seien. Wir dürfen auch nicht vergessen, daß June, die große Liebe in Millers Leben, seine Obsession, seine Peinigerin, Jüdin war, und es ist nicht unwahrscheinlich, daß ein Teil der antijüdischen Ausfälle in *Moloch* mit der ausdrücklichen Absicht eingefügt wurden, June zu verärgern und zu quälen.

Natürlich sind die Juden nicht die einzigen, gegen die sich Millers Zorn in *Moloch* richtet, und ohne große Mühe findet man zahlreiche Belege für deutlich beleidigende Ressentiments: sexistische Anspielungen (»Puppen« und »Schlampen«), rassistische (»Nigger« und »Schwarzgesichter«), homophobische (»Schwule«), anti-italienische, anti-irische, anti-holländische, anti-polnische und anti-katholische Tiraden. Moloch schreckt auch davor nicht zurück, sich über einen Epileptiker lustig zu machen, und findet eine Rechtfertigung dafür, daß er seine Frau schlägt. Und – vielleicht am aufschlußreichsten – er präsentiert sich als unversöhnlicher Gegner der Familie, als Gegner Amerikas und sogar Gegner der westlichen Zivilisation.

Millers Wunsch zu schockieren, seine Attitüde des *épater le bourgeois*, die er bei jeder erkennbaren Drehung und Wendung um jeden Preis mit allem, was ihm zur Verfügung steht, herauskehrt, haftet ein beinahe pubertärer Zug an. Im Grunde ist die krasse Zurschaustellung seiner vielfältigen Vorurteile nur Teil einer umfassenderen Strategie, zu der ein bis zur Häßlichkeit und Brutalität getriebener Realismus gehört, ein Stil, den der »reife« Miller durch eine Fülle von vulgären Wörtern und schockierende sexuelle Deutlichkeit ausdrücken sollte.

In *Moloch* übt Miller, macht er sich erst warm; es ist der *Wendekreis des Krebses*, nach allgemeiner Auffassung sein erstes gelungenes Werk, das er der Welt wie folgt vorstellt: »Dies ist kein Buch. Dies ist Schmähung, Verleumdung, Diffamierung eines Charakters. Dies ist kein Buch im gewöhnlichen Sinn des Wortes. Nein, dies ist eine fortwährende Beleidigung, ein Maul voll Spucke ins Gesicht der Kunst, ein Fußtritt für Gott, Menschheit, Schicksal, Zeit, Liebe, Schönheit …«

In der Wahl des Titels *Moloch oder Die Gojische Welt* spiegelt sich Millers umfassendere und systematischere Ablehnung aller und jeder Orthodoxien wider. Und sie verdeutlicht im Gegenzug seine eigenen, ein wenig bizarren »Orthodoxien« und dramatisiert gleichzeitig seine abgrundtiefe Entfremdung. Auf literarischer Ebene ist Moloch, »das Scheusal der Ammoniter«, eine Gottheit, die von ihren Anhängern das Kindesbrandopfer fordert, eine gegen das Volk der Juden gerichtete unerbittliche und dämonische Macht. Insofern ist jemand, der im Dienste des Molochs steht, per definitionem ein Feind Israels, des jüdischen Volkes.

Für Miller jedoch, wie für die apostolischen Väter und die Theologen des Mittelalters vor ihm und mit großer Wahrscheinlichkeit auch für die lutherischen Prediger, deren Sermonen er als Kind ausgesetzt war, ist »Israel« auch ein Symbol und eine Verkörperung von etwas Größerem: des neuen auserwählten Volkes im neuen Jerusalem, der Kirche, einer ganzen Zivilisation und einer der Christenheit aufgezwungenen Lebensweise. In bezug auf diese Institutionen und Werte wird Moloch/Miller sich stets als Inbegriff des »Nichtjuden«, als paradigmatischen Außenseiter stilisieren. Und Millers Werk wird über seinen lautstarken Ikonoklasmus hinaus unter anderem auch zu einer ausgedehnten Untersuchung der Misanthropie seines Autors angesichts seines (oft verzweifelten) Glaubens an die Möglichkeiten des Menschen. In *Moloch* nimmt dieses lebenslange Projekt erst seinen Anfang.

Moloch ist Millers erster vollendeter, überlieferter Roman. Ihm ging eine Sammlung von Skizzen über zwölf Boten der Western Union mit dem Titel *Clipped Wings* voraus, von der nur Fragmente erhalten sind. Ein Großteil des Materials aus diesem früheren Schreibversuch hat jedoch Eingang in *Moloch* gefunden, und dies gilt auch für die antisemitische Grundhaltung und die irgendwie abstoßenden Porträts der Boten.

Im Grunde warf Miller nichts, was er je schrieb, fort. Alles konnte wiederverwertet werden. Das in *Moloch* beackerte Terrain sollte noch einmal und gründlicher durchpflügt werden, in *Wendekreis des Steinbocks* und in *Sexus*, wo es eine typisch phantastische Millersche Erweiterung erfuhr. Beispielsweise verwandelt sich das, was in *Moloch* noch bescheiden und unscheinbar als Große Amerikanische Telegraphengesellschaft charakterisiert wird, in den späteren Werken auf wunderbare Weise in die infame Kosmodämonische Telegraphengesellschaft von Nordamerika. Das Originalmanuskript von *Moloch* ist an den Rändern der Blätter mit ausdrücklichen handschriftlichen Anweisungen Millers versehen, die zeigen, daß das Kapitel 13 »für Wendekreis des Krebses« vorgesehen ist.

Die Überarbeitung dieser Lebens- und Textstücke entspricht Millers früher Definition seiner Aufgabe als Schriftsteller. Bevor er *Moloch* in Angriff nahm, hatte er in einer manischen, halluzinatorischen Sitzung einmal etwa dreißig Seiten Notizen zu Papier gebracht, die einen vollständigen Plan für sein Lebenswerk umrissen. Er wollte die Geschichte seines Lebens mit June und Jean schreiben – eine ungeheure Saga von Liebe und Betrug, von Leiden und gewaltigen emotionalen Erschütterungen. *Moloch* ist nur ein erstes und sehr vorsichtiges Kapitel dieser Geschichte.

Und doch sind die ersten Keime des späteren Miller hier

bereits zu erkennen. Die Besessenheit vom Sex ist schon da, obwohl uns die Häufung biologischer Details erspart wird. In *Moloch* lösen sich die Sexszenen entweder in einen verschwommenen Lyrizismus auf oder werden unterbrochen und auf später verschoben. Die ausführliche Verwendung obszöner Wörter und die deutliche Beschreibung sexueller Akte, die ihm später den Ruf als »Verfasser schmutziger Bücher« einbrachten, sind hier noch nicht Bestandteil seiner Technik.

Was Miller jedoch mit *Moloch* entdeckt, ist sein Genre, das sich am besten als autobiographische Phantasie fassen läßt. Er macht sich selbst und seine Freunde zu Hauptfiguren, und die Geschichte, die er erzählt, ist seine eigene, oder zumindest insoweit seine eigene, wie seine Psyche sich an sie erinnert. So hat er zwar seine Form entdeckt, noch nicht jedoch die Stimme, die er benötigt, um sein Lied zu singen. Sowohl *Moloch* als auch sein nächster Anlauf, über seine Ehe mit June zu schreiben, *Verrückte Lust* (ursprünglich *Lovely Lesbians*), sind als Erzählungen in der dritten Person angelegt. Erst als er in der ersten Person zu schreiben begann, gewann Millers Schreiben die epischen Ausmaße seines reifen Stils. Es ist ein Stil, der auf dem gewollt Extravaganten, dem Großartigen, dem Hyperbolischen, dem Überzeichneten und dem *outré* basiert.

Die Befreiung seiner Stimme und ihrer unerschöpflichen Energie sind Millers bedeutendste künstlerische Errungenschaften. In einer Epiphanie gegen Ende von *Moloch* gibt Miller uns eine Andeutung dessen, was noch kommen sollte:

»Diese Welt ist meine Welt, ist mein Jagdrevier. Ich muß frei herumlaufen, mit verrücktem Herzen, brüllend vor Schmerz und Ekstase brüllend, mit gesenkten Hörnern angreifen, die Barrikaden, die mich einengen und unterdrücken, aufreißen. Ich muß Raum haben, um mich auszudehnen ... riesige, stille Räume, in die ich einbrechen kann, damit meine Stimme bis zu den äußersten Grenzen erschallt und die unsichtbaren Mauern dieses grausamen Universums erschüttern kann.«

Was immer man von Millers späterem Werk halten mag, einem Satz von Dion Moloch können wir zustimmen: »Es war in der ersten Person spektakulär geschrieben. Streckenweise war es in erstklassiger Form.«

Mary V. Dearborn